La vida nueva

Orhan Pamuk

La vida nueva

Traducción de Rafael Carpintero

LA VIDA NUEVA

Título original: Yeni Hayat

D. R. © Iletisim Yayıncılık A. S. Ekim, 1994

D. R. © De la traducción: Rafael Carpintero

ALFAGUARA

De esta edición:

   D. R. © Santillana Ediciones Generales, S.A. de C.V., 2006
   Av. Universidad 767, Col. del Valle
   México, 03100, D.F. Teléfono 5420 7530
   www.alfaguara.com.mx

- Distribuidora y Editora Aguilar, Altea, Taurus, Alfaguara, S.A.
  Calle 80 No. 10-23. Santafé de Bogotá, Colombia.
  Tel.: 6 35 12 00
- Santillana S.A.
  Torrelaguna, 60-28043. Madrid.
- Santillana S.A.
  Avda. San Felipe 731. Lima.
- Editorial Santillana S.A.
  Av. Rómulo Gallegos, Edif. Zulia 1er. piso
  Boleita Nte. Caracas 1071. Venezuela.
- Editorial Santillana Inc.
  P.O. Box 5462 Hato Rey, Puerto Rico, 00919.
- Santillana Publishing Company Inc.
  2043 N. W. 86th Avenue Miami, Fl., 33172 USA.
- Ediciones Santillana S.A. (ROU)
  Javier de Viana 2350, Montevideo 11200, Uruguay.
- Aguilar, Altea, Taurus, Alfaguara, S.A.
  Beazley 3860, 1437. Buenos Aires.
- Aguilar Chilena de Ediciones Ltda.
  Dr. Aníbal Ariztía 1444.
  Providencia, Santiago de Chile. Tel.: 600 731 10 03
- Santillana de Costa Rica, S.A.
  Apdo. Postal 878-150, San José 1671-2050, Costa Rica.

Primera edición en México: octubre de 2006

ISBN: 970-770-776-3

D.R. © Diseño: Proyecto de Enric Satué
D.R. © Cubierta: Proforma

Impreso en México

A Şekure

«Aunque habían escuchado los mismos cuentos, los otros no habían vivido nada semejante.»

NOVALIS

1.

Un día leí un libro y toda mi vida cambió. Ya desde las primeras páginas sentí de tal manera la fuerza del libro que creí que mi cuerpo se distanciaba de la mesa y la silla en la que estaba sentado. Pero, a pesar de tener la sensación de que mi cuerpo se alejaba de mí, era como si más que nunca estuviera ante la mesa y en la silla con todo mi cuerpo y todo lo que era mío y el influjo del libro no sólo se mostrara en mi espíritu sino en todo lo que me hacía ser yo. Era aquél un influjo tan poderoso que creí que de las páginas del libro emanaba una luz que se reflejaba en mi cara: una luz brillantísima que al mismo tiempo cegaba mi mente y la hacía refulgir. Pensé que con aquella luz podría hacerme de nuevo a mí mismo, noté que con aquella luz podría salir de los caminos trillados, en aquella luz, en aquella luz sentí las sombras de una vida que conocería y con la que me identificaría más tarde. Estaba sentado a la mesa, un rincón de mi mente sabía que estaba sentado, volvía las páginas y mientras mi vida cambiaba yo leía nuevas palabras y páginas. Un rato después me sentí tan poco preparado y tan impotente con respecto a las cosas que habrían de sucederme, que por un momento aparté instintivamente mi rostro de las páginas como si quisiera protegerme de la fuerza que emanaba del libro. Fue entonces cuando me di cuenta aterrorizado de que el mundo que me rodeaba había cambiado también de arriba abajo y me dejé llevar por una impresión de soledad como jamás había sentido hasta ese momento. Era como si me encontrara completamente solo en un país cuya lengua, costumbres y geografía ignorara.

La impotencia que me produjo aquella sensación de soledad me ató de repente con más fuerza al libro. El libro me mostraría todo lo que debía hacer en aquel nuevo país en el que había caído, lo que quería creer, lo que vería, el rumbo que seguiría mi vida. Ahora, pasando las páginas una a una, leía el libro como si fuera una guía que me mostrara el camino a seguir en un país salvaje y extraño. Ayúdame, me apetecía decirle, ayúdame para que pueda encontrar una vida nueva sin tropezar con accidentes ni catástrofes. Pero también sabía que esa vida nueva estaba formada por las palabras del libro. Mientras leía las palabras una a una intentaba, por un lado, encontrar mi camino, y, por otro, recreaba admirado cada una de las imaginarias maravillas que me harían perderlo por completo.

A lo largo de todo aquel tiempo, mientras reposaba sobre mi mesa y proyectaba su luz en mi cara, el libro me resultaba algo cotidiano, parecido al resto de los objetos de mi habitación. Lo noté mientras asumía maravillado y alegre la existencia de una vida nueva, de un mundo nuevo, que se abría ante mí: aquel libro capaz de cambiar de tal manera mi vida sólo era un objeto vulgar. Mientras las ventanas de mi imaginación se abrían lentamente a las maravillas y a los terrores del mundo nuevo que me prometían sus palabras, volvía a pensar en la coincidencia que me había llevado hasta el libro, pero aquello era una fantasía que se quedaba en la superficie de mi mente y que no descendía hasta sus profundidades. El hecho de que me volcara en esa fantasía según leía parecía deberse a un cierto miedo: el mundo nuevo que me ofrecía el libro me era tan ajeno, era tan extraño y sorprendente que para no sumergirme por completo en él notaba la necesidad de sentir algo que se relacionara con el presente. Porque en mi corazón se estaba asentando el miedo a que, si levantaba la cabeza del libro, si miraba mi habitación, mi armario, mi cama, si echaba una ojeada por la ventana, no podría encontrar el mundo tal y como lo había dejado.

Los minutos y las páginas se sucedieron, pasaron trenes a lo lejos, oí cómo mi madre salía de casa y cómo regresaba mucho después; oí el estruendo habitual de la ciudad, la campanilla del vendedor de yogur que pasaba ante la puerta y los motores de los coches y todos aquellos sonidos que tan bien conocía me parecieron extraños. En cierto momento creí que fuera llovía a cántaros, pero me llegaron unos gritos de niñas que saltaban a la comba. Creí que se abriría el cielo y que saldría el sol, pero en el cristal de mi ventana repiquetearon gotas de lluvia. Leí la página siguiente, otra más, otras; vi la luz que se filtraba desde el umbral de la otra vida; vi lo que hasta entonces sabía y lo que ignoraba; vi mi propia vida, el camino que creía que tomaría mi vida...

Pasando lentamente las páginas penetró en mi alma un mundo cuya existencia hasta entonces había ignorado, en el que nunca había pensado, que nunca había sentido, y allí se quedó. Muchas cosas que hasta entonces sabía y sobre las que había meditado se convirtieron en detalles en los que no valía la pena insistir y otras que ignoraba surgieron de sus escondrijos y me enviaron señales. Si mientras leía me hubieran preguntado qué era aquello, no habría podido responder porque sabía que leyendo avanzaba lentamente por un camino sin retorno, notaba que había perdido todo mi interés y curiosidad por ciertas cosas que había dejado atrás, pero sentía tal entusiasmo e ilusión por la nueva vida que se extendía ante mí que me daba la impresión de que todo lo que existía era digno de interés. Justo cuando me abrazaba entusiasmado a ese interés, cuando comenzaba a balancear nervioso las piernas, la profusión, la riqueza y la complejidad de todas las posibilidades se convirtieron en mi corazón en una especie de terror.

Acompañando a ese terror vi en la luz que el libro proyectaba en mi cara habitaciones decadentes, vi autobuses enloquecidos, gente cansada, letras pálidas, ciudades perdidas y vidas y fantasmas. Había un viaje, siempre, todo era un viaje. Y vi una mirada que me seguía continuamente en ese viaje, que parecía surgir ante mí en los lugares más inesperados y que luego desaparecía, y que conseguía que se la buscara precisamente por haber desaparecido; una mirada dulce limpia de culpa y pecado mucho tiempo atrás... Quise poder ser esa mirada. Quise estar en el mundo que veía esa mirada. Lo deseé de tal manera que me dio la impresión de que creía vivir en ese mundo. No, ni siquiera había necesidad de creerlo; yo vivía allí. Y puesto que vivía allí, el libro, por supuesto, debía tratar de mí. Y eso era así porque alguien antes que yo había pensado y puesto por escrito mis pensamientos.

Y fue de esa manera como comprendí que las palabras y lo que me describían debían de ser cosas completamente distintas unas de otras. Porque desde el principio había notado que el libro había sido escrito para mí. Quizá fuera por eso por lo que cada palabra y cada frase se grababan de tal manera en mi interior mientras leía. No porque fueran frases extraordinarias ni palabras brillantes, no, sino porque me arrastraba la sensación de que el libro hablaba de mí. No pude descubrir cómo me había dejado llevar por esa sensación. Quizá lo descubrí y lo olvidé porque intentaba encontrar mi camino entre asesinos, accidentes, muertes y señales perdidas.

Y así, a fuerza de leer, mi punto de vista se transformó con las palabras del libro y las palabras del libro se convirtieron en mi punto de vista. Mis ojos, deslumbrados por la luz, ya no podían separar el universo que existía en el libro del libro que existía en el universo. Era como si el único universo posible, todo lo que existía, todos los colores y objetos posibles existieran en el libro y entre sus palabras y yo, leyendo, hiciera realidad en mi mente, alegre y admirado, todo lo que era posible. Iba comprendiendo según leía que lo que el libro parecía susurrarme al principio y que luego me mostraba con una especie de doloroso palpitar y después con una violencia desatada llevaba años escondido allí, en lo más profundo de mi espíritu. El libro había encontrado un tesoro perdido que llevaba siglos yaciendo en el fondo de las aguas, lo había sacado a la superficie y a mí me habría gustado proclamar que todo lo que iba hallando entre las líneas y las palabras ahora me pertenecía. En cierto lugar de la última página quise también decir que aquello ya lo había pensado yo. Luego, cuando penetré por completo en el mundo que describía el libro, vi la muerte como un ángel que surgía entre la oscuridad y el alba. Mi propia muerte...

De repente comprendí que mi vida se había enriquecido hasta un punto que nunca antes habría podido pensar. En aquel momento lo único que temía no era mirar al mundo, a los objetos, a mi habitación, a la calle, y no descubrir lo que describía el libro, sino sólo permanecer alejado de él. Lo cogí con ambas manos y, como hacía en mi niñez con los tebeos que acababa de leer, olí el aroma a papel y tinta que despedían sus páginas. Olía exactamente igual.

Me levanté de la mesa y, como hacía en mi niñez, caminé hasta la ventana, apoyé la frente en el frío cristal y miré a la calle. El camión que había aparcado en la acera de enfrente cinco horas antes, cuando apoyé el libro en la mesa a mediodía y comencé a leer, ya se había ido, pero habían vaciado su carga de aparadores, mesas pesadas, mesillas, cajas y lámparas de pie; en el piso vacío de enfrente se había instalado una nueva familia. Como las cortinas aún no estaban colgadas, a la luz de una potente y desnuda bombilla podía ver cómo cenaban ante la televisión encendida unos padres maduros y un chico y una chica de mi edad. Ella tenía el pelo castaño claro, la televisión tenía la pantalla verde.

Durante un rato miré a aquellos nuevos vecinos; quizá me gustaba observarlos porque eran nuevos, era como si aquello me protegiera de alguna manera. No quería enfrentarme al hecho de que el viejo mundo a mi alrededor, antes tan familiar, había cambiado de arriba abajo, pero comprendía que ni las calles eran las mismas calles, ni mi habitación era la misma habitación, ni mi madre y mis amigos eran las mismas personas. En todos ellos había una cierta hostilidad, una amenaza, algo terrible que no acertaba a identificar. Me aparté un paso de la ventana pero no pude volver al libro que me llamaba desde la mesa. Allí me esperaba la cosa que había desviado mi vida de su camino, detrás de mí, sobre la mesa. Por mucho que le diera la espalda, el principio de todo estaba allí, entre las líneas del libro, y yo iba a emprender ese viaje.

Por un momento debió de parecerme tan terrible el apartarme de mi antigua vida que, como hacen las personas cuyas existencias cambian de manera irreparable como resultado de un desastre, quise encontrar la paz imaginando que mi vida seguiría fluyendo como antes, que no había ocurrido el accidente, el desastre o lo que fuera aquella cosa terrible que me había sucedido. Pero sentía de tal manera en mi corazón la presencia del libro aún abierto sobre la mesa a mis espaldas que ni siquiera pude imaginar cómo podría continuar mi vida como antes.

En ese estado de ánimo fue como salí de mi habitación cuando mi madre me llamó para cenar, me senté a la mesa como un novato que trata de acostumbrarse a un mundo nuevo e intenté hablar con ella. La televisión estaba encendida, en los platos había patatas con carne picada, puerros en aceite, ensalada de lechuga y manzanas. Mi madre habló de los vecinos que acababan de mudarse enfrente, de mí, que había estado sentado estudiando toda la tarde, ¡bravo!, del mercado, de la lluvia, de las noticias de la televisión y del presentador de las noticias. Quería a mi madre, era una mujer hermosa, amable, dulce y comprensiva y me sentí culpable por haber estado leyendo el libro y haberme introducido en un mundo distinto al suyo.

Pensaba, por un lado, que si el libro hubiera sido escrito para todo el mundo la vida no podría seguir tan lenta y despreocupada como antes. Por otro, la idea de que el libro hubiera sido escrito sólo para mí, para un estudiante de Ingeniería de mente lógica como yo, no podía ser cierta. Pero, entonces, ¿cómo podía todo continuar como antes? Hasta me dio miedo pensar que el libro era un secreto imaginado sólo para mí. Luego quise ayudar a mi madre a fregar, quise tocarla para así llevar mi mundo interior al presente.

—Deja, deja, ya lo hago yo, hijo.

Estuve viendo la televisión un rato. Quizá pudiera introducirme en ese mundo; o quizá pudiera reventar el televisor de una patada. Pero lo que estaba viendo era nuestra televisión, la de nuestra casa, una especie de dios, una especie de lámpara. Me puse la chaqueta y los zapatos.

—Voy a salir.

—¿A qué hora vas a volver? —me preguntó mi madre—. ¿Te espero?

—No, no me esperes. Luego te quedas dormida delante del televisor.

—¿Has apagado la luz de tu habitación?

Y así, como si saliera a las peligrosas calles de un país desconocido, salí a las calles del barrio en el que llevaba viviendo veintidós años, a las calles de mi infancia. Al sentir como una suave brisa en mi rostro el húmedo frío de diciembre me dije que quizá hubiera algunas cosas del viejo mundo que hubieran pasado al nuevo. Ahora lo vería, caminando por las calles y las aceras que habían formado mi vida. Me habría apetecido correr.

Caminé a toda velocidad siguiendo los muros por las calles oscuras, entre enormes cubos de basura y charcos de barro, y con cada paso que daba veía que se hacía realidad un mundo nuevo. A primera vista los plátanos y álamos de mi infancia seguían siendo los mismos plátanos y álamos, pero la fuerza de los recuerdos y las asociaciones de ideas que me unían a ellos habían desaparecido por completo. Ya no veía como partes inseparables de mi vida los cansados árboles, ni las conocidas casas de dos pisos, ni los sucios edificios de viviendas, los cuales había visto construir en mi infancia desde los cimientos, desde que sólo eran un pozo de cal hasta el tejado, y en los que luego había jugado con mis nuevos amigos, sino que era como si mirara fotografías que hubiera olvidado cuándo y cómo se hicieron: los reconocía por sus sombras, por sus ventanas iluminadas, por los árboles del jardín o por los letreros e indicaciones de las puertas de entrada, pero sin sentir en absoluto la fuerza de las cosas conocidas. Allí estaba el viejo mundo, frente a mí, a mi lado, en las calles, me rodeaba en forma de los escaparates de los familiares colmados, del horno de bollos de la plaza de la estación de Erenköy, con las luces aún encendidas, de las cajas de frutas de la frutería, de las carretillas de mano, de la pastelería La Vida, de vetustos camiones, de toldos y de sombrías y cansadas caras. Parte de mi corazón sólo sentía indiferencia hacia aquellas sombras que temblaban ligeramente bajo las luces de la noche. Allí donde llevaba oculto como un delito el libro. Quería huir de todo aquello que me hacía ser yo, de las calles conocidas, de la tristeza de los árboles mojados, de los rótulos de neón que se reflejaban en el asfalto y en los charcos de las aceras y de las luces de las verdulerías y las carnicerías. Se levantó una brisa suave, cayeron gotas de las ramas de los árboles, oí un zumbido y decidí que el libro era un secreto que me había sido destinado. Me dejé arrastrar por el miedo, quise hablar con alguien.

Me metí en el café de la Juventud, en la plaza de la estación, donde algunos de los amigos del barrio aún se reunían por las tardes para jugar a las cartas y ver partidos de fútbol en la televisión o al que iban, simplemente, para encontrarse unos con otros. En una mesa al fondo charlaban, bajo la luz en blanco y negro del televisor, un universitario que trabajaba en la zapatería de su padre y otro compañero del barrio que jugaba al fútbol en la categoría de aficionados. Ante ellos vi periódicos de hojas deslavazadas a fuerza de ser leídos, dos vasos de té, cigarrillos y una botella de cerveza que habrían comprado en el colmado y que ocultaban bajo el asiento de una silla. Quería hablar con alguien, largamente, quizá durante horas, pero comprendí de inmediato que no podría hacerlo con ellos. Por un momento me envolvió una pena tal que casi se me saltan las lágrimas, pero me deshice de ella orgulloso. Las personas a las que habría de abrirles mi alma las escogería de entre las sombras que poblaban el mundo del libro.

Quise creer que era dueño de mi propio futuro en su totalidad, pero sabía que ahora era el libro quien era dueño de mí. El libro no se había limitado a penetrar en mi alma como un secreto y un pecado, además me había provocado una incapacidad de hablar similar a la de los sueños. ¿Dónde había personas parecidas a mí con las que pudiera hablar? ¿Dónde se encontraba el país en el que podía encontrar el sueño que le hablaba a mi corazón? ¿Dónde estaban los otros lectores del libro?

Crucé la vía del tren, me introduje por callejuelas transversales, pisé hojas amarillentas desprendidas de los árboles que se habían pegado al asfalto. De repente se elevó en mi interior un profundo optimismo: si caminaba siempre así, si andaba a toda velocidad, si nunca me detenía, si salía de viaje, alcanzaría el mundo del libro. La nueva vida, cuyo relumbrar había sentido en mi corazón, se encontraba en algún lugar lejano, quizá en un país inalcanzable, pero notaba que si me ponía en marcha me acercaría a ella, que al menos podría dejar atrás mi antigua vida.

Cuando llegué a la playa me sorprendió que el mar se viera tan negro. ¿Cómo no me había dado cuenta de que por las noches el mar era tan sombrío, tan severo y tan despiadado? Me parecía que los objetos poseyeran su propia lengua y que con la mudez transitoria a la que me había arrastrado el libro comenzaba a ser capaz de entender dicha lengua aunque sólo fuera un poco. Por un momento, tal y como leyendo el libro había surgido de repente mi inevitable muerte, sentí la gravedad del mar que se balanceaba suavemente, pero en mi interior no se agitaba esa sensación de «ha llegado el final de todo» que debe de producir la muerte auténtica, sino la curiosidad y el entusiasmo de alguien que comienza a vivir una vida nueva.

Caminé sin rumbo por la playa. Aquí mismo, cuando era pequeño, los amigos del barrio rebuscábamos entre las latas de conserva, las pelotas de goma, las botellas, las chanclas y las muñecas de plástico que el mar apilaba en la orilla después de las tormentas de poniente: buscábamos un objeto mágico procedente de un tesoro, algo desconocido, brillante y completamente nuevo. Sentí por un instante que si mi mirada, iluminada por la luz del libro, encontrara y examinara cualquier objeto vulgar del antiguo mundo, éste podría convertirse en aquella cosa mágica que buscábamos cuando era pequeño. Pero al mismo tiempo me envolvió con tal violencia la sensación de que el libro me había dejado completamente solo en el mundo, que creí que el mar oscuro se levantaría de repente, me arrastraría hacia él y me tragaría.

Movido por esa inquietud caminé a toda velocidad, pero no para ver que cada uno de mis pasos convertía en realidad un mundo nuevo, sino para estar a solas con el libro en mi habitación lo antes posible. Mientras caminaba casi como si corriera comencé a verme como alguien hecho de la luz que emanaba del libro. Y aquello me tranquilizaba.

Mi padre había tenido un buen amigo de su edad que, como él, había trabajado durante años en la Compañía de Ferrocarriles del Estado ascendiendo hasta inspector y que, además, escribía artículos en la revista de la compañía sobre la pasión por los trenes. También escribía libros infantiles, que él mismo ilustraba, y que se publicaban en la colección Aventuras Infantiles Nuevo Día. En los tiempos en que leía los libros que el tío Rıfkı el ferroviario me regalaba, con títulos como *Pertev y Peter* o *Kamer en América,* era frecuente que quisiera volver corriendo a casa para sumergirme en ellos, pero aquellos libros infantiles siempre tenían un final. Allí, con tres letras, exactamente igual que en las películas, estaba escrito «Fin» y cuando leía esas tres letras comprendía con amargura que no sólo estaba viendo la frontera de aquel país en el que me habría gustado permanecer, sino que además ese universo mágico era un lugar inventado por el tío Rıfkı el ferroviario. En cambio, sabía que todo era cierto en el libro que corría a leer de nuevo, por eso llevaba el libro en mi interior, por eso las calles mojadas por las que caminaba como si corriera no me parecían reales sino fragmentos de una aburrida tarea escolar que alguien me hubiera impuesto para castigarme. Porque el libro, o eso me parecía, explicaba para qué estaba yo en este mundo.

Crucé las vías del tren y pasaba junto a la mezquita cuando di un salto al ver que estaba a punto de pisar un charco, tropecé, perdí el equilibrio, y me caí cuan largo era en el fangoso asfalto.

Me levanté de inmediato y me disponía a continuar cuando un viejo barbudo, que había visto cómo me había caído, me preguntó:

—Por Dios, hijo, cómo te has caído. ¿Te ha pasado algo?

—Sí. Mi padre murió ayer. Le hemos enterrado hoy. Era un mierda, no hacía más que beber y pegaba a mi madre. Nunca nos quiso aquí, me he pasado años viviendo en Viranbağ.

¿De dónde me había sacado esa ciudad de Viranbağ? Quizá el viejo comprendiera que nada de lo que decía era cierto, pero de repente me sentí muy listo. No sabía si era por la mentira que acababa de soltar, por el libro o, más sencillamente, por la cara de aspecto cada vez más estúpido del hombre, pero el caso es que me dije: «No tengas miedo, no tengas miedo y vete. ¡Vete a ese mundo, al mundo del libro, al mundo real!». Pero tenía miedo... ¿Por qué?

Porque había oído lo que les había ocurrido a otros como yo, que habían perdido el rumbo en sus vidas después de leer un libro. Había oído historias de algunos que se habían leído en una noche los *Principios fundamentales de la filosofía*, habían aceptado cada palabra, al día siguiente se habían unido a la Nueva Vanguardia Revolucionaria Proletaria, tres días más tarde habían sido atrapados en el atraco a un banco y se habían pasado diez años entre rejas. También sabía de otros que después de leer algún libro como *El Islam y la nueva moral* o *La traición de la occidentalización* habían pasado en una noche del bar a la mezquita y habían comenzado a esperar pacientemente sobre alfombras frías como el hielo y entre olor a agua de rosas la muerte que habría de llegarles cincuenta años después. Luego conocí a otros que se habían dejado seducir por libros como *La libertad de amar* o *Me he descubierto a mí mismo*. Éstos aparecían sobre todo entre aquellos que tenían el carácter dispuesto a creer en el zodiaco, pero también ellos proclamaban con toda sinceridad: «¡Este libro cambió mi vida entera en una noche!».

En realidad, lo que tenía en la cabeza no era lo mísero de aquellos terribles espectáculos: me daba miedo la soledad. Me daba miedo haber malinterpretado el libro, como muy probablemente habría hecho cualquier otro tan estúpido como yo; ser superficial o no serlo, o sea, no ser como los demás; asfixiarme de amor; saber el secreto de todo, pasarme la vida intentando explicárselo a gente que no tenía la menor intención de entenderlo y convertirme en objeto de sus risas; ir a la cárcel; parecer que estaba mal de la cabeza; comprender por fin que el mundo era mucho más cruel de lo que creía y no poder conseguir que me quisieran las muchachas bonitas. Porque si lo que decía el libro era cierto, si la vida era tal y como había leído en sus páginas, si un mundo así era posible, ¿por qué entonces todo el mundo seguía yendo a la mezquita, parloteando y dormitando en los cafés y sentándose cada tarde a estas horas frente a la televisión a punto de reventar de aburrimiento? Resultaba incomprensible. Y como en la calle, lo mismo que en la televisión, podía haber algo medio interesante que pudiera verse, quizá, por ejemplo, un coche que pasara a toda velocidad, o un caballo que relinchara, o un borracho que vociferara a grito pelado, aquella gente nunca cerraba del todo las cortinas.

No sé exactamente cuándo me di cuenta de que el segundo piso cuyo interior llevaba largo rato mirando a través de las cortinas a medio echar era la casa del tío Rıfkı el ferroviario. Quizá me había dado cuenta inconscientemente y le estaba enviando un saludo instintivo la noche del día en que mi vida había cambiado de arriba abajo gracias a un libro. En mi mente se agitaba un extraño deseo, el de ver de cerca una vez más los objetos que había visto en el interior de la casa las últimas veces que mi padre y yo habíamos ido de visita: los canarios en su jaula, el barómetro de la pared, los grabados cuidadosamente enmarcados de ferrocarriles, el aparador, una de cuyas mitades estaba ocupada por juegos de licor, vagones en miniatura, un azucarero de plata, perforadoras de revisor y medallas al servicio de la compañía de ferrocarriles, y la otra por una cincuentena de libros, el nunca utilizado samovar que había sobre el mueble, los naipes sobre la mesa... A través de las cortinas entreabiertas podía ver la luz de la televisión, pero no el propio televisor.

De repente, con una decisión que no sabía de dónde había surgido, trepé al muro que separaba el jardín del edificio de la acera y vi la cabeza de la tía Ratibe, la viuda del tío Rıfkı el ferroviario, y la televisión que estaba mirando. Mientras veía la televisión sentada en el sillón de su marido en un ángulo de cuarenta y cinco grados, tenía la cabeza hundida entre los hombros, como hacía mi madre, pero en lugar de hacer punto como ella, fumaba como una chimenea.

El tío Rıfkı el ferroviario había muerto un año antes que mi padre, que había muerto a su vez el año anterior de un ataque al corazón, pero la suya no había sido una muerte natural. Una noche, mientras se dirigía al café, le habían disparado y le habían asesinado, el criminal no fue capturado y surgió el rumor de que se había tratado de un asunto de celos, algo que mi padre nunca creyó a lo largo de su último año de vida. No tenían hijos.

A medianoche, mucho después de que mi madre se durmiera, mientras estaba sentado con la espalda recta ante mi mesa y contemplaba el libro que reposaba entre mis brazos, mis codos, mis manos, me olvidé lentamente, excitado y feliz, de todo aquello que a esas horas convertía el barrio en el mío, las luces que se iban apagando en el barrio y en toda la ciudad, la melancolía de las calles vacías y húmedas, la llamada del vendedor de boza pasando por última vez, un par de cuervos que graznaban a deshoras, el traqueteo paciente de los larguísimos trenes de mercancías, que comenzaban a pasar después del último trayecto de los de cercanías, y me entregué con todo mi ser a la luz que emanaba del libro. Y así desapareció de mi mente todo aquello que había formado hasta ese día mi vida y mis sueños, los almuerzos, las puertas de los cines, los compañeros de clase, los periódicos, las gaseosas, los partidos de fútbol, los bancos de las clases, los transbordadores, las muchachas bonitas, los sueños de felicidad, mi futura amante esposa, mi mesa de trabajo, mis mañanas, mis desayunos, mis billetes de autobús, mis pequeños agobios, los trabajos de estadística nunca entregados a tiempo, mis viejos pantalones, mi cara, mi pijama, mis noches, las revistas verdes, mis cigarrillos e incluso mi leal cama, que me esperaba a mis espaldas para el más seguro de los olvidos, y yo me encontré allí, vagando por ese país de luz.

2.

El día siguiente me enamoré. El amor me trastornó tanto como la luz que brotaba del libro hacia mi cara y me probó con toda seriedad que mi vida se había desviado de su camino.

En cuanto me desperté aquella mañana repasé mentalmente todo lo que me había ocurrido el día anterior y comprendí de inmediato que el mundo nuevo cuya puerta se abría ante mí no era un sueño momentáneo, sino algo tan real como mi cuerpo, mis brazos y mis piernas. Tenía que encontrar a otros que se parecieran a mí para poder librarme de la insoportable sensación de soledad que me abrumaba en aquel nuevo universo en el que había caído.

Había nevado por la noche y la nieve había cuajado en los alféizares de las ventanas, en las aceras y en los tejados. El libro, que permanecía abierto sobre la mesa, parecía más simple e inocente de lo que era bajo aquella luz blanca y escalofriante que llegaba de fuera, y aquello lo hacía aún más terrible.

Pero, no obstante, conseguí, como cada mañana, desayunar con mi madre, oler el aroma del pan tostado, hojear el diario *Milliyet* y echar una mirada a la columna de Celâl Salik. Comí del queso que había en la mesa como si todo siguiera siendo como acostumbraba y mientras me tomaba el té sonreí al rostro optimista de mi madre. Las tazas, la tetera, el tintineo de las cucharillas, el camión del vendedor de naranjas en la calle, parecían indicarme que la vida seguiría fluyendo como antes, pero no me dejé engañar. Estaba tan seguro de que el mundo había cambiado de arriba abajo que ni siquiera el hecho de ponerme el viejo y pesado abrigo de mi padre al salir de casa despertó en mí la menor sensación de ausencia.

Caminé hasta la estación, me subí al tren, me bajé de él, llegué al transbordador, salté al muelle de Karaköy, di codazos, subí las escaleras, me monté en el autobús, llegué a Taksim y mientras andaba hacia Taşkışla me detuve un momento a mirar a las gitanas que vendían flores en las aceras. ¿Cómo podía creer que la vida iba a seguir como antes? ¿Cómo podía olvidar que había leído el libro? Por un momento aquello me pareció tan terrible que quise echar a correr.

Copié con toda seriedad en mi cuaderno las formas, las cifras y las fórmulas escritas en la pizarra en clase de resistencia de materiales. Cuando el calvo catedrático no escribía nada, yo cruzaba los brazos y escuchaba su dulce voz. No pude saber si realmente lo escuchaba o lo aparentaba, como todo el mundo, realizando así una perfecta imitación de un estudiante de la Facultad de Ingeniería de la Universidad Técnica. Un rato después, al sentir que ese antiguo mundo, ese mundo familiar, no sólo era inaguantable sino que además carecía de esperanza, mi corazón comenzó a latir a toda velocidad, la cabeza me dio vueltas como si por mis venas corriera sangre envenenada y noté complacido que la fuerza de la luz que el libro había reflejado en mi cara se extendía lentamente desde mi nuca por todo mi cuerpo. Un mundo nuevo había anulado todo lo que había existido e incluso había transformado el presente en pasado. Todo lo que veía y tocaba era tan viejo que daba pena.

La primera vez que vi el libro fue en manos de una chica que estudiaba Arquitectura. Iba a comprar algo en la cantina de abajo, buscaba el monedero en su bolso, pero como tenía la otra mano ocupada no podía rebuscar bien. Lo que ocupaba su mano era el libro y para desocuparla se vio obligada a dejarlo por un momento sobre la mesa en la que yo estaba sentado. Y así, por un segundo, miré el libro que había sido dejado de repente en mi mesa. Ésa fue la coincidencia que cambió toda mi vida. Luego la muchacha recogió el libro y se lo metió en el bolso. Esa tarde, al volver a casa, vi de nuevo el libro en un puesto callejero entre viejos volúmenes, fascículos, libros de poesía y adivinación del futuro y novelas de amor y política y lo compré.

A mediodía, cuando sonó la campanilla, la mayor parte de la clase echó a correr hacia las escaleras para llegar a la cola del comedor pero yo me quedé sentado en silencio. Luego paseé por los pasillos, bajé a la cantina, crucé los patios, avancé entre las columnas, entré en aulas vacías, miré por las ventanas los nevados árboles del parque de enfrente y bebí agua del lavabo. Me recorrí todo Taşkışla de arriba abajo. La muchacha no estaba por allí pero aquello tampoco me preocupaba.

Después de comer los pasillos se llenaron de gente. Caminé por los pasillos de Arquitectura, entré en los talleres, contemplé a los que jugaban a las chapas con monedas sobre las mesas de dibujo, me senté en un rincón, recogí páginas de periódico hechas pedazos y las leí. Volví a recorrer los pasillos, bajé y subí por las escaleras, escuché a los que charlaban de fútbol, de política y del programa de televisión que habían visto la noche anterior. Me uní a los que se burlaban de una estrella cinematográfica que había decidido ser madre, ofrecí cigarrillos y fuego a los que me lo pidieron, uno contó un chiste y lo escuché, y mientras hacía todo aquello respondía con toda mi buena voluntad a los que de vez en cuando me preguntaban: «¿Has visto a fulano?». Cuando no encontraba un par de muchachos a los que pegarme, una ventana por la que mirar, o un destino hacia el que caminar, echaba a andar con rapidez y decisión en cualquier sentido como si me hubiera acordado de algo muy importante y tuviera prisa. Pero como la dirección que seguía era incierta, cuando llegaba ante la puerta de la biblioteca, o cuando ponía el pie en el descansillo de la escalera, o cuando me encontraba con alguien que me pedía un cigarrillo, cambiaba de rumbo, me mezclaba con la multitud, o a veces me detenía para encender otro cigarrillo. En cierto momento me disponía a mirar un aviso que acababan de colgar en un tablón cuando, de repente, mi corazón comenzó a latir a toda velocidad, se largó y me dejó desamparado: allí estaba, la muchacha en cuya mano había visto el libro, entre la multitud, alejándose de mí, pero, por alguna extraña razón, caminaba tan despacio que parecía llamarme, como en un sueño. Perdí la cabeza, yo ya no era yo, era perfectamente consciente de ello, me dejé ir y corrí tras ella.

Llevaba un vestido de un color tan pálido como el blanco pero que no era blanco ni de ningún otro color. La alcancé antes de que llegara a las escaleras y al mirar por un momento su rostro de cerca una luz tan poderosa como la que emanaba del libro pero al mismo tiempo más dulce me golpeó la cara. Estaba en este mundo y en el umbral de una vida nueva. Estaba allí, ante las sucias escaleras y, simultáneamente, en la vida del libro. Al mirar esa luz comprendí que mi corazón no me obedecería en absoluto.

Le dije que había leído el libro. Le dije que había visto que lo llevaba y que luego lo había leído. Antes de leer el libro tenía un mundo y ahora tenía otro. Teníamos que hablar de inmediato porque me había quedado completamente solo en ese mundo.

—Ahora tengo clase —me respondió.

Mi corazón latió el doble de rápido. Quizá la muchacha comprendiera mi confusión porque meditó un momento.

—Muy bien —dijo luego decidida—. Vamos a buscar una clase vacía y hablaremos.

Encontramos un aula vacía en el segundo piso. Al entrar me temblaron las piernas. No sabía cómo podría explicarle que había visto el mundo que me había prometido el libro. El libro había hablado conmigo como si me susurrara, me había descubierto el mundo nuevo como quien desvela un secreto. La muchacha me dijo que se llamaba Canan y yo le dije mi nombre.

—¿Qué es lo que te atrae del libro? —me preguntó.

Estuve a punto de responderle con una inspiración repentina «El que tú lo hayas leído», ángel mío. ¿De dónde había salido ese ángel? Estaba verdaderamente confuso, suelo estar confuso pero siempre hay alguien que me ayuda, quizá el ángel.

—Después de leer el libro mi vida cambió por completo —le dije—. La habitación, la casa y el mundo en los que vivía dejaron de ser mi habitación, mi casa y mi mundo y me sentí perdido y sin hogar en un universo extraño. Vi por primera vez el libro en tus manos, tú también debes de haberlo leído. Háblame de ese mundo al que has ido y del que has vuelto. Dime qué es lo que tengo que hacer para poder entrar en él. Explícame por qué ahora, por qué todavía estamos aquí. Explícame cómo es posible que ese mundo me resulte tan conocido como mi propia casa y mi casa me resulte tan ajena como ese mundo.

Quién sabe cuánto habría podido continuar de aquella manera y a aquel ritmo, pero por un momento me dio la impresión de que algo me deslumbraba. La luz nevada y plomiza del mediodía invernal llegaba del exterior tan lisa y brillante que parecía que los cristales de aquella pequeña aula que olía a tiza estuvieran hechos de hielo. La miré a la cara aunque con miedo de hacerlo.

—¿Qué serías capaz de hacer para penetrar en el mundo del libro? —me preguntó.

Su cara era pálida, sus cejas y su pelo castaños, su mirada dulce; si pertenecía a este mundo debía de estar hecha de recuerdos; si pertenecía al futuro llevaba consigo el miedo a él y su tristeza. La miraba sin saber que la miraba. Como si temiera que si la observaba más se volviera repentinamente real.

—Haría cualquier cosa para encontrar el mundo del libro —le respondí.

Me miró dulcemente con una media sonrisa. ¿Cómo debe comportarse uno cuando una muchacha extraordinariamente bonita, una muchacha tan atractiva, te mira así? ¿Cómo sostener una cerilla, cómo encender un cigarrillo, cómo mirar por la ventana, cómo hablar con ella, cómo estar ante ella, cómo respirar? Eso son cosas que no enseñan en esta escuela. Y los que son como yo, en este tipo de situaciones desesperadas, sufren intentando ocultar los latidos de su corazón.

—¿Qué es esa cosa cualquiera que estarías dispuesto a hacer?

—Cualquiera —dije, y me callé escuchando el latir de mi corazón.

No sé por qué se me vinieron a la cabeza largos, larguísimos viajes, tan largos que no acabarían nunca, lluvias legendarias que caían sin cesar, calles perdidas que daban todas unas a otras, árboles melancólicos, ríos fangosos, huertas, países. Si quería tenerla entre mis brazos algún día debía ir a esos países.

—¿Arriesgarías la vida, por ejemplo?

—Sí.

Traté de sonreír porque el futuro ingeniero de mi interior decía «¡Al fin y al cabo es sólo un libro!», pero Canan tenía la mirada clavada en mí con toda su atención. Medité preocupado que si cometía un error, si decía algo equivocado, no podría aproximarme al mundo del libro ni a ella.

—No creo que nadie vaya a matarme —respondí imitando a alguien que no pude identificar—. Y aunque fuera así, no le temería a la muerte, seguro.

Por un momento sus ojos color miel brillaron en la luz color tiza que entraba por la ventana.

—¿Crees que ese mundo existe realmente o que es sólo un sueño escrito en forma de libro?

—¡Ese mundo existe! —contesté—. Y tú eres tan hermosa que vienes de allí, eso también lo sé.

Dio dos rápidos pasos hacia mí. Me cogió la cabeza con las dos manos, se inclinó y me besó en los labios. Su lengua se detuvo por un instante sobre ellos. Luego retrocedió antes de que yo pudiera estrechar su liviano cuerpo entre mis brazos.

—Eres muy valiente —dijo.

Sentí un aroma a lavanda, a colonia. Di un par de pasos hacia ella como borracho. Por la puerta pasaron dos estudiantes hablando a gritos.

—Espera, ahora escúchame, por favor —continuó—. Debes decirle también a Mehmet todo esto que me has contado. Él ha ido y ha vuelto al mundo que describe el libro. Viene de allí, sabe, ¿me entiendes? Pero es incapaz de creer que haya otros que crean en el libro, que puedan ir allí. Ha vivido experiencias terribles y ha perdido la fe. ¿Podrías contárselo?

—¿Quién es Mehmet?

—Estate dentro de diez minutos, antes de que empiece la primera clase, en la puerta de la 201 —me dijo, y de repente salió del aula y desapareció.

La clase se quedó absolutamente vacía, era como si yo tampoco estuviera allí. Nadie me había besado nunca de aquella manera, nadie me había mirado nunca de aquella manera. Ahora sí que me encontraba solo. Sentí miedo, pensé que no volvería a verla, que no volvería a dar un paso en la dirección correcta hacia aquel mundo. Quise correr tras ella pero mi corazón latía tan rápido que temí quedarme sin aliento. Una luz blanca, blanquísima, había cegado no sólo mis ojos, sino también mi mente. A causa del libro, pensé por un momento, y comprendí de tal forma cuánto amaba el libro y cuánto deseaba estar allí, en aquel mundo, que por un instante creí que me desharía en lágrimas. El libro, la existencia del libro, era lo único que me mantenía en pie. Y esa muchacha, lo sabía, seguro, me abrazaría otra vez. Pensé que el mundo entero había desaparecido abandonándome.

Llegaban voces del exterior a través de la ventana y me asomé a mirar. Abajo, un grupo de estudiantes de Ingeniería jugaba a gritos a tirarse bolas de nieve junto al parque. Los miré sin que supieran que lo hacía. Ya no era un niño, en absoluto. Me largué de allí.

A todos nos pasa, a todos nos ha pasado, un día, un día cualquiera, en cierto momento en que creemos caminar de la forma más normal por este mundo, con la cabeza ocupada por las noticias del periódico, el estruendo de los coches y palabras tristes, con entradas de cine usadas y hebras de tabaco en los bolsillos, nos damos cuenta de repente de que hace largo rato que hemos ido en realidad a otro sitio, que no nos encontramos donde debían llevarnos nuestros pasos. Yo hacía mucho que me había perdido, que me había disuelto en una luz palidísima al otro lado de los cristales de hielo. En ese caso, para poder regresar a cualquier tierra en la que poner los pies, a cualquier mundo, es necesario abrazar a una muchacha, a esa muchacha, ganar su amor. ¡Con qué rapidez había aprendido mi corazón, que no cesaba de latir a toda velocidad, esas presuntuosas ideas! Me había enamorado, me abandonaría al ritmo desmedido de mi corazón. Miré el reloj, me quedaban ocho minutos.

Caminé como un fantasma por los pasillos de altos techos, notando de una manera extraña que poseía un cuerpo, una vida, un rostro, una historia. ¿La encontraría entre la multitud? ¿Qué podría decirle si me la encontraba? ¿Cómo era su cara? No podía recordarla. Entré en los servicios que había junto a la escalera y bebí agua apoyando la boca en el grifo del lavabo. Miré en el espejo mis labios, que poco antes habían sido besados. Madre, estoy enamorado; madre, me estoy perdiendo; madre, tengo miedo, pero podría hacer cualquier cosa por ella. ¿Quién es ese Mehmet? Le preguntaría a Canan. ¿De qué tiene miedo? ¿Quiénes son los que quieren matar a los que han leído el libro? Yo no le tengo miedo a nada, si has comprendido el libro, si crees en él no tendrás miedo, como yo, sí.

Al mezclarme con la multitud de los pasillos volví a encontrarme a mí mismo caminando a toda velocidad, como si tuviera un asunto muy urgente que resolver. Subí al segundo piso y caminé a lo largo de los altos ventanales que daban al patio de la fuente, caminé dejándome atrás y, según me dejaba, pensando en Canan. Pasé entre mis compañeros, que estaban ante el aula donde dábamos clase. ¿Sabéis? Hace un momento una chica preciosa me ha besado de una manera que... Mis piernas me llevaban con rápidos pasos directamente hacia mi futuro. En ese futuro había bosques oscuros, habitaciones de hotel, fantasías azules y moradas, vida, paz y muerte.

Llegué al aula 201 tres minutos antes de que comenzara la clase y, antes de ver siquiera a Canan, comprendí quién era Mehmet. Estaba pálido y, como yo, era alto y delgado y parecía pensativo, absorto, cansado. Recordaba como entre sueños haberlo visto antes con Canan. Sabe más que yo, pensé, ha vivido más que yo, y además es un par de años mayor que yo.

No sé cómo me reconoció. Nos apartamos a un lado, entre las taquillas.

—Así que has leído el libro —me dijo—. ¿Qué has encontrado en él?

—Una vida nueva.

—¿Lo crees de veras?

—Sí.

La piel de su cara parecía tan cansada que me dio miedo lo que había vivido.

—Mira, escúchame —dijo—. Yo también me lo creí. Creía poder encontrar ese mundo. Subí y bajé de autobuses, fui de ciudad en ciudad, creía poder encontrar ese país, esa gente, esas calles. Créeme, al final no hay otra cosa que la muerte. Matan despiadadamente a la gente. Pueden estar vigilándonos incluso en este mismo momento.

—No le metas miedo —intervino Canan.

Se produjo un silencio. Mehmet me miró por un instante como si me conociera desde hacía años. Luego me dio la impresión de que le había decepcionado.

—No tengo miedo —contesté mirando a Canan—. Puedo ir hasta el final —añadí con un aire de hombre decidido que me había sacado de las películas.

El cuerpo increíble de Canan estaba dos pasos más allá de mí. Entre nosotros, pero más cerca de él.

—No hay nada por lo que ir hasta el final —dijo Mehmet—. Sólo es un libro. Alguien se sentó y lo escribió, una fantasía. No puedes hacer otra cosa sino leerlo una y otra vez.

—Dile lo que me has contado —me dijo Canan.

—Ese mundo existe —quise agarrar a Canan de su largo y precioso brazo y tirar de ella hacia mí pero me contuve—. Y yo lo encontraré.

—No existe ese mundo ni nada parecido. Es todo un cuento. Piensa que se trata de un juego inventado para los niños por un viejo imbécil. Un día el viejo se dice que, de la misma manera que es capaz de divertir a los niños, va a escribir un libro para adultos. Incluso es dudoso que él mismo sepa lo que significa. Si lo lees, te entretiene, pero si te lo crees pierdes el rumbo de tu vida.

—Ahí hay un mundo —dije con el aire decidido y estúpido de los héroes del cine—. Y sé que encontraré un camino para llegar hasta allí.

—Adiós entonces...

Se dio media vuelta. Miró a Canan con una mirada de ya te lo había dicho y estaba a punto de marcharse cuando se detuvo y me preguntó:

—¿Cómo puedes estar tan seguro de que existe esa vida?

—Porque me da la impresión de que el libro cuenta mi propia historia.

Sonrió amistosamente, se dio media vuelta y se fue.

—Espera, no te vayas —le dije a Canan—. ¿Es tu novio?

—En realidad le has caído bien. No tiene miedo por él, sino por los que son como tú y como yo.

—¿Es tu novio? No te vayas sin habérmelo contado todo.

—Me necesita —contestó.

Había escuchado esa frase tantas veces en el cine que respondí de manera automática y con convicción:

—Si me dejas, moriré.

Sonrió y entró con el resto de sus compañeros en la 201. Por un momento me apeteció entrar con ellos a clase. Por las amplias ventanas que daban al pasillo vi que encontraban un banco y se sentaban entre los estudiantes vestidos con los mismos tejanos y con la misma ropa verde y gris pálido. Estaban esperando en silencio que comenzara la clase cuando Canan se recogió el pelo castaño tras la oreja con un suave movimiento de la mano y ahí se fundió otro pedazo de mi corazón. Al contrario de lo que cuentan en el cine sobre el amor, me fui allá donde me llevaban mis pasos sintiéndome terriblemente mal.

¿Qué piensa de mí? ¿De qué color son las paredes de su casa? ¿De qué habla con su padre? ¿Brilla su cuarto de baño de puro limpio? ¿Tiene hermanos? ¿Qué toma para desayunar? ¿Son novios? Y, si lo son, ¿por qué me besó?

La pequeña aula donde me había besado estaba vacía. Entré en ella como un ejército derrotado, pero decidido por la ilusión de plantar batalla de nuevo. Mis pasos produciendo eco en la clase vacía, mis miserables y pecadoras manos abriendo el paquete de cigarrillos, el olor a tiza, la luz blanca del hielo. Apoyé la frente en el cristal de la ventana. ¿Era ésa la nueva vida en cuyo umbral me encontraba aquella mañana? Estaba cansado por todo lo que tenía en la cabeza, pero en algún rincón de mi mente el lógico futuro ingeniero llevaba su libro de cuentas. No me encontraba en condiciones de ir a clase, esperaría a que salieran dos horas más tarde. Dos horas.

Tenía la frente apoyada en el cristal desde hacía no sé cuánto tiempo, sentía lástima de mí mismo, me gustaba ese sentimiento y estaba a punto de que los ojos se me llenaran de lágrimas cuando comenzó a nevar ligeramente mientras soplaba un viento ligero. ¡Qué tranquilo estaba todo allá abajo, en la ladera que desciende hasta el palacio de Dolmabahçe, entre los plátanos y los castaños! Los árboles no saben que son árboles, pensé. Las cornejas echaron a volar batiendo las alas entre las ramas nevadas. Las miré con admiración.

Contemplé los copos de nieve. Caían meciéndose ligeramente, de repente parecían permanecer indecisos en un punto y luego seguían a sus iguales hasta que después, aún indecisos, una brisa apenas perceptible se los llevaba. De vez en cuando un copo se quedaba inmóvil en el aire tras mecerse un instante en el vacío y entonces daba marcha atrás y comenzaba a elevarse lentamente hacia el cielo como si hubiera cambiado de opinión abandonando sus pretensiones. De hecho, vi muchos copos que retrocedían hacia el cielo antes de posarse en el barro, en el parque, en el asfalto o en los árboles. ¿Quién lo sabía? ¿Quién les prestaba atención?

¿Quién había prestado jamás atención a que la esquina más puntiaguda del triángulo que cortaba el asfalto por dos lados y que parecía una extensión del parque señalaba a la torre de Leandro? ¿Quién había visto jamás que los pinos que bordeaban las aceras se habían inclinado con una simetría perfecta por el viento de levante que los azotaba desde hacía años formando un octógono sobre la parada de microbuses? ¿Quién, al ver al hombre que esperaba en la acera con una bolsa de plástico rosada en la mano, recordaba que la mitad de Estambul andaba por la calle con una bolsa en la mano? ¿Quién, observando las huellas de perros hambrientos y de los traperos que recogen botellas vacías en los parques de la ciudad, muertos, cubiertos de nieve y ceniza, habría pensado que seguía tus pasos, ángel mío, ignorando tu verdadera identidad? ¿Era así como iba a descubrir el mundo nuevo que el libro que había comprado dos días atrás en un puesto callejero me había desvelado como un secreto?

No fue mi mirada sino mi inquieto corazón quien notó primero la sombra de Canan en la misma acera, bajo la luz cada vez más plomiza y la nieve cada vez más intensa. Llevaba un abrigo morado, así que, sin yo saberlo, mi corazón había marcado el abrigo para su posterior reconocimiento. Junto a ella caminaba Mehmet, con una chaqueta gris y sin dejar huellas en la nieve, como un mal espíritu. Quise echar a correr tras ellos para darles alcance.

Se detuvieron en el mismo lugar en el que dos días antes había estado el puesto de libros y comenzaron a hablar. A juzgar por los movimientos de sus manos y por la actitud de Canan, entre ofendida y a la defensiva, se veía que, más que hablar, discutían, como dos enamorados que acostumbran a hacerlo.

Luego volvieron a caminar y se detuvieron de nuevo. Yo estaba muy lejos pero, por sus gestos y por las miradas que les lanzaba la gente que pasaba por la acera, podía adivinar sin dar lugar a la imaginación que discutían todavía más violentamente que antes.

Tampoco aquella vez duró mucho. Canan dio media vuelta y mientras retrocedía hacia Taşkışla, hacia mí, Mehmet la observó un rato a sus espaldas y continuó su camino en dirección a Taksim. Mi corazón volvió a perder su ritmo habitual.

Fue entonces cuando vi que el hombre que esperaba con la bolsa rosa en la parada de microbuses de Sarıyer estaba cruzando a la otra acera. Mi mirada, concentrada en la elegancia de los pasos de la hermosa sombra del abrigo morado, no se encontraba en situación de prestar atención a alguien que cruzaba de acera, pero en los movimientos del hombre de la bolsa que cruzaba a toda velocidad había algo que llamaba la atención, como si fuera una nota discordante en una pieza musical. A dos pasos de la acera sacó algo de la bolsa, un arma, y apuntó a Mehmet. Él también lo vio.

Primero vi que Mehmet perdía el equilibrio, herido. Luego oí el estampido del disparo. Y después oí un segundo. Creí que iba a oír un tercero cuando Mehmet se tambaleó y cayó al suelo. El hombre arrojó la bolsa de plástico y comenzó a huir en dirección al parque.

Canan se acercaba a mí con los mismos pasos tristes, elegantes, de pajarito. No había oído los disparos. Un camión lleno de naranjas cubiertas por la nieve llegó al cruce, estruendoso y alegre. Parecía que el mundo se hubiera puesto de nuevo en movimiento.

Vi un alboroto en la parada de microbuses. Mehmet se estaba poniendo en pie. A lo lejos, en la ladera, el hombre ahora sin bolsa corría dando saltos por la nieve del parque, como un payaso que quiere divertir a los niños, en dirección al estadio İnönü y dos perros juguetones le seguían alegres.

Tenía que salir corriendo, bajar, alcanzar a Canan por el camino y avisarla, pero me quedé quieto observando cómo Mehmet se tambaleaba y lanzaba miradas de sorpresa a su alrededor. ¿Durante cuánto tiempo? Durante un rato, un buen rato, hasta que Canan apareció en mi ángulo de visión por la esquina de Taşkışla.

Eché a correr, bajé las escaleras y pasé entre los estudiantes, los policías de paisano y los bedeles de la puerta. Cuando llegué a la puerta principal, Canan no estaba allí, ni el menor rastro de ella. Caminé hacia arriba a toda prisa pero no pude verla. Tampoco vi nada que tuviera la más mínima relación con lo que había visto poco antes y ni siquiera encontré a nadie. Mehmet no estaba por allí y tampoco la bolsa que había arrojado el hombre de la pistola.

El lugar donde había caído Mehmet estaba cubierto de barro por la nieve fundida. Pasaban un niño de unos dos años con un gorro de lana y su elegante y guapa madre.

—¿Y adónde se escapó el conejo, mamá? ¿Adónde? —preguntaba el niño.

Corrí preocupado a la otra acera, hacia la parada de microbuses de Sarıyer. El mundo había vuelto a envolverse en el silencio de la nieve y en el desinterés de los árboles. En la parada de microbuses dos conductores, parecidos como dos gotas de agua, se quedaron absolutamente sorprendidos con mis preguntas: no tenían ni la menor idea de nada. El tipo del café que les servía té, y que tenía cara de bandido, tampoco había oído los disparos, pero no tenía la menor intención de que nada le sorprendiera. En cuanto al vigilante de la parada, provisto de silbato, me miró como si yo fuera el mismísimo criminal que había apretado el gatillo. Las cornejas se agolparon en un pino por encima de mí. En el último momento introduje la cabeza en un microbús que estaba a punto de salir, pregunté inquieto y una señora me dijo:

—Ahí mismo, hace un momento, una chica y un chico pararon un taxi y se montaron en él.

Señalaba hacia la plaza de Taksim. Eché a correr hacia allí aun a sabiendas de que lo que hacía era una estupidez. Entre el gentío de la plaza, entre los vendedores, los coches y las tiendas, pensé que me había quedado absolutamente solo en el mundo. Me disponía a introducirme en Beyoğlu cuando de repente se me ocurrió una idea y bajé de una carrera hasta el hospital de primeros auxilios de la calle Sıraselviler y entré, como si fuera un paciente grave, por la puerta de urgencias entre el olor a éter y yodo.

Vi caballeros con los pantalones desgarrados y las perneras remangadas, cubiertos de sangre. Vi gente de cara morada por el frío con cortes de digestión o intoxicados a los que habían lavado el estómago, habían tendido en una camilla y habían dejado en medio de la nieve, entre los ciclámenes, para que tomaran el aire. Le indiqué el camino a un grueso y cortés abuelete que iba de puerta en puerta buscando al médico de guardia mientras sostenía en el puño un extremo de la cuerda de tender con la que se había atado fuertemente el brazo para no morir por la pérdida de sangre. Vi viejos amigos que se habían dado de cuchilladas con el mismo cuchillo y que declaraban muy tranquilos sentados ante el policía de guardia pidiéndole perdón por haber olvidado el cuchillo en casa mientras éste levantaba el atestado. Esperé mi turno y, me enteré antes por las enfermeras que por el policía, no, ese día no había aparecido por allí ningún estudiante herido de bala acompañado por una muchacha morena.

Luego me pasé por el hospital municipal de Beyoğlu y me pareció ver a los mismos amigos que se habían acuchillado, a las mismas muchachas que habían intentado suicidarse bebiendo tintura de yodo, a los mismos aprendices a los que una máquina les había enganchado un brazo o una aguja un dedo, a los mismos pasajeros que se habían quedado atrapados entre el autobús y la parada o el transbordador y el muelle. Examiné cuidadosamente los registros, declaré, sin que llegara a pasarlo por escrito, ante un policía que sospechó de mis sospechas y tuve miedo de llorar después de oler la colonia de lavanda que un padre feliz que se dirigía al piso superior, a la planta de partos, echó en las manos de todos los presentes.

Volví al lugar de los hechos cuando ya estaba oscureciendo. Crucé entre los microbuses y me metí en el parquecillo. Las cornejas volaron airadas sobre mi cabeza al principio pero luego se introdujeron entre las ramas y se instalaron en sus puestos de observación. Quizá me encontrara en medio del estruendo de la ciudad, pero sentía en mis oídos un silencio parecido al que debe de sentir un asesino que acaba de acuchillar a alguien y se refugia en un rincón. A lo lejos, las luces de un amarillo pálido del aula en la que Canan me había besado estaban encendidas; debían de seguir con las clases. Los árboles, cuyo desamparo me había sorprendido aquella mañana, se habían convertido en pilas de cortezas deformes y crueles. Caminé pisando la nieve, que me entraba en los zapatos, y encontré las huellas del hombre sin bolsa que cuatro horas antes había corrido a saltos como un payaso por esa misma nieve. Seguí las huellas hasta el camino de abajo para estar lo bastante seguro de su existencia, di media vuelta y mientras subía vi que las huellas del hombre sin bolsa hacía rato que se habían mezclado con las mías. De repente, surgieron de entre los arbustos dos perros negros, tan culpables y tan testigos como yo, y huyeron asustados. Me detuve un momento y miré al cielo; estaba tan negro como los perros.

En casa mi madre y yo estuvimos viendo la televisión mientras cenábamos. Las noticias de la pantalla, las personas que aparecían de vez en cuando en ella, los asesinatos, los accidentes, los incendios y los atentados, todo me parecía tan lejano e incomprensible como las olas que levanta una tormenta en el mínimo espacio de mar que se adivina entre unas montañas. No obstante, el deseo de formar parte de ese lejano mar plomizo, de estar «allí», no dejaba de agitarse en mi corazón. Entre las imágenes en blanco y negro que se balanceaban ligeramente, la antena de la televisión no estaba bien orientada, no se hizo la menor mención a que un estudiante hubiera sido herido.

Después de cenar me encerré en mi habitación. El libro seguía sobre la mesa tal y como lo había dejado, con las páginas abiertas de una manera que me dio miedo. En la llamada del libro, en el deseo que se elevaba en mi interior de volver a él, de entregarme a él por completo, había una violencia brutal. Salí a la calle pensando que no podría contenerme. Caminé hasta la orilla del mar por las calles cubiertas de barro y nieve. La oscuridad del mar me dio fuerzas.

Me senté a la mesa con ese vigor en cuanto regresé a casa y volví la cara con valentía hacia la luz que emanaba del libro como si entregara mi cuerpo a un deber sagrado. Al principio la luz no era fuerte, pero según iba leyendo palabras, según volvía las páginas, me envolvió tan profundamente que noté que todo mi ser se fundía y desaparecía. Sintiendo un enorme deseo de vivir y correr y una impaciencia y una excitación que me provocaban dolor en el vientre, leí hasta el amanecer.

3.

Los días posteriores los pasé buscando a Canan. El día siguiente no se la vio por Taşkışla, ni al siguiente, ni al otro. Al principio encontraba comprensible su ausencia y pensaba que volvería, pero el viejo mundo comenzaba a deslizarse bajo mis pies. Estaba cansado de buscar, de mirar a mi alrededor, de sentir esperanzas. Estaba descorazonadamente enamorado y además, por influencia del libro, que leía cada noche hasta el amanecer, me encontraba completamente solo. Era amargamente consciente de que este mundo estaba compuesto por imágenes sucesivas, por una serie de señales mal interpretadas y por un conjunto de costumbres adoptadas a ciegas y que el mundo y la vida auténticos estaban en el interior o en el exterior de todo aquello, pero en cualquier caso muy cerca. Había comprendido que Canan era la única que podía mostrarme el camino.

Leí atentamente todos los periódicos, suplementos y revistas semanales en los que se hablaba con todo detalle de asesinatos políticos, vulgares homicidios entre borrachos, sangrientos accidentes e incendios, pero no encontré la menor huella de ellos. Después de leer el libro toda la noche iba a Taşkışla poco antes de mediodía, caminaba por los pasillos diciéndome que quizá habría ido y la encontraría, pasaba de vez en cuando por la cantina, subía y bajaba las escaleras, me paraba en el patio y echaba una mirada, me daba una vuelta por la biblioteca, pasaba entre las columnas, me detenía ante la puerta del aula en donde me había besado, si me lo permitía mi paciencia entraba en alguna clase y mataba un rato el tiempo y salía de ella con la intención de repetir una vez más las mismas caminatas. No tenía otra cosa que hacer sino buscar, esperar y leer y releer el libro por las noches.

Una semana más tarde traté de introducirme entre los compañeros de clase de Canan. La verdad es que suponía que tanto ella como Mehmet no debían de tener demasiados amigos. Había un par de personas que sabían que Mehmet trabajaba de contable y portero de noche en un hotel cerca de Taksim y que vivía allí, pero nadie supo decirme lo más mínimo sobre por qué no aparecía aquellos días por Taşkışla. Una muchacha hostil, que había estudiado en el instituto con Canan pero con la que no había hecho demasiada amistad, me contó que vivía en Nişantaşı. Otra, con la que al parecer había trabajado varias noches hasta el amanecer dibujando proyectos para clase, me dijo que tenía un hermano mayor muy guapo y agradable que trabajaba en la empresa de su padre; parecía más interesada en el hermano que en Canan. Sin embargo, no conseguí su dirección a través de ella, sino de secretaría, con la excusa de que quería enviar a mis compañeros felicitaciones de Año Nuevo.

Por las noches leía el libro hasta el amanecer, hasta que se me agotaban las fuerzas por el dolor de ojos y la falta de sueño. Durante la lectura, a veces la luz que emanaba del libro y me golpeaba en la cara me parecía tan potente, tan brillante, que creía que no sólo mi alma, sino también todo mi cuerpo sentado a la mesa se disolvía, que todo lo que me hacía ser yo mismo desaparecía en la luz que brotaba del libro. Entonces aquella luz que crecía absorbiéndome cobraba vida ante mis ojos, primero como un rayo de claridad que se filtrara por una grieta subterránea y después iba fortaleciéndose y extendiéndose hasta envolver el mundo, y en ese mundo había un lugar para mí: por un momento imaginaba que me encontraba con Canan y que ella me abrazaba en las calles de ese país cuyos habitantes, valientes y nuevos, cuyos árboles inmortales y cuyas ciudades perdidas me parecía ver.

Una tarde de finales de diciembre fui al barrio de Canan, a Nişantaşı. Caminé indeciso largo rato por la calle principal, entre escaparates iluminados para Nochevieja y mujeres elegantes con sus niños que regresaban de sus compras, y me entretuve ante puestos de bocadillos recién abiertos, quioscos de prensa y escaparates de pastelerías y tiendas de confección.

A la hora en que se cerraban las tiendas y se vaciaban las atestadas calles, llamé a la puerta de un edificio de una calle lateral. Abrió la puerta una criada; le dije que era compañero de clase de Canan; entró; me llegaba el sonido de un discurso político desde una televisión encendida; oí susurros. Llegó su padre, muy alto, con camisa blanca y con una servilleta inmaculada en la mano y me invitó a pasar: allí estaban la madre, curiosa y pintada, el guapo hermano mayor y una mesa de comedor en la que faltaba el cuarto cubierto. La televisión estaba dando las noticias.

Dije que era compañero de clase de Canan en Arquitectura, que no iba a clase, que todos sus compañeros estábamos preocupados, que los que habían llamado por teléfono no habían conseguido una respuesta satisfactoria y que, además, ella tenía un trabajo mío de estadística que debía terminar y que, sintiéndolo mucho, me veía obligado a pedir que me lo devolviera. Con el desteñido abrigo de mi padre en el brazo izquierdo debía de parecer un lobo feroz envuelto en una descolorida piel de cordero.

—Pareces un buen muchacho, hijo —comenzó diciendo el padre de Canan. Me explicó que hablaría claramente conmigo pero que, por favor, quería respuestas también claras a sus preguntas. ¿Me sentía próximo a cualquier opinión política fuera de izquierdas o derechas, integrista o socialista? ¡No! ¿Tenía relación con cualquier organización política dentro o fuera de la universidad? No, tampoco.

Se produjo un silencio. La madre levantó las cejas con un aspecto de aprobación y simpatía. Las imágenes errantes de la televisión se reflejaban en los ojos color miel, como los de Canan, de su padre, que por un momento fue a países lejanos e inexistentes y luego se volvió hacia mí habiendo tomado una decisión.

Canan había abandonado la casa, había desaparecido. Pero quizá no pudiera llamársele a aquello desaparecer. Cada dos o tres días llamaba por teléfono, a juzgar por el ruido desde una ciudad lejana, les decía que no se preocuparan, que estaba bien, y, sin hacer caso a las preguntas y a la insistencia de su padre ni a los ruegos de su madre, colgaba sin una palabra más. Tenían razón al sospechar que una muchacha en su situación debía de estar siendo utilizada por alguna organización política para sus oscuros fines. Habían pensado en avisar a la policía, pero no lo habían hecho porque siempre habían confiado en la inteligencia de Canan y estaban seguros de que sería capaz de apañárselas por sí sola y librarse de cualquier desastre que pudiera ocurrirle. En cuanto a la petición expresada con voz llorosa por la madre, cuya mirada había desmenuzado todo mi ser, desde mi ropa hasta mi pelo, desde la herencia de mi padre, que había dejado en el respaldo de un sillón, hasta mis zapatos, consistía en que les expusiera de inmediato cualquier información o suposición que tuviera y que pudiera iluminar el caso.

Me revestí con una expresión asombrada y les dije que no, señora, no tenía la menor idea ni la menor suposición. Por un instante todos nos quedamos mirando el plato de hojaldres fritos y la ensalada de zanahoria que había sobre la mesa. El guapo hermano mayor, que había salido de la habitación y había regresado, se disculpó por no haber encontrado ese trabajo que tenía a medias. Insinué que si miraba por mí mismo en su cuarto quizá pudiera encontrarlo, pero en lugar de abrirme las puertas del dormitorio de la muchacha desaparecida se limitaron a señalarme su lugar vacío en la mesa, y eso sin insistir demasiado. Yo era un amante orgulloso y lo rechacé. Pero me arrepentí justo cuando estaba saliendo del comedor y vi una fotografía enmarcada sobre el piano. En la fotografía Canan, de unos nueve años y con coletas, sonreía apenas junto a sus padres con la tristeza de su mirada infantil y estaba vestida con un disfraz, supongo que para alguna función de la escuela, de encantador ángel alado, según la tradición de Occidente.

¡Qué fría y hostil era la noche fuera, qué oscuras las calles y qué crueles! De repente comprendí por qué se aprietan unos contra otros de tal manera los perros que recorren las calles en manadas. Desperté cariñosamente a mi madre, que se había quedado dormida ante la televisión, le toqué el pálido cuello, sentí su olor, quise que me abrazara. Cuando me encerré en mi habitación sentí de nuevo que mi auténtica vida comenzaría pronto.

Leí el libro. Leí el libro con respeto, doblegándome ante él, deseando que me llevara de este mundo. Ante mí aparecieron nuevos países, nuevas gentes, nuevas imágenes. Vi nubes del color del fuego, océanos oscuros, árboles púrpura, olas rojas. Luego, de la misma manera que ciertas mañanas de primavera, inmediatamente después de la lluvia, las casas sucias, las malditas calles y las ventanas muertas se apartaban y me cedían el paso de repente ante mi confiado y optimista caminar, las confusas fantasías de mi mente se dispersaron poco a poco y apareció ante mí el amor, aureolado por una blanquísima luz. En sus brazos llevaba una niña pequeña, la misma niña cuya fotografía había visto enmarcada sobre el piano.

La niña me miró sonriendo, quizá fuera a decir algo, quizá lo dijo pero no pude oírlo. Por un momento me sentí desamparado. Una voz en mi interior me susurró que jamás podría ser parte de aquella hermosa imagen y yo le di la razón amargamente. En ese mismo instante me envolvió un enorme arrepentimiento. Entonces vi con gran dolor de mi corazón que ambas imágenes desaparecían en una extraña ascensión.

Aquellos sueños despertaron en mí tal terror que, como había hecho el primer día que lo leí, aparté asustado la cara del libro, como si quisiera protegerme de la luz que brotaba de sus páginas. Vi entristecido que mi propio cuerpo estaba abandonado allí, entre el silencio de mi habitación, la paz que me daba mi mesa, la tranquila postura de mis brazos y mis manos, mis cosas, mi paquete de tabaco, mis tijeras, mis libros de texto y las cortinas y la cama, abandonado en otra vida.

Quería que mi cuerpo, cuyo calor sentía, cuyo pulso notaba, se alejara de ese mundo, pero por otro lado era también consciente de los ruidos interiores del edificio y del grito del vendedor de boza a lo lejos en el exterior y de que el mero hecho de sentarme a medianoche en ese mundo a leer un libro y de estar allí en ese momento era algo que resultaba bastante soportable. Durante un rato me dediqué sólo a escuchar aquellos sonidos: cláxones de coches muy lejanos, ladridos de perros, una brisa apenas perceptible, la conversación de dos hombres que pasaban por la calle (ya es mañana por la mañana, dijo uno) y, de repente, el estruendo de uno de esos largos trenes de mercancías, que se adueñó de los demás sonidos de la noche. Mucho después, cuando en cierto momento pareció que todo se disolvería en un silencio absoluto, apareció ante mis ojos una visión y comprendí cómo el libro se había grabado en mi alma. Mientras mantenía mi rostro hacia la luz que brotaba del libro era como si mi alma fuera una hoja blanquísima de un cuaderno abierto. Debía de ser así como todo lo que estaba escrito en el libro se iba estampando en mi interior.

Me estiré desde el lugar en que estaba sentado y saqué un cuaderno del cajón. Era un cuaderno de hojas cuadriculadas para cuadros y tablas, lo había comprado para la clase de estadística unas semanas antes de encontrarme con el libro pero aún no lo había usado. Lo abrí por la primera página, aspiré el olor de la hoja limpia y en blanco, cogí el bolígrafo y comencé a escribir en él frase por frase lo que me dictaba el libro. Después de pasar al cuaderno una de las frases continuaba con la siguiente y la escribía detrás de la anterior. Cuando el libro inició un nuevo párrafo yo hice lo mismo y un rato después vi que había escrito en mi cuaderno las palabras de ese párrafo tal y como aparecían en el libro. Y así, escribiendo primero un párrafo y luego otro, reviví una y otra vez lo que el libro me decía. Por fin levanté la cabeza de las páginas que había escrito y miré por un lado al cuaderno y por otro al libro. Yo había escrito el cuaderno, pero lo que había escrito era lo mismo que decía el libro. Aquello me gustó tanto que comencé a hacer lo mismo cada noche hasta el amanecer.

Ya no iba nunca a clase. La mayor parte del tiempo la pasaba recorriendo los pasillos como alguien que huye de su propia alma sin que me importara lo más mínimo qué clase había dónde, sin ser capaz de detenerme iba otra vez a la cantina, luego al piso superior, después a la biblioteca, después a las clases, luego volvía a ir a la cantina, y sufría con un profundo dolor que se me clavaba en el vientre cada vez que veía que Canan no estaba en esos lugares.

Al pasar los días fui acostumbrándome a ese dolor en el vientre y conseguí vivir con él, controlarlo aunque sólo fuera un poco. Quizá me fuera de alguna utilidad el caminar a toda prisa, o fumar, pero lo más importante era encontrar cosas con las que entretenerme: una anécdota que contaba alguien, un rotulador nuevo morado, la fragilidad de los árboles que veía por la ventana, cualquier cara nueva que se me apareciera de repente en la calle, me salvaban aunque sólo fuera por un breve instante de notar ese dolor provocado por la impaciencia y la soledad que se extendían desde mi vientre por todo mi cuerpo. Comencé a no registrar nervioso todo el lugar, agotando así todas las posibilidades que se me ofrecían, al entrar en algún sitio en el que pudiera encontrarse Canan, por ejemplo en la ya mencionada cantina, sino que primero miraba al rincón donde charlaban fumando las muchachas en tejanos y, mientras lo hacía, imaginaba que Canan estaba sentada un poco más allá, a mis espaldas. Me convencí tan rápidamente de aquel sueño que no me daba media vuelta para que no desapareciera, paseaba largamente la mirada entre los que esperaban en la cola de la caja y los que se sentaban a la mesa en la que Canan había dejado el libro de repente dos semanas antes y así ganaba algunos segundos más de felicidad imaginando que la cálida presencia de Canan se movía inmediatamente detrás de mí y creía con más fuerza en mi sueño. Cuando volvía la cabeza y veía que Canan no estaba allí, o que no había la menor señal que indicara su presencia, aquel sueño que se extendía lentamente por mis venas como un dulce elixir cedía su lugar a un veneno que marcaba con un hierro candente mi estómago.

Había oído mucho, había leído muchas veces que el amor es un dolor beneficioso. Y en aquellos días me encontraba a menudo con toda aquella palabrería que aparece en la mayoría de los libros de métodos de adivinación del futuro, junto a la sección de «su horóscopo» de los periódicos, o entre fotografías de ensaladas y fórmulas de cremas en las páginas de «hogar-familia-felicidad». Porque, a causa del dolor que me producía el lingote de hierro de mi estómago, la soledad y la mezquina envidia que sentía me habían alejado de tal manera del resto de los humanos y me habían dejado en un estado de tal desesperación que comencé a esperar socorro ciegamente no sólo de las secciones del horóscopo y las estrellas de periódicos y revistas, sino de otras determinadas señales. Si el número de escalones que subían al piso de arriba era impar, Canan estaba allí... Si la primera en salir por la puerta era una mujer, ese día vería a Canan... Si el tren se ponía en marcha antes de que contara hasta siete, la encontraría y ella hablaría conmigo... Si era yo el primero en saltar al muelle, hoy ese día vendría.

Fui yo el primero en saltar al muelle. No pisé ninguna de las rayas entre las losetas de la acera. Comprobé que el número de chapas de gaseosa que habían tirado al suelo en el café era correctamente impar. Tomé un té con un aprendiz de soldador que llevaba un jersey del mismo color morado que el abrigo de ella. Fui lo bastante afortunado como para que con las letras de las matrículas de los primeros cinco taxis con los que me encontré se pudiera formar su nombre. Logré cruzar sin respirar el pasaje subterráneo de Karaköy de una entrada a otra. Fui a Nişantaşı y conté nueve mil ventanas de casas sin equivocarme ni una vez. Rompí mi amistad con todos aquellos que ignoraban que su nombre significaba amada y Dios. Dándome cuenta de que nuestros nombres rimaban, adorné nuestras invitaciones de boda, que ya había ordenado imprimir en mi imaginación, con una elegante copla del tipo de las que salen en los envoltorios de los caramelos Vida Nueva. A lo largo de toda una semana logré adivinar, sin pasarme ni una vez del margen de error del cinco por ciento que me había concedido, el número de ventanas iluminadas que se veían a las tres de la madrugada desde mi habitación. Le dije al revés a treinta y nueve personas aquel verso de Fuzuli: «Si no hay amada no hace falta amor»[*]. Llamé a su casa con exactamente veintiocho voces e identidades distintas y pregunté por ella. Y no regresaba a casa ningún día sin decir Canan treinta y nueve veces con las letras que veía en los letreros de las paredes, en los carteles callejeros, en los parpadeantes anuncios de neón, en los escaparates de los asadores, loteros y farmacias, letras que arrancaba de allí con mi imaginación. Pero Canan no vino.

Una noche en que regresaba a casa habiendo doblado el número de mis juegos y habiendo ganado gracias a mi paciencia todos los combates numéricos y de azar que podrían acercarme a Canan aunque sólo fuera un poco y sólo en mis esperanzas, vi desde la calle que la luz de mi habitación estaba encendida. Como llegaba tarde mi madre debía de haberse preocupado o bien buscaba algo en mi cuarto, pero fue una imagen absolutamente distinta la que apareció en mi mente.

[*] En turco es «Canan yok ise can gerekmez». (N. del T.)

Imaginé que yo estaba sentado a la mesa de mi habitación, cuya ventana veía iluminada. Lo imaginé con tal deseo y tal fuerza que creí que por un momento podía ver mi propia cabeza ante el fragmento blanco sucio de pared que apenas se veía entre las cortinas, junto a la lámpara cuya luz anaranjada distinguía ligeramente. Al mismo tiempo me sacudió como un calambrazo un sentimiento de libertad tal que me dejó absolutamente sorprendido. Así de simple era todo, me dije. El hombre de la habitación, y que yo ahora observaba con los ojos de otro, debía permanecer allí. En cuanto a mí, debía huir de mi habitación, de mi casa, de mis cosas, del perfume de mi madre, de mi cama y de los veintidós años de mi pasado. Comenzaría mi nueva vida saliendo de aquella habitación, porque ni Canan ni aquel país se encontraban en un lugar tan cercano como para que pudiera salir de aquella habitación por la mañana y regresar por la noche.

Cuando entré en mi cuarto miré, como si observara las pertenencias de otro, mi cama, los demás libros que reposaban en un rincón de mi mesa, las revistas de mujeres desnudas que ya no hojeaba porque era incapaz de hacerme una paja desde que había visto a Canan, el cartón de tabaco que había puesto sobre el radiador para que se secaran los cigarrillos, las monedas depositadas en un plato, el llavero, el armario cuya puerta no acababa de cerrar bien, miré todos aquellos objetos que me unían a ese viejo mundo y comprendí que debía escapar de allí.

Luego, mientras leía el libro y escribía en el cuaderno, sentí que lo que leía y escribía me señalaba una dirección en el mundo. Era como si no debiera estar en un solo lugar, sino en todos a la vez. ¡Y mi habitación era un solo lugar y no todos! «Para qué voy a ir a Taşkışla mañana —me dije—, si Canan no va a ir allí». Había también otros sitios a los que Canan no iría y yo me los había recorrido inútilmente, ya no lo haría más. A partir de ahora iría a los lugares a los que me llevara la escritura. Tanto Canan como la nueva vida debían de estar allí. Y así fue como mientras copiaba lo que el libro me decía, poco a poco se iba grabando en mí la conciencia de los lugares a los que iría y noté feliz que lentamente me iba convirtiendo en un hombre distinto. Mucho después, mirando las páginas que había llenado como un viajero satisfecho de la ruta que ha tomado, vi clarísimamente quién era esa nueva persona en quien me estaba convirtiendo.

Esa persona que se sentaba a la mesa, que reescribía el libro en su cuaderno frase a frase y que, según escribía, iba sintiendo la dirección que tomaba el camino que se dirigía a la vida que buscaba, era yo. Esa persona que había leído un libro que le había cambiado la vida entera, que se había enamorado, que notaba que estaba a punto de ponerse en marcha hacia una vida nueva, era yo. Esa persona a la que su madre, antes de acostarse, le decía después de llamar a la puerta: «Te pasas la noche escribiendo, por lo menos no fumes», era yo. Era yo quien, cuando se acallaban los ruidos de la noche, a la hora en que sólo se oían en el barrio los lejanos aullidos de las manadas de perros, se levantaba de su mesa y volvía a mirar el libro que llevaba semanas leyendo y las páginas del cuaderno escritas gracias a la inspiración del libro. Era yo quien cogía del fondo del armario el dinero que tenía guardado debajo de los calcetines, quien salía de su habitación sin apagar la luz, se detenía ante la puerta de su madre y escuchaba con cariño el sonido de su respiración. Era yo, ángel mío, quien mucho después de pasada la medianoche se deslizaba saliendo de su casa como un extraño acobardado que huye de una casa ajena y se mezclaba con la oscuridad de las calles. Era yo quien miraba desde la acera la iluminada ventana de su propia habitación con sensación de soledad y con los ojos llenos de lágrimas por la vida frágil y agotada de otro. Era yo quien corría entusiasmado hacia una vida nueva oyendo el eco de sus decididos pasos en el silencio.

En todo el barrio sólo seguían encendidas las luces muertas de la casa del tío Rıfkı el ferroviario. Me subí a la tapia del jardín y vi por entre las cortinas entreabiertas a su mujer, la tía Ratibe, fumando sentada bajo una luz pálida. En uno de los cuentos infantiles del tío Rıfkı, el valiente protagonista, que se lanzaba a la conquista de El Dorado, hacía como yo ahora, atendía a la llamada de las calles oscuras, al grito de países lejanos, al rumor de árboles invisibles, y caminaba llorando por las tristes calles de su infancia. Caminé con lágrimas en los ojos y el abrigo de mi difunto padre, jubilado de los Ferrocarriles del Estado, hacia el corazón de la noche oscura.

La noche me ocultó, la noche me camufló, la noche me indicó el camino. Me introduje en los órganos internos de la ciudad, que vibraban lentamente, en sus avenidas de cemento, petrificadas como paralíticos, en sus bulevares de neón, que se sacudían con los gemidos de los camiones de leche, carne, conservas y bandidos. Bendije cubos de basura que vaciaban la porquería de sus bocas en aceras mojadas que reflejaban la luz de las farolas; pregunté el camino a árboles terribles incapaces de estar tranquilos; guiñé el ojo a ciudadanos que seguían haciendo cuentas en las cajas de pálidas tiendas; evité a los policías que montaban guardia a la puerta de las comisarías; sonreí con pena a los borrachos, desahuciados, descreídos y apátridas que ignoraban el brillo de la nueva vida; observé con mirada sombría a los conductores de taxis con franjas parecidas al dibujo de un tablero de damas que se me acercaban furtivamente en el silencio de parpadeantes luces rojas como pecadores desvelados; no creí a las bellas mujeres que me sonreían desde los anuncios de jabón pegados en los muros; tampoco creí a los apuestos hombres de los anuncios de tabaco, ni a las estatuas de Atatürk, ni a los periódicos del día siguiente por los que se peleaban los borrachos y los insomnes, ni al vendedor de lotería que tomaba un té en un café abierto toda la noche, ni a su compañero, que me llamaba con un gesto y me decía: «¡Siéntate, muchacho!». Los pútridos olores interiores de la ciudad me llevaron hasta la estación de autobuses, que olía a mar y a albóndigas, a retrete y a humo de tubos de escape, a gasolina y suciedad.

Para que no me embriagaran los multicolores letreros de plexiglás con los nombres de cientos de ciudades y pueblos que había sobre los despachos de billetes y que me prometían nuevos países, nuevos corazones y nuevas vidas, me introduje en un pequeño restaurante. Me senté dando la espalda a los platos de ensalada y a los dulces de sémola y de leche dispuestos en hileras, como los letreros de

las compañías de autobuses y los de los nombres
de las ciudades, en un frigorífico de amplio exposi-
tor, platos que quién sabe a cuántos kilómetros de
distancia y por qué estómagos serían digeridos, y
se me olvidó qué era lo que había comenzado a esperar. Quizá, ángel mío, esperaba que me atrajeras
ligeramente hacia ti, que me dirigieras cuidadosamente, que me previnieras con cariño. Pero en el
restaurante no había sino un puñado de viajeros
perdidos que engullían medio dormidos y una madre con su hijo en brazos. Mientras mis ojos buscaban el rastro de la vida nueva, un letrero en la pared dijo: «¡No jueguen con las luces!». «Los servicios
no son gratuitos», dijo otro, y un tercero añadió
con letras más fuertes y decididas: «Está prohibido
introducir bebidas alcohólicas del exterior». Me pareció ver cuervos negros que pasaban aleteando ante
las ventanas de mi mente; me pareció ver que mi
propia muerte comenzaría en aquel punto de partida. Quise describirte la tristeza que lentamente se
cerraba sobre sí misma de aquel restaurante de la estación, ángel mío, pero estaba tan cansado que oía
el gemido de los siglos resonante como el de los
bosques que nunca duermen, amaba el espíritu enloquecido de los roncos motores de los valientes autobuses que se ponían en marcha, cada uno hacia
un universo distinto, oía a Canan llamarme desde el
lugar lejano en que buscaba un umbral, pero en silencio: como el espectador que se tiene que confor-
mar con ver la película sin sonido a causa de un fa-
llo técnico, porque quizá me había quedado un
poco dormido con la cabeza apoyada en la mesa.

No sé cuánto tiempo estuve dormido. Al
despertarme estaba en el mismo restaurante entre

distintas personas y entonces noté que podría indicarle al ángel el punto de partida del gran viaje que me llevaría a momentos incomparables. Frente a mí había tres jóvenes que contaban estruendosamente su dinero y calculaban el precio de los billetes. Un anciano solitario, que había colocado su abrigo y su bolsa de plástico junto al plato de sopa sobre la mesa, olfateaba y removía con la cuchara su triste vida y un camarero bostezaba mientras leía un periódico en la penumbra donde se alineaban las mesas vacías. Justo a mi lado había un cristal cubierto de vaho que llegaba desde el techo hasta las sucias losetas del suelo; detrás de él, la noche azul oscura y en la noche el estruendo de los motores de los autobuses que me llamaba para que fuera a ese país.

De repente me subí en uno de ellos a aquella hora imprecisa. Aún no era de mañana pero iba amaneciendo lentamente, salió el sol y mis ojos se llenaron de sol y de sueño. Me quedé dormido.

Subí y bajé de autobuses, erré por las estaciones; me monté y dormí en autobuses, enlacé los días con las noches; subí a autobuses y bajé en ciudades pequeñas, a lo largo de días penetré en la oscuridad y me dije que era increíble lo decidido que estaba aquel joven viajero a arrastrarse por los caminos que habrían de llevarlo al umbral de aquel país desconocido.

4.

Una fría noche de invierno, ángel mío, estaba en uno de esos autobuses de los que utilizaba uno o dos al día, llevaba días viajando, viajaba sin saber de dónde venía, ni dónde estaba, ni adónde iba, sin prestar atención siquiera a qué velocidad iba. Las luces interiores hacía mucho que se habían apagado, y yo me encontraba en algún lugar de la parte posterior derecha de aquel autobús escandaloso y cansado entre despierto y dormido, más cercano a los sueños que al sueño, más cercano a los sombríos fantasmas del exterior que a los sueños. Por el resquicio de mis párpados veía un árbol raquítico en una estepa interminable iluminada por el único ojo vago de las luces largas de nuestro autobús, una roca sobre la que habían escrito un anuncio de colonia, postes de electricidad, los faros amenazantes de camiones que pasaban de vez en cuando y la película que se proyectaba en la televisión enchufada al vídeo justo sobre el asiento del conductor. Cuando la joven protagonista hablaba, la pantalla se cubría del color morado del abrigo de Canan, y cuando el muchacho, que hablaba atropelladamente, le daba la réplica, el morado se convertía en un azul pálido que me habría impresionado algún día tiempo atrás. Siempre ocurre lo mismo, de repente el mismo morado y el mismo azul pálido se confundieron en la pantalla y mientras yo pensaba en ti, mientras te recordaba, pero no, no se besaron.

Recuerdo que justo en ese momento, en la tercera semana de mi viaje en autobús, exactamente a mitad de la película, me arrebató una sensación de vacío, de inquietud y de expectación sorprendentemente fuerte. Tenía un cigarrillo en la mano y sacudía nervioso la ceniza en el cenicero que poco después habría de cerrar con un golpe violento y decidido de mi frente. La airada impaciencia que me provocaba la indecisión de aquellos amantes que seguían sin besarse se convirtió en una inquietud más profunda y definitiva. La sensación de que ahora llega, ahora, se acerca esa cosa intensa y real. Ese silencio mágico que sienten todos antes de que coloquen la corona en la cabeza del rey, incluso los espectadores de la película. En ese silencio, justo antes de que la corona toque la cabeza, se oye el batir de las alas de una pareja de palomas que cruzan la plaza del reino. Oí que gemía el anciano que dormitaba a mi lado y me volví hacia él. La cabeza calva apoyada en el frío helado del oscuro cristal se bamboleaba pacíficamente, esa misma cabeza cuyos espantosos dolores me había estado explicando cien kilómetros y dos pequeñas y miserables ciudades, que se imitaban envidiosas, atrás. El médico del hospital al que pensaba ir cuando llegáramos a la ciudad por la mañana por lo del tumor cerebral debía aconsejarle que no apoyara la cabeza en el cristal frío, me dije, y cuando volvía la mirada hacia la carretera oscura me dejé llevar por una preocupación que no me atacaba desde hacía días. ¿Qué era, qué era aquella profunda e irresistible espera que ahora sentía en mi interior? ¿Por qué ahora ese impaciente deseo que me envolvía por completo?

Me sentí sacudido por un estruendo desgarrador, por la decisión de una fuerza capaz de desplazar de su lugar mis órganos internos. Me vi lanzado de mi asiento, choqué contra el que tenía delante, golpeé trozos de hierro y latón y aluminio y cristal, los golpeé con ansia y ellos me golpearon, me doblé en dos. Al mismo tiempo caí de nuevo hacia atrás siendo otro completamente distinto y me encontré en el mismo asiento del autobús.

Pero el autobús ya no era el mismo. Desde el lugar en que continuaba sentado, todavía aturdido, podía ver entre una neblina azul que la zona del conductor y los asientos que había inmediatamente detrás estaban destrozados, se habían deshecho, se habían evaporado.

Así que eso era lo que buscaba, lo que buscaba era eso. ¡Y cómo sentí en mi corazón lo que había descubierto! ¡La paz, el sueño, la muerte, el tiempo! Estaba allí y aquí al mismo tiempo; me encontraba en medio de una inmensa paz y en una batalla sangrienta, en un insomnio fantasmal y en un sueño infinito, en una noche interminable y en un tiempo que fluía a toda velocidad. Por esa razón, como en las películas, me levanté de mi asiento a cámara lenta y a cámara lenta pasé junto al cadáver del asistente del conductor, aún con la botella de agua en la mano, que había emigrado poco antes al mundo de los muertos. Salí por la puerta de atrás del autobús al oscuro jardín de la noche.

Uno de los extremos de aquel jardín estéril e infinito lo formaba el asfalto cubierto de trozos de cristal y el otro el país sin retorno. Avancé sin temor entre la oscuridad sedosa de la noche convencido de que aquello era ese país silencioso que llevaba semanas agitándose en mi imaginación con su tibieza paradisíaca. Como si caminara en sueños, pero despierto; como si caminara, pero de forma que parecía que mis pies no tocaban la tierra. Quizá porque no eran mis pies, quizá porque ya no podía recordar, porque simplemente estaba allí. Simplemente allí y yo mismo; mi cuerpo y mi conciencia dormidos: estaba completamente rebosante de mí mismo, sólo de mí mismo.

Me senté junto a una roca en algún lugar de aquella oscuridad paradisíaca y me tumbé en el suelo. Sobre mí, estrellas dispersas, a mi lado un trozo de roca real. La toqué admirado, sintiendo el increíble gusto del tacto real. En tiempos había un mundo real en que todo el tacto era tacto, todos los olores eran olores y todos los sonidos, sonidos. ¿Es posible que aquellos tiempos den ahora la impresión de presente, estrella? Veía mi propia vida en la oscuridad. Leí un libro y te encontré. Si morir es esto, yo he nacido de nuevo. Porque aquí y ahora, en este mundo, soy alguien completamente nuevo, sin recuerdos ni pasado: me siento como las nuevas y guapas estrellas de las nuevas series de televisión, siento el asombro infantil del fugado de una mazmorra que ve las estrellas por primera vez después de años. Oigo la llamada de un silencio como nunca jamás la había oído y me pregunto: ¿Por qué los autobuses, las noches, las ciudades? ¿Por qué todos esos puentes, carreteras, caras? ¿Por qué la soledad que se abalanza sobre la noche como un halcón, por qué las palabras que se quedan atoradas en la superficie, por qué ese tiempo sin posible vuelta atrás? Oigo el crujir de la tierra y el tic tac de mi reloj. Porque el tiempo es un silencio en tres dimensiones, escribía en el libro. Así que tenía que morirme sin comprender las tres dimensiones, me decía, sin entender la vida, el mundo, ni el libro y sin volverte a ver, y le hablaba por primera vez a aquellas estrellas nuevas, tan nuevas, cuando de repente se me vino a la cabeza una idea infantil, digna de un niño. Yo era aún demasiado niño para morir y noté alegre la calidez de la sangre que me caía desde la frente en mis frías manos, descubriendo de nuevo el tacto de los objetos, su olor y su luz. Contemplé feliz este mundo, Canan, queriéndote.

Algo más allá, donde lo había dejado, en el punto donde nuestro desdichado autobús había chocado con todas sus fuerzas contra un camión cargado de cemento, se elevaba una nube de polvo que colgaba como un paraguas milagroso sobre los muertos y los agonizantes. Del autobús se filtraba una luz azul y testaruda. Los infelices supervivientes y los que poco después ya no sobrevivirían salían por la puerta de atrás con el cuidado de los que pisan la superficie de un nuevo planeta. Madre, madre, yo he salido y usted se ha quedado dentro, madre, madre, la sangre me llena los bolsillos como si fuera dinero suelto. Quise hablar con ellos: con el abuelete de sombrero que se arrastraba por el suelo con una bolsa de plástico en la mano, con el soldado meticuloso inclinado sobre el roto de su pantalón, con la vieja que se dejaba llevar por una feliz verborrea ahora que tenía la oportunidad de hablarle directamente a Dios... Me habría gustado explicarles el secreto de ese tiempo inigualable y perfecto a ese vendedor de seguros tan hábil que ahora contaba las estrellas, a la muchacha hechizada cuya madre imploraba al conductor muerto, a los hombres bigotudos que, a pesar de no conocerse, se daban la mano balanceando ligeramente los brazos como enamorados a primera vista y bailaban la danza de la existencia. Me habría gustado decirles que ese instante feliz e incomparable es una gracia que Dios nos concede raras veces en la vida a siervos como nosotros, explicarles que cuando apareces por única vez en la vida, ángel mío, es en esa hora prodigiosa bajo el paraguas milagroso de una nube de cemento, y preguntarles por qué ahora éramos tan dichosos. ¿Quién nos ha concedido esa plenitud, esa totalidad, esa perfección, madre e hijo que os abrazáis libremente con todas vuestras fuerzas por primera vez en la vida como si fuerais amantes sin inhibiciones, mujer coqueta que descubre que la sangre es más roja que el lápiz de labios y la muerte más compasiva que la vida, niña afortunada que contemplas las estrellas con la muñeca en brazos plantada junto al cadáver de tu padre? Una palabra, me dijo mi voz interior: salida, salida... Pero ya hacía mucho que había comprendido que yo no moriría. Una señora que sí lo haría poco después me preguntó por el asistente con su cara rojísima por la sangre, quería recoger de inmediato sus maletas para llegar a tiempo a la ciudad para el tren de la mañana. Me quedé con su sanguinolento billete de tren en la mano.

Subí al autobús por la puerta de atrás para no darme de frente con los muertos de los asientos delanteros, con los rostros pegados al parabrisas. Recordé el terrible estruendo de motor de todos mis viajes en autobús, me di cuenta entonces. Lo que encontré no fue el silencio de los muertos porque había algunos que hablaban ahogándose en

sus recuerdos, en sus deseos y en sus fantasmas.
El asistente seguía agarrando su botella, y una madre tranquila, con los ojos llenos de lágrimas, sostenía a su hijo, que dormía pacíficamente, porque fuera hacía un frío terrible. Me senté porque acababa de percibir el dolor de mis piernas. Mi vecino de asiento, al que le dolía la cabeza, había emigrado de este mundo junto con la apresurada multitud de los asientos delanteros, pero seguía pacientemente sentado. Cuando dormía tenía los ojos cerrados, muerto los tenía abiertos. Dos hombres que no sabía de dónde habían salido sacaban de la parte delantera un cuerpo cubierto de sangre y lo llevaban al frío del exterior para que le diera el fresco.

Fue entonces cuando me di cuenta de la casualidad más mágica, del azar más perfecto: la televisión que había sobre el asiento del conductor se encontraba perfectamente intacta y he aquí que por fin los amantes del vídeo se abrazaban. Me sequé con el pañuelo la sangre de la frente, de la cara y del cuello, abrí el cenicero que poco antes había cerrado con la frente, encendí feliz un cigarrillo y contemplé la película de la pantalla.

Se besaron y se volvieron a besar bebiendo de los labios del otro el carmín y la vida. ¿Por qué cuando era pequeño contenía la respiración en las escenas de besos? ¿Por qué balanceaba las piernas y no miraba a los que se besaban sino un punto en la pantalla ligeramente por encima de ellos? ¡Ah, el beso! ¡Cómo me acordaba del sabor de aquellos labios que tocaban los míos a la luz blanca que entraba por el cristal helado! Sólo una vez en la vida. Repetí entre lágrimas el nombre de Canan.

Cuando la película estaba terminando y el frío del exterior estaba acabando de enfriar los cadáveres ya fríos, vi primero las luces y luego el camión que se detenía respetuoso ante la feliz escena. Mi vecino de asiento, que seguía mirando a la pantalla sin comprender nada, llevaba en el bolsillo de la chaqueta una enorme cartera bien llena. Nombre: Mahmut; apellido: Mahler. Además del carnet de identidad llevaba una fotografía de su hijo en el servicio militar, se parecía a mí, y un recorte de periódico muy antiguo en el que se hablaba de las peleas de gallos, del *Correo de Denizli*, 1966. El dinero me bastaría para algunas semanas, también me quedaría con el libro de familia, muchas gracias.

Para protegernos del frío, nosotros, los prudentes vivos, nos tumbamos en la caja del camión que nos llevaba a la ciudad entre los pacientes muertos y juntos nos dedicamos a contemplar las estrellas. Tranquilos, parecían decirnos las estrellas como si no lo estuviéramos, mirad cómo nosotras sí sabemos esperar. En el sitio en que estaba tumbado bamboleándome al ritmo del camión y mientras unas nubes apresuradas y unos árboles preocupados se interponían entre nosotros y la noche aterciopelada, pensaba que aquella jovial explosión de felicidad tan animada, a media luz, en la que nos abrazábamos con los muertos, constituía una escena perfecta en cinemascope para que mi querido ángel, al que suponía bromista y alegre, apareciera de repente en los cielos y me descubriera los secretos de mi vida y mi corazón; pero aquella escena, había contemplado una más o menos igual en una de las novelas ilustradas del tío Rıfkı, no se hizo realidad. Y así, mientras las ramas pasaban sobre nosotros y los oscuros postes eléctricos se deslizaban uno tras otro, me quedé a solas con la Estrella Polar, la Osa Menor, y el número π. Luego pensé y al mismo tiempo sentí que tampoco era tan perfecto el momento, que faltaba algo. Pero teniendo una nueva alma en mi cuerpo, ante mí una nueva vida, un buen puñado de dinero en los bolsillos y en el cielo esas nuevas estrellas, me dedicaré a buscarlo y encontrarlo.

¿Qué es lo que vuelve la vida incompleta?

Que perdieras una pierna, me dijo la enfermera de ojos verdes que me suturaba en el hospital a la altura de la rótula. Que no debía resistirme. Muy bien. ¿Quiere usted casarse conmigo? Ni fracturas ni fisuras en la pierna ni en el pie. Muy bien, ¿quiere usted hacer el amor conmigo? Y en mi frente un costurón terrible. Así pues, me dije mientras lágrimas de dolor brotaban de mis ojos, algo faltaba y debía haberlo comprendido por el anillo que la enfermera que me cosía llevaba en la mano derecha. Había alguien que la esperaba en Alemania. Yo era un hombre nuevo, pero no del todo. Abandoné el hospital y a la enfermera somnolienta.

Mientras recitaban la oración de la mañana fui al hotel Luz Nueva y le pedí al recepcionista de noche la mejor habitación. Me hice una paja mirando un viejo *Hürriyet* que encontré en el polvoriento armario de la habitación. En las páginas a todo color del suplemento dominical, la propietaria de un restaurante de Nişantaşı, en Estambul, exhibía todos los muebles que se había hecho traer de Milán, sus dos gatos castrados y parte de su cuerpo moderadamente atractivo. Me dormí.

La ciudad de Şirinyer, en la que permanecí unas sesenta horas, treinta y tres de ellas durmiendo en el hotel Luz Nueva, era un lugar de lo más encantador: 1. Barbería. Sobre el mármol de la repisa hay jabón de afeitar OPA con un extremo envuelto en papel de aluminio. Un ligero aroma a mentol permaneció en mis mejillas durante todo el tiempo que estuve en la ciudad. 2. Café de la Juventud. Viejos absortos que miran atentamente a los reyes de picas y corazones de los naipes de cartulina que tienen en la mano, la estatua de Atatürk de la plaza, los tractores, a mí, que cojeo ligeramente, y a las mujeres, a los futbolistas, los asesinatos, los jabones y los amantes que se besan en la televisión permanentemente encendida. 3. Marlboro. En la tienda en la que está el letrero que anuncia su venta, además de dicha marca de tabaco, hay viejos vídeos de películas de kárate y semiporno, Lotería Nacional y quinielas, novelas policíacas y de amor para alquilar, matarratas y un calendario en la pared desde el que sonríe una belleza que recuerda a mi Canan. 4. Restaurante. Judías, albóndigas, bien. 5. Correos. Llamé por teléfono. Las madres no comprenden, lloran. 6. Café de Şirinyer. Mientras leía complacido de nuevo la breve noticia, que ya había llegado a aprenderme de memoria, sobre nuestro feliz accidente de tráfico —¡doce muertos!— en el periódico *Hürriyet* que desde hacía dos días llevaba conmigo, un hombre de unos treinta años, no, treinta y cinco, no, cuarenta, y de aspecto entre asesino a sueldo y policía secreta, se me acercó por detrás como una sombra, me leyó la marca del reloj que acababa de sacarse del bolsillo —Zenith— y me dijo:

«¿Por qué en los locos poemas el vino es excusa para el amor y no para la muerte?

¿Dice el periódico que te has embriagado con el vino del accidente?».

Salió del café sin esperar mi respuesta y dejando tras él un penetrante olor a jabón OPA.

Había concluido a lo largo de todos aquellos viajes míos, cada uno de los cuales terminaba por fin con impaciencia y en las estaciones de autobús, que cada ciudad encantadora tiene un alegre loco. Nuestro amigo el amante del vino y la poesía no estaba en ninguna de las dos tabernas de la encantadora ciudad y sesenta horas después yo empezaba a sentir profundamente esa sed embriagadora que había mencionado, una sed casi tan intensa como el amor con el que pienso en ti, Canan. ¡Conductores insomnes, autobuses cansados, asistentes sin afeitar, llevadme a ese país de lo desconocido que tanto deseo! Que con la frente cubierta de sangre pueda desvanecerme y convertirme en otro en el umbral de la muerte. Y así, con dos suturas en mi cuerpo y en mi bolsillo la cartera repleta de dinero de un caído, abandoné una tarde la ciudad de Şirinyer en el asiento de atrás de un viejo Magirus.

¡La noche! Una noche borrascosa y larga, larguísima. Por el oscuro espejo de mi ventanilla pasaron aldeas, apriscos más oscuros que la noche, árboles inmortales, tristes gasolineras, restaurantes vacíos, montañas silenciosas, conejos inquietos. A veces, en alguna noche brillante, miraba largamente una luz temblorosa en la lejanía, soñaba minuto a minuto la vida que imaginaba que iluminaría esa luz, encontraba en esa vida feliz un lugar para Canan y para mí y cuando el autobús comenzaba a alejarse de la luz temblorosa me habría gustado estar, no en el traqueteante asiento en que me encontraba, sino bajo su techo. A veces, en las gasolineras, en las zonas de descanso, en los cruces en los que los vehículos se ceden el paso respetuosamente unos a otros, en los puentes estrechos, mi mirada se clavaba en los pasajeros de los autobuses que pasaban lentamente a nuestro lado, imaginaba que veía a Canan entre ellos y aferrándome testarudamente a ese sueño forjaba en mi mente la visión de cómo lograría alcanzar ese autobús, cómo me subiría a él y cómo abrazaría a Canan. En ocasiones me sentía tan cansado y desesperado que me habría gustado ser el hombre que veía fumando sentado a una mesa entre las cortinas entreabiertas mientras nuestro irritado autobús giraba entre las estrechas calles de una solitaria ciudad cualquier noche. Pero sabía que en realidad quería estar en otro tiempo y en otro lugar, allí.

Allí, tras la desgarradora explosión del accidente, entre agonizantes y muertos, en el momento feliz de ligereza en que el alma se encuentra indecisa entre si abandonar o no el cuerpo... Antes de preparar el viaje que me llevará a ascender por los siete cielos, mientras intento acostumbrar la mirada al tenebroso panorama que se contempla desde el umbral de ese país sin retorno, que comienza entre lagos de sangre y cristales rotos, pensaré complacido: ¿Entro o no? ¿Vuelvo atrás o sigo adelante? ¿Cómo serán las mañanas del otro país? ¿Cómo será abandonar por completo el viaje y perderse en la oscuridad sin fondo de la noche? Notaba un escalofrío al pensar en el país en que reinaba ese instante sin igual en el que dejaría de ser yo para convertirme en otro y en el que quizá abrazaría a Canan y sentía impaciencia en las suturas de mi frente y mi pierna por la felicidad inesperada que habría de llegar.

Ah, viajeros en autobuses nocturnos, desdichados hermanos míos, sé que buscáis los mismos momentos ingrávidos. Ser otro y vagar por el tranquilo jardín que no está aquí ni allí sino entre ambos mundos. Sé que el aficionado al fútbol de chaqueta de cuero no espera el partido de la mañana siguiente, sino la hora del accidente en que se convertirá en un héroe rojo de sangre. Sé que la inquieta señora que cada dos por tres saca de su bolsa de plástico algo que engullir se muere por alcanzar no a su hermana ni a sus sobrinos, sino el umbral del otro mundo. Sé que el funcionario del catastro que tiene un ojo abierto en la carretera y otro cerrado en sus sueños no calcula el número de edificios de la provincia que van quedando atrás, sino ese punto de intersección más allá de todas las provincias, y que el estudiante de bachillerato de tez pálida que se sienta en el asiento delantero no sueña con su querida amada, sino con el violento encuentro en que besará con pasión y ansia el parabrisas frontal. De hecho, todos nosotros abrimos los ojos excitados y miramos la carretera oscura cada vez que el conductor da un frenazo brusco o el viento sacude el autobús e intentamos descubrir si ha llegado la hora mágica. ¡No, tampoco ahora!

Había pasado mi octogésima novena noche en un asiento de autobús sin que sintiera en mi alma la llamada de esa hora feliz. En cierta ocasión dimos un violento frenazo y evitamos un camión cargado de pollos, pero ni a los adormecidos pasajeros del autobús ni a los pollos les sangró siquiera la nariz. Otra noche, mientras nuestro autobús se deslizaba dulcemente hacia un precipicio sobre el asfalto cubierto de hielo, por un momento sentí el brillo de enfrentarme cara a cara con Dios a través de mi ventanilla helada y estaba a punto de descubrir el único secreto común de la existencia, el amor, la vida y el tiempo, cuando nuestro bromista autobús se quedó colgado en el vacío en plena oscuridad.

La fortuna, leí en algún sitio, no es ciega, es ignorante. La fortuna, pensé, es el consuelo de los que no saben de estadísticas y probabilidades. Bajé a la superficie por la puerta de atrás, volví a la vida por la puerta de atrás, entré en las estaciones por la puerta de atrás, y en mi vida repleta de estaciones de autobús: Vendedores de pipas, casetes y lotería, abuelos cargados de maletas y abuelas cargadas de bolsas de plástico, yo os saludo. Para no dejar el asunto a la fortuna busqué los autobuses más destartalados, escogí las carreteras de montaña más retorcidas, encontré en los cafés a los conductores más somnolientos. Empresas como Más Rápido que la Providencia, Auto Volante, Auto Auténtico, Auto Expreso... Los asistentes derramaron en mis manos frascos enteros de colonia, pero no encontré en el aroma de ninguna el perfume de lavanda del rostro que buscaba por los caminos. Me ofrecieron en bandejas de imitación plata las galletas de mi infancia, pero no pude recordar los tés de mi madre. Comí chocolate nacional sin cacao, pero no me dieron calambres en las piernas como en mi niñez. A veces me trajeron bolsas de caramelos y golosinas de todo tipo, pero nunca encontré entre los Zambo, Mabel y Golden los caramelos marca Vida Nueva que le gustaban al tío Rıfkı. Contaba los kilómetros mientras estaba dormido y soñaba mientras estaba despierto. Me acurruqué en mi asiento, me encogí, me arrugué a fuerza de encogerme, torturé mis piernas, hice el amor en sueños con mi vecino de asiento. Y al despertar me encontré con su cabeza calva sobre mi hombro y su mano desvalida en mi regazo.

Porque cada noche era el prudente vecino de asiento de un nuevo infeliz, luego su contertulio y, poco antes del amanecer, me había convertido en el atrevido confidente de todos sus secretos. ¿Un cigarrillo? ¿Adónde va? ¿A qué se dedica? En un autobús soy un joven vendedor de seguros que va de ciudad en ciudad, en otro, frío como el hielo, voy a casarme con la hija de mi tío, con la que sueño sin cesar. Una vez le conté a un abuelo que esperaba la llegada de un ángel como esos que vigilan la aparición de ovnis, en otro viaje le dije a un compañero que mi patrón y yo le podríamos reparar cualquier reloj que tuviera averiado. El mío es Movado, me dijo el hombre con su dentadura postiza, nunca falla. Mientras el dueño del reloj que nunca fallaba dormía con la boca abierta me pareció oír el tic tac de aquella maquinaria tan precisa. ¿Qué es el tiempo? ¡Un accidente! ¿Qué es la vida? ¡Un periodo de tiempo! ¿Qué es un accidente? ¡Una vida, una vida nueva! Así que, cediendo a aquella lógica simple, que me sorprendía que nadie hubiera desarrollado antes, decidí no dirigirme a las estaciones de autobús, sino directamente a los accidentes, ángel mío.

Vi pasajeros despiadadamente arponeados en los asientos delanteros de un autobús que había atacado por detrás, intrépido y artero, a un camión cargado de hierros para la construcción cuyos extremos sobresalían de la caja. Vi cómo resultaba imposible sacar el cadáver atascado del conductor que había conducido su torpe autobús a un precipicio por no aplastar un gato atigrado. Vi cabezas hechas pedazos, cuerpos rasgados, manos arrancadas, conductores que acogían cariñosamente el volante entre sus órganos internos, trozos de cerebro dispersos como hojas de repollo, orejas sanguinolentas aún con su pendiente, gafas rotas y otras intactas, espejos, intestinos multicolores cuidadosamente extendidos sobre hojas de periódico, peines, frutas aplastadas, monedas, dientes caídos, biberones, zapatos, todos esos objetos y vidas consagrados deseosos a ese instante.

Gracias a cierta información que me proporcionaron los policías de tráfico de Konya, una fría noche de primavera llegué a tiempo de ver dos autobuses que habían chocado de frente en las desiertas cercanías del Lago Salado. Había pasado media hora desde que estallara estruendosamente el momento feliz y ardiente del encuentro, pero todavía flotaba en el aire esa magia que hace que la vida sea digna de ser vivida y que la dota de sentido. Mientras observaba por entre los vehículos de la policía y la gendarmería las ruedas negras de uno de los autobuses volcados, sentí el agradable aroma de la nueva vida y de la muerte. Me temblaron las piernas, me palpitaba la cicatriz de la frente, avancé con pasos decididos entre los curiosos hacia la bruma de la penumbra como si quisiera llegar a tiempo a una cita.

Entré en el autobús, que tenía el tirador de la puerta levantado por el golpe, y me pareció recordar algo mientras caminaba complacido entre los asientos cabeza abajo pisoteando gafas, cristales, cadenas y frutas que no habían podido resistirse a la fuerza de la gravedad y habían caído al techo. En tiempos yo era otro y ese otro quería ser yo. En tiempos yo había soñado con una vida en la que el tiempo se intensificaría y se concentraría dulcemente y en la que los colores caerían por mi mente como en cascada. Lo había soñado, ¿no? Se me vino a la memoria el libro que había dejado sobre mi mesa, imaginé que el libro se había quedado mirando el techo de mi habitación, como los muertos que contemplan el cielo con los ojos abiertos. Soñé que mi madre había dejado mi libro sobre la mesa, entre todos los demás objetos de aquella antigua vida mía que había abandonado a medias. Iba a decirle, mira, madre, estoy buscando el umbral de una vida nueva que aparecerá entre cristales rotos y gotas de sangre y muertos, cuando vi una cartera. Un cadáver había trepado antes de morir hacia el asiento que tenía encima y hacia una ventana rota, pero se había quedado colgado de ella presentando la cartera que llevaba en el bolsillo de atrás a los de esta parte.

La cogí y me la guardé en el bolsillo pero aquello no era lo que poco antes había recordado y había aparentado no recordar. Lo que tenía en mi mente era el otro autobús, que veía desde donde estaba a través de las lindas cortinillas y las ventanas hechas pedazos. En rojo Marlboro y azul de muerte, AUTO AUTO.

Salté por una de las ventanillas con los cristales destrozados y corrí pisando los trozos de vidrio entre los gendarmes y los cadáveres que todavía no se habían llevado. Era ese autobús, no me había equivocado, el otro autobús era el AUTO AUTO que seis semanas antes me había sacado de una ciudad de juguete y me había dejado sano y salvo en un oscuro pueblo. Entré por la puerta hecha pedazos al interior de aquel viejo amigo, me senté en el asiento que me había llevado seis semanas antes y comencé a esperar como un viajero paciente que confía optimista en este mundo. ¿Qué esperaba? Quizá un viento, quizá un tiempo, quizá un viajero. La penumbra se iba aclarando y sentí que en los asientos había algunos otros seres como yo, vivos o muertos; debían de estar discutiendo acaloradamente con las bellezas de sus pesadillas o con la muerte de sus sueños paradisíacos porque oí sus voces, como si hablaran con un espíritu desconocido. Luego mi espíritu meticuloso notó algo más profundo: miré hacia la zona del conductor, en la que todo había desaparecido a excepción de la radio, y oí que entre los gritos, los gemidos y los lamentos del exterior y los suspiros del interior, sonaba una música llevada por un aire dulce y exquisito.

De repente se produjo un silencio y vi que aumentaba la claridad. Percibí entre una nube de polvo fantasmas dichosos, muertos y agonizantes: has ido todo lo lejos que podías, viajero, pero pensé que aún puedes seguir adelante porque, o bien estás justo en el umbral de ese instante, o bien dudas dulcemente instalado en tu espera porque no sabes si detrás de la puerta a la que has llegado hay un jardín, y luego otra puerta y más allá otro jardín secreto en el que se mezclan la muerte y la vida, el significado y el movimiento, el tiempo y la casualidad, la luz y la felicidad. De repente aquel impa-

ciente deseo envolvió mi cuerpo de una manera
más profunda, el deseo de estar aquí y allí al mismo tiempo. Me pareció oír algunas palabras, sentí
frío y entonces tú entraste por esa puerta, preciosa
mía, mi Canan, con ese vestido blanco que lleva-
bas cuando te vi en los pasillos de Taşkışla y la cara
cubierta de sangre. Te acercaste muy despacio a mí.

No te pregunté: «¿Qué haces aquí?». Y tú,
Canan, no me preguntaste: «Y tú, ¿qué haces aquí?»,
porque ambos lo sabíamos.

Te cogí de la mano y te ayudé a sentarte en
el asiento contiguo, en el número 38, y con el pañuelo de cuadros que había traído de Şirinyer te
limpié cariñosamente la sangre de la cara. Luego,
preciosa mía, te cogí la mano y permanecimos sentados en silencio largo rato. Estaba clareando, llegaron los equipos de socorro y en la radio del conductor sonaba, como dicen por ahí, nuestra canción.

5.

Después de que en el hospital de la Seguridad Social le dieran a Canan cuatro puntos en la frente y de sentir que nuestros pies subían y bajaban mecánicamente mientras caminábamos siguiendo los bajos muros, los oscuros edificios y las calles sin árboles de la localidad, abandonamos la muerta ciudad de Mevlana en el primer autobús. Recuerdo las tres ciudades siguientes: la ciudad de las chimeneas, la ciudad en la que me gustó la sopa de lentejas y la ciudad de la insipidez. Luego, durmiendo y despertándonos en autobuses, yendo de ciudad en ciudad, todo se convirtió en una especie de sueño. Vi muros desconchados, carteles juveniles de cantantes que ya habían llegado al umbral de la ancianidad, un puente que se habían llevado las riadas de la primavera y emigrantes afganos que vendían Coranes del tamaño de mi pulgar. Debí de ver otras cosas mientras el pelo moreno de Canan caía sobre mis hombros: las multitudes de las estaciones de autobuses, montañas moradas, paneles de plexiglás, perros contentos y felices que nos perseguían a la salida de los pueblos, desesperanzados vendedores que entraban por una puerta del autobús y salían por la otra. En las pequeñas áreas de descanso, cuando perdía la esperanza de encontrar una nueva pista para aquello que llamaba «mis investigaciones», Canan alineaba en las mesillas que había sobre nuestras rodillas todo lo que le había comprado a aquellos vendedores: los huevos duros, los bollos, los pepinos pelados y las extrañas botellas provincianas de gaseosa que yo contemplaba por primera vez en mi vida. Luego era de mañana, luego de noche, luego una mañana nublada, luego el autobús cambiaba de marcha, caía una noche más negra que el negro más negro y mientras las luces anaranjadas y rojas de naranjas de plástico y lápiz de labios barato del vídeo que había sobre el conductor se reflejaban en su cara, Canan me contaba su historia.

La «relación» —fue la palabra que utilizó— entre Canan y Mehmet había comenzado hacía año y medio. Recordaba entre penumbras haberlo visto quizá antes entre la multitud de estudiantes de Ingeniería y Arquitectura de Taşkışla, pero la primera vez que se fijó de veras en él fue cuando se lo encontró en la recepción de un hotel en las cercanías de Taksim, al que había ido para ver a unos parientes llegados de Alemania. Se había visto obligada a acudir a medianoche al vestíbulo de un hotel acompañando a sus padres y el hombre alto de tez pálida y cuerpo esbelto que había tras el mostrador de la recepción se clavó en su mente. «Quizá porque no sabía exactamente dónde le había visto antes», me dijo Canan sonriéndome cálidamente, pero yo comprendía que no había sido así.

En cuanto las clases comenzaron en otoño lo vio de nuevo en los pasillos de Taşkışla y en poco tiempo estaban «enamorados» el uno del otro. Pasearon juntos largamente por las calles de Estambul, fueron al cine, se sentaron en cantinas de estudiantes y cafés. «Al principio no hablábamos demasiado», me dijo Canan con la voz que empleaba para hacer esas explicaciones tan serias. Y no era porque

Mehmet fuera tímido ni porque no le gustara hablar. Porque según le fue conociendo mejor, según fue compartiendo más su vida con él, vio que podía ser también atrevido, decidido, hablador, e incluso agresivo. «No hablaba por pura tristeza», dijo una noche, mirando, no a mí, sino una escena de persecuciones en coche en la pantalla del televisor. «Por pura melancolía», añadió luego con una media sonrisa. Los coches de policía que en la pantalla no dejaban de correr, que volaban de puentes a ríos, que saltaban unos por encima de otros, ahora habían chocado entremezclándose como en un ovillo.

Canan se esforzó extraordinariamente para disipar aquella amargura, aquella pena, para penetrar en la vida que ocultaba, para que Mehmet se abriera, y poco a poco lo fue consiguiendo. Al principio Mehmet le hablaba de otra vida, de que en tiempos había sido otro, de una mansión en el campo. Luego, según fue ganando confianza, le contó que había dejado atrás toda aquella vida, que había querido comenzar otra nueva y que el pasado no tenía la menor importancia. Había sido otro y después, por propia voluntad, se había convertido en alguien distinto. Teniendo en cuenta que el que había conocido Canan era aquel hombre nuevo, era con él con quien debía emprender viaje y no abrazarse al pasado. Porque el horror que había buscado y encontrado no pertenecía a la antigua vida sino a esa vida nueva que había perseguido voluntariamente. «Esta vida —me dijo en una ocasión Canan mientras estábamos sentados en una sombría estación de autobuses discutiendo amigablemente, incluso alegremente, sobre qué autobús sería el que tomaríamos, y mientras sobre la mesa se alineaban una lata de conservas Vatan de diez años de antigüedad, engranajes de reloj y revistas infantiles que había encontrado en los polvorientos estantes de un colmado infestado de ratones, en viejas relojerías y en despachos de quinielas en el mercado de una destartalada ciudad—. Esta vida Mehmet la encontró en el libro».

Así fue como por primera vez mencionamos el libro, exactamente diecinueve días después de nuestro encuentro en el autobús accidentado. Canan me explicó que le había resultado tan difícil que Mehmet le hablara del libro como de la vida que había dejado atrás y de las razones de su amargura. A veces, mientras paseaban tristes por las calles de Estambul, mientras se tomaban un té en algún lugar a orillas del Bósforo, mientras estudiaban juntos, le había insistido para que le hablara de aquel libro, de aquel instrumento mágico, pero Mehmet se negaba de una manera bastante violenta. Por allí, por la penumbra de aquel país que iluminaba el libro, erraban como espectros descorazonados la muerte, el amor y el horror disfrazados de hombres desesperados, con el arma a la cintura, la cara inexpresiva y el corazón roto y no estaba bien que una muchacha como Canan soñara siquiera con un país de corazones rotos, asesinos y perdidos.

Pero Canan insistió y, haciéndole sentir que con esa actitud la entristecía y la alejaba de él, consiguió engañar a Mehmet aunque sólo fuera un poco. «Quizá por entonces quería que yo leyera el libro y así le librara a él de su magia y su veneno —me dijo Canan—. Porque yo ya estaba convencida de que me amaba. O quizá —añadió en otro momento, mientras nuestro autobús esperaba pacientemente en un paso a nivel un tren que no acababa de llegar—, seguía soñando sin ni siquiera darse cuenta de que podríamos introducirnos juntos en esa vida que se agitaba en un rincón de su mente». Ante nuestra ventanilla desfilaron gruñendo uno a uno los vagones cargados de trigo, maquinaria y cristales rotos de un tren, parecido a los trenes de mercancías que pasaban aullando mucho después de medianoche por nuestro barrio, como fantasmas culpables y dóciles que vinieran de otro mundo.

Hablaba poco con Canan del influjo que el libro había tenido sobre nosotros. Dicho influjo era tan poderoso, indiscutible y sólido, que el mero hecho de hablar de él habría convertido el libro en palabrería banal, en cháchara ociosa. El libro era en nuestras vidas, durante esos viajes en autobús, algo tan fundamental, tan indiscutiblemente necesario y obligatorio como el sol y el agua, y allí estaba, entre nosotros. Nos habíamos puesto en camino a causa de la luz que emanaba de él y nos golpeaba en la cara e intentábamos proseguir el viaje fiándonos de nuestras intuiciones, sin querer comprender exactamente adónde nos dirigíamos.

A pesar de todo a veces discutíamos largo rato sobre qué autobús teníamos que tomar. En cierta ocasión, la voz metálica que brotaba del altavoz de una sala de espera, excesivamente grande para el tamaño de la ciudad, un auténtico hangar, despertó en Canan el profundo deseo de estar allí, en el lugar al que se dirigía el autobús cuya hora de partida anunciaba el altavoz y cumplimos su deseo a pesar de mis protestas. En otra, nos subimos a un autobús, en cuyo interior un letrero decía que su única competencia eran las Líneas Aéreas Turcas, siguiendo a un jovencito que se encaminaba al coche con una pequeña maleta de plástico acompañado por su madre llorosa y su padre fumador, sólo porque su estatura y su manera de estar ligeramente encorvado se parecían a las de Mehmet y después de tres ciudades y dos ríos sucios vimos que nuestro jovencito se bajaba a mitad de viaje y se dirigía a un cuartel rodeado por alambres de espino y torres de guardia cuyos muros proclamaban TODO POR LA PATRIA. Nos subimos en todo tipo de autobuses que nos llevaban al mismísimo corazón de la estepa porque a Canan le gustaban el verde billar o el rojo ladrillo de sus colores o porque los rabillos de las R del letrero Rápido Como el Rayo se alargaban zigzagueando como auténticos rayos de pura velocidad. Al no producir ningún resultado las investigaciones de Canan en las ciudades polvorientas a las que llegábamos, ni en los somnolientos mercados, ni en las sucias estaciones de autobús, yo le preguntaba por qué, adónde, para qué íbamos, le recordaba que estaba menguando el dinero de las carteras que les había levantado a los caídos en accidente de autobús y aparentaba intentar que comprendía la lógica ilógica de nuestras investigaciones.

Canan no se sorprendió en absoluto cuando le conté que había visto desde la ventana de la clase de Taşkışla cómo disparaban a Mehmet. Según ella la vida estaba llena de una serie de encuentros evidentes e incluso intencionados que ciertos imbéciles privados de imaginación llamaban «casualidades». Mucho rato después de que dispararan a Mehmet, Canan había notado que ocurría algo extraordinario por el gesto de un vendedor de albóndigas que había en la acera de enfrente, recordó haber oído ruido de disparos y corrió junto al herido Mehmet sintiendo lo que había ocurrido. En opinión de cualquiera habría sido una pura casualidad que encontrara un taxi justo en el lugar en que Mehmet había sido disparado y que les llevara al hospital de la Marina en Kasımpaşa, no obstante, hacía muy poco que el taxista había hecho allí su servicio militar. Como la herida del hombro no era grave, Mehmet sería dado de alta en tres o cuatro días. Pero cuando Canan llegó al hospital la mañana del segundo, se encontró con que se había escapado y comprendió que había desaparecido.

—Fui al hotel, un día pasé por Taşkışla, anduve por los cafés que le gustaban y durante un tiempo me quedé en casa esperando que me llamara por teléfono aunque sabía que era inútil —me dijo con una sangre fría y una claridad de mente que me dejaron admirado—. Pero hacía tiempo que había comprendido que había vuelto allí, a aquel país, al libro.

En el viaje que hacía a aquel país yo era «su compañero». Mientras nos dirigíamos a descubrir de nuevo aquel país nos prestaríamos «apoyo». No era en absoluto erróneo pensar que dos personas serían más «creativas» mientras buscábamos esa vida nueva. Éramos compañeros de viaje y de corazón; nos apoyábamos incondicionalmente; éramos tan creativos como Mari y Ali encendiendo un fuego con un cristal de unas gafas y nos sentábamos juntos a lo largo de semanas en autobuses nocturnos apoyándonos el uno en el cuerpo del otro.

Ciertas noches, mucho después de que se terminara la segunda película del vídeo entre un ale-

gre estruendo de tiros, puertas que se cierran y helicópteros que estallan y de que nosotros, viajeros
jadeantes, agotados y desharrapados que respirá-
bamos muerte, emprendiéramos un viaje incómo-
do hacia el mundo de los sueños sacudiéndonos al
ritmo de las ruedas, me despertaban un bache primero y luego un frenazo y contemplaba largamente
a Canan durmiendo tranquila junto a la ventanilla:
apoyaba la cabeza en una almohada que se hacía
retorciendo las cortinillas y su pelo castaño, apo-
yado en esta almohada, formaba una dulce onda
que le caía por los hombros. A veces los largos brazos de mi amada se extendían paralelos como dos
ramas frágiles hacia mis inquietas rodillas, y a veces uno de ellos equilibraba la mano que le servía
de apoyo a la almohada que se había hecho con la
cortinilla mientras el otro sostenía elegantemente
por el codo el brazo que equilibraba la mano. Al
mirar su cara la mayor parte de las veces veía un
dolor que le hacía fruncir el ceño, a veces sus cejas
morenas, a fuerza de fruncirse, enviaban a su frente signos de interrogación que me hacían sentir
curiosidad. Luego veía una luz en la pálida piel de
sus mejillas y después soñaba que en el país maravilloso donde se unían su barbilla y su largo cuello
o en la piel inalcanzable que había bajo el pelo que
le caía por la nuca, en caso de que inclinara la cabeza, se abrían las rosas, se ponía el sol, o que jugue-
tonas y alegres ardillas brincaban invitándome a
unirme a ellas en aquel intocable paraíso sedoso.
Si en su sueño pudiera al menos sonreír un poco
con esos labios suyos tan gruesos y pálidos sobre
los que a veces se notaban las delicadas huellas de
haberse mordido nerviosa, yo vería aquel país de oro

en todo su rostro y me diría: no lo he aprendido en ninguna asignatura, no lo he leído en ningún libro, no lo he visto en ninguna película; ah, ángel mío, qué hermoso es que el amado contemple hasta hartarse el sueño de la amada.

Hablamos también del ángel y de la muerte, que nos parecía una especie de hermanastro mayor, serio y respetable. Pero lo hacíamos con palabras tan débiles y frágiles como los cachivaches que Canan compraba regateando en colmados lastimosos, en la ferretería de la esquina o en somnolientas mercerías, que la entretenían un tiempo y que luego olvidaba en los cafés de las estaciones o en los asientos del autobús. La muerte estaba en todas partes, sobre todo allí. Allí porque se había extendido por todos lados. Reuníamos pistas para llegar allí, para encontrar a Mehmet y luego las abandonábamos como si, a nuestra vez, dejáramos un rastro. Todo aquello lo habíamos aprendido del libro. De igual manera sabíamos de los umbrales que, en el inigualable momento del accidente, nos permitirían ver el otro mundo, de las puertas de los cines, de los caramelos marca Vida Nueva, de los asesinos que matarían a Mehmet y quizá también nos mataran a nosotros, de los hoteles en cuyas puertas refrenas el paso, de los largos silencios, de las noches y de las pálidas luces de los restaurantes. A decir verdad, era después de todo aquello cuando nos subíamos a los autobuses, era después de todo aquello cuando nos poníamos en marcha, y a veces, antes incluso de que oscureciera, o sea, mientras los asistentes recogían los billetes y los pasajeros se presentaban unos a otros y cuando los niños y los preocupados miraban el liso asfalto o la polvorienta carretera de montaña como si se tratara de un vídeo, de repente una luz brillaba en los ojos de Canan y comenzaba a hablarme.

—Cuando era pequeña —me contó una vez—, me levantaba de la cama de noche, cuando todos dormían, entreabría las cortinas y miraba a la calle. Siempre había alguien que pasaba, un borracho, un jorobado, un gordo, un guardia. Siempre eran hombres... Sentía miedo, me apetecía estar en la cama, pero me habría gustado estar allá fuera.

»Conocí a otros hombres, a los amigos de mi hermano, jugando al escondite en la casa de verano. O en la escuela secundaria, en clase, mirando algo que habían sacado del cajón del pupitre. O cuando todavía era pequeña y a mitad de un juego se balanceaban sobre las piernas porque les habían entrado ganas de hacer pipí.

»Tenía nueve años, me caí en la orilla del mar, me sangraba la rodilla, mi madre empezó a gritar. Fuimos al médico del hotel. Qué niña tan bonita eres, me decía el médico, qué niña más dulce, me echó agua oxigenada en la herida, qué niña más lista. Comprendí que le gustaba a aquel abuelete por la forma que tenía de mirarme el pelo. Tenía unos ojos encantadores que parecían poder mirarme desde otro lugar del mundo. Y sus párpados estaban ligeramente caídos, sí, quizá parecieran somnolientos, pero también eran los ojos de alguien que lo veía todo por completo incluida yo.

»La mirada del ángel está en todas partes, sobre todas las cosas, siempre allí... No obstante, nosotros, pobrecillos, sufrimos la ausencia de esa mirada. ¿Porque la hemos olvidado, porque nuestra voluntad flaquea, porque somos incapaces de amar la vida? Sé que a fuerza de seguir adelante, de ir de ciudad en ciudad, un día o una noche mi mirada se cruzará con la del ángel a través de la ventanilla de un autobús. Para poder verla hay que saber mirar. Estos autobuses acaban por llevarte donde quieres ir. Tengo confianza en los autobuses. Y a veces en el ángel, no siempre, sí, siempre, no, a veces.

»Descubrí el ángel que buscaba en el libro. Allí estaba, como el pensamiento de otra persona, como si fuera una especie de invitado, pero me apropié de él. Sé que cuando lo vea se me desvelarán de repente todos los misterios de la vida. He sentido su presencia en los autobuses, en los lugares de los accidentes. Todo está resultando como decía Mehmet, cada cosa. Allá donde fuera Mehmet la muerte resplandecía a su alrededor. Quizá era porque llevaba el libro en su corazón, ¿sabes? Pero también he oído hablar de ese ángel en los autobuses y en los lugares de los accidentes a gente que no tenía la menor idea del libro ni de la vida nueva. Voy siguiendo sus huellas. Voy recogiendo las pistas que deja a su paso.

»Una noche lluviosa Mehmet me dijo que los que querían matarlo habían pasado a la acción. Pueden estar en cualquier parte, incluso podrían estar escuchándonos ahora mismo. No te lo tomes a mal, pero hasta tú podrías ser uno de ellos. La gente hace la mayor parte de las veces lo contrario de lo que piensa o de lo que cree que hace. Yendo a ese país regresas a ti mismo, creyendo que lees el libro lo reescribes, intentando ayudar haces daño... De hecho, la mayoría de la gente no quiere ni una nueva vida ni un mundo nuevo. Por esa razón mataron al autor del libro.»

Fue así como Canan habló del autor del libro, o de aquel anciano al que ella llamaba «el autor», de una forma que no me pareció demasiado clara pero con un estilo que me excitó, no tanto por las palabras en sí, sino por el aire misterioso con que lo decía. Estaba en uno de los asientos delanteros de un autobús bastante nuevo con la mirada clavada en las brillantes líneas blancas del asfalto y, por alguna extraña razón, en la noche morada apenas se veían las luces de otros autobuses, camiones o coches.

—Sé que en cuanto Mehmet y el viejo escritor se encontraron lo comprendieron todo apenas se miraron a los ojos. Mehmet le había buscado por todos lados. Cuando se encontraron no hablaron demasiado, guardaron silencio, discutieron un poco y se callaron. El anciano había escrito el libro en su juventud, o le llamaba su «juventud» a los años en los que lo había escrito. El libro quedó atrás, como mi juventud, le dijo con tristeza. Luego habían aterrorizado al anciano y le obligaron a renegar de lo que había escrito por su propia mano, a lo que había extraído de su propio espíritu. Eso no resulta demasiado sorprendente. Ni tampoco que acabaran por matarlo... Ni que después de que mataran al anciano le llegara el turno a Mehmet... Pero nosotros encontraremos a Mehmet antes de que lo hagan sus asesinos... Lo importante es esto: hay quienes han leído el libro y creen en él. Me los encuentro paseando por las ciudades, por las estaciones de autobuses, por las tiendas, por las calles, sé quiénes son por sus miradas, los conozco. La cara de los que han leído el libro y creen en él es distinta, en sus miradas la tristeza y el deseo se asemejan, lo comprenderás algún día; quizá ya lo hayas comprendido. Si conoces el secreto, si te pones en marcha hacia él, la vida es bella.

Si mientras Canan me contaba todo aquello nos encontrábamos en el restaurante siniestro y lleno de moscas de alguna remota área de descanso, nos dedicábamos a fumar para acompañar los tés gratuitos que nos había ofrecido un niño medio dormido y a picotear con las cucharas una compota de fresas con olor a plástico. Si nos balanceábamos en los asientos delanteros de algún destartalado autobús, mis ojos se clavaban en la boca de Canan, en sus hermosos y gruesos labios, y los de ella en los faros asimétricos de los camiones que se cruzaban con nosotros muy de cuando en cuando. Si estábamos sentados en alguna estación llena a rebosar, entre la gente que esperaba con sus bolsas de plástico, sus maletas de cartón y sus atadillos de tela, de repente Canan se levantaba de la mesa de un salto a mitad de lo que estaba contando y desaparecía dejándome en medio de la multitud y de una soledad fría como el hielo.

Después de minutos y horas que parecían interminables, a veces la encontraba observando inquieta un molinillo de café, una plancha rota o alguna de esas estufas de lignito que ya no se fabrican, en cualquier tienda de algún callejón de la ciudad en la que estuviéramos esperando el autobús. En ocasiones regresaba trayendo algún extraño periódico provinciano con una misteriosa sonrisa en el rostro y me leía las medidas que había adoptado el ayuntamiento para que los animales que regresaban por la tarde a sus establos no pasaran por la calle principal de la ciudad o los anuncios de las últimas innovaciones que el distribuidor de butano marca Aygaz había traído desde Estambul a su establecimiento. La mayor parte de las veces la encontraba charlando amigablemente con alguien entre la multitud: se sumergía en conversaciones con ancianas con la cabeza cubierta por un pañuelo, tomaba a una niña pequeña en brazos, más fea que Picio, y la cubría de besos, les indicaba el camino, gracias a su sorprendente conocimiento de autobuses y estaciones, a forasteros malintencionados que apestaban a OPA. Cuando me acercaba a ella, tímidamente y con ciertas reservas, me decía, como si estuviéramos de viaje sólo para ser el alivio de todo tipo de problemas para los viajeros: «Esta señora estaba aquí esperando a su hijo, que volvía del servicio militar, pero del autobús de Van no ha salido nadie conocido». Preguntábamos para otros los horarios de los autobuses, les cambiábamos los billetes, consolábamos a los niños, vigilábamos el equipaje de los que salían al retrete. «¡Que Dios te bendiga! —le dijo una vez una señora regordeta con los dientes de oro. Se volvió a mí levantando las cejas—. Ya lo sabes, ¿no? Tu mujer es una preciosidad, alabado sea Dios».

A medianoche, cuando se apagaban las luces interiores del autobús y la pantalla de la televisión, más brillante que dichas luces, y cuando en el autobús se detenía todo movimiento exceptuando el tembloroso humo de los cigarrillos de los pasajeros más inquietos e insomnes elevándose hacia el techo, nuestros cuerpos se entrelazaban lentamente el uno con el otro en aquellos asientos que se mecían suavemente. Sentía su pelo en mi cara, sus largas manos de delgadas muñecas en mis rodillas, su aliento con aroma a sueño poniéndome la piel de gallina en la nuca. Mientras las ruedas giraban y el motor diesel repetía los mismos lamentos, el tiempo se expandía por nosotros como un líquido pesado, oscuro y cálido, y la nueva sensibilidad de ese tiempo nuevo se agitaba deseosa entre nuestros huesos y nuestras piernas dormidas, entumecidas, anquilosadas.

¡Qué feliz era en esos ratos, cuando contaba respetuosamente y con mucho cuidado mi respiración mientras a veces mi brazo ardía inflamado por el contacto del suyo, o mientras me pasaba las horas esperando que su cabeza cayera, vamos, sobre mi hombro, o mientras permanecía petrificado en mi asiento para que los cabellos que rozaban mi cuello se quedaran en el mismo lugar, preguntándome el significado de las arrugas de tristeza que aparecían en su frente y de repente, ante mi mirada, su cara pálida se iluminaba con una luz cruda y Canan se despertaba y, sorprendida, no miraba por la ventanilla para saber dónde estaba, sino a mis ojos, que le daban confianza y me sonreía! La vigilaba a lo largo de toda la noche para que no apoyara la cabeza en el cristal helado y no se enfriara, me quitaba la chaqueta color cereza que había comprado en Erzincan y la cubría con ella y montaba guardia mientras nuestro conductor se entusiasmaba cuesta abajo por las carreteras de montaña para que su cuerpo acurrucado no saliera despedido y se golpeara en algún lado. A veces, a mitad de esas guardias, mientras mi mirada enfocaba algún lugar entre la piel de su cuello y las circunvoluciones de sus suavísimas orejas, en medio del estruendo del motor, los suspiros y los deseos de morir, los recuerdos de mi infancia de un paseo en barca o de una batalla con bolas de nieve que aún permanecían en mis sueños se mezclaban con las fantasías del matrimonio feliz que Canan y yo viviríamos y de repente yo me perdía en algún lugar entre todo aquello. Cuando horas después me despertaba con la llamada, fría y geométrica como el cristal, de la luz del sol bromista que golpeaba la ventanilla, primero comprendía que el cálido jardín que olía a lavanda en que había hundido la cabeza era su cuello, permanecía pacientemente un rato más allí, entre despierto y dormido, y mientras saludaba parpadeando a la soleada mañana del exterior, a las montañas moradas y a las primeras impresiones de la vida nueva, veía con tristeza cuán lejos estaba la mirada de Canan de la mía.

«El amor —comenzaba a decir Canan inflamando de repente esa palabra que se había quedado clavada en mi interior consumiéndome, como una actriz de doblaje magistral— te dirige a un objetivo, te aparta de todas las cosas de la vida y, ahora lo comprendo, por fin acaba por llevarte al secreto del mundo. Ahora estamos yendo allí.

»La primera vez que vi a Mehmet —decía Canan sin ver al Clint Eastwood que la miraba desde la portada de una vieja revista dejada en una de las mesas de una sala de espera—, comprendí de inmediato que toda mi vida iba a cambiar. Antes de conocerlo tenía una vida, después de conocerlo, otra distinta. Es como si todo lo que me rodeaba, las camas, la gente, las lámparas, los ceniceros, las calles, las nubes, las chimeneas, hubieran cambiado de repente de color y de forma y yo me lancé admirada a conocer ese mundo completamente nuevo. Cuando cogí el libro para leerlo pensé que ya no me hacía falta ningún otro libro, ninguna historia. Para comprender lo bastante el mundo nuevo que se desplegaba ante mí sólo tenía que mirarlo, que ver cada cosa con mis propios ojos. Pero después de leer el libro vi al mismo tiempo la cara oculta de las cosas que tenía que ver. Desperté a Mehmet, que había vuelto amargado del país al que había ido y lo convencí de que podríamos alcanzar juntos esa vida. Por aquella época no hacíamos más que leer y releer juntos el libro. A veces le entregábamos semanas a un capítulo y otras lo veíamos todo simple y claro en cuanto lo leíamos. Luego íbamos al cine, leíamos otros libros, periódicos, paseábamos por las calles. Teniendo el libro en nuestra mente, leyéndolo hasta memorizarlo, las calles de Estambul brillaban con una luz completamente distinta, eran nuestras. Veíamos a un viejo con un bastón y sabíamos que primero iría a un café a matar el tiempo y luego a recoger a su nieto a la puerta de la escuela. Veíamos por el camino tres carros y nos dábamos cuenta de que la yegua que tiraba del tercero era la madre de los jamelgos que tiraban de otros dos. Comprendíamos de inmediato por qué se había puesto elegante el hombre de los calcetines azules, el significado de los horarios de trenes leídos del revés y que la maleta que llevaba el gordo sudoroso que se subía al autobús del ayuntamiento estaba llena de objetos y ropa interior de la casa que acababa de robar. Luego íbamos a un café para leer de nuevo el libro y hablábamos de él sin parar, sin parar durante horas. Aquello era amor y a veces pensaba que, como en las películas, el amor era el único medio de traer un universo lejano hasta el nuestro.

»Pero había cosas que no sabía y que nunca podría saber —me dijo Canan una noche lluviosa sin apartar la mirada de la escena del beso en la pantalla, y varios resbaladizos kilómetros después, o cuatro o cinco extenuados camiones después, cuando el lugar de la escena del beso lo ocupó la del avance de un autobús parecido al nuestro por un paisaje encantador, en absoluto parecido al nuestro, añadió—: Ahora mismo vamos a ese sitio que ignoramos».

Cuando ya no podíamos vestir más nuestra ropa a causa del sudor, del polvo y de la suciedad y en nuestra piel se habían acumulado, capa sobre capa, todos los sedimentos de la historia de los pueblos que desde las Cruzadas hasta ahora han trastornado estas tierras, nos bajábamos del autobús y, antes de subir a otro, nos introducíamos al azar por el mercado de la ciudad a la que el azar nos había llevado. Canan se compraba esas faldas largas de popelín que llevan las bondadosas maestras de las comarcas campesinas y yo las mismas camisas de siempre, que me hacían parecer una pálida imitación de mi yo anterior... Luego, si se nos ocurría levantar la cabeza y mirar algo más allá de la prefectura, de la estatua de Atatürk, de la tienda de Arçelik, de la farmacia y de la mezquita, podíamos ver la blanca y delicada línea blanca que un reactor había dejado en el azul cristalino del cielo entre las pancartas de tela anunciando cursos de Corán y una ceremonia comunitaria de circuncisión, ya que se iba acercando la época; nos deteníamos por un momento con nuestros paquetes y nuestras bolsas de plástico en la mano, mirábamos al cielo con amor e inmediatamente después le preguntábamos a algún pálido funcionario de pálida corbata por el lugar de los baños públicos de la ciudad.

Como por las mañanas los baños abrían sólo para las mujeres, yo me entretenía por las calles, dormitaba en los cafés y mientras pasaba por delante de los hoteles soñaba con decirle a Canan que deberíamos pasar al menos un día, al menos una noche, en tierra firme como todo el mundo, por ejemplo en un hotel, en lugar de sobre ruedas y asientos de autobús, y algunas tardes le decía realmente lo que había soñado pero, ya oscureciendo, Canan me mostraba los resultados de las investigaciones que había hecho mientras yo estaba en los baños: viejos tomos encuadernados de la revista *Fotonovela*, revistas infantiles aún más viejas, chicles de una marca que incluso había olvidado que había mascado alguna vez y una peineta para el pelo cuyo significado era incapaz de descifrar. «Ya te lo explicaré en el autobús», me decía Canan con esa sonrisa especial que aparecía en su cara cuando volvía a ver la misma película de vídeo.

Una noche en que en la pantalla del televisor de nuestro melancólico autobús no apareció una película de vídeo a todo color, sino una seria y disciplinada señora para informar de una serie de tristes asesinatos, Canan me dijo: «Voy hacia la otra vida de Mehmet. Pero en esa otra vida no es Mehmet, sino otro». Al pasar ante una gasolinera a toda velocidad, las luces rojas de neón se reflejaron en su cara formulando una pregunta.

—Mehmet no me habló demasiado de la persona que era en la otra vida, sólo de que tenía hermanas, de una mansión, de una morera y de que tenía otro nombre y otra personalidad. En cierta ocasión me dijo que de pequeño le gustaba mucho la revista *El semanario infantil*. ¿Tú la has leído alguna vez? —sus largos dedos paseaban por entre las páginas de los volúmenes de revistas amarillentas colocados en el vacío que había entre nuestras piernas y el cenicero y prosiguió sin mirar las páginas de la revista, sino a mí, que estaba mirándolas—. Mehmet decía que todo el mundo acaba por regresar a alguna parte de todo esto. Por esa razón es por la que acumulo todas estas cosas. Estos objetos que formaron su infancia... Son cosas que encontramos en el libro. ¿Lo entiendes? —no es que lo entendiera del todo, a veces no entendía nada, pero Canan hablaba conmigo de una manera que creía comprenderlo todo—. Lo mismo que tú, Mehmet comprendió en cuanto leyó el libro que toda su vida cambiaría y llevó hasta el final eso que había comprendido. Hasta el final... Estudiaba Medicina y lo dejó para consagrar todo su tiempo al libro y a la vida que le mostraba el libro. Comprendió además que para ser alguien completamente nuevo debía abandonar todo su pasado. Fue así como rompió toda relación con su padre y su familia... Pero no se libró tan fácilmente de ellos. Me dijo que la liberación verdadera fue cuando tuvo un accidente de tráfico en su primera salida en busca de la vida nueva... Es cierto: los accidentes son un punto de partida, un punto de partida... El ángel aparece en esos momentos mágicos de la partida y es entonces cuando surge ante nuestros ojos el significado verdadero de esa confusión a la que llamamos vida. Es entonces cuando volvemos a casa...

Después de escuchar muchas palabras de aquel tipo me sorprendía soñando con mi madre, mi habitación, mis cosas, mi cama, mi casa, con todo lo que había abandonado y forjaba la esperanza de poder reunir esas cosas en las que soñaba con Canan, que soñaba a mi lado con una vida nueva. Con un sentimiento de culpabilidad medido y racional pero extremadamente retorcido.

6.

En todos los autobuses en los que nos montábamos la televisión se encontraba en algún lugar sobre la zona del conductor y algunas noches las pasábamos sin hablar, simplemente mirándola. Como llevábamos meses sin leer periódicos, aquella pantalla elevada, convertida en un altar moderno gracias a todo tipo de cajitas, manteles de crochet, cortinillas de terciopelo, maderas barnizadas, amuletos, talismanes, pegatinas y adornos, era el único hueco que se abría al mundo exterior que nos mostraban las ventanillas. Veíamos películas de kárate en las que los saltarines y ágiles protagonistas les lanzaban patadas a la cara a cientos de descamisados y copias nacionales con las mismas escenas a cámara lenta interpretadas por torpes héroes. Vimos películas americanas en las que un protagonista negro, inteligente y simpático, conseguía engañar a torpes millonarios, policías y gángsteres, otras de pilotos en las que jóvenes apuestos realizaban todo tipo de acrobacias con aviones y helicópteros y películas de terror en las que los fantasmas y los vampiros mataban de miedo a guapas jovencitas. En la mayoría de las películas nacionales en que las esposas de millonarios de buen corazón son incapaces de encontrar un marido bueno y honesto para sus hijas, ya todas unas señoritas, cada uno de los protagonistas, masculinos y femeninos, había sido cantante en algún momento de su vida y acumulaban los unos sobre otros tal cantidad de malentendidos que al final resultaba que se habían entendido correctamente. Nos acostumbramos de tal manera a ver las mismas caras y los mismos cuerpos interpretando en las películas nacionales los mismos estereotipos, el cartero paciente, el violador despiadado, la hermana fea pero de buen corazón, el juez de voz ronca, la tía sabia y comprensiva, el bobo, que cuando un día vimos en un área de descanso, en el restaurante y recuerdos Subaşı, con las paredes decoradas con fotografías de mezquitas, Atatürk, artistas y luchadores, a la hermana de buen corazón y al violador tomándose tranquilamente una sopa de lentejas entre otros somnolientos viajeros nocturnos, pensamos que nos habían tomado el pelo. Me acuerdo de que mientras Canan me recordaba una a una a cuáles de las famosas actrices de la pared había deshonrado el violador, yo observaba absorto a los clientes de aquel restaurante multicolor y soñaba con todos nosotros como pasajeros de un barco desconocido que se dirigen a la muerte tomando su sopa en un comedor iluminado y frío.

Vimos en la pantalla innumerables escenas de peleas; vimos puertas, cristales y vasos rotos; vimos aviones y coches que desaparecían en un instante y luego llamas que se elevaban hacia el cielo; contemplamos casas, ejércitos, familias felices, malvados, cartas de amor, rascacielos y tesoros engullidos por las llamas. Vimos sangre que brotaba de heridas, caras y cuellos cortados, interminables escenas de persecuciones, cientos, miles de coches que se seguían en innumerables películas, que tomaban las curvas a demasiada velocidad y lue go chocaban alegremente. Vimos decenas de miles de infelices que se disparaban sin cesar, hombres y mujeres, nacionales y extranjeros, con bigote o sin él. Cuando terminaba un vídeo y antes de que la segunda película apareciera en la pantalla, Canan me decía: «No se me había pasado por la cabeza que el muchacho se dejara engañar tan fácilmente». Y cuando después de la segunda película la pantalla se llenaba de manchas negras: «No obstante, si sabes adónde vas, la vida es bella». O bien: «No me lo creo, no me he dejado engañar, pero me ha gustado». O: «Soñaré con la feliz pareja», me decía Canan medio dormida con la dicha de la película en el rostro.

Al cumplirse el tercer mes de mis viajes con Canan debíamos de haber visto más de mil escenas de besos de amor. Con cada beso, fuera el autobús a la remota ciudad que fuera, fueran los viajeros campesinos con cestas de huevos o funcionarios con portafolios, se producía un silencio entre los asientos y yo sentía la forma en que Canan tenía las manos sobre las rodillas o en su regazo y de repente me apetecía hacer algo violento pero a la vez profundo, duro y significativo. Aquella cosa de la que no era plenamente consciente, o al menos algo parecido, la hice una lluviosa noche de verano.

El oscuro autobús estaba lleno a medias; nos encontrábamos en un lugar más o menos a la mitad y en la pantalla llovía en un paisaje tropical muy lejano para nosotros, muy extraño. Llevado por un instinto acerqué la cabeza a la ventanilla, y por tanto a Canan, y vi que fuera había comenzado a llover. Al mismo tiempo besé los labios sonrientes de mi Canan como había visto en las películas, como se hacía en la televisión, como yo pensaba que se hacía, los besé con toda mi fuerza, los besé con deseo y avidez, y ella se resistía, ángel mío, los besé hasta hacerlos sangrar.

—No, no, querido —me dijo—. Te pareces mucho a él, pero no lo eres. Él está en otro sitio...

La luz rosada de neón que se reflejaba en su cara ¿era la del más remoto, manchado de insectos y maldito letrero de Türkpetrol, o la de la increíble aurora del otro mundo de la pantalla? De los labios de la muchacha manaba sangre, dicen los libros en situaciones así, y en situaciones así los protagonistas de las películas que habíamos visto volcaban mesas, rompían cristales y se lanzaban con sus coches a toda velocidad contra un muro. Yo esperé desazonado, con el sabor del beso en mis labios. Y me dije con el relativo consuelo de un descubrimiento creativo que se me había venido a la mente: yo no existo, y si no existo, ¿qué más da? Pero mientras el autobús se sacudía con renovados deseos sentí que existía más que nunca a causa del dolor que crecía entre mis piernas: quería tensarme, estallar y relajarme. Luego el deseo debió de llegar aún mucho más profundamente; abarcaba el mundo entero, un mundo nuevo. Esperaba sin saber qué ocurriría, esperaba con los ojos húmedos, sudando, esperaba deseoso y sin saber lo que esperaba cuando todo estalló feliz, ni deprisa ni despacio, se consumió, desapareció.

Primero oímos ese extraordinario estruendo, luego el silencio tranquilo que sigue al instante del accidente. Vi que esta vez la televisión se había hecho pedazos, como el conductor. Cuando comenzaron los gritos y los gemidos, cogí a Canan de la mano y la bajé a la superficie con toda mi maestría, sana y salva.

Bajo el chaparrón, comprendí de inmediato que ni nosotros ni el autobús habíamos sufrido demasiado daño. Dos o tres muertos y el conductor. Pero el otro autobús, el Auto Raudo, que se había doblado en dos al golpear en el vientre a nuestro difunto conductor y que después había rodado hacia abajo, hasta un fangoso sembrado, hervía de muertos y agonizantes. Bajamos directamente hacia el campo de maíz donde había caído rodando como si descendiéramos con cuidado y curiosidad hacia el centro oscuro de la vida y nos acercamos al autobús hechizados.

Al llegar junto a él una muchacha cubierta de arriba abajo de sangre intentaba salir por una de las reventadas ventanillas. Tendía una mano hacia el interior del vehículo sosteniendo la de otro —nos inclinamos a mirar—, la de un joven cuyas fuerzas se habían agotado. La muchacha, vestida con unos tejanos, logró salir con nuestra ayuda sin soltar la otra mano. Luego se inclinó e intentó sacar a su dueño tirando de ella. Pero podíamos ver que el joven había quedado atrapado en el autobús volcado entre barras niqueladas y chapas pintadas que se habían doblado como el cartón. Poco después murió mirándonos, a nosotros y al oscuro y lluvioso mundo, del revés.

De los ojos y del rostro de la muchacha de pelo largo caían goterones sanguinolentos. Debía de tener nuestra edad. Bajo la lluvia su rostro tenía la expresión de una niña sorprendida, más que la de alguien que acaba de encontrarse de cara con la muerte. Pequeña muchacha mojada, lo sentimos mucho por ti. De repente, bajo la luz que venía de nuestro autobús, miró al joven muerto sentado en su asiento y dijo:

—Mi padre, mi padre se va a enfadar de veras ahora.

Soltó la mano del muerto, se volvió, tomó la cara de Canan entre las suyas y la acarició como si acariciara a una hermana inocente a la que conociera desde hacía siglos.

—Ángel mío —le dijo—, por fin te he encontrado, por fin, después de tantos viajes entre la lluvia.

Su cara, hermosa y llena de sangre, miraba a Canan con admiración, con nostalgia, feliz.

—La mirada que siempre me seguía, que parecía surgir en los lugares más inesperados y luego se desvanecía y que por la misma razón me hacía buscarla con más intensidad, era la tuya —prosiguió la muchacha—. Nos pusimos en marcha para encontrarnos con tu mirada, pasamos las noches en los autobuses para encontrarnos frente a frente con esa dulce mirada tuya, fuimos de ciudad en ciudad, leímos el libro una y otra vez, ángel mío, ya lo sabes.

Canan, un tanto sorprendida, un tanto indecisa, pero alegre y triste por la geometría oculta de la confusión, sonrió ligeramente.

—Sonríeme —dijo la muchacha de los vaqueros, agonizante (porque comprendí que se estaba muriendo, ángel mío)—. Sonríeme para que pueda ver aunque sólo sea una vez la luz de ese mundo en tu cara. Recuérdame el calor del horno al que iba para comprar bollos los fríos días de invierno cuando volvía de la escuela con la cartera en la mano, recuérdame la alegría con que los días calurosos de verano me lanzaba al mar desde el embarcadero; recuérdame el primer beso, el primer abrazo, el nogal hasta cuya copa trepaba yo sola, la tarde de verano en que pasé más allá de mí misma, la noche en que me embriagué de felicidad, recuérdame el momento en que estaba bajo mi edredón y el guapo muchacho que me miraba con tanto amor. Todo eso está en aquel país y yo también quiero ir allí, ayúdame, ayúdame para que pueda enfrentarme con alegría al hecho de que me voy yendo cada vez que respiro.

Canan le sonrió dulcemente.

—Vosotros, los ángeles —dijo la muchacha entre los gritos de muerte y recuerdo que surgían del campo de maíz—, ¡qué terribles sois! ¡Qué despiadados pero qué hermosos! ¡Cómo podéis permanecer en una paz intemporal vosotros y todo lo que toca vuestra inagotable luz mientras que nosotros nos vamos marchitando lentamente, vamos deshaciéndonos y desapareciendo con cada palabra, con cada objeto, con cada recuerdo! Por eso, desde que leímos el libro, mi desgraciado amado y yo buscábamos vuestra mirada por las ventanillas de los autobuses. Tu mirada, ángel mío, porque ahora veo que el momento inigualable que prometía el libro era éste. Un tiempo de transición entre dos universos. Sin estar aquí ni allí. Ahora, mientras estoy aquí y allí, comprendo el significado de eso que llaman punto de partida. ¡Dichosa yo, que comprendo lo que son la paz, la muerte y el tiempo! Sonríeme más, ángel.

Durante un tiempo fue como si no pudiera recordar lo que sucedió luego. Como cuando al final de una dulce embriaguez la cabeza se enturbia y a la mañana siguiente uno se dice: «Y ahí se cortó la película». Algo parecido fue lo que me ocurrió. Primero se fue el sonido, lo recuerdo, y me dio la impresión de ver cómo Canan y la muchacha se miraban. Después del sonido debió de irse también la imagen porque lo que vi durante un rato se evaporó sin unirse a mis recuerdos, sin que lo registrara ningún instrumento de grabación.

En mi mente se introdujo como entre sueños que la muchacha de los vaqueros pedía agua, pero no sabía cómo habíamos cruzado el campo de maíz y habíamos llegado a la orilla de un río, ni si aquello era un río o un arroyo fangoso, ni por qué veía entre una luz azul las gotas de lluvia golpeteando sobre la tranquila superficie del agua y los círculos que formaban al caer.

Un rato después vi que la muchacha de los vaqueros volvía a sostener la cara de Canan entre sus manos. Le susurraba algo pero no podía oírlo o bien aquellas palabras susurradas como en un sueño no alcanzaban mis oídos. Pensé con un impreciso sentimiento de culpabilidad que debía dejarlas solas. Di un par de pasos siguiendo el arroyo pero mis pies se hundían en un barro arcilloso. Un grupo de ranas, asustadas por mis pasos temblorosos, se lanzaron al agua produciendo cada una un claro «chop». Un arrugado paquete de cigarrillos se acercó flotando hacia mí. Era un paquete de Maltepe que de vez en cuando se balanceaba a causa de las gotas de lluvia que impactaban a su derecha o a su izquierda y que luego, seguro y orgulloso de sí mismo, avanzaba con ostentación hacia el país de lo incierto. En la oscuridad de mi campo de visión no había otra cosa clara sino las sombras de Canan y la muchacha, que me pareció que se movían, y ese paquete de cigarrillos. Madre, madre, la besé y vi la muerte, me estaba diciendo cuando oí que Canan me llamaba.

—Ayúdame —me dijo—. Vamos a lavarle la cara para que su padre no la vea llena de sangre.

Sujeté a la muchacha por la espalda. Sus hombros eran frágiles y sus axilas cálidas. Contemplé sin cansarme cómo Canan lavaba la cara de la muchacha cogiendo con las manos agua del arroyo donde flotaba el paquete de cigarrillos, cómo le limpiaba afectuosa la herida de la frente, el cuidado maternal y la gracia de sus movimientos; comprendí que la sangre no iba a cortarse. La muchacha nos dijo que así la lavaba su abuela cuando era pequeña. Había sido pequeña y le había dado miedo el agua, ahora había crecido, el agua le gustaba y se moría.

—Antes de morirme tengo algo que contaros —dijo—. Llevadme al autobús.

Ahora había alrededor del autobús volcado y doblado en dos un gentío indeciso como el que puede verse al final de una loca y agotadora noche de fiesta. Un par de personas se movían lentamente con un objeto impreciso, quizá llevaran un cadáver como quien lleva una maleta. Una mujer, con el paraguas abierto y el bolso de plástico en la mano, parecía esperar otro autobús. Los pasajeros de nuestro autobús asesino y algunos de los del autobús víctima intentaban sacar de entre las maletas, al exterior, a la lluvia, a los supervivientes, a los muertos y a los niños del vehículo destrozado. La mano que poco antes había sostenido la muchacha agonizante permanecía tal y como la había dejado.

La muchacha se introdujo en el autobús y cogió la mano con ternura, más que por compasión, por una especie de sentimiento del deber y la responsabilidad.

—Era mi amante —dijo—. Yo fui la primera en leer el libro y me hechizó y me dio miedo. Me equivoqué y se lo di para que lo leyera pensando que lo fascinaría como a mí. Lo fascinó, sí, pero eso no le bastó y quiso ir a ese país. Por mucho que le dijera que era sólo un libro, no logré convencerlo. Era mi amante. Nos pusimos en marcha, fuimos de ciudad en ciudad, tocamos las apariencias de la vida, nos introdujimos en lo que ocultan los colores, buscamos la verdad pero no pudimos encontrarla. Lo dejé solo en su búsqueda porque habíamos comenzado a discutir, regresé a casa, con mis padres, y esperé. Por fin mi amante volvió a mí, pero convertido en alguien completamente distinto. Me dijo que el libro había desviado a mucha gente del buen camino, que había destrozado la vida de muchos desafortunados, que era el origen de todos los males. Ahora había jurado vengarse del libro por haber provocado todas aquellas decepciones y tantas vidas rotas. Le respondí que el libro no tenía ninguna culpa, le expliqué que había otros muchos libros como ése. Le dije que lo importante es lo que la gente ve cuando lee, pero no conseguí que me escuchara. Le había prendido el fuego de la venganza que sufren todos los desdichados que han sido engañados. Me habló del doctor Delicado, de su guerra contra el libro, de la guerra que había proclamado contra todo lo que nos destruye, contra las civilizaciones extranjeras, contra los nuevos productos que nos llegan de Occidente, de su gran movimiento contra la escritura... Hablaba de todo tipo de relojes, de objetos antiguos, de jaulas de canarios, de molinillos de mano, de tornos de pozo. No lo comprendía, pero lo amaba. Su corazón rebosaba rencor, pero seguía siendo mi querido amante. Por eso, cuando me dijo que en la ciudad de Güdül había una reunión secreta de comerciantes útil para «nuestros objetivos», lo seguí. Los hombres del doctor Delicado nos encontrarían y nos recogerían y el propio doctor Delicado nos llevaría hasta allí... Id vosotros en nuestro lugar... Detened la traición contra el libro y la vida. El doctor Delicado nos espera como si fuéramos jóvenes concesionarios de estufas que creen en su lucha. Vuestros papeles están en el bolsillo interior de la chaqueta de mi amado... El hombre que va a recogernos olerá a crema de afeitar OPA.

La muchacha, de nuevo con la cara cubierta de sangre, besó la mano muerta que tenía en la suya, la acarició y comenzó a llorar. Canan la sostuvo por los hombros.

—Yo también soy culpable, ángel mío —dijo la muchacha—. No merezco tu amor. Engañé a mi amado, lo seguí, traicioné el libro. Él ha muerto sin verte porque era aún más culpable que yo. Mi padre se enfadará mucho, pero yo estoy contenta de morir en tus brazos.

Canan le dijo que no moriría. Pero su muerte ya hacía rato que había comenzado a parecernos bastante segura porque en las películas que habíamos visto los agonizantes nunca anuncian que se van a morir. Canan, en su papel de ángel, apretó la mano de la muchacha contra la de aquel muchacho muerto, como en las películas. Luego la muchacha, con la mano en la de su amante, murió.

Canan se acercó al cadáver del joven que miraba el mundo del revés. Metió la cabeza por la ventanilla reventada del autobús, rebuscó por allí un rato y regresó a nuestro lluvioso mundo con una sonrisa alegre en el rostro y nuestras nuevas identidades en la mano.

¡Cómo quería a Canan cuando veía en su cara aquella sonrisa alegre! En las comisuras de su ancha boca, allá donde se terminaban sus hermosos dientes, donde sus labios se unían en un suave ángulo, veía dos puntos oscuros en el interior de su boca. ¡Dos simpáticos triángulos que aparecían junto a la boca de Canan cuando reía!

Ella me había besado una vez, yo la había besado una vez, ahora, bajo la lluvia, me habría gustado que nos besáramos otra, pero ella me apartó suavemente.

—En nuestra nueva vida tú te llamas Ali Kara y yo me llamo Efsun Kara —dijo leyendo los carnets que tenía en la mano—. Hasta tenemos libro de familia —luego sonrió y añadió con esa voz pedagógica, afectuosa y comprensiva que le oíamos en clase a nuestra profesora de inglés—. El señor y la señora Kara van a la ciudad de Güdül a una reunión de comerciantes.

7.

Llegamos a Güdül bajo las interminables lluvias de verano tras cambiar tres veces de autobús y pasar dos ciudades. Mientras subíamos desde la fangosa estación de autobuses hacia las estrechas aceras del mercado, vi en todo lo alto un extraño cielo; en medio había una tensa pancarta de tela que llamaba a los niños a los cursos veraniegos de Corán. En el escaparate de la expendeduría de tabacos, alcoholes y quinielas, tres ratas muertas y disecadas sonreían mostrando sus dientes entre botellas de licor multicolores. En la puerta de la farmacia habían pegado fotografías parecidas a las que la gente se coloca en las solapas en los entierros de las víctimas de asesinatos políticos: aquellos muertos, bajo cuyos rostros estaban escritas las fechas de nacimiento y muerte, le recordaron a Canan a los bondadosos millonarios de las películas nacionales antiguas. Entramos en una tienda y nos compramos un portafolios de plástico y unas camisas de nylon para darnos la apariencia de jóvenes y respetables comerciantes. En las estrechas aceras que nos conducían al hotel los castaños habían sido dispuestos con una sorprendente regularidad. Al leer en una placa a la sombra de uno de ellos «circuncisión a mano, no con láser», Canan dijo: «Nos esperan». Yo iba preparando el libro de familia de los difuntos Ali y Efsun Kara que llevaba en el bolsillo. El diminuto empleado de recepción, que llevaba un bigote a lo Hitler, se limitó a echarle una ojeada.

—¿Han venido a la reunión de concesionarios? —nos preguntó—. Han ido todos a la apertura en el instituto. ¿No tienen otro equipaje aparte de esta cartera?

—Nuestro equipaje ardió con el autobús y el resto de los pasajeros —le respondí—. ¿Dónde está el instituto?

—Por supuesto, los autobuses arden, Ali Bey —dijo el empleado—. El niño los llevará hasta el instituto.

Canan habló con el niño que nos llevaba al instituto con una voz dulce que nunca había empleado conmigo:

—¿No te hacen ver negro el mundo esas gafas de sol?

—No —respondió el niño—, porque yo soy Michael Jackson.

—¿Y qué opina tu madre de eso? Mira qué chaleco tan bonito te ha hecho.

—¡Mi madre no se mete en eso!

En el rato que tardamos en llegar hasta el Instituto Kenan Evren, el nombre estaba escrito en la fachada con parpadeantes luces de neón, como en los cabarets de Beyoğlu, nos enteramos por Michael Jackson de lo siguiente: iba a primero de secundaria; su padre trabajaba en el cine que regentaba el dueño del hotel pero ahora estaba ocupado con la reunión; toda la ciudad estaba ocupada con la reunión de concesionarios; algunos se oponían a ella, porque el prefecto había dicho algo así como: «¡No permitiré que se manche el nombre de la ciudad de la que soy prefecto!».

Entre el gentío que atestaba el Instituto Kenan Evren vimos una máquina que guardaba el tiempo, un cristal mágico que convertía los televisores en blanco y negro en aparatos en color, el primer detector automático turco de carne de cerdo, loción para el afeitado sin olor, unas tijeras para cortar rápida y fácilmente los cupones de los periódicos, una estufa que se encendía por sí sola en cuanto el dueño entraba en casa y un reloj de cuerda que, de un solo golpe, daba una solución definitiva, económica y moderna a todo el problema de los alminares, los almuédanos, los altavoces y la Occidentalización-Islamización. En lugar del pájaro familiar de los relojes de cuco, se había provisto al mecanismo tradicional de dos figuras. A las horas de la oración aparecía en un primer nivel, en forma de balcón de alminar, un minúsculo imán que decía tres veces «Dios es grande», a las horas en punto aparecía en el balcón superior un pequeño caballero de juguete, con corbata y sin bigote, que proclamaba «¡Dichoso aquel que puede decir soy turco, soy turco, soy turco!». Al ver una máquina que ocultaba la imagen comenzamos a dudar de que todos aquellos inventos fueran realmente trabajo de los estudiantes de instituto de la región como se afirmaba. En aquellos inventos debían de estar metidas las manos y la inteligencia de los padres, tíos y profesores que se paseaban entre la multitud.

Cientos de espejos de mano habían sido dispuestos entre una llanta y un neumático de automóvil de manera que formaran un laberinto de reflejos enfrentados. La luz y las imágenes entraban por un punto en el laberinto de espejos y hasta que no se cerraba la abertura la pobre luz se veía obligada a girar entre los espejos. Luego, cuando te apeteciera, podías acercar el ojo a la tapa cerrada, abrirla y ver la imagen del interior, fuera cual fuese la que había quedado aprisionada, un plátano, una maestra gruñona paseando por la exposición, un gordo vendedor de neveras, un estudiante lleno de granos, un funcionario del catastro tomándose un vaso de limonada, una jarra llena de ayran, el retrato del general Evren, un bedel desdentado que se reía ante la máquina, un hombre sombrío, a Canan, hermosa, curiosa y con la piel brillante a pesar de tantos viajes, o tu propio ojo, todo eso era lo que podías volver a ver.

También vimos otras cosas mirando, no la máquina, sino la exposición. Por ejemplo, un hombre con chaqueta de cuadros, camisa blanca y corbata, pronunciaba un discurso. La mayor parte de la gente había formado pequeños grupos y se observaban entre ellos y a nosotros. Una niña pequeña, con una cinta en su cabello pelirrojo, repasaba a los pies de la falda de su enorme madre, con la cabeza cubierta por un pañuelo, la poesía que habría de leer poco después. Canan se arrebujó contra mí. Llevaba una falda verde pistacho con estampados del Sümerbank que habíamos comprado en Kastamonu. Yo la amaba, la amaba muchísimo, lo sabes, ángel. Tomamos ayran. Contemplamos absortos, cansados y somnolientos la polvorienta luz vespertina del comedor. Una especie de música existencial. Una especie de lección de lo que la vida nos enseña. Había también algo que parecía una pantalla de televisión y nos acercamos a ella intentando comprender de qué se trataba.

—Este nuevo televisor es la aportación del doctor Delicado —dijo un hombre con pajarita. ¿Sería masón? Había leído en un periódico que los masones llevaban pajarita—. ¿A quién tengo el gusto de conocer? —me preguntó mirándome a la frente quizá porque le daba más apuro mirar a Canan que a mí.

—Ali Kara y Efsun Kara —respondí.

—Son muy jóvenes. Encontrar gente tan joven entre los comerciantes decepcionados nos da nuevas esperanzas.

—No representamos la juventud, sino una vida nueva —le estaba contestando cuando:

—No estamos decepcionados, poseemos una firme fe —me interrumpió un hombre enorme pero de aspecto simpático, el tipo de señor optimista al que las chicas de instituto pueden preguntarle la hora por la calle.

Y así nosotros también nos unimos al gentío. La niña de la cinta leyó su poema con un susurro como una suave brisa de verano. Un muchacho tan apuesto que habría podido ser el cantante bueno de alguna película nacional habló de la región con una precisión militar en el orden: de los alminares silyuquíes, de las cigüeñas, de la central eléctrica en construcción y de las productivas vacas de la zona. Mientras cada uno de los estudiantes explicaba sus inventos dispuestos sobre las mesas del comedor sus padres o profesores se colocaban a su lado y nos miraban orgullosos. Nos reunimos en ciertos rincones con los vasos de ayran y limonada en la mano, chocamos los unos con los otros y nos dimos la mano. Noté un olor a alcohol apenas perceptible, y un aroma a OPA, pero ¿de quién o de quiénes procedía? Observamos también el televisor del doctor Delicado. Se hablaba sobre todo del doctor pero él no estaba por allí.

Al oscurecer salimos del instituto, los hombres delante y las mujeres detrás, para dirigirnos al restaurante. En las calles oscuras de la ciudad había una hostilidad silenciosa. Nos observaban a través de las puertas aún abiertas de las barberías y los colmados, por las ventanas de un café con la televisión puesta y de la prefectura, con las luces todavía encendidas. Una de las cigüeñas que había mencionado el guapo estudiante nos vigilaba desde la torre de la plaza, a nosotros, a los que íbamos al restaurante. ¿Con curiosidad? ¿Hostil?

El restaurante era un lugar afable que tenía colgados en las paredes cuadros de próceres de Turquía, de un submarino histórico hundido con honor, de futbolistas malencarados, de higos morados, peras de un amarillo pajizo y corderos felices y contentos, además de poseer un acuario y macetas. De repente, cuando se llenó de comerciantes con sus esposas, profesores y estudiantes del instituto, con aquellos que nos querían y confiaban en nosotros, me sentí como si llevara meses esperando encontrarme con aquella gente, como si llevara meses preparándome para una velada así. Bebí con todos y más que nadie. En la mesa de los hombres hablé con ansia del honor, del sentido perdido de la vida, de las cosas perdidas con todos los que se levantaban y se sentaban junto a mí entrechocando las copas de *rakı*. No, fue porque ellos sacaron antes la conversación. Le di de tal manera la razón al compañero que se sacó una baraja de cartas del bolsillo en las que había tachado rey y sota y en su lugar había escrito «jeque» y «siervo de Dios» y me la mostraba con orgullo explicándome con detalle que a partir de ahora habría que repartir esos naipes por las aproximadamente dos millones y medio de mesas de los ciento setenta mil cafés de nuestro país, que ambos nos sorprendimos. Allí estaba la esperanza, aquella noche estaba entre nosotros en forma de algo. ¿Era el ángel esa esperanza? Es una luz, dijeron. Menguamos un poco cada vez que respiramos, dijeron. Extraemos nuestras cosas de donde las habíamos enterrado, dijeron. Uno me enseñó una fotografía de una estufa y otro conocido una bicicleta que se adaptaba a nuestro tamaño y constitución. El señor de la pajarita se sacó del bolsillo un frasco con un líquido: En lugar de pasta de dientes... Un abuelo, que por desgracia no podía beber, nos contó que había tenido un sueño: «No tengáis miedo, nos decía, y así no sufriréis una decepción». ¿Quién era el que le había hablado de esa manera? El doctor Delicado, que era quien sabía el auténtico secreto de los objetos, no había venido. ¿Por qué no estaba allí? La verdad es que si el doctor Delicado hubiera visto a este joven tan lleno de fe, dijo una voz, le habría querido como a su propio hijo. ¿A quién pertenecía esa voz? Para cuando me volví ya había desaparecido. Chiiist, dijeron, no se debe mencionar tan alegremente al doctor Delicado. ¡Cuando mañana aparezca el ángel en televisión habrá un buen debate! Todo, todo aquel miedo se debe al prefecto, decían, pero en realidad tampoco está tan en contra de nosotros. Hasta Vehbi Koç, el hombre más rico de Turquía, puede venir a esta mesa, a esta reunión. Él es el mayor concesionario, dijo uno. Recuerdo haber besado a algunos; a los que me felicitaban por joven, a los que me abrazaban por hablar tan claramente; porque les había hablado de las pantallas de los autobuses, de sus colores y su tiempo. La pantalla, dijo el concesionario del Monopolio que era un tipo simpático, ahora nuestra pantalla representará el fin para aquellos que nos tendieron esta trampa; la nueva pantalla es la nueva vida. Durante todo el rato había hombres que continuamente se levantaban y se sentaban a mi lado; yo también me senté junto a otros, me levanté y hablé: de los accidentes, de la muerte, de la paz, del libro, de aquel momento... Y probablemente debí de ir demasiado lejos: dije «amor», me levanté y miré el lugar donde se encontraba, Canan estaba entre las profesoras y las esposas, que la examinaban. Me senté: El tiempo, dije, es un accidente, nos encontramos aquí por accidente. Y por la misma razón venimos al mundo. Llamaron a un granjero de chaqueta de cuero y me invitaron a que, en ese caso, le escuchara. No era demasiado viejo pero decía resoplando «Por Dios, señores, no es nada», mientras sacaba del bolsillo interior de la chaqueta su «humilde» invento: era un reloj de bolsillo, pero sabía cuándo estabas contento y entonces se paraba por sí solo alargando hasta el infinito ese momento de felicidad. Cuando no estabas alegre, las agujas del reloj corrían a toda prisa y tú te asombrabas, por Dios, qué rápido pasa el tiempo y tus preocupaciones pasaban en un abrir y cerrar de ojos. Luego, por la noche, cuando tú dormías pacíficamente junto a tu reloj, aquella cosita que palpitaba pacientemente con su tic tac en la mano abierta hacia mí del anciano compensaba por sí misma los atrasos y los adelantos. Y por la mañana te levantabas como todo el mundo, como si no hubiera pasado nada.

Dije «el tiempo», y por un momento me quedé mirando a los peces que se balanceaban lentamente en el acuario. Un hombre, una sombra, se acercó a mí y me dijo: «Nos acusan de menospreciar la civilización occidental. De hecho, es justo lo contrario... ¿Ha oído hablar de los descendientes de los cruzados que llevan viviendo siglos en las cuevas de Ürgüp?». ¿Quién era aquel pez que me hablaba mientras yo hablaba con los peces? Desapareció antes de que me diera tiempo a volverme. Primero me dije que era sólo una sombra y luego percibí con miedo aquel terrible perfume: OPA.

En cuanto me senté en una silla, un señor de enorme bigote que hacía girar impaciente en un dedo la cadena de su llavero me preguntó de quién era hijo, a quién votaba, qué invento me había gustado más, que decidiría a la mañana siguiente. Yo tenía todavía a los peces en la mente y estaba a punto de preguntarle si no quería otro vaso de *rakı* cuando oí voces, voces, voces. Guardé silencio. Luego el simpático concesionario del Monopolio y yo coincidimos juntos. Me dijo que ya no le temía a nadie, ni siquiera al prefecto, que tenía tres ratas disecadas en el escaparate de su tienda. ¿Por qué en este país sólo el Monopolio, el monopolio del Estado, podía vender licores? Sólo recuerdo una cosa: que me dio miedo, y al sentir miedo le respondí lo primero que se me vino a la cabeza; si la vida es un viaje, yo llevo seis meses viajando y algo he aprendido, permítame que se lo cuente. Por haber leído un libro perdí todo mi mundo y ahora ando por los caminos para encontrar otro nuevo.

¿Y qué he encontrado? ¡Era como si tú fueras a decirme de repente lo que yo había encontrado, ángel mío! Guardé silencio, medité un momento y me dije «ángel mío» sin saber lo que decía y lo recordé de repente como si me despertara de un sueño y me lancé a buscarte entre el gentío: Amor. Allí, entre los vendedores de neveras y estufas y sus esposas y el hombre de la pajarita y sus hijas, Canan bailaba siguiendo la música de una radio invisible con un estudiante alto y descarado bajo las miradas críticas de las maestras y unas viejas chochas y consumidas.

Me senté en una silla y encendí un cigarrillo. Si supiera bailar... Un baile del tipo del que bailan los novios en las películas. Me tomé un café. Todos los relojes, incluso el de la felicidad, debían de señalar ya una hora bastante tardía... Cigarrillo... Aplaudieron a las parejas que bailaban. Café... Canan regresó con las mujeres. Me tomé otro café...

Al volver al hotel me acerqué a Canan, como los comerciantes y los lugareños, que iban del brazo de sus esposas. ¿Quién era ese estudiante? ¿De qué te conoce? En la oscuridad de la noche la cigüeña nos contemplaba desde la torre en que estaba instalada. El recepcionista de noche nos acababa de dar la llave de la habitación número 19 como si fuéramos auténticos marido y mujer cuando un tipo de aspecto más decidido y seguro de sí mismo que nadie introdujo su enorme y sudoroso cuerpo entre yo y las escaleras cortándome el paso.

—Señor Kara, si tiene un momento... —policía, pensé, se ha dado cuenta de que el libro de familia es herencia de unos muertos en accidente de tráfico—. ¿Sería posible que habláramos un momento, si no es molestia? —parecía pretender una charla de hombre a hombre, así que Canan se alejó escaleras arriba, qué esbelta, qué elegante con su falda estampada, con la llave número 19 en la mano.

El tipo no era de Güdül y olvidé su nombre en cuanto me lo dijo, ya que era de noche cuando hablamos, digamos que se llamaba el señor Búho, quizá se me ocurriera el nombre por el canario de la jaula que había en la recepción. Mientras el canario saltaba arriba y abajo, ale hop, por las barras de la jaula, el señor Búho me dijo lo siguiente:

—Ahora nos dan de comer y de beber, pero mañana nos pedirán que los votemos. ¿Lo había pensado? Durante toda la noche he estado hablando con concesionarios que han venido, no sólo de esta región, sino de los cuatro extremos del país. Mañana puede producirse un alboroto, quiero que lo medite. ¿Se le había ocurrido? Es usted el más joven de todos ellos... ¿A quién va a votar?

—¿A quién cree usted que debo votar?

—No al doctor Delicado. Créeme, hermano, te llamo hermano, el resultado final de todo esto no es sino una aventura. ¿Pecan los ángeles? ¿Podemos enfrentarnos a todas esas fuerzas que están contra nosotros? Ya no nos es posible ser nosotros mismos. Lo ha entendido incluso nuestro ilustre columnista Celâl Salik y por eso se ha suicidado. Ahora sus columnas las escribe otro en su lugar. Salen de debajo de las piedras, los americanos. Comprender que no podemos ser nosotros mismos, sí, es una pena, pero la madurez que nos proporciona nos protege del desastre. ¿Qué podemos hacerle? ¿Y qué si nuestros hijos y nietos no nos comprenden? Las civilizaciones se crean y se desploman. ¿Creerte que mientras se forma tú eres uno de los fundadores y cuando se hunde agarrar un arma como un niño que no sabe perder? ¿A cuántos vas a matar de todo un pueblo que está cambiando de identidad? ¿Cómo puedes convertir al ángel en tu cómplice? Y, además, ¿quién es el ángel, dime? Que si colecciona viejas estufas, brújulas, revistas infantiles y picaportes, que si es enemigo de los libros y la escritura en general. Todos intentamos vivir una vida con sentido, pero en algún punto nos detenemos. ¿Quién hay que pueda ser él mismo? ¿Quién es el afortunado capaz de entender lo que susurran los ángeles? Eso son especulaciones, palabras huecas para engañar a los que no entienden. Todo se va a sacar de quicio. ¿Los ha oído? Va a venir Koç, decían, Vehbi Koç... Ni el Estado ni el prefecto lo permitirían; aquí pagan justos y pecadores. ¿Por qué la televisión del doctor Delicado se presenta mañana de una manera tan especial? Nos está arrastrando a una aventura, dicen que va a contar la verdadera historia de la Coca-Cola; es una locura. No hemos venido para eso a esta reunión.

Iba a seguir relatando, pero un hombre de corbata roja estaba entrando en el salón, al que resultaba imposible llamar vestíbulo... El señor Búho dijo: «Van a seguir toda la noche con este marcaje», y puso pies en polvorosa. Vi que salía a la calle, a la oscuridad de la ciudad, en pos de otro comerciante.

Me encontraba frente a las escaleras por las que había subido Canan. Sentí un fuego en mi interior, las piernas me temblaban, tenía palpitaciones en el corazón, quizá por el *rakı* o quizá por el café, y la frente se me había cubierto de sudor. En lugar de correr hacia las escaleras, corrí hasta el teléfono del rincón y marqué el número, había un cruce de líneas, volví a marcar, número equivocado, marqué tu número, mamá: Mamá, te dije, mamá, ¿me oyes? Voy a casarme, esta noche, dentro de un rato, ahora mismo, de hecho ya me he casado, en la habitación de arriba, subiendo por las escaleras, con un ángel, no llores, mamá, te lo juro, volveré a casa, no llores, mamá, algún día, con un ángel del brazo.

¿Por qué no me había dado cuenta antes de que detrás de la jaula del canario había un espejo? El reflejo resultaba extraño cuando se subían las escaleras.

La habitación número 19, la misma habitación cuya puerta me abrió Canan, en la que me recibió con un cigarrillo en la mano y a cuya ventana abierta se dirigió luego para contemplar la plaza de la ciudad, era como una caja fuerte que perteneciera a otro pero que se nos hubiera abierto por sí misma. Silenciosa. Cálida. En penumbra. Con dos camas una junto a otra.

La triste luz de la ciudad se reflejaba de lado por la ventana abierta en el largo cuello y en el pelo de Canan y de su boca invisible se elevaba una nerviosa e impaciente nube de humo —o es simplemente que a mí me lo parecía— hacia la especie de oscuridad melancólica que los insomnes, los muertos y los que dormían inquietos en la ciudad de Güdül habían ido acumulando en el cielo tras años y años de respirar. Abajo se oyó la carcajada de un borracho —quizá uno de los comerciantes— y que alguien daba un portazo. Vi que Canan tiraba su cigarrillo sin terminar por la ventana con un gesto de matón y que observaba como un niño la luz naranja del cigarrillo caer dando volteretas. Fui hasta la ventana y yo también miré hacia abajo, hacia la calle, hacia la plaza, sin ver lo que miraba. Luego contemplamos largo rato la vista desde nuestra ventana como si miráramos la portada de un libro nuevo.

—Tú también has bebido mucho, ¿no? —le pregunté.

—Sí —me contestó muy optimista.

—¿Hasta dónde va a seguir esto?

—¿El camino? —dijo Canan muy alegre. Señalando el camino que subía desde la plaza hasta la estación de autobuses y que antes de llegar allí pasaba por el cementerio.

—¿Dónde crees que va a terminar?

—No lo sé —respondió ella—. Pero quiero ir hasta donde lleve. Siempre es mejor que sentarse a esperar, ¿no?

—Se nos ha acabado el dinero de la cartera.

Los oscuros rincones del camino que poco antes había señalado Canan se iluminaron de repente por la potente luz de los faros de un coche. El automóvil entró en la plaza y aparcó en un lugar libre.

—Nunca llegaremos allí —dije yo.

—Tú has bebido más que yo —replicó ella.

Un hombre salió del coche y, después de cerrar la puerta con llave, caminó directamente hacia nosotros sin vernos, sin darse cuenta de nuestra presencia y, tras pisar la colilla que había tirado Canan sin ni siquiera pensarlo, como hacen los que aplastan inmisericordes las vidas de otros, entró en el hotel Prosperidad.

Comenzó un silencio largo, larguísimo; era como si en la pequeña y simpática ciudad de Güdül no hubiera nadie. En un barrio lejano un par de perros se ladraron mutuamente y el silencio comenzó de nuevo. De vez en cuando una brisa imperceptible movía las hojas de los plátanos y los castaños de la oscura plaza sin el menor susurro. Debimos de estar mucho rato allí parados, en la ventana, mirando al exterior como niños que esperan que algo les entretenga. Fue como si la memoria me engañara: había sentido cada segundo, pero era incapaz de asegurar cuánto tiempo en total estuvimos allí.

—¡No, por favor, por favor, no me toques! —dijo mucho después Canan—. Todavía no me ha tocado ningún hombre.

Como ocurre a veces, no sólo recordando el pasado, sino incluso viviendo el preciso instante, por un momento me pareció que tanto lo que vivía como la pequeña ciudad de Güdül no eran reales, sino cosas que imaginaba. Quizá ante mí no hubiera una ciudad verdadera sino una reproducción de las que pueden verse en la serie de sellos de regiones del país que había sacado la Dirección General de Correos y que eso fuera lo que estaba mirando. Como las ciudades pequeñas de esos sellos, la plaza de esa ciudad no me parecía un sitio por cuyas aceras pudiera pasear, en el que pudiera comprar un paquete de tabaco o mirar los polvorientos escaparates, sino una especie de recuerdo.

La Ciudad Fantasma, pensé, la Ciudad Recuerdo. Sabía que mis ojos buscaban la correspondencia visual de un amargo recuerdo que nunca desaparecería por sí solo y que provenía de lo más profundo. Recorrí con la mirada la parte baja de los árboles que había en el lado oscuro de la plaza, los guardabarros de los tractores, que brillaban con una luz indefinida, los rótulos, que no alcanzaba a ver completos, de la farmacia y el banco, la espalda de un anciano que caminaba por la calle... Luego, como un curioso que intenta adivinar no cuál es la plaza de la fotografía sino el lugar donde se situaban la cámara y el fotógrafo que la tomaron, comencé a verme desde fuera en mi imaginación, mirando por la ventana del segundo piso del hotel Prosperidad. Como en las tomas que acompañaban a los títulos de crédito al principio de las películas extranjeras que veíamos en los autobuses: primero se ve una toma general de la ciudad, luego un barrio, después un patio, una casa, una ventana... Y me veía desde el exterior y desde mi interior mirando por la ventana de ese remoto y lejano hotel y a ti, agotada, tumbada en una de las camas detrás de la ventana llevando todavía tu vestido, que se había cubierto rápidamente de polvo, a nosotros dos, la ventana, el hotel, la plaza, la ciudad, todas las carreteras y el país que habíamos recorrido juntos. Era como si todos esos viajeros, ciudades, pueblos, películas y gasolineras que imaginaba y recordaba fragmentariamente se hubieran combinado con el dolor y la sensación de que algo me faltaba que notaba en algún lugar profundo de mi corazón, de tal forma que era incapaz de saber si esa tristeza me venía de todas aquellas ciudades, de todas aquellas baratijas y de todos aquellos viajeros, o si era que el dolor de mi corazón extendía su tristeza a todo el país, a todo el mapa.

El papel pintado color violeta que comenzaba en la ventana me recordó a un mapa. En la estufa eléctrica que había en el rincón estaba escrita la marca, VESUBIO, y acababa de conocer al representante regional aquella misma noche. El grifo del lavabo de la pared de enfrente goteaba con un golpeteo. Como la puerta del armario no cerraba del todo bien, el espejo reflejaba la mesilla que había entre las dos camas y la lámpara que tenía encima. La luz de la lamparilla se reflejaba suavemente sobre la colcha con hojas moradas de la cama que había justo a su lado y sobre Canan, que se había tumbado vestida sobre la colcha y se había quedado dormida de inmediato.

Su pelo castaño tenía un reflejo ligeramente pelirrojo. ¿Cómo era posible que no me hubiera dado cuenta hasta entonces?

Pensé que había muchas otras cosas de las que no me había dado cuenta. Mi mente estaba tan brillante como esos restaurantes de carretera en los que tomábamos una sopa en nuestros viajes nocturnos, pero también confusa. Mi cansado pensamiento iba y venía por aquella confusión resoplando y cambiando de marcha como esos camiones adormilados y fantasmas que pasaban ante los restaurantes de imprecisos cruces de carreteras e inmediatamente detrás de mí podía escuchar la respiración de la mujer de mis sueños, que dormía soñando con otro.

¡Túmbate junto a ella, abrázala, después de tanto tiempo juntos los cuerpos se desean! ¿Y quién era el doctor Delicado? No puedo resistirlo más, me vuelvo para mirar sus preciosas piernas y en ese mismo instante recuerdo que esos hermanos, esos hermanos, esos hermanos, andan enredando en el silencio de la noche y me esperan. Una polilla surgida de aquel silencio gira en torno a la bombilla de la lámpara esparciendo dolorosamente el polvo. Bésala largamente hasta que ardáis entre llamas. ¿Oigo una música? ¿O es mi mente la que ha tocado la melodía *La llamada de la noche* a petición de nuestro público? En realidad, la llamada de la noche, como muy bien saben todos los varones de mi edad, consiste, para compensar el deseo sexual sin contrapartida, en meterse en una calle oscura como la pez, encontrar a un par de perros tan desesperados como uno mismo, aullar amargamente, insultarse, organizar los preparativos para confeccionar una bomba que haga saltar por los aires a alguien, y quizá tú me entiendas, ángel mío, cotillear sobre los organizadores de la conspiración internacional que nos tiene condenados a esta vida miserable. Creo que a todo ese cotilleo se le llama Historia.

Durante media hora, quizá cuarenta y cinco minutos, bueno, bueno, como mucho una hora, estuve contemplando a Canan dormida. Luego abrí la puerta, salí, la cerré por fuera y me eché la llave al bolsillo. Allí se quedó Canan, y yo, rechazado, en medio de la noche. Daría una vuelta por la calle, volvería y la abrazaría. Me fumaría un cigarrillo, volvería y la abrazaría. Buscaría algún lugar abierto, me tomaría un par de copas para darme valor, volvería y la abrazaría.

Los conspiradores de aquella noche me abrazaron al pie de las escaleras. «Así que usted es Ali Kara —dijo uno—. ¡Enhorabuena! Ha llegado usted hasta aquí. ¡Y qué joven es!». «Si se une a nosotros —comentó un segundo bandido de aproximadamente la misma altura, aproximadamente la misma corbata estrecha y la misma chaqueta negra y la misma edad—, podremos mostrarle algunas escenas del follón que se va a armar mañana».

Sostenían los cigarrillos de forma que las brasas parecían cañones rojos que me apuntaran a la frente y sonreían de una manera provocadora. «No para meterle miedo, sino para prevenirlo», añadió el primero. Podía darme cuenta de que aquella noche se estaban organizando allí los preparativos para alguna especie de estafa, de engaño.

Salimos a las calles que ya no vigilaba la cigüeña y pasamos ante botellas de licor y ratas disecadas. Nos metimos por un callejón y antes de que diéramos un par de pasos siquiera, se abrió una puerta y nos acogió un intenso olor a taberna y a *rakı*. Después de sentarnos en una mesa cubierta con un sucio hule y tomarnos a toda velocidad dos copas de *rakı* por cabeza —por favor, como si fuera una medicina—, aprendí cosas nuevas sobre mis compañeros, sobre la felicidad y sobre la vida.

El primero que me dirigió la palabra fue Sıtkı Bey, concesionario de cerveza en Seydişehir. Me contó que no había la menor contradicción entre su trabajo y sus creencias. Porque la cerveza, y era fácil de comprender si se pensaba un poco, no era una bebida alcohólica como el *rakı*. Me demostró que el gas que contenía la incluía en la categoría de «bebidas gaseosas» haciéndome abrir y vaciar en un vaso una botella de cerveza Efes. Mi segundo compañero, quizá porque comerciaba con máquinas de coser, no le daba importancia a todas esas inquietudes, susceptibilidades y vejaciones y prefería sumergirse con rapidez en el mismísimo corazón de la vida como los conductores de camión medio dormidos y borrachos que se dirigen a ciegas al encuentro de un ciego poste de electricidad en plena noche.

Sí, la paz, la paz, allí estaba la paz; en esa ciudad, en esa pequeña taberna, en el presente, en el corazón de la vida y la mesa que compartíamos tres fieles camaradas. Ahora, pensando en lo que nos había ocurrido en el pasado y lo que ocurriría mañana, éramos capaces de apreciar el valor de ese momento inigualable entre nuestro pasado victorioso y nuestro futuro terrible y miserable. Nos juramos que siempre nos diríamos la verdad. Nos besamos. Nos reímos entre lágrimas. Celebramos el esplendor del mundo y la vida. Nos volvimos hacia el gentío de locos comerciantes y despiertos conspiradores que llenaba la taberna y alzamos nuestras copas. Eso era la vida, ni estaba allí ni en otro lugar, ni en el Cielo ni en el Infierno: estaba justo aquí, en ese instante, la maravillosa vida. ¿Qué loco podría afirmar que nos equivocábamos? ¿Qué estúpido podría intentar enredarnos? ¿Quién podría llamarnos pobrecillos, miserables, despreciables? No queríamos ni la vida de Estambul, ni la de París, ni la de Nueva York; que se queden ellos con sus salones, sus dólares, sus edificios y sus aviones; que se queden con sus radios y sus televisiones —ahora nosotros también teníamos una pantalla— y sus periódicos a todo color. Nosotros tenemos una sola cosa: mira, mírame al corazón, mira cómo se abre camino en mi corazón la verdadera luz de la vida.

Ángel mío, recuerdo que en cierto momento conseguí poner orden en mis ideas y pensar: ¿Por qué nadie es capaz de hacer algo tan fácil? Si es tan fácil tomar la medicina contra la infelicidad, se pregunta alias Ali Kara saliendo de la taberna a pasear por la noche veraniega con sus amigos del alma, ¿por qué tanto dolor, tanta tristeza, tanta miseria, por qué? En el segundo piso del hotel Prosperidad está encendida la lámpara que enrojece el pelo de mi Canan.

Luego recuerdo que nos encontramos de repente en un ambiente de República, Atatürk y pólizas. Entramos en el edificio, hasta su despacho, y el señor prefecto me besó en la frente: también él era de los nuestros. Había llegado una orden de Ankara y al día siguiente a ninguno de nosotros se nos tocaría un pelo. Se había fijado en mí, confiaba en mí y, si quería, podía leer la octavilla húmeda de tinta que multicopiaba una máquina reluciente de puro nueva:

«¡Querido pueblo de Güdül! ¡Ancianos, hermanos, hermanas, madres, padres y jóvenes fieles del Instituto de Imanes y Predicadores! ¡Al parecer ciertas personas que ayer llegaron como invitados a nuestra ciudad han olvidado que eran invitados! ¿Qué es lo que quieren? ¿Insultar a todo lo que es sagrado para nuestra ciudad, tan unida desde hace cientos de años a sus aljamas, a sus mezquitas, a sus fiestas, al Profeta, a sus jeques y a la estatua de Atatürk? No, nosotros no beberemos vino, no, no conseguiréis que bebamos Coca-Cola, ¡no adoramos ídolos, ni a América, ni al diablo, sino a Dios! ¿Por qué se reúnen en nuestra pacífica ciudad bribones bien conocidos e imitadores de Mari y Ali, entre los que se encuentra el agente judío Max Rulo, que intentan difamar al mariscal Fevzi Çakmak? ¿Quién es el ángel y quién se atreve a sacarlo por televisión para burlarse de él? ¿Nos quedaremos cruzados de brazos ante las insolencias dirigidas a los miembros del esforzado cuerpo de bomberos y a la Abuela Cigüeña Peregrina, que protege la ciudad desde hace veinte años? ¿Para esto expulsó Atatürk a los griegos? Si no ponemos en su sitio a esos sinvergüenzas que han olvidado que son unos invitados en esta ciudad, si no les damos una lección a los imprudentes que los invitaron, ¿cómo podremos mañana mirarnos a la cara? Nos reuniremos a las once en la plaza de los Bomberos. Porque preferimos morir con honor a vivir deshonrados».

Leí de nuevo el comunicado. ¿Conseguiría uno distinto si lo leía del revés o si unía las mayúsculas como en un anagrama? No. El prefecto nos dijo que los coches de bomberos estaban cargando agua desde aquella mañana en el arroyo Güdül. Al día siguiente, era una posibilidad muy pequeña, pero en fin, quizá las cosas se descontrolaran y se encendieran las pasiones, pero con el calor que hacía la gente no protestaría aunque se les lanzara agua. El alcalde había tranquilizado a nuestros compañeros: les había asegurado una completa colaboración y en cuanto se produjeran incidentes, serían reprimidos por las unidades de gendarmes del Gobierno Civil. «Una vez que todo se calme y que hayan caído las máscaras de los provocadores y los enemigos de la República y la nación —dijo el prefecto—, veremos entonces quién se atreve a emborronar los anuncios de jabón de los muros y los carteles con mujeres. Entonces veremos quién se atreve a salir borracho de la sastrería y a maldecir al prefecto y a la cigüeña».

Entonces decidieron que yo también —yo, el joven temerario— debía ver la sastrería. Después de leerme un contra-comunicado escrito por dos maestros, miembros de la semiclandestina Organización para la Promoción de una Civilización Moderna, me hizo acompañar por un ordenanza al que mandó que me llevara a la sastrería.

—El señor prefecto siempre nos obliga a hacer horas extras —me dijo ya en la calle el ordenanza Hasan. Dos policías de civil descolgaban la pancarta que anunciaba cursos de Corán en medio del azul marino de la noche, en silencio, como dos ladrones—. Trabajamos para el Estado, para la nación.

En la sastrería vi una televisión sobre una mesa colocada entre telas, máquinas de coser y espejos, y bajo ella un vídeo. Dos jóvenes algo mayores que yo estaban tras la televisión y trabajaban en el aparato con destornilladores y cables en las manos. A un lado había un hombre sentado en un sillón color violeta que los contemplaba a ellos y a sí mismo en un espejo de cuerpo entero que tenía frente a él. Me miró a mí y luego a Hasan con ojos inquisitivos.

—Nos envía el señor prefecto —contestó Hasan—. Le hace cargo de este muchacho.

El hombre del sillón violeta era el mismo que había entrado al hotel después de aparcar el coche y pisar el cigarrillo de Canan. Me sonrió cariñosamente y me dijo que me sentara. Media hora después se alargó, presionó un botón y puso en marcha el vídeo.

En la pantalla del televisor apareció la imagen de otra televisión. Una imagen de una pantalla dentro de otra. En eso, vi una luz azul, algo que me recordaba a la muerte, pero la muerte debía de estar muy distante en ese momento. La luz pasó durante un rato al azar por las inmensas estepas por las que habían pasado nuestros autobuses. Luego vi amanecer, eso que llaman romper el alba, pues algo así; vi paisajes de calendario. También puede que fueran imágenes relacionadas con los primeros días del mundo. ¡Qué agradable era emborracharse en una ciudad extraña, sentarse en una sastrería con amigos desconocidos mientras mi amada dormía en la habitación del hotel, sin pensar en absoluto lo que podía ser la vida, ver de repente en una imagen lo que era la vida! ¿Por qué pensamos con palabras pero sufrimos con imágenes? «¡Lo quiero, lo quiero!», me dije sin saber exactamente lo que quería. Luego apareció en la pantalla una luz blanca, los dos jóvenes que estaban inclinados tras la televisión quizá lo entendieran al reflejarse en mi cara, así que se volvieron a mirar la pantalla y subieron el sonido. En eso, la luz se convirtió en el ángel.

—¡Qué lejos estoy! —dijo una voz—. Tan lejos que estoy entre vosotros a cada instante. Ahora escuchadme con vuestra propia voz interior, susurrad con vuestros labios creyendo que son los míos.

Y yo susurré, como un desdichado actor de doblaje que intenta hacer suyas las palabras mal traducidas de otro.

—Eres insoportable, tiempo —dije con esa misma voz—, mientras Canan duerme y se acerca la mañana. Pero, no obstante, podré resistir si aprieto los dientes.

Luego se produjo un silencio, era como si viera en la televisión lo que tenía en mi mente y me estaba diciendo que en ese caso daba igual que tuviera los ojos abiertos o cerrados porque todo era la misma imagen, tanto la de mi mente como la del mundo exterior, cuando volví a hablar de repente.

—Dios creó el mundo cuando quiso ver el reflejo de sus atributos infinitos, cuando se vio en su propio espejo y quiso hacer otro de su mismo azogue. Y así se crearon los amaneceres en las estepas, el cielo brillante, las costas rocosas lavadas por aguas impolutas y la Luna, a la que tanto tememos cuando nos la encontramos de noche en un bosque, todas esas escenas que vemos tan a menudo en la pantalla y al comienzo de las películas. De la misma forma que mientras toda la familia duerme a pierna suelta la televisión solitaria en el salón de la casa se enciende sola y describe el mundo cuando vuelve la corriente eléctrica, que se había cortado, por aquel entonces también la Luna estaba completamente sola en el oscuro cielo. La Luna y las demás cosas ya existían entonces, pero no había quien las mirara. Todo carecía de alma, como si se mirara en un espejo sin pulir. Lo conocéis, lo habéis visto muchas veces, ahora contemplad una vez más ese universo sin alma para que os sirva de ejemplo.

—Hermano, justo en ese momento es cuando va a estallar la bomba —dijo uno de los dos jóvenes, el que sostenía el taladro.

Por la conversación posterior comprendí que había colocado una bomba en el televisor, ¿lo había entendido mal? No, lo había entendido bien. Una especie de bomba de imágenes; estallaría en el momento en que apareciera en la pantalla la luz deslumbrante del ángel. Podía comprender que lo había entendido correctamente por lo siguiente: junto con la curiosidad que sentía por los detalles técnicos de la bomba de imágenes, un cierto sentimiento de culpabilidad atenazaba mi mente. Por otro lado pensaba: «Así es como debe ser». Y así sería, probablemente: mientras en la reunión de la mañana los comerciantes estuvieran absortos con las imágenes de la pantalla y comenzaran a discutir sobre el ángel y los objetos, sobre la luz y el tiempo, la bomba estallaría suave y cálida, exactamente como ocurriría con un accidente de tráfico, y el tiempo, acumulado durante años en aquella multitud sedienta de vida, de luchas y de conspiraciones, se extendería de repente ávido por el lugar congelándolo todo. Entonces pensé que no quería morir por la explosión de una bomba ni de un ataque al corazón, sino en un auténtico accidente de tráfico. Quizá porque entonces se me aparecería el ángel: para susurrarme al oído el secreto de la vida. ¿Cuándo, ángel?

Aún veía imágenes en la pantalla. Una luz, quizá un color incoloro, quizá el ángel, no podía distinguirlo. Se parecía a contemplar las imágenes posteriores a la bomba, a echar una ojeada a la vida posterior a la muerte. Me encontré a mí mismo dando voz a las imágenes de la pantalla con la excitación de poder aprovechar esa oportunidad inigualable. ¿Eran palabras que decía otro y yo sólo las repetía? ¿O era un instante de fraternidad como el encuentro de dos almas en el «otro mundo»? No lo sabía. Pero continuaba hablando:

—Cuando el aliento divino le transmitió el alma al universo, también tocó los ojos de Adán. Fue entonces cuando vimos las cosas, no como en un espejo sin pulir, sino tal y como son en el universo, sí, tal y como podrían verlas los niños. ¡Qué felices éramos entonces los niños nombrando todo lo que veíamos y sin ser capaces de separar el nombre del objeto que veíamos! Entonces el tiempo era tiempo, los accidentes eran accidentes y la vida, vida. Aquello era la felicidad, y disgustó al Diablo, y, como es el Diablo, comenzó la Gran Conspiración. Un hombre llamado Gutemberg —a él y a sus imitadores los llamaron impresores— era el peón de esa Gran Conspiración, y multiplicó las palabras de una manera que nunca habrían podido imitar la mano laboriosa, el dedo paciente y la pluma meticulosa, y las palabras, las palabras, las palabras, se extendieron rodando por todas partes como las cuentas de un collar al que se le hubiera roto el hilo. Las palabras escritas invadieron las puertas de nuestras calles, las pastillas de jabón y los paquetes de huevos como hambrientas y enloquecidas cucarachas. Y así los objetos y las palabras, que en tiempos habían sido uña y carne, se dieron la espalda. Y así, cuando de noche la luz de la Luna nos pregunta qué es el tiempo, cuando nos pregunta qué es la vida, qué es la tristeza, qué es el dolor, mezclamos todas esas respuestas que habíamos sabido en nuestros corazones como las mezcla el estudiante que se pasa la noche anterior al examen aprendiéndose de memoria la asignatura. El tiempo, dirá un estúpido, es un alboroto. El accidente, responderá un desgraciado, es el destino. La vida, dirá un tercero, es un libro. Y nosotros, confundidos, como podrán entender, esperamos al ángel para que nos susurre al oído la respuesta correcta.

—Ali, hijo mío —me interrumpió el hombre sentado en el sillón violeta—, ¿crees en Dios?

Medité un rato.

—Mi amada me está esperando —respondí— en la habitación del hotel.

—Es la amada de todos nosotros. Ve a encontrarte con ella. Y mañana aféitate en la barbería Venus.

Salí a la cálida noche veraniega diciéndome que tanto las bombas como los accidentes son espejismos, nunca sabemos cuándo se verán. Por lo que se podía entender, nosotros, los pobres perdedores en ese juego de azar llamado Historia, nos veríamos obligados a lanzarnos bombas durante siglos para convencernos de que al menos habíamos ganado algo, para poder saborear cierta victoria, y para creer que elevaríamos por los aires nuestras almas y nuestros cuerpos con las bombas que colocaríamos en paquetes de caramelos, volúmenes del Corán y cajas de cambios por amor a Dios, al libro, a la Historia y al mundo. Mientras pensaba que tampoco me parecía tan mal, de repente vi luz en la habitación de Canan.

Entré en el hotel, fui a la habitación, mamá, estoy muy borracho. Me tumbé junto a Canan y me dormí creyendo que la abrazaba.

Cuando me desperté a la mañana siguiente me dediqué a contemplar largo rato a Canan, tumbada junto a mí. En su rostro había el mismo gesto de preocupación y atención que a veces se le notaba cuando veía alguna película de vídeo desde su asiento en el autobús; elevaba sus cejas castañas como si se preparara para una escena sorprendente y extraordinaria que estuviera viendo en sueños. El lavabo seguía goteando con un golpeteo. Cuando la polvorienta luz del sol que se filtraba por las cortinas se reflejó en sus piernas color miel,

Canan susurró preguntando algo. Se dio ligeramente la vuelta en la cama y yo salí en silencio de la habitación.

Fui hasta la barbería Venus sintiendo en mi frente la frescura de la mañana y allí me encontré con el mismo hombre de la noche anterior; el hombre que había pisado el cigarrillo de Canan. Lo estaban afeitando y tenía la cara cubierta de espuma. En cuanto me senté a esperar mi turno reconocí asustado el olor de la crema de afeitar. Nuestras miradas se cruzaron en el espejo y nos sonreímos. Por supuesto, aquél era el hombre que nos llevaría hasta el doctor Delicado.

8.

Mientras Canan se abanicaba nerviosa con *El Correo de Güdül* como una impaciente princesa española en el asiento de atrás del Chevrolet con aletas modelo del 61 que nos llevaba al encuentro del doctor Delicado, yo iba contando desde el asiento delantero las aldeas fantasmales, los agotados puentes y las letárgicas ciudades por las que pasábamos. Nuestro conductor con perfume a OPA no era demasiado hablador y le gustaba toquetear la radio y escuchar las mismas noticias y partes meteorológicos incongruentes entre sí. Se esperaban lluvias en Anatolia Central, no se esperaban, en zonas del interior de Anatolia Occidental llovía torrencialmente, estaba parcialmente nublado, estaba despejado. Viajamos seis horas bajo aquel cielo parcialmente nublado y bajo aquellas negras lluvias torrenciales provenientes de películas de piratas y del país de los cuentos de hadas. Tras pasar la lluvia que golpeaba despiadada el techo del Chevrolet, como si estuviéramos en un cuento, nos encontramos de repente en un país por completo distinto.

Cesó la triste música de los limpiaparabrisas. El sol estaba a punto de ponerse por la ventanilla triangular izquierda en aquel mundo brillante y geométrico. ¡País transparente como el cristal, abierto, silencioso, entréganos tus secretos! Cada uno de los árboles, todavía con gotas en las hojas,

podía distinguirse con absoluta claridad. Pájaros
y mariposas volaban ante nosotros sin acercarse al
parabrisas delantero como pájaros y mariposas inteligentes y tranquilos. ¿Dónde está el gigante de
este país de hadas fuera del tiempo —estaba a punto de decir—, detrás de qué árbol se esconden los
enanitos rosas y las brujas moradas? E iba a señalar también que en aquel paisaje no había ni una
letra ni una señal, cuando un camión silencioso
pasó a nuestro lado por el asfalto brillante. Detrás
llevaba escrito lo siguiente: ¡Piensa antes de ade-
lantar! Giramos a la izquierda, entramos en un camino de tierra, subimos a una colina, cruzamos aldeas perdidas apenas visibles en la penumbra, vimos
bosques oscuros y nos detuvimos ante la casa del
doctor Delicado.

La casa de madera se parecía a una de esas
antiguas mansiones que, después de que la familia se
disperse a causa de emigraciones, muertes y reve-
ses de la fortuna, se convierten en hoteles con nombres como Alegría Palace, Tranquilidad Palace,
Mundial Palace o Confort Palace, pero a su alrededor no había ni coches de bomberos, ni camiones
de riego, ni tractores polvorientos, ni restaurantes El
Local del Gusto. Un silencio absoluto... El piso superior no tenía seis ventanas, como suele ocurrir con
las mansiones de ese tipo, sino sólo cuatro, y de tres
de ellas surgía una luz anaranjada que se reflejaba en
las hojas bajas de otros tantos plátanos situados ante la casa. Una morera solitaria estaba en la penumbra. Las cortinas se movieron ligeramente, se oyó el
golpear de una ventana, sonidos de pasos, una campanilla; las sombras se agitaron, la puerta se abrió
y nos recibió, sí, el mismísimo doctor Delicado.

Era un hombre alto, apuesto, de unos sesenta o setenta años, con gafas. Pero cuando luego te quedabas a solas en tu cuarto y pensabas, recordabas perfectamente su cara y no las gafas; como esos hombres que conoces muy bien pero que luego eres incapaz de recordar si llevaban bigote o no. Tenía un aspecto impresionante. Después, en la habitación, Canan me dijo «Tengo miedo», pero me pareció que se trataba más de curiosidad que de miedo.

Cenamos todos juntos en una mesa larga, larguísima, mientras nuestras sombras se alargaban aún más a la luz de las lámparas de gas. Tenía tres hijas. La menor, la alegre y soñadora Rosaflor, estaba soltera a pesar de su edad bastante avanzada. La mediana, Rosalinda, se parecía, más que a su padre, a su marido, un médico que respiraba ruidosamente por la nariz sentado frente a mí. La mayor, la bella Rosamunda —comprendí por lo que hablaban que tenía dos lindas hijas de seis o siete años—, debía de haberse separado hacía mucho de su marido. La madre de todas aquellas rosas era una mujer pequeña y chantajista; no eran sólo sus ojos y su mirada, todo su aspecto decía: «Mucho cuidado, que lloro, ¿eh?». Al otro extremo de la mesa había un abogado de la ciudad —no sabía qué ciudad—, que durante un rato estuvo contando una historia de partidismos, política, sobornos y muertes que giraba en torno a un caso de tierras y que se alegró de que el doctor Delicado lo escuchara, tal y como esperaba y quería, entre curioso y asqueado pero siendo su asco una especie de aprobación. Justo a mi lado se había sentado uno de esos ancianos que pueden pasar los últimos años de su vida con la felicidad de ser testigos de la animada vida de su familia, todavía poderosa, influyente y numerosa. No estaba clara la relación que tenía con la familia, pero colaboraba con la felicidad de la que era testigo con un pequeño transistor que había colocado junto a su plato, como si fuera un plato extra. Vi que en varias ocasiones se pegaba la radio al oído —quizá no oyera bien—, y que escuchaba algo. «¡No hay noticias de Güdül!», dijo por fin y volviéndose hacia el doctor Delicado y hacia mí se rió mostrándonos su dentadura postiza y añadió como si fuera la consecuencia natural de sus palabras: «Al doctor le gustan las discusiones filosóficas y le encantan los jóvenes como usted. ¡Cómo se parece a su hijo!».

Se produjo un largo silencio. Creí que la madre iba a llorar y en los ojos del doctor Delicado vi fulgurar la ira. En algún lugar fuera de la habitación un reloj de péndulo sonó ding dang recordándonos nueve veces la fugacidad del tiempo y de la vida.

Al pasear mi mirada por la habitación, los objetos, la gente y la comida de la mesa, me iba dando cuenta poco a poco de que allí, entre nosotros, en la mansión, había ciertas huellas, ciertas marcas fruto de los sueños o de vivencias y recuerdos profundamente sentidos en cierto momento. En algunas de las largas noches que había pasado en los autobuses con Canan, después de que el asistente colocara una segunda película en el vídeo a petición de los ansiosos viajeros, durante unos minutos nos poseía una fascinación agotada e indecisa, una abulia muy clara pero sin objeto alguno, nos dejábamos arrastrar por un juego en el que no podíamos comprender el significado de la casualidad ni de la necesidad y, con la sorpresa de volver a vivir un minuto ya vivido en otro asiento y desde otro ángulo de visión, sentíamos que estábamos a punto de descubrir el secreto de la geometría secreta y no calculada de eso que llaman vida y cuando ya íbamos a darle un nombre entusiasmados al significado profundo que había detrás de las sombras de árboles, de la imagen pálida del hombre de la pistola, de las manzanas rojo vídeo y de los ruidos mecánicos del aparato, nos dábamos cuenta de repente de que ¡ay, ya habíamos visto esa película!

Esa sensación no me abandonó en la sobremesa. Durante un rato escuchamos el teatro radiado en el transistor del anciano, el mismo programa que yo escuchaba de niño. Rosaflor nos trajo los ya olvidados dulces de coco en forma de león y caramelos Vida Nueva en una bombonera de plata igual a la que había visto en casa del tío Rıfkı. Rosalinda nos ofreció café y su madre nos preguntó si deseábamos algo más. Sobre las mesitas y en los estantes del aparador, que tenía la puerta abierta, había de esas fotonovelas que se venden por todo el país. El doctor Delicado estaba tan cariñoso y elegante mientras tomaba su café y ponía en hora el reloj de pared como esos padres de las familias felices que aparecen en los billetes de lotería. En los objetos de la habitación había huellas de esa elegancia paterna así como del orden de una lógica difícil de denominar: estábamos entre cortinas con los bordes bordados con motivos de tulipanes y claveles, estufas de gas que ya no se usaban y lámparas muertas junto con su luz. El doctor Delicado me cogió de la mano, me mostró un barómetro colgado a un lado de la pared y me dijo que golpeara tres veces, tac-tac-tac, el fino y delicado cristal. Lo golpeé. Y cuando la aguja del barómetro se movió, dijo con su voz de padre: «¡Mañana volverá a hacer mal tiempo!».

Junto al barómetro había colgada de la pared una vieja fotografía con un enorme marco; la fotografía de un joven. Yo no me fijé en ella, me lo dijo Canan cuando regresamos a nuestra habitación. Y yo, como lo preguntarían los que han perdido el rumbo de sus vidas, los insensibles que ven las películas medio dormidos y leen sin prestar atención, le pregunté de quién era la fotografía en el marco.

—De Mehmet —me respondió Canan. Nos iluminaba la pálida luz de la lámpara de gas de la habitación que nos habían dado—. ¿Todavía no lo has entendido? ¡El doctor Delicado es el padre de Mehmet!

Recuerdo que oí en mi mente una serie de sonidos del tipo de los que produciría un desdichado teléfono en el que no acaba de caer la ficha. Luego todo encajó y vi la verdad con toda claridad, tan clara como si fuera un amanecer después de la tormenta, y sentí más ira que sorpresa. A casi todos nos pasa, o nos ha pasado; estamos viendo una película que creemos entender desde hace una hora y de repente nos envuelve una enorme furia al darnos cuenta de que somos el único estúpido en el cine que no la está entendiendo.

—¿Cómo se llamaba antes?

—Nahit —contestó Canan sacudiendo la cabeza con aire de entendida, como los que creen en la astrología—. Quiere decir Venus.

—Si yo tuviera un nombre y un padre así, también a mí me gustaría ser otro —estaba a punto de decir cuando me di cuenta de que los ojos de Canan estaban derramando lágrimas.

Ni siquiera quiero acordarme del resto de la noche. Me tocó consolar a Canan, que lloraba por Mehmet, alias Nahit. Quizá no tuviera tanta importancia, pero me veía obligado a recordarle que Mehmet Nahit no había muerto tal y como todos creemos, sino que simplemente había aparentado morir en un accidente de tráfico: sin duda encontraríamos algún día a Mehmet en algún lugar del corazón de la estepa poniendo en práctica la sabiduría extraída del libro, paseando por las maravillosas calles del mundo maravilloso en que viviría la nueva vida.

Aunque dicha creencia viviera en el corazón de Canan con más fortaleza que en el mío, la sospecha de que pudiera no ser cierta levantaba tormentas en el alma de mi triste amada y me vi obligado a explicarle largamente cómo estábamos en el buen camino: Mira cómo logramos escaparnos de la reunión de comerciantes sin meternos en problemas, mira cómo, arrastrados por una lógica secreta que se ha disfrazado de casualidad, hemos llegado a la mansión en la que pasó la infancia el hombre que buscamos, cómo hemos llegado aquí, a esta habitación que hierve con sus huellas. Los lectores que perciban el sarcasmo airado de mi lengua quizá también se hayan dado cuenta de que se había levantado el telón que me tapaba los ojos, que ese hechizo que llenaba de luz mi alma y me envolvía por completo, cómo lo diría, había sufrido un cierto cambio de dirección. Mientras a Canan la entristecía que a Mehmet Nahit le consideraran muerto, a mí me apenaba comprender que nuestros viajes en autobús ya no serían como habían sido.

Por la mañana, después del desayuno —miel, requesón, té—, que tomamos con las tres hermanas, visitamos la especie de museo que el doctor Delicado había hecho erigir en el segundo piso de la mansión en memoria de su cuarto hijo, el único varón, que había muerto abrasado aún joven en un lamentable accidente de autobús. «Nuestro padre quería que lo vierais», nos dijo Rosamunda introduciendo sin la menor dificultad en una cerradura sorprendentemente pequeña la enorme llave que llevaba en la mano.

La puerta se abrió a un silencio mágico. Olor a viejos periódicos y revistas. Una luz sombría que se filtraba por las cortinas. La cama en la que había dormido Nahit y, sobre ella, una colcha con bordados de flores. En las paredes, enmarcadas, fotografías de Mehmet en sus años de niñez, de juventud y de Nahit.

Mi corazón latía a toda velocidad por un extraño presentimiento. Rosamunda nos indicó con un susurro las notas de la escuela y el instituto y los certificados de haber estado en el cuadro de honor de Nahit, todo ello enmarcado. Susurrando, todo sobresaliente. Las botas embarradas con las que el pequeño Nahit había jugado al fútbol, su pantalón corto de tirantes. Un calidoscopio japonés traído de los almacenes Fulya de Ankara. En la penumbra de la habitación veía estremecido mi propia infancia y, como decía Canan, sentí miedo cuando do Rosamunda entreabrió las cortinas y nos explicó en un murmullo que en los años en que su querido hermano estudiaba Medicina, en las vacaciones de verano, después de pasarse el día leyendo sin parar, abría esa misma ventana y fumaba hasta el amanecer contemplando la morera.

Se produjo un silencio. Canan preguntó por los libros que leía entonces Mehmet Nahit. La hermana mayor sufrió un misterioso instante de indecisión y silencio. «Mi padre no consideró correcto que se quedaran aquí —dijo primero. Y luego sonrió como si hubiera encontrado un consuelo—. Esto es todo lo que hay que ver. Lo que leía cuando era niño».

Señalaba las revistas infantiles y los tebeos que llenaban una pequeña librería que había junto a la cabecera de la cama. Me dio miedo identificarme aún más con aquel niño que leía esas revistas y que aquel inquietante museo emocionara a Canan y volviera a llorar, así que no quise acercarme demasiado. Pero los lomos bien ordenados de las revistas, sus colores tan conocidos, a pesar de que habían empalidecido con el tiempo, y las portadas que acariciaba mi mano, que se había extendido por sí sola siguiendo un instinto, rompieron toda mi resistencia.

En la portada un niño de unos doce años estaba al borde de un abrupto precipicio rodeado por agudas rocas, con una mano se agarraba al grueso tronco de un árbol cuyas hojas habían sido dibujadas una a una, aunque el verde se desbordaba hasta el tronco porque la impresión de la portada estaba mal hecha, y con la otra mano sujetaba a un niño rubio de su edad que estaba cayéndose por aquel precipicio sin fondo salvándolo en el último momento. En los rostros de ambos personajes había una expresión de terror. Al fondo, en la salvaje naturaleza americana pintada de gris plomizo y azul, un buitre volaba esperando que ocurriera algo terrible, que corriera la sangre.

Como había hecho tantas veces cuando era niño, silabeé en voz alta el título de la cubierta, como si lo viera por primera vez: *NEBI EN NEBRASKA*. Mientras hojeaba a toda velocidad las páginas de la revista, recordé las aventuras que relataba aquel tebeo, una de las primeras obras del tío Rıfkı.

El pequeño Nebi es enviado por el sultán a la exposición universal de Chicago para que represente a los niños musulmanes. Tom, un niño de origen indio que conoce en Chicago, le cuenta que está metido en problemas y van juntos a Nebraska. Los blancos, que tienen la mirada puesta en las tierras en las que los ancestros de Tom cazaban bisontes, están acostumbrando a beber alcohol a los miembros de la tribu de Tom y a cada uno de los jóvenes de la tribu inclinados a apartarse del buen camino le entregan una botella de coñac y un arma. La conspiración que descubren Nebi y Tom es cruel: los blancos pretenden emborrachar a los pacíficos indios para que se subleven, los soldados del Ejército Federal aplastarían la rebelión y los indios serían expulsados de sus tierras. El rico propietario del bar y el hotel cae al precipicio cuando intenta empujar a Tom y con su muerte los niños salvan a la tribu de caer en la trampa.

En *Mari y Ali,* que Canan había empezado a hojear porque el título le resultaba conocido, se narraban las aventuras de un niño de Estambul que también va a América. Ali llega al puerto de Boston en un barco de vapor en el que se había embarcado en Gálata por amor a la aventura; allí conoce a Mari, que está llorando a todo llorar mirando el océano Atlántico, y se ponen en marcha hacia el oeste en busca del padre de aquella niña a la que su madrastra había echado de casa. Pasan por las calles de un Saint Louis que recordaba a los dibujos de Tom Mix, cruzan los bosques de hojas blancas de Iowa, en algunos rincones oscuros de los cuales el tío Rıfkı había colocado sombras de lobos, y por fin llegan a un paraíso soleado más allá de pistoleros y vaqueros, de atracadores que asaltan trenes y de indios que rodean a las caravanas. En aquel valle verde y luminoso Mari comprende que la verdadera felicidad no consiste en encontrar a su padre sino que se halla en los valores tradicionales de Oriente que ha aprendido de Ali, la Paz, la Confianza en Dios y la Paciencia, y movida por el sentimiento del deber regresa a Boston junto a su hermano. En lo que respecta a Ali, mirando las costas americanas que deja atrás en el barco de vela en el que se ha embarcado por la nostalgia que siente de Estambul, piensa: «¡En todas las partes del mundo hay injusticias y malas personas! Lo importante es poder vivir de manera que se proteja la bondad natural del hombre».

Al contrario de lo que pensaba, Canan no se entristeció sino que se animó pasando aquellas páginas que olían a tinta y que me recordaban las frías y oscuras tardes de invierno de mi infancia. Le dije que yo también había leído aquellas mismas revistas cuando era niño. Y pensando que no había entendido lo que implicaban mis palabras añadí que era otro más de los muchos parecidos que había entre Mehmet alias Nahit y yo. Probablemente me comportaba como esos enamorados ofendidos que al no recibir respuesta a su amor piensan que su amada es insensible. En cuanto a que el guionista-dibujante que había creado aquellos tebeos fuera el tío Rıfkı de mi infancia, no me apetecía contárselo. Pero por aquella época el mismo tío Rıfkı había querido explicarnos por qué había sentido la necesidad de crear aquellos libros y aquellos personajes.

—Queridos niños —decía el tío Rıfkı en una pequeña nota que había colocado al principio de una de sus primeras aventuras—, siempre os veo leer las aventuras de Tom Mix y Bill Kid en las revistas de vaqueros a la salida de la escuela, en los vagones de los trenes y en las pobres calles de mi barrio. A mí, como a vosotros, también me gustan las aventuras de esos honestos y valientes vaqueros y rangers. Por eso pensé que si os contaba las aventuras entre vaqueros de un niño turco en América quizá os gustaran. Y así no sólo veríais héroes cristianos, sino que apreciaríais más los valores morales y nacionales que nos legaron nuestros padres gracias a las aventuras de nuestros valientes hermanos turcos. Si os ha emocionado ver que un niño de un barrio pobre de Estambul puede sacar el revólver tan rápido como Bill Kid o que puede ser tan honesto como Tom Mix, esperad nuestra próxima aventura.

Durante un largo rato Canan y yo miramos con paciencia, con cuidado, en silencio, como harían Mari y Ali con las maravillas que se encontraban en el salvaje Oeste americano, los personajes en blanco y negro, las montañas sombrías, los tenebrosos bosques y las ciudades bullendo de extraños encuentros y costumbres del mundo dibujado por el tío Rıfkı. En bufetes de abogados, en puertos llenos de veleros, en lejanas estaciones de tren, entre buscadores de oro, vimos pistoleros que enviaban sus saludos al sultán y a los turcos, a negros que se salvaban de la esclavitud y encontraban refugio en el Islam, a jefes de tribus indias que preguntaban por los métodos de fabricación de tiendas de los turcos chamanistas y granjeros y niños tan inocentes como ángeles, con un corazón tan puro como el de los ángeles. Después de varias páginas de una aventura sangrienta en la que rápidos pistoleros caían como moscas, en la que el bien y el mal cambiaban con tanta rapidez de aspecto que confundían a los protagonistas, en la que se enfrentaban la ética oriental y el racionalismo occidental, uno de los valientes y bondadosos protagonistas era asesinado vilmente de un tiro por la espalda y, justo antes de morir al amanecer, sentía que en un umbral apartado de ambos mundos se encontraría con el ángel, pero el tío Rıfkı no había dibujado al ángel en sí. Coloqué en una pila todos los números de una serie que contaba cómo Pertev, de Estambul, y Peter, de Boston, se hacían amigos y el relato de sus aventuras, durante las cuales volvían toda América patas arriba, y le mostré a Canan mis escenas favoritas: El pequeño Pertev, con la ayuda de Peter y mediante un sistema de espejos de su invención, descubre las trampas de un tahúr que había desplumado a toda la ciudad y lo expulsa de allí ayudado por los ciudadanos, arrepentidos y decididos a no volver a jugar al póquer. Cuando en un pueblo de Texas brota petróleo justo en medio de la iglesia y sus habitantes se dividen en dos casi hasta el punto de lanzarse los unos sobre las gargantas de los otros y se encuentran a punto de caer en las redes de petroleros millonarios y explotadores de la religión, Peter logra calmarles con un discurso kemalista sobre el laicismo, la occidentalización y las virtudes de la educación que le ha enseñado Pertev. El mismo Pertev, al decir que los ángeles están hechos de luz y que tanto la electricidad como su magia son una especie de ángel, le da al joven Edison, que por entonces intentaba ganarse la vida vendiendo periódicos en los trenes, el impulso eléctrico necesario para que se produzca la primera idea que le llevará a la invención de la bombilla.

Los héroes del ferrocarril era la obra que mejor reflejaba las pasiones y las emociones del tío Rıfkı. En aquella aventura vimos a Pertev y a Peter apoyando a los pioneros del tren que pretendían unir el este con el oeste de Estados Unidos. Al igual que había ocurrido con el caso del ferrocarril en Turquía en los años treinta, la construcción de una línea férrea que cruzara la nación de un extremo a otro era un asunto vital para el país, pero multitud de enemigos, desde los propietarios de la compañía de diligencias Wells Fargo hasta los hombres de la compañía petrolífera Mobil, o religiosos que se negaban a que el tren pasara por sus tierras, o enemigos internacionales del país, como Rusia, intentaban sabotear el esfuerzo ilustrado que suponía el ferrocarril provocando a los pieles rojas, incitando a la huelga a los trabajadores o haciendo que los jóvenes destrozaran con cuchillas de afeitar y navajas los asientos de los compartimentos, tal y como se puede ver en los trenes de cercanías de Estambul.

—Si el programa del ferrocarril fracasa —decía un preocupado Peter en un bocadillo—, el progreso en nuestro país hará aguas y lo que hasta ahora han sido accidentes se convertirá en nuestro destino. ¡Tenemos que luchar hasta el fin, Pertev!

¡Cómo me gustaban esos enormes signos de admiración que acompañaban a las imponentes letras que llenaban los grandes bocadillos! «¡Cuidado!», le gritaba Pertev a Peter y éste se apartaba antes de que se clavara en su espalda el cuchillo que un malvado le había arrojado. «¡A tu espalda!», le gritaba Peter a Pertev y Pertev, sin ni siquiera mirar hacia atrás, lanzaba un puñetazo en esa dirección que alcanzaba el mentón de un enemigo del ferrocarril. A veces el mismo tío Rıfkı intervenía introduciendo entre los dibujos pequeñas viñetas en las que escribía con letras de patitas tan delgadas como sus piernas DE REPENTE, escribía PERO QUÉ ES ESO, escribía PERO SÚBITAMENTE, y colocaba unos enormes signos de admiración y yo comprendía que nos atraía hacia la historia a mí y a Mehmet, llamado en tiempos Nahit.

Probablemente porque nos llamaron la atención las frases entre signos de admiración, en cierto momento Canan y yo leímos uno de aquellos bocadillos.

—¡Todo lo que está escrito en el libro yo lo dejé atrás hace mucho! —les decía un personaje que se había consagrado a la lucha por la alfabetización a Pertev y a Peter, los cuales lo visitaban en la cabaña en la que se había encerrado al fracasar en su vida.

Volví en mí al darme cuenta de que Canan se estaba alejando de aquellas páginas en las que to-

dos los norteamericanos buenos eran rubios y pe-
cosos, en las que todos los malos tenían la boca torcida, en las que todos se daban las gracias a la menor ocasión, en las que los buitres despedazaban y
devoraban a todos los muertos, en las que de todos
los cactus brotaba el agua que salvaba a los que se
morían de sed.

Me dije que, en lugar de forjarme fantasías
de volver a comenzar la vida siendo un nuevo Nahit,
debía rescatar de sus ilusiones erróneas a Canan, que
suspiraba mirando las notas de la escuela secundaria y la fotografía del carnet de estudiante de Nahit.
De repente, como si el tío Rıfkı acudiera en ayuda
de uno de sus héroes acorralado por la mala fortuna y por sus enemigos escribiendo en una viñeta
¡DE REPENTE!, entró Rosaflor en la habitación y nos
dijo que su padre nos estaba esperando.

No tenía la menor idea de lo que podría
ocurrirnos a partir de ese momento y ni siquiera tenía en la cabeza un agarradero en el que sustentar
mis cálculos sobre cómo podía acercarme a Canan
en el futuro. Esa mañana, mientras salíamos del museo de Mehmet en los años en que había sido Nahit,
dos ideas se me aparecieron instintivamente: quería huir del lugar de los hechos o bien quería ser
Nahit.

9.

La posibilidad de realizar aquellos dos deseos como sendas opciones vitales me fue ofrecida generosamente por el doctor Delicado cuando salimos a dar un paseo por sus tierras. El hecho de que los padres sepan todo lo que pasa por la mente de sus hijos, como si fueran dioses de memoria infinita que además llevaran un registro, no es sino una casualidad. La mayor parte de las veces se limitan a reflejar en sus hijos, o en vulgares extraños que se los recuerdan, sus propias pasiones, y eso es todo.

Después de ver el museo comprendí que el doctor Delicado quería pasear a solas conmigo para que habláramos. Pasamos junto a campos de trigo que se balanceaban por efecto de una brisa apenas perceptible, bajo manzanos de frutos pequeños y verdes y por tierras descuidadas donde un puñado de somnolientas ovejas y vacas olfateaban una hierba inexistente. El doctor Delicado me enseñó los agujeros que cavaban los topos, me llamó la atención sobre las huellas de los jabalíes y me explicó cómo podía entender por sus breves e irregulares aleteos que los pájaros que volaban desde el sur de la ciudad hacia las huertas eran zorzales. Me explicó muchas otras cosas con una voz pedagógica, paciente y bastante afectuosa.

En realidad no era médico. Se trataba de un apodo que sus compañeros le habían puesto en el servicio militar por el cuidado que prestaba a los pequeños detalles que pudieran ser útiles en las tareas de reparación, como al hecho de que la tuerca de los tornillos fuera octogonal o a la velocidad de giro del disco de un teléfono de dinamo. Había adoptado el apodo porque amaba los objetos, le gustaba cuidar de ellos y porque consideraba la mayor alegría de la vida el descubrir que cada cosa era incomparable. No había estudiado Medicina, sino Derecho, siguiendo los deseos de su padre, que había sido diputado. Había ejercido como abogado en la ciudad y cuando murió su padre dejándole aquellas tierras y aquellos árboles que me señalaba con el dedo índice, quiso vivir como siempre había deseado. Como siempre había deseado: entre los objetos que él mismo había escogido, a los que estaba acostumbrado, que comprendía. Por esa razón había abierto la tienda en la ciudad.

Mientras subíamos a una colina iluminada por un sol indeciso que apenas la calentaba, el doctor Delicado me dijo que los objetos tenían memoria. Como nosotros, las cosas poseían la facultad de registrar lo que les ocurría, de recordarlo, de guardarlo para ellas mismas, pero la mayoría de nosotros no éramos conscientes de tal hecho. «Las cosas se preguntan entre ellas, se entienden, se susurran y crean entre ellas una armonía secreta que forma esa música que llamamos mundo —dijo el doctor Delicado—. El hombre atento sabe oír, ver y comprender». Cogió una rama seca del suelo y me explicó que los zorzales habían anidado allí a juzgar por las manchas calizas que había en ella, y qué viento, por las huellas de barro, la había roto durante las lluvias que habían caído dos semanas antes.

La tienda de la ciudad no sólo vendía productos de Ankara y Estambul, sino objetos procedentes de fábricas y talleres de todas partes de Anatolia: piedras de afilar que nunca se gastaban, alfombras, cerraduras hechas a mano por herreros a fuerza de golpes, mechas perfumadas para hornillos de gas, neveras simples, gorros del mejor fieltro, piedras de mechero RONSON, picaportes, estufas hechas con bidones de gasolina, pequeños acuarios y todo cuanto pudiera venirse a la mente y todo cuanto tuviera mente. Los años que había pasado en aquella tienda, en la que podía atender a cualquier necesidad humana básica de una manera humana, habían sido los mejores de su vida. Y cuando por fin tuvo un hijo después de tres hijas, fue más feliz aún. Me preguntó mi edad y yo le respondí. Cuando su hijo murió, tenía mi edad.

De algún lugar ladera abajo nos llegaban los gritos de algunos niños que no podíamos ver. Cuando el sol desapareció tras unas nubes negras y decididas que se habían acercado a toda velocidad los vimos por fin a lo lejos jugando al fútbol en una llanura pelada. Entre la patada al balón y que oyéramos el sonido pasaban un par de segundos. El doctor Delicado me dijo que algunos de ellos se dedicaban a pequeños hurtos. Los niños eran las primeras víctimas de la inmoralidad que conllevaba el desplome de las grandes civilizaciones y el derrumbe de las memorias. Ellos olvidaban lo antiguo de manera más rápida e indolora y soñaban con más facilidad con todo lo nuevo. Agregó que aquellos niños venían de la ciudad.

Me envolvió la ira mientras me hablaba de su hijo. ¿Por qué los padres son tan dados al orgullo? ¿Por qué son tan inconscientemente crueles? Me di cuenta de que tras las gafas, o quizá a causa de las gafas, sus ojos eran extraordinariamente pequeños. Recordé que su hijo tenía los mismos ojos.

Su hijo era muy inteligente, muy brillante. Había comenzado a leer a los cuatro años y, además, si se le daba la vuelta al periódico, era capaz de leer las letras del revés. Descubría juegos cuyas reglas él mismo inventaba, ganaba a su padre al ajedrez, se aprendía de inmediato un poema de tres estrofas que se había leído un par de veces. Me daba perfecta cuenta de que aquéllas eran historias de un padre mal jugador de ajedrez que ha perdido a su hijo, pero, con todo, mordía el anzuelo. Mientras me contaba cómo Nahit y él montaban a caballo, yo me imaginaba que los acompañaba; mientras me relataba cómo en cierta ocasión, en la época de la escuela secundaria, le había dado por la religión, yo fantaseaba que, como él, me levantaba a la misma hora que la abuela en las frías noches de invierno para la comida previa al amanecer en el mes de Ramadán; como él, como su padre recordaba y contaba que había hecho él, yo también sentía una amargura mezclada con furia ante la pobreza, la ignorancia y la estupidez que me rodeaban; ¡sí, la había sentido! Y mientras el doctor Delicado me relataba todo aquello recordé que, como Nahit, yo era un joven con una profunda vida interior a pesar de todas aquellas brillantes cualidades. Sí, a veces, en medio de una multitud, mientras todos, con el cigarrillo y la copa en la mano, intentaban hacer un chiste o llamar la atención por un momento, Nahit se retiraba a un rincón y allí se sumergía en profundas meditaciones que suavi-

zaban su dura mirada; sí, en el momento más inesperado era capaz de sentir el talento que poseía alguien en quien nunca nos habíamos fijado y se
hacía amigo de él, fuera el hijo del bedel del instituto de la ciudad o el maquinista loco y poeta que
siempre ponía la bobina equivocada en el proyector del cine. Pero aquellas amistades no significaban que renunciara a su propio mundo. Porque,
de hecho, todos querían ser amigos suyos, sus compañeros, acercarse a él. Era honesto, guapo, sentía
respeto por los mayores y por los que eran menores
que él...

Durante un buen rato pensé en Canan; de
hecho, siempre pensaba en ella, como una televisión que siempre mostrara el mismo canal, pero
esta vez comencé a verla desde otro sillón; quizá
porque había comenzado a verme a mí mismo de
otra manera.

—Luego, de repente, se puso en mi contra
—me dijo el doctor Delicado cuando llegamos a la
cumbre—, porque había leído un libro.

Los cipreses de la colina se movían con un
aire suave pero fresco e inodoro. Más allá de los
cipreses había una elevación de rocas y piedras.
Al principio pensé que sería un cementerio, pero
cuando llegamos a la cima y mientras caminábamos entre aquellas enormes piedras talladas de
una manera regular, el doctor Delicado me explicó que allí había existido una fortaleza silyuquí en
tiempos. Me señaló la ladera opuesta, otra colina
oscura en la que realmente había un cementerio
con cipreses incluidos, las llanuras con los brillantes campos de trigo, las elevaciones en las que soplaba el viento oscurecidas por negras nubes de llu

via y una aldea: todo aquello, incluida la fortaleza, era ahora suyo.

¿Cómo podía un joven dar la espalda a toda aquella tierra viva, a aquellos cipreses, a los álamos, a los hermosos manzanos y pinos, a aquella fortaleza, a los proyectos que su padre había forjado para él, y además a una tienda repleta de objetos que armonizaban con todo aquello, y escribir a su padre que no quería volver a verlo, que no enviara a nadie tras él, que él mismo no lo siguiera, que quería desaparecer? En el rostro del doctor Delicado surgía a veces una mirada tal que me resultaba imposible saber si era que quería fastidiarnos, a mí, a los que eran como yo y al mundo entero, o si era sólo un hombre amargado y sordo que había renunciado hacía mucho a este maldito mundo. «Todo a causa de la conspiración», dijo. Había una enorme conspiración contra él, contra sus ideas, contra los objetos a los que había entregado su vida entera, contra todo lo que era vital para este país.

Me pidió que escuchara atentamente lo que iba a explicarme. Debía convencerme de que lo que iba a contarme no eran los delirios de un viejo chocho que se había quedado encerrado en un pueblo olvidado ni las fantasías que el dolor había provocado en un padre que había perdido a su hijo. Yo estaba convencido. Lo escuché con atención aunque a veces perdiera el hilo quizá porque pensaba en su hijo y Canan o quizá porque en situaciones así a cualquiera le pasaría lo mismo.

Me estuvo hablando largo rato de la memoria de las cosas; me hablaba del tiempo apresado en el interior de las cosas con una fe apasionada, como si lo hiciera de algo que casi se pudiera tocar. Tras la Gran Conspiración había descubierto la existencia de un tiempo mágico, necesario y poético que pasaba desde los objetos, aunque sólo fueran una simple cuchara o unas tijeras, a nosotros, que los sosteníamos, que los acariciábamos, que los usábamos. Especialmente en la época en que las aceras se llenaron de concesionarios todos parecidos que vendían y exponían en los escaparates de sus tiendas inodoras los mismos objetos novedosos pero sin alma y sin luz. Al principio no les dio importancia al concesionario de AYGAZ, que vendía ese gas líquido invisible que servía de combustible a los hornillos, o sea, a esas cosas con botones, ni al de AEG, que vendía neveras de un blanco de nieve sintética. Incluso, cuando aparecieron el yogur MIS —pis, lo llamaba él— en lugar del yogur cremoso, y los pulcros y ordenados camiones que traían primero con conductores sin corbata la imitación local TÜRK-COLA y luego con el auténtico y encorbatado Mr. COCA-COLA, en lugar del jarabe de guindas y el ayran de toda la vida, durante un tiempo se dejó llevar por un capricho estúpido y pensó adquirir alguna de aquellas concesiones, por ejemplo la del pegamento alemán UHU, que vino a sustituir la cola de resina de pino, en cuyo tubo se veía un simpático búho dispuesto a pegarlo todo, o el del jabón LUX, que reemplazó a la arcilla, y cuyo olor era tan destructivo como su caja. Pero en cuanto colocó esos objetos en su tienda, que vivía en paz en un tiempo distinto, comprendió que allí no sólo el reloj se había parado, sino también el mismísimo tiempo. Abandonó la idea de los concesionarios porque tanto él como los objetos de su tienda perdían su tranquilidad junto a aquellas cosas opacas todas iguales, como ruiseñores inquietos por los descarados jilgueros que han colocado en una jaula próxima a la suya. No le importó que por su tienda sólo pasaran las moscas y los ancianos y comenzó a vender de nuevo objetos familiares, conocidos por sus abuelos desde hacía siglos, porque quería vivir su propia vida y su propio tiempo.

Quizá hubiera podido olvidar la Gran Conspiración y acostumbrarse a ella de la misma manera que había seguido manteniendo relaciones esporádicas con algunos de los concesionarios, con algunos de ellos incluso había llegado a la amistad, de la que no eran sino un instrumento. De la misma forma que hay quien se vuelve loco por haber bebido Coca-Cola pero no se da cuenta porque todo el mundo se ha vuelto loco por beberla. Pero su tienda y los objetos que había en ella —planchas, mecheros, estufas sin olor, jaulas para pájaros, ceniceros de madera, picaportes, abanicos y cuántas cosas más—, probablemente por la armonía de la música mágica que habían formado entre ellos, se habían levantado en contra de la Conspiración de los Concesionarios. Se le unieron otros como él, concesionarios con el corazón destrozado pero de enorme fe que se oponían a la conspiración, un tipo sombrío y encorbatado de Konya, un general retirado de Sivas y hombres de Trabzon y hasta de Teherán, de Damasco, de Edirne y de los Balcanes que habían formado una asociación de concesionarios desencantados que había creado su propia organización de ventas. Justo en ese momento había recibido aquella carta de su hijo, que estudiaba Medicina en Estambul: «¡No me busques, no me hagas seguir, desaparezco!», repitió el doctor Delicado con un tono burlón causado por la furia que le provocaban las rebeldes palabras de su hijo muerto.

Había comprendido de inmediato que cuando los Grandes Conspiradores se dieran cuenta de que no podrían con su tienda, con sus ideas y con sus gustos, emprenderían el camino de apoderarse de su hijo para doblegarle a él —a mí, dijo el doctor Delicado con orgullo—. Así que quiso darle la vuelta al asunto a su favor haciendo exactamente lo que su hijo le había pedido en la carta que no hiciera. Puso a un hombre tras sus huellas y le pidió que observara cada movimiento de su hijo y le escribiera un informe. Luego, cuando encontró insuficiente al primero, envió tras él a un segundo y a un tercero. También ellos comenzaron a escribirle informes. Y los que mandó luego... Al leer aquellos informes estuvo seguro una vez más de la existencia de una Gran Conspiración que quería destruir a la nación y nuestra alma, que quería borrar nuestras memorias.

—Cuando lea los informes comprenderá lo que estoy diciendo. Tenemos que examinar cada cosa de cada persona que aparece en ellos. Ese enorme trabajo que debería hacer el Estado, lo hago yo. Puedo hacerlo porque ahora hay muchas personas decepcionadas que me estiman y que creen en mí.

Ahora toda aquella geografía de postal que se contemplaba desde la colina a la que habíamos subido y que pertenecía al doctor Delicado se encontraba bajo unas nubes gris palomino. La vista, clara y brillante, que comenzaba en la colina en la que estaba situado el cementerio, se perdía en una especie de vaivén de color azafrán pálido. «Allí está lloviendo —dijo el doctor Delicado—, pero no llegará hasta aquí». Hablaba como un dios que desde una alta colina contempla su creación, a la que su voluntad ha dotado de movimiento, pero también había en su voz un cierto tono de broma, de burla dirigida hacia sí mismo, que demostraba que era consciente de cómo había hablado. Decidí que su hijo no tenía en absoluto ese delicado sentido del humor apenas perceptible. Me empezaba a gustar el doctor Delicado.

Mientras delgadísimos y frágiles relámpagos iban y venían entre las nubes, el doctor Delicado repitió que lo que había hecho que su hijo se rebelara contra él había sido un libro. Creía que su hijo había leído un libro un día y que toda su vida había cambiado. «Ali Bey —me dijo—, usted también es hijo de un concesionario, también tiene unos veinte años, dígame: un libro que cambie todo el mundo de una persona, ¿es posible hoy día algo así?». Guardé silencio mirándolo de reojo. «En nuestros días, ¿qué truco puede hacer realidad un hechizo tan potente?» Por primera vez me preguntaba, no para dar mayor fuerza a sus argumentos, sino para que yo le diera una respuesta; me callé asustado. Por un momento creí que marchaba sobre mí y no que se dirigía hacia las piedras de la fortaleza. De repente se detuvo y arrancó algo del suelo.

—Mira lo que he encontrado —me mostró lo que había arrancado del suelo y que ahora tenía en la palma de la mano—. Un trébol de tres hojas —me dijo sonriendo.

Para responder a ese ataque del libro, y de la escritura en general, el doctor Delicado había reforzado sus relaciones con el hombre de la corbata de Konya, con el general retirado de Sivas, con un tal Halis Bey de Trabzon y con los demás amigos desencantados que alzaban la voz desde Damasco, Edirne y los Balcanes. Los que se oponían a la Gran Conspiración comenzaron a comerciar sólo entre ellos, a abrirse a otros hermanos decepcionados y a organizarse con cuidado, de forma humana y modesta, contra los esbirros de la Gran Conspiración. Y cuando el día de la liberación llegara tras estos tiempos de miseria y olvido, para que no nos encontráramos impotentes como los estúpidos que han perdido la memoria, «nuestro tesoro más valioso», y para forjar de nuevo victoriosa «la soberanía de nuestro tiempo puro, que han querido destruir», el doctor Delicado le había pedido a todos sus compañeros que guardaran todos esos objetos auténticos que eran la prolongación de sus manos y brazos y que, como la poesía, completaban sus almas: vasos de té en forma de tulipán, aceiteras, plumieres, edredones, «todo lo que te haga ser real». Y así cada cual había escondido en sus tiendas —siempre y cuando ese terrorismo de Estado llamado ordenanzas municipales no lo prohibiera—, en sus casas, en sus sótanos, bajo tierra en agujeros cavados en los jardines, viejas máquinas de calcular, estufas, jabones sin colorantes, mosquiteros y relojes de péndulo según sus posibilidades.

Como el doctor Delicado se alejaba a veces de mí y desaparecía entre los cipreses que había detrás de las ruinas de la fortaleza, por entre los cuales paseaba arriba y abajo, yo me veía obligado a esperarlo. Pero cuando lo vi caminar hacia una colina oculta tras los altos arbustos y los cipreses, eché a correr tras él para alcanzarlo. Bajamos por un declive suave cubierto por helechos y arbustos espinosos y comenzamos a subir por una abrupta pendiente. El doctor Delicado me precedía y a veces me esperaba para que pudiera escuchar lo que me contaba.

Puesto que los instrumentos y peones, conscientes o inconscientes, de la Gran Conspiración —les dijo a sus compañeros— nos atacan con la escritura y los libros, nosotros debemos tomar medidas en consecuencia. «¿Qué escritura? —me preguntó mientras saltaba de una roca a otra como un ágil explorador—. ¿Qué libros?». Había meditado sobre eso. Como para demostrarme lo detalladamente que lo había pensado y la enorme cantidad de tiempo que le había llevado hacerlo, guardó silencio un rato. Me lo explicó mientras me liberaba de una zarza que me había atrapado por las perneras de los pantalones. «No sólo ese libro, no sólo el libro que engañó a mi hijo. Cualquier libro que salga de una imprenta es enemigo de nuestro tiempo y de nuestra vida.»

No estaba en contra de la literatura escrita a pluma, de la cual la pluma es una extensión de la mano, la que satisface a la mente que pone en movimiento la mano y que expresa la tristeza, la curiosidad y la compasión del alma que ilumina la mente. Tampoco estaba en contra de los libros que informaban al campesino que no podía acabar con los ratones, ni de los que enseñaban a los despistados que habían perdido su camino la ruta a seguir, los que explicaban a los confusos que habían perdido su alma los hechos de sus antepasados, los que con sus cuentos ilustrados educaban sobre el mundo al niño que lo ignoraba, así como sobre las aventuras que nos presenta, además, esos libros eran tan necesarios ahora como lo habían sido antiguamente y cuantos más se escribieran, mejor. A los libros que el doctor Delicado se oponía era a los que han perdido su brillo, su corrección y su autenticidad y sin embargo se presentaban como brillantes, correctos y auténticos. Eran libros que nos decían que podríamos encontrar la magia y la paz del paraíso dentro de los límites de nuestro reducido mundo y que los peones de la Gran Conspiración —un ratón de campo desapareció ante nosotros en un abrir y cerrar de ojos— imprimían sin cesar en las imprentas y distribuían para hacernos olvidar la poesía y la gracia de nuestra vida. «¿La prueba? —dijo mirándome con desconfianza como si hubiera sido yo quien hubiera planteado la pregunta—. ¿La prueba?». Trepaba a toda velocidad esquivando las rocas cubiertas de excrementos de pájaros y los debiluchos robles.

Para tener la prueba debía leer todos los informes de las investigaciones que había ordenado a sus hombres y a sus espías de Estambul y de todo el país. Después de leer el libro, su hijo, además de perder el rumbo y dar la espalda a su padre y a su familia —en fin, digamos que ese desafío se debía a la juventud—, se había dejado arrebatar por una especie de «ceguera» que le había cerrado los ojos hacia toda la riqueza de la vida, o sea, hacia «la oculta simetría del tiempo», o sea, a «los detalles de los objetos», por una especie de «obsesión por la muerte». «¿Puede llegar a tanto el efecto de un único libro? —preguntó el doctor Delicado—. Ese libro es sólo un pequeño instrumento de la Gran Conspiración».

No obstante, me avisó de que nunca había subestimado al libro ni a su autor. Leyendo los informes que habían redactado sus amigos y sus espías, sus testimonios, vería que aquel hombre y su libro habían sido utilizados para fines completamente distintos a los que pretendía el escritor. Éste era un pobre funcionario jubilado, una persona débil que ni siquiera tenía el suficiente valor como para defender el libro que había escrito. «Una persona débil como buscan entre nosotros los que quieren infiltrar los vientos que vienen de Occidente y contagiarnos con la peste del olvido que vacía nuestras memorias... ¡Un tipo débil, borroso, un don nadie! Desapareció, fue destruido, borrado de la superficie de la tierra.» Me dijo claramente que no lamentaba lo más mínimo que el autor del libro hubiera sido asesinado.

Durante un largo rato continuamos subiendo en silencio por un camino de cabras. Relámpagos aterciopelados iban y venían entre las nubes de lluvia, que continuamente cambiaban de lugar pero que ni se alejaban ni se acercaban, pero no oíamos el menor ruido, como si estuviéramos viendo una televisión con el volumen al mínimo. Al llegar a la cumbre no sólo vimos las tierras del doctor Delicado, sino también la ciudad, que reposaba en la llanura de abajo tan ordenada como una mesa puesta por un hipocondríaco meticuloso, sus tejados de rojas tejas, su mezquita de airoso alminar, las calles que se extendían libremente, y, fuera ya de la ciudad, campos de trigo, separados unos de otros por rectas líneas que los delimitaban, y huertas de frutales.

—Por las mañanas, me levanto y recibo el día antes de que él me despierte y me salude —me dijo el doctor Delicado contemplando el paisaje—. La mañana llega desde detrás de las montañas, pero uno comprende por las golondrinas que el sol ha salido mucho antes en algún otro sitio. A veces camino hasta aquí por las mañanas y recibo al sol que me saluda. La naturaleza está tranquila y aún no han salido las abejas ni las culebras. El mundo y yo nos preguntamos por qué existimos, por qué estamos aquí a esa hora, cuál es nuestro objetivo, nuestro mayor objetivo. Pocos mortales piensan en todo eso en compañía de la naturaleza. Si los humanos piensan algo, no son sino una serie de pobres ideas que han oído a otros pero que imaginan que son suyas, nada que hayan descubierto contemplando la naturaleza. Ideas débiles, borrosas, frágiles.

»Antes incluso de descubrir la existencia de la Gran Conspiración había comprendido que para seguir vivo había que ser fuerte y decidido —prosiguió el doctor Delicado—. Ni las tristes calles, ni los pacientes árboles, ni las pálidas farolas me hacían el menor caso, así que yo recogí mis cosas y ordené mi propio tiempo; no me sometí a la Historia ni al juego de los que pretenden gobernarla. ¿Por qué someterme? Creía en mí. Y como creía en mí, otros creyeron en mi voluntad y en la poesía de mi vida. Me esforcé deseoso en que se unieran a mí. Y así ellos también descubrieron su propio tiempo. Nos unimos los unos a los otros. Nos comunicábamos utilizando claves, nos escribíamos como enamorados, nos reuníamos en secreto. La primera reunión de concesionarios en Güdül es la victoria de una lucha que ha durado años, de un movimiento organizado con la paciencia infinita de quien cava un pozo con un alfiler, de una organización tejida con la meticulosidad y el cuidado de una tela de araña, Ali Bey. ¡Ahora Occidente puede hacer lo que quiera, que no nos desviará de nuestro camino! —y después de una pausa añadió que tres horas después de que me alejara sano y salvo de Güdül con mi joven y hermosa mujer, comenzaron los incendios en la ciudad. El hecho de que los bomberos hubieran luchado en vano contra ellos a pesar de todo el apoyo estatal no era una coincidencia porque los amotinados, los saqueadores provocados por la prensa, tenían la misma furia y las mismas lágrimas que nuestros decepcionados compañeros, habían comprendido intuitivamente que les habían robado sus almas, su poesía, sus recuerdos. ¿Sabía yo que habían ardido automóviles, que se habían disparado armas, que una persona, un hermano, había muerto? Por supuesto, el prefecto, que había organizado toda aquella provocación con Ankara y los partidos locales, había prohibido la reunión de los concesionarios decepcionados con la excusa de que amenazaba el orden público.

»La flecha ya ha salido del arco —dijo el doctor Delicado—. No voy a doblegarme. Fui yo quien quiso que en la reunión se discutiera la cuestión de los Ángeles. Fui yo quien quiso también que se hiciera una televisión que reflejara nuestra alma y nuestra infancia, yo ordené construir ese instrumento. Fui yo quien quiso que se siguieran todas las maldades, como ese libro que me ha arrebatado a mi hijo, hasta la madriguera de la que habían salido, hasta el abominable agujero del que procedían y que se las destruyera. Nos enteramos de que a cientos y cientos de nuestros jóvenes se les «cambia la vida por completo» cada año poniéndoles en las manos un par de esos libros como mucho y «todo su mundo» se desvía del buen camino. Todo lo he pensado yo, cada cosa. Tampoco es una casualidad que no acudiera a la reunión. Y que en esa misma reunión me haya ganado a un joven como usted, ese don del cielo tampoco es fruto del azar. Todo está resultando según lo había pensado... Cuando mi hijo me fue arrebatado por un accidente de tráfico tenía su edad... Hoy estamos a catorce. Perdí a mi hijo un catorce.

Cuando el doctor Delicado abrió su enorme mano vi el trébol. Lo cogió por el tallo y después de examinarlo cuidadosamente un momento lo dejó caer en la suave brisa. Aquel viento casi imperceptible soplaba desde el lado de las nubes. Pero me daba la impresión de que percibía su existencia, no porque soplara, sino por su frescura. Las nubes color palomino seguían allí donde estaban como poseídas por una extraña indecisión. En un lugar muy alejado de la ciudad había una luz pálida, un fulgor de un suave color amarillento. El doctor Delicado me dijo que «ahora» estaba lloviendo allí. Cuando llegamos junto al barranco rocoso del otro lado de la colina vimos que las nubes se abrían sobre el cementerio. Un gavilán, que debía de haber construido su nido entre aquellos riscos verticales realmente espantosos en algunas partes, echó a volar inquieto al notar nuestra presencia y comenzó a trazar un amplio arco sobre los terrenos del doctor Delicado. Observamos en silencio el vuelo del ave, que apenas movía las alas, respetuosos y con una especie de admiración.

—Todas estas tierras —me explicó el doctor Delicado— contienen la fuerza y la riqueza suficientes como para mantener en pie este gran movimiento, este gran pensamiento que he ido madurando a lo largo de años siguiendo la inspiración de una única idea. Si mi hijo hubiera sido lo suficientemente fuerte y voluntarioso como para no convertirse en juguete de la Gran Conspiración, a pesar de su brillantez, y no se hubiera dejado engañar por un libro, hoy contemplaría conmigo el paisaje desde esta colina y sentiría toda la fuerza y la creatividad que yo siento. Hoy, lo sé, usted ve la misma inspiración y el mismo horizonte. Comprendí desde el principio que los que me hablaban de la decisión que demostró en la reunión de concesionarios no exageraban en absoluto. Ni siquiera vacilé al saber su edad; no me es necesario saber nada de su pasado. Con su edad, con la misma edad a la que me fue arrebatado mi hijo de una forma cruel mediante engaños, usted ha comprendido lo suficiente como para participar voluntariamente en la reunión. Sólo nos conocemos desde hace un día, pero me ha bastado para saber que el movimiento iniciado por la voluntad de un hombre, y que la Historia ha obligado a que quedara a medias, puede ser comenzado de nuevo por otro. No le he abierto las puertas de ese museo que construí para mi hijo en vano. Aparte de su madre y sus hermanas, ustedes son los únicos que lo han visto. Y allí ha visto usted su propio pasado y su futuro, se ha visto a sí mismo. Ahora, mirándome a mí, al doctor Delicado, comprende el próximo paso que hay que dar. ¡Sé mi hijo! Ocupa su lugar. Encárgate de todo después de mí. Soy un anciano pero mis pasiones no se han marchitado: quiero creer que este movimiento va a seguir. Tengo buenas relaciones en altas instancias del Estado. Aún hay gente activa que me escribe informes. Sigo a cientos de jóvenes engañados. Te enseñaré los informes, todos los informes, ordené que siguieran cada movimiento de mi hijo, podrás leerlo. ¡Cuántos jóvenes hay apartados del buen camino! No hace falta que rompas con tu padre, con tu familia. Quiero que veas también mi colección de armas. ¡Dime que sí! Dime: sí, soy consciente de mis responsabilidades. Dime: no soy un degenerado, lo veo todo claramente. Durante años no tuve un hijo varón, sufrí, luego me lo arrebataron, sufrí de una manera aún más cruel, pero nada me resultaría tan duro como dejar toda esta herencia sin dueño.

A lo lejos, mientras las nubes se iban abriendo aquí y allá, los rayos del sol comenzaban a caer sobre el país del doctor Delicado como si fueran focos que iluminaran sólo un rincón de la escena. Por un momento pudimos ver un rayo de sol de forma cónica que iluminaba una parte del terreno, una llanura cubierta de manzanos y árboles del paraíso, el cementerio en el que me había dicho que yacía su hijo y tierras áridas que rodeaban un aprisco, y que poco después cambió de color y desapareció dando algunos pasos rápidos sobre los campos sin conocer fronteras, como un espíritu que avanza preocupado. Al darme cuenta de que podíamos ver gran parte del camino que habíamos recorrido para subir hasta la cumbre desde el punto en que nos encontrábamos, mi mirada retrocedió por la ladera rocosa, el camino de cabras, las moreras, la primera colina, las huertas y los campos de trigo, y de repente, tan sorprendido como alguien que por primera vez ve su casa desde un avión, vi también la mansión del doctor Delicado. Estaba en medio de un amplio llano rodeado por arboledas, comprendí que una de las cinco personas que caminaban en dirección a un pinar por la carretera que llevaba desde el llano a la ciudad era Canan por el último vestido estampado color cereza que se había comprado, no, no sólo por eso, también por su forma de andar, por su prestancia, por su delicadeza, por su elegancia, no, por los latidos de mi corazón. De repente vi que a lo lejos, al pie de las montañas que comenzaban en la frontera del pequeño país de las maravillas del doctor Delicado, se había formado un prodigioso arco iris.

—Cuando otros observan la naturaleza —dijo el doctor Delicado— ven en ella sus propias limitaciones, sus insuficiencias, sus miedos. Luego, asustados por sus propias debilidades, le llaman a eso la grandeza, la infinitud de la naturaleza. Yo veo en la naturaleza un mensaje poderoso que habla conmigo, que me recuerda la voluntad que necesito para seguir en pie, veo un riquísimo escrito que leo con decisión, sin miedo y sin compasión. Los grandes hombres, como las grandes épocas y los grandes países, son aquellos capaces de acumular en su interior una fuerza tan poderosa que siempre esté a punto de estallar. Cuando llega el momento, cuando surge la oportunidad, cuando se va a escribir una nueva historia, esta fuerza enorme se mueve y toma una decisión sin la menor piedad acompañando al gran hombre al que pone en movimiento. Entonces el destino se pone también en marcha de manera igualmente despiadada. Ese gran día, ¿qué importancia pueden tener la opinión pública, los periódicos, las ideas modernas, el Aygaz, los jabones Lux, la Coca-Cola y el Marlboro, los miserables objetos y la miserable moral de nuestros pobres hermanos engañados por los vientos que llegan de Occidente?

—Esto... ¿me sería posible leer los informes? —le pregunté.

Hubo un largo silencio. El arco iris se reflejaba brillando en las gafas polvorientas y manchadas del doctor Delicado produciendo dos arco iris simétricos.

—Soy un genio —dijo el doctor Delicado.

10.

Regresamos a la mansión. Después de un tranquilo almuerzo que comimos todos juntos, el doctor Delicado me introdujo en su despacho, que había abierto con una llave parecida a la que había usado Rosamunda para abrir aquella mañana la puerta de la habitación infantil de Mehmet. Mientras me mostraba los cuadernos que sacaba del armario y los informes que bajaba de la estantería, me dijo que no había descartado la posibilidad de que la voluntad que había ordenado que se prepararan aquellos testimonios, aquellos informes de espías, saliera a la luz un día en forma de Estado. Como demostraba la burocracia de espías que había organizado, si el doctor Delicado salía triunfante de su enfrentamiento con la Gran Conspiración, formaría un nuevo Estado.

Realmente me resultó fácil ir al corazón del asunto porque todos los informes habían sido cuidadosamente fechados y archivados. El doctor Delicado no había permitido que se conocieran entre sí los investigadores que había mandado tras las huellas de su hijo y a cada uno le había dado el nombre de una marca de relojes como seudónimo. Aunque la mayoría eran de fabricación occidental, como llevaban más de un siglo marcando nuestro tiempo, el doctor Delicado consideraba a esos relojes «nuestros».

Zenith, el primer investigador, había escrito su primer informe en marzo de hacía cuatro años. En aquellos tiempos Mehmet todavía estudiaba Medicina en Estambul, en Çapa, con el nombre de Nahit. Zenith indicaba que a partir del otoño aquel estudiante de tercer curso había demostrado un extraordinario índice de fracasos en sus clases y luego resumía sus investigaciones: «La razón del fracaso del sujeto en los últimos meses se debe a que apenas sale de la residencia de estudiantes de Kadırga y a que no acude nunca a clase, a las clínicas y ni siquiera al hospital». El informe estaba repleto de notas que mostraban con todo detalle cuándo había salido Nahit de la residencia, a qué restaurantes de *pide* o asados, a qué pastelerías, a qué barberos y a qué bancos había ido. Cada una de las veces Mehmet volvía a toda velocidad a la residencia sin entretenerse lo más mínimo después de haber resuelto lo que tuviera que hacer. Y en cada una de sus cartas Zenith le reclamaba al doctor Delicado más dinero para sus «investigaciones».

Movado, al que el doctor Delicado había encargado la misión después de Zenith, debía de ser uno de los directores de la residencia de Kadırga y, como la mayoría de ellos, tenía relaciones con la policía. Pensé que un hombre tan experto, capaz de seguir a Mehmet prácticamente hora a hora, debía de haber escrito más informes sobre estudiantes a otros padres preocupados de provincias o al Servicio Nacional de Inteligencia. Porque trazaba con una brevedad y una elegancia muy profesional el equilibrio de fuerzas políticas en la residencia. Conclusión: Nahit no tenía la menor relación con ninguno de los grupos que luchaban por poseer influencia en la residencia, dos integristas, uno relacionado con la cofradía de los nakşibendi y otro de izquierda moderada. Nuestro muchacho, sin mezclarse con esos grupos, vivía a su aire en su propio rincón en una habitación que compartía con tres compañeros, y no hacía otra cosa sino leer un libro del que no levantaba la cabeza de la mañana a la noche, «si puedo decirlo así, señor mío» como un religioso que estudia el Corán. Los directores de la residencia, en los que Movado confiaba tanto en el aspecto político como en el ideológico, la policía y los compañeros de cuarto de nuestro joven atestiguaban que el libro no era ninguno de esos libros peligrosos que memorizan los jóvenes políticos e integristas. Movado había añadido a aquel caso, al que no le daba la menor importancia, un par de observaciones sobre cómo el joven, después de leer el libro en la mesa de su habitación durante horas, miraba completamente absorto por la ventana, o cómo respondía sonriendo o con un absoluto desinterés a las pullas, incluso a las burlas, que le dedicaban sus compañeros en el comedor, o cómo ya no se afeitaba todos los días, pero, basándose en su mucha experiencia, le daba a su contratante la buena noticia de que aquellas manías juveniles, como podían serlo también ver continuamente la misma película pornográfica, escuchar miles de veces la misma casete o pedir siempre puerros con carne picada, eran «pasajeras».

Teniendo en cuenta que Omega, que comenzó a trabajar en mayo, seguía más la pista del libro que la de Mehmet, debía de haber recibido alguna orden al respecto del doctor Delicado. Y eso demostraba que su padre había deducido correctamente, ya desde los primeros meses, que lo que había desviado del buen camino a Mehmet, o sea, a Nahit, era el libro.

Omega había indagado en muchos puntos de venta de libros, entre ellos el puesto de Estambul en que me lo venderían tres años más tarde. Tras pacientes investigaciones encontró la obra en dos puestos de las aceras, con la información que consiguió se dirigió a una librería que vendía libros viejos y con lo que pudo saber allí extrajo la siguiente conclusión: un pequeño número de ejemplares del libro, ciento cincuenta o doscientos, había caído en manos de un trapero que los había comprado al peso en un mohoso depósito que, muy probablemente, pretendían vaciar o cerrar y de allí habían pasado a la librería y a algunos puestos callejeros. El intermediario que compraba la mercancía al peso había discutido con su socio, había cerrado su establecimiento y había abandonado Estambul. Era imposible encontrarlo para descubrir al primer vendedor. El librero le había sugerido a Omega que la misma policía había distribuido el libro: durante un tiempo se había editado de manera legal pero luego había sido retirado a petición de la fiscalía y llevado a un depósito de libros dependiente de la Dirección General de Seguridad y allí, como ocurría a menudo, una parte fue hurtada por funcionarios de policía escasos de dinero y vendido al peso a traperos; así era como había vuelto a circular.

Como el laborioso Omega no pudo encontrar ninguna otra obra del autor en las bibliotecas, de la misma forma que no encontró su nombre en la guía telefónica, desarrolló la siguiente teoría:

«Aunque es bien sabido que en nuestro país hay ciertas personas que a pesar de no tener dinero suficiente como para pagarse el teléfono tienen la audacia de escribir libros, en el caso de esta obra en concreto creo que el nombre es un seudónimo, señor».

Mehmet, que había pasado el verano leyendo una y otra vez el libro en la desierta residencia, inició a principios de otoño una investigación que lo llevara a la fuente del libro. El seudónimo del hombre que su padre puso esta vez tras sus pasos era el nombre de unos relojes de bolsillo y de mesa de fabricación soviética que habían sido muy populares en Estambul en los primeros años de la República: Serkisof.

Serkisof, después de descubrir que Mehmet se entregaba por completo a la lectura en la Biblioteca Nacional de Beyazıt, en primer lugar le dio al doctor Delicado la buena noticia de que el muchacho se estaba dedicando a estudiar las asignaturas que había dejado a medias para regresar a la vida de un estudiante corriente. Luego, cuando se dio cuenta de que nuestro joven pasaba los días en la biblioteca leyendo revistas infantiles del tipo *Pertev y Peter* o *Ali y Mari,* se dejó llevar por la desesperación y desarrolló una idea como consuelo: el muchacho quizá esperara salir de la depresión en que había caído volviendo a sus recuerdos de la infancia.

Según los informes, en octubre Mehmet estuvo visitando algunas editoriales que habían publicado o todavía publicaban revistas infantiles y a ciertos autores encallecidos, como Neşati, que habían hecho sus pinitos en dichas revistas. Serkisof, que pensaba que el doctor Delicado investigaba las relaciones políticas e ideológicas del joven que le hacía seguir, había escrito sobre ellos: «Señor mío, por mucho que parezca que les interesa la política y por mucho que escriban sobre cuestiones de actualidad, en realidad no existe ninguna idea en la que estos plumíferos crean de corazón. La mayoría escribe por el dinero, y si eso falta, para fastidiar a los que les caen mal».

Supe tanto por los informes de Serkisof como por los de Omega que una mañana de otoño Mehmet había ido a la Dirección General de Personal de Ferrocarriles del Estado en Haydarpaşa. De ambos investigadores, ninguno de ellos se había dado cuenta de la existencia del otro, era Omega quien había conseguido la explicación correcta: «El muchacho pidió información sobre un funcionario jubilado».

Pasé a toda velocidad las hojas de aquellos informes archivados. Mi mirada buscaba preocupada mi barrio, mi calle, los nombres de mi infancia. Al leer que Mehmet había paseado por la calle en que yo vivía y que una tarde había mirado las ventanas de una casa en un segundo piso los latidos de mi corazón se aceleraron. Era como si los que habían preparado aquel mundo maravilloso a cuyo interior me invitarían a entrar hubieran decidido desplegar sus habilidades justo ante mí para que todo me resultase más fácil, pero que yo, que por entonces era estudiante de instituto, no me hubiese enterado de nada.

El encuentro entre Mehmet y el tío Rıfkı fue al día siguiente. Pero aquélla era una conclusión a la que yo ya había llegado. Los dos perseguidores de Mehmet certificaban que el muchacho había entrado en una casa en el número 28 de la calle Telli Kavak en Erenköy y que había permanecido en el interior cinco, no, seis minutos, pero no habían podido descubrir a qué puerta había llamado ni con quién había hablado. Por lo menos el trabajador Omega le había tirado de la lengua al aprendiz del colmado de la esquina y había conseguido información sobre las tres familias que vivían en el edificio. Creo que aquélla debió de ser la primera información que el doctor Delicado consiguió sobre el tío Rıfkı.

En los días posteriores a su encuentro con el señor Rıfkı, Mehmet se sumió en una depresión que ni siquiera escapó a la mirada de Zenith. Movado escribía que no salía de su habitación en la residencia, que ni siquiera bajaba al comedor, pero que no había podido verlo ni una vez leyendo el libro. Sus salidas de la residencia eran irregulares y, según Serkisof, sin objeto alguno. Una noche estuvo paseando hasta el amanecer por las calles traseras de Sultanahmet, se sentó en un banco del parque y estuvo horas fumando sin hacer otra cosa. Otra noche Omega fue testigo de cómo se compraba un paquete de uvas pasas, las mascaba lentamente después de observarlas como si se tratara de joyas y regresaba a la residencia después de terminarlas cuatro horas más tarde. Se había dejado crecer la barba y daba asco mirarlo. Los investigadores protestaban por lo intempestivo de las horas a las que salía de la residencia y pedían un aumento de salario.

Un mediodía a mediados de noviembre Mehmet cruzó a Haydarpaşa en el transbordador, se subió a un tren de cercanías, bajó en Erenköy y caminó largo rato por sus calles. Según Omega, que lo seguía, el muchacho se pateó todas las calles del barrio y tras pasar tres veces bajo mi ventana, muy probablemente mientras yo estaba sentado dentro, al oscurecer se plantó ante el número 28 de la calle Telli Kavak y comenzó a observar las ventanas. Mehmet esperó dos horas en la oscuridad, bajo una lluvia ligera, sin tomar una decisión, o, según Omega, sin recibir la señal esperada de una de las ventanas que tenían las luces encendidas, así que se emborrachó a conciencia en una taberna de Kadıköy y regresó a la residencia. Luego Omega y Serkisof señalaban que el muchacho había realizado posteriormente seis veces más el mismo viaje, pero sólo Serkisof, cada vez más audaz, establecía correctamente la identidad de la persona que había tras la ventana que observaba sin parar.

El segundo encuentro entre el tío Rıfkı y Mehmet se desarrolló bajo la mirada de Serkisof. Serkisof, que había vigilado la ventana encendida del segundo piso, primero desde la acera de enfrente y luego desde el bajo muro del jardín, comentó en muchas de sus cartas posteriores el encuentro, que a veces llamaba cita, pero sus primeras impresiones, por basarse sobre todo en hechos de los que había sido testigo, resultaban más correctas.

En un primer momento el anciano y el muchacho se sentaron uno frente a otro en unos sillones (entre ellos estaba la televisión en la que había una película del Oeste) y no hablaron en absoluto durante siete u ocho minutos. En cierto momento la mujer del anciano les llevó café. Luego Mehmet se puso en pie y contó algo con tales manoteos, tal

furia y pasión que Serkisof creyó que el joven estaba
a punto de levantarle la mano al anciano. Mientras
tanto, el señor Rıfkı, que hasta ese momento sólo
había sonreído tristemente, se puso en pie al au-
mentar la violencia de las palabras del joven y le respondió con parecida excitación. Después ambos se
sentaron de nuevo en los sillones junto con sus sombras, que los imitaban fielmente en la pared, y se es-
cucharon con paciencia, guardaron silencio, miraron tristemente un rato la televisión, volvieron a
hablar, luego el anciano le estuvo contando algo durante un rato, el muchacho lo escuchó y, de repente,
volvieron a guardar silencio y miraron con tristeza
por la ventana sin percibir la presencia de Serkisof.

Pero una mujer gruñona vio por la venta-
na de la casa vecina que Serkisof estaba curioseando-
do, y como gritó tan fuerte como podía: «¡Socorro!
¡Que Dios te castigue, degenerado!», por desgracia
el investigador se vio obligado a abandonar bruscamente tan adecuado puesto de observación sin
poder presenciar los últimos tres minutos de aquel
encuentro que tan importante consideraba y que
relacionaba, en cartas posteriores, con todo tipo de
organizaciones secretas, hermandades políticas internacionales y supuestas conjuras.

Según se desprendía del informe posterior,
el doctor Delicado había ordenado que por aquellos días se siguiera muy de cerca a su hijo y los investigadores desataron un auténtico diluvio de despachos. En los días siguientes a su encuentro con
el señor Rıfkı, Mehmet, que según Omega parecía
loco de furia y según Serkisof extraordinariamente
triste y decidido, compró todos los ejemplares del
libro que pudo encontrar en los puestos callejeros

e intentó repartir «dicha obra» en la Residencia de Estudiantes de Kasırga (Movado), en los cafés de estudiantes (Zenith y Serkisof), en paradas de autobús, entradas de los cines y muelles de transbordadores (Omega) y, en fin, en cualquier sitio de la ciudad donde pudiera ocurrírsele. Y en parte lo había logrado. Movado era consciente de sobra de que intentaba influir descaradamente en sus jóvenes compañeros de habitación. Los investigadores declaraban que se le había visto en otros lugares frecuentados por estudiantes intentando reunir jóvenes a su alrededor, pero como hasta entonces había sido un estudiante solitario encerrado en su propio mundo, no tenía demasiado éxito. Acababa de enterarme de que había seducido a un par de estudiantes en el comedor de la residencia y en las clases, a las que había vuelto con ese objeto, cuando me encontré un recorte de periódico:

ASESINATO EN ERENKÖY (Agencia Anatolia): Rıfkı Hat, inspector general jubilado de los Ferrocarriles del Estado, fue asesinado a tiros ayer, aproximadamente a las nueve de la noche, por un desconocido. Hat había salido de su casa en la calle Telli Kavak para dirigirse a un café cuando un individuo le cortó el paso y disparó tres veces sobre él. El atacante, cuya identidad se desconoce, huyó inmediatamente del lugar de los hechos. Hat (67 años), que perdió la vida al instante a causa de las heridas recibidas, se había jubilado como inspector general en la Compañía de Ferrocarriles del Estado tras desarrollar funciones en diferentes cargos. La muerte de Hat, muy querido en su entorno, ha suscitado una enorme tristeza.

Levanté la cabeza de los informes y recordé: mi padre había vuelto a casa destrozado a altas horas de la noche. En el entierro todo el mundo había llorado. Se corrió la voz de que había sido un asesinato por celos. ¿Quién era ese hombre celoso? Intenté descubrirlo hojeando ansioso los ordenados informes del doctor Delicado: ¿El trabajador Serkisof? ¿Zenith el débil? ¿El puntual Omega?

Por otro informe supe que las investigaciones encargadas por el doctor Delicado, quién sabe a qué precio, habían llegado a una conclusión distinta. Hamilton, que con toda probabilidad trabajaba en el Servicio Nacional de Inteligencia, le daba la siguiente información al doctor Delicado en una breve carta:

Rıfkı Hat era el autor del libro. Había escrito aquella obra doce años antes y, tímido como buen aficionado, no se había atrevido a publicarlo con su propio nombre. Los funcionarios que se ocupaban de la prensa en el SNI, que en aquellos años prestaban mucha atención a las denuncias de profesores y padres delatores preocupados por el futuro de sus estudiantes e hijos, comprendieron, basándose en ciertas informaciones, que el libro había apartado del buen camino a algunos de nuestros jóvenes, establecieron gracias a la imprenta la identidad del autor aficionado y dejaron que el fiscal encargado de la prensa resolviera el problema. Doce años atrás el fiscal había ordenado el secuestro discreto del libro y que los ejemplares fueran llevados a un depósito, pero ni siquiera le había hecho falta instruir una causa contra dicho autor aficionado para atemorizarlo. Porque el mismo autor, el inspector de ferrocarriles jubilado Rıfkı Hat, había declarado abiertamente la primera vez que fue requerido por la fiscalía que no se oponía al secuestro del libro y, de una manera que casi se acercaba a la alegría, que no pensaba protestar por la decisión, había firmado de inmediato un acta que se había levantado a petición propia y desde entonces no había vuelto a escribir un solo libro. El informe de Hamilton había sido escrito once días antes de la muerte del tío Rıfkı.

A juzgar por su reacción, se comprendía que Mehmet había sabido de la muerte del tío Rıfkı poco tiempo después. Según Movado, «el obsesionado joven» se había encerrado en su habitación de manera enfermiza y había comenzado a leer el libro sin cesar de la mañana a la noche con una pasión casi religiosa. Mucho después, tanto Serkisof como Omega, que testificaban que por fin había salido de la residencia, habían llegado más o menos a la misma conclusión: nuestro joven no tenía ningún objetivo ni propósito. Un día paseaba durante horas sin sentido, como un vagabundo, por las calles traseras de Zeyrek y, de repente, se pasaba toda una tarde viendo películas verdes en los cines de Beyoğlu. Serkisof hacía saber que a veces salía a medianoche de la residencia pero que no había podido descubrir adónde iba. En una ocasión Zenith lo vio un mediodía en una situación lamentable: se había dejado crecer el pelo y la barba, llevaba toda la ropa sucia y arrugada y miraba a la gente de la calle y las aceras «como un búho al que le disgustara la luz del día». Se había alejado bastante de los cafés de estudiantes, de los pasillos de la facultad, a los que había ido para leer el libro a los demás, y de sus conocidos. No tenía ninguna relación con ninguna mujer ni parecía que intentara tenerla. Movado, director de la residencia, había encontrado varias revistas que publicaban fotografías de mujeres desnudas durante un registro que había efectuado en su habitación en ausencia de Mehmet pero añadía que aquello era algo normal en la mayor parte de los estudiantes. Por lo que se entendía de las pesquisas de Zenith y Omega, que ignoraban la existencia el uno del otro, Mehmet se había dado por un tiempo a la bebida. Después de una pelea provocada por unas palabras burlonas que le habían dirigido, había dejado de frecuentar la Cervecería de la Hermandad de los Cuervos Alegres, a la que acudía la mayoría de los estudiantes, para preferir tabernas más míseras y remotas en oscuros callejones. Aunque durante una época había intentado reanudar sus relaciones con los demás estudiantes o establecerlas con los lunáticos que había conocido en las tabernas, no tuvo demasiado éxito. Luego se dedicó a pasar el tiempo plantado delante de los puestos de libros buscando un alma gemela que, como él, comprara y leyera el libro. Buscó y encontró a algunos jóvenes a los que, una vez consolidada su amistad, había dado el libro consiguiendo que lo leyeran, pero discutió rápidamente con ellos, según Zenith debido a su mal carácter. Omega había logrado escuchar una de aquellas discusiones, aunque fuera de lejos, en una taberna en una de las calles traseras de Aksaray y había oído que «nuestro muchacho», que ya no parecía un muchacho, hablaba de manera muy excitada del mundo del libro, de llegar allí, del umbral, de la paz, del momento inigualable y del accidente. Pero toda aquella excitación debió de ser también pasajera porque, como bien apreciaba Movado, Mehmet, cuyos cabellos, barba, suciedad y desorden habían llegado al punto de incomodar a sus amigos, si es que le quedaba alguno, ya no leía el libro. «En mi opinión —escribía Omega cansado de los paseos sin rumbo del joven y de sus caminatas sin fin—, este joven está buscando algo que amortigüe su pena, y de la misma forma que no estoy completamente seguro de lo que busca, creo que tampoco él lo está».

Uno de los días en que caminaba sin rumbo por las calles de Estambul, nuestro joven, seguido de cerca por Serkisof, encontró «algo» en las estaciones de autobuses, no, en los mismos autobuses, que aliviaba su tristeza y que daba un poco de paz a su alma. Mehmet se subió al azar en un momento de inspiración en uno de los autobuses que estaban saliendo de la estación sin llevar siquiera un maletín que mostrara que había efectuado ciertos preparativos y sin un billete que señalara que tuviera un destino y, tras un instante de indecisión, Serkisof se lanzó tras él al Magirus.

Viajaron durante semanas el uno en persecución del otro sin saber dónde iban, sin comprender adónde los llevaban, de ciudad en ciudad, de estación en estación, de autobús en autobús. Los apuntes de Serkisof, escritos con letra irregular en asientos que temblaban como posesos, eran testigos desde dentro de la magia de aquellos viajes indecisos, del color de aquellos desplazamientos sin objeto. Habían visto viajeros que habían perdido su camino y su equipaje, locos que no sabían en qué siglo vivían; se habían encontrado con jubilados que vendían calendarios, con mozos animosos que iban al servicio militar, con jóvenes que anunciaban la llegada del cercano Día del Juicio. En los restaurantes de las estaciones habían compartido mesa con parejas de novios, con aprendices de mecánicos, con futbolistas, con vendedores de tabaco de contrabando, con asesinos a sueldo, con maestros de primera enseñanza, con administradores de salas de cine, habían dormido hombro con hombro con cientos de personas en las salas de espera y en los asientos de los autobuses. No habían pasado ni una noche en un hotel. No habían establecido ni una relación duradera, ni una amistad. No habían viajado ni una vez como si tuvieran un objetivo.

«Estimado señor, todo lo que hacíamos era bajar de un autobús para montarnos en otro —escribía Serkisof—. Esperamos algo; quizá un milagro, quizá una luz, quizá un ángel, quizá un accidente, no lo sé; pero eso es lo único que se me ocurre... Es como si estuviéramos buscando señales que nos llevaran a un país desconocido pero que no tuviéramos la menor suerte. El hecho de que hasta ahora no hayamos sufrido el menor accidente demuestra, quizá, que un ángel nos protege. No sé si el joven se ha dado cuenta de mi existencia. No sé si podré aguantar hasta el fin».

No pudo aguantar. Una semana después de aquella carta escrita con letra irregular, Mehmet dejó a la mitad la sopa que se estaba tomando en una zona de descanso y saltó a un Auto Azul que se estaba poniendo en marcha y Serkisof, que estaba metiendo la cuchara en un plato de la misma sopa sentado en una mesa de un rincón, se quedó mirando estupefacto cómo Mehmet se le escapaba.

Luego terminó su sopa tranquilamente, algo que no le había avergonzado lo más mínimo, según informó honestamente al doctor Delicado. ¿Qué tenía que hacer a partir de ahora?

Lo que hizo Mehmet desde ese momento no pudieron saberlo ni el doctor Delicado ni Serkisof, al que le había ordenado que continuara con sus investigaciones.

Durante seis semanas, hasta que encontró el cadáver de un joven que tomó por el de Mehmet, Serkisof mató el tiempo en estaciones de autobús, en delegaciones de tráfico y en cafés donde se reunían los conductores, un instinto le hacía llegarse a los lugares donde habían ocurrido accidentes y buscar a nuestro joven entre los muertos. Comprendí por otras cartas escritas desde otros autobuses que el doctor Delicado había enviado a otros relojes en persecución de su hijo. Zenith había estado escribiendo una de ellas cuando su autobús chocó por detrás con un carro tirado por caballos y el puntual corazón de Zenith se había detenido a causa de una hemorragia; los directivos de la compañía Auto Pronto le habían enviado por correo la sanguinolenta carta a medias al doctor Delicado.

Serkisof llegó con cuatro horas de retraso al lugar del accidente con el que Mehmet puso un victorioso punto final a su vida como Nahit. Un autobús de la compañía Seguridad Express había chocado por detrás con un camión cisterna cargado con tinta de impresión, durante un rato había brillado cubierto por un líquido negrísimo entre los gritos de los pasajeros y a medianoche había ardido como la yesca. Serkisof escribía que en realidad no había podido identificar al «desdichado y obsesionado Nahit, que se había quemado hasta el punto de quedar irreconocible» y que la única prueba que poseía era el carnet de identidad que llevaba encima y que por pura casualidad no había ardido. Los supervivientes confirmaron que el joven había estado sentado en el asiento número 37. Si Nahit hubiera estado sentado en el número 38 se habría salvado sin que ni siquiera le sangrara la nariz. En cuanto al pasajero que se sentaba en el número 38, un joven de aproximadamente la misma edad que Nahit, llamado Mehmet según había podido saber por otro viajero, Serkisof lo siguió hasta su casa de Kayseri para preguntarle por las últimas horas de Nahit, pero no pudo encontrarlo. Teniendo en cuenta que el joven superviviente aún no había regresado a casa de sus padres, que lo esperaban con lágrimas en los ojos, aquel terrible accidente debía de haberlo afectado de una manera muy profunda, pero ése no era problema de Serkisof. Ahora que el joven al que seguía había muerto, esperaba órdenes y dinero del doctor Delicado para seguir a otro porque sus investigaciones le habían demostrado que Anatolia, y quizá todo Oriente Medio y los Balcanes, hervía de jóvenes airados que habían leído el libro.

Después de que llegaran a su casa la noticia de la muerte y el cuerpo carbonizado de su hijo, el doctor Delicado se entregó a una furia violenta. El hecho de que el tío Rıfkı hubiera sido asesinado no aliviaba dicha furia, sólo la desenfocaba ampliándola a toda la sociedad. En los días que siguieron al funeral el doctor Delicado tomó a su servicio a siete nuevos investigadores con la ayuda de un policía jubilado muy bien relacionado que se ocupaba de sus asuntos en Estambul y también les había dado como firma nombres de diversas marcas de relojes. Además desarrolló sus relaciones con los concesionarios decepcionados opuestos al común enemigo de la Gran Conspiración y comenzó a recibir de ellos ocasionales cartas de denuncia. Aquellos individuos, que se veían obligados a cerrar sus establecimientos ante la competencia de compañías internacionales de, sobre todo, estufas, helados, frigoríficos, bebidas gaseosas, de préstamos y de hamburguesas, desconfiaban de los jóvenes que leían, no sólo el libro del tío Rıfkı, sino todo tipo de libros que ellos encontraban extraños, diferentes, extranjeros, los vigilaban como si fueran sospechosos de algo y, aunque el doctor Delicado no los animara, consideraban un deber seguir a dichos jóvenes, espiar sus vidas privadas y escribir de mil amores airados y paranoicos informes sobre ellos.

Leía fragmentos al azar de aquellos informes mientras me tomaba la cena que había traído Rosaflor en una bandeja diciendo: «Mi padre ha pensado que quizá no quisiera interrumpir su trabajo». Por si alguien como yo había leído el libro como yo lo había leído en algún pueblo o en alguna asfixiante residencia de estudiantes o en algún recóndito barrio de Estambul... En aquellas páginas que pasaba a toda velocidad con la esperanza de encontrar un hermano espiritual me topé con un par de casos interesantes que me pusieron la carne de gallina pero no supe hasta qué punto podían ser mis hermanos espirituales.

Por ejemplo, un estudiante de Veterinaria cuyo padre trabajaba en las minas de carbón de Zonguldak, en cuanto acabó de leer el libro dejó de realizar cualquier actividad exceptuando las mínimas necesidades vitales, como alimentarse y dormir, y entregó todo su tiempo a releer el libro. A veces este joven se pasaba días leyendo miles de veces la misma página sin hacer nada más. En cuanto a un profesor de matemáticas de instituto, borracho y con unas tendencias suicidas que no ocultaba, dedicaba los diez últimos minutos de cada clase a leer unas frases del libro siguiéndolas por carcajadas terriblemente inquietantes hasta que sus alumnos se amotinaron. Un joven de Erzurum que estudiaba Económicas había cubierto las paredes de su habitación en la residencia con páginas del libro como si se tratara de papel pintado. Aquello había dado lugar a una fuerte discusión con sus compañeros de cuarto. Uno de ellos afirmaba que el libro blasfemaba contra el profeta Mahoma, así que el director administrativo de la residencia, que estaba medio ciego, se subió a una silla y comenzó a leer, con ayuda de una lupa, el rincón entre la chimenea de la estufa y el techo y así fue como el concesionario decepcionado que denunciaba el caso al doctor Delicado había oído hablar del libro, pero yo no podía asegurar si aquel libro que había dado lugar a tantas discusiones sobre si «denunciarlo a la fiscalía» y que había oscurecido la vida del joven de Erzurum era en realidad el que había escrito el tío Rıfkı.

Al parecer el libro, del que seguían circulando de mano en mano como una mina flotante a punto de estallar unas cien o ciento cincuenta copias gracias a descubrimientos casuales o a menciones de lectores medianamente interesados o al hecho de que hubiera llamado la atención en algún puesto, u otros libros que de una manera mágica cumplían la misma función, a veces despertaban en algún lector una oleada de entusiasmo, una especie de inspiración. Algunos se refugiaban en la soledad con el libro, pero si estaban en el umbral de una seria depresión se abrían al mundo liberándose de la enfermedad. También había quienes sufrían una sacudida en cuanto leían el libro y se dejaban llevar por la ira. Éstos acusaban a sus amigos, parientes y seres queridos de no conocer y no buscar el mundo del libro y los criticaban sin piedad por no parecerse a los habitantes del mundo del libro. Otro grupo eran los organizadores, a los que la lectura del libro les hacía volverse, no sobre sí mismos, sino hacia los demás. Aquellos jóvenes animosos se dedicaban a buscar a quienes, como ellos, hubieran leído el libro, y si no conseguían encontrarlos, que era lo que siempre ocurría, se lo leían a otros e intentaban pasar a una acción conjunta con la gente a la que habían cazado. Sobre lo que podía ser aquella acción conjunta ni ellos ni los denunciantes que los vigilaban tenían la menor idea.

En las dos horas siguientes comprendí, gracias a recortes de periódicos colocados con cuidado y de manera ordenada entre las cartas de denuncia, que cinco de aquellos lectores inspirados por el libro habían sido asesinados por los relojes del doctor Delicado. No estaba claro qué reloj había cometido cada crimen ni con qué objeto ni siguiendo qué órdenes. Simplemente se habían colocado los recortes de las breves noticias de los asesinatos entre los informes de las denuncias según la fecha. Había información detallada sobre dos de ellos: en uno la Asociación de Periodistas Patriotas se había interesado por el asunto porque la víctima era un estudiante de Periodismo que hacía traducciones para el servicio exterior del diario *Güneş* y emitió un comunicado según el cual la prensa turca nunca se doblegaría ante el execrable terrorismo. En el segundo, un camarero que trabajaba en un establecimiento de bocadillos había sido acribillado mientras tenía las manos ocupadas con botellas de ayran vacías; los Jóvenes Pioneros Islamistas habían declarado que la víctima era uno de sus miembros y habían anunciado en una rueda de prensa que el crimen había sido cometido por esbirros de la CIA y de la Coca-Cola.

11.

Eso que llaman el placer de leer, y de cuya ausencia en nuestra sociedad tanto se queja la gente seria, debe de ser la música que sentía en aquellos momentos entre los documentos y las noticias de asesinatos del enloquecido y bien ordenado archivo del doctor Delicado. Notaba en mis brazos la suave frescura de la noche, oía una música nocturna inexistente y, por otro lado, intentaba descubrir qué iba a hacer a partir de ese momento, como un hombre joven que tiene la intención de ser decidido frente a las maravillas de la vida con las que se ha encontrado a pesar de su tierna edad. Como había decidido ser un buen muchacho que piensa en su futuro, extraje un papel de los archivos del doctor Delicado y comencé a anotar todas aquellas pequeñas pistas que pudieran servirme de algo.

Salí de la habitación del archivo, con aquella música sonando aún en mis oídos, a una hora en la que sentía profundamente dentro de mí cuán realistas y cuán crueles podían ser el mundo y el padre filósofo en cuya casa me hospedaba. También me parecía sentir las provocaciones alentadoras de un espíritu bromista: en algún lugar de mi corazón se agitaba un ligero sentimiento juguetón, tan ligero como la música que los que son como yo siguen oyendo después de salir de una película alegre y esperanzadora. Ya saben cómo es: ese espejismo de que todas las bromas inteligentes, todas las finezas imprevistas que se le ocurren al protagonista y todas las inimaginables respuestas de la película podía haberlas pensado perfectamente uno mismo...

—¿Quiere usted bailar conmigo? —estaba a punto de proponerle a Canan, que me miraba preocupada.

Estaba sentada en el sofá con las tres hermanas rosa observando unos ovillos de lana multicolores que había en una cesta de paja hecha a mano colocada sobre la mesa y que se desparramaban por ella como las manzanas y las naranjas de una estación de abundancia y felicidad. Junto a la cesta había patrones de bordados extraídos de las páginas centrales de la revista *Mujer y hogar,* que mi madre también compraba en tiempos, con motivos cuadriculados de flores, de patitos cuá cuá, de gatos, de perros y, como añadido del editor para la mujer turca, puesto que todos los anteriores los había robado de revistas alemanas, motivos de mezquitas. Por un momento yo también miré todos aquellos colores a la luz de las lámparas de gas y recordé que las escenas de la vida real que acababa de leer estaban hechas también con colores igual de elementales. Luego me volví hacia las dos hijas de Rosamunda, que se acercaban a su madre bostezando y parpadeando de sueño y que tan bien se integraban en aquel cuadro de felicidad familiar, y les dije:

—Vamos a ver, pero ¿todavía no os ha acostado vuestra madre?

Sorprendidas y asustadas se refugiaron en los brazos de su madre. Yo me sentí aún mejor.

Incluso podría haberles dicho a Rosalinda y a Rosaflor, que me observaban desconfiadas: «Por Dios, ustedes, ustedes todavía son flores sin marchitar», pero me contenté con pasar al salón de fumar y decirle al doctor Delicado:

—Señor, he leído con suma tristeza la historia de su hijo.

—Todo está documentado —me contestó él.

Me presentó a dos hombres oscuros que había en la oscura habitación. No, aquellos caballeros sin tic tac no eran relojes, uno era notario y el otro no pude retener quién era, como me suele ocurrir en esas ocasiones tan sombrías, porque estaba prestando atención a cómo el doctor Delicado me presentaba a ellos: yo era un joven serio, razonable y apasionado destinado a llevar a cabo grandes empresas y que desde aquel mismo momento le era muy querido. No había nada en mí de esos jóvenes superficiales de pelo largo que imitan a las películas americanas.

¡Qué rápidamente adopté aquellos adjetivos elogiosos! No sabía qué hacer con mis manos, incliné la cabeza educadamente como le convendría a un joven que no abandona su modestia ni siquiera ante semejantes elogios y quise cambiar de tema pensando que se notaría que quería cambiar de tema.

—Qué silencioso está esto de noche —dije.

—Sólo susurran las hojas de la morera —replicó el doctor Delicado—. Pero lo hacen incluso en las noches más tranquilas, sin la menor brisa. Escuchen.

Escuchamos todos juntos. Lo cierto es que me afectaba más la escalofriante penumbra de la habitación que el lejano y apenas perceptible susurro del árbol. Mientras proseguía el silencio recordé que en el día que llevaba en aquella casa sólo había oído hablar en susurros.

—Ahora vamos a sentarnos a jugar a las cartas —me dijo el doctor Delicado apartándome a un lado—. Quiero que me responda. Hijo mío, ¿prefiere ver los relojes o las armas?

—Prefiero ver los relojes —le respondí siguiendo un instinto.

En una habitación lateral, todavía más oscura, vimos dos antiguos relojes de mesa Zenith, uno de los cuales sonaba como el estampido de una pistola. Vimos también un reloj cuya caja era de madera taraceada, obra de la corporación relojera de Gálata, que tocaba una música automática y al que había que dar cuerda sólo una sola vez por semana y del cual el doctor Delicado me dijo que había uno igual en el harén del palacio de Topkapı. Por las palabras *«a Smyrne»* que había en el cuadrante lacado dedujimos de qué ciudad portuaria era el levantino Simon S. Simonien que había construido y firmado el reloj de péndulo con las puertas de nogal tallado. Comprendimos que el reloj marca Universal provisto de disco lunar y calendario señalaba las fases de la Luna. Mientras el doctor Delicado le daba cuerda con una enorme llave al reloj sin caja cuya parte superior había sido hecha en forma de capirote de mevleví a petición del sultán Selim III, sentimos nosotros también la tensión de los órganos internos del reloj. Ante el Junghans de péndulo, como los que todavía suenan tristes como canarios en su jaula en tantas casas, recordamos en cuántos lugares lo habíamos visto y oído desde nuestra infancia. Sentimos un escalofrío al ver la locomotora y la frase *Made in USSR* en el cuadrante del tosco Serkisof de mesa.

—Para nosotros el tic tac del reloj, como el rumor del agua en las fuentes de las mezquitas, no es tanto una forma de medir el mundo, sino la voz que nos permite pasar a nuestro universo interior —me dijo el doctor Delicado—. Cinco horas de oración al día, la hora de la comida antes de amanecer y la de la cena después de anochecer en el mes de Ramadán... Los cronómetros de las salas de relojes de nuestras mezquitas y nuestros relojes no son como en Occidente formas de medir el mundo, sino maneras de acercarnos a Dios. Ninguna nación ha estado tan apasionada por los relojes como la nuestra. Siempre fuimos nosotros los mejores clientes de los relojeros europeos. Lo único que tomamos de ellos y que pudo aceptar nuestro espíritu fueron los relojes. Por eso, cuando se trata de relojes, como de armas, no hay diferencia entre nacionales y extranjeros. Para nosotros hay dos formas de acercarse a Dios. Con la guerra santa por medio de las armas y con la oración por medio de los relojes. Han acabado con nuestras armas y ahora han inventado los trenes para acabar con nuestros relojes. Todo el mundo sabe que el peor enemigo de las horas de oración son los horarios de trenes. Como mi difunto hijo lo sabía, estuvo buscando durante meses nuestro tiempo perdido en los autobuses. Por esa razón los que querían apartarlo de mí acabaron con su vida en un autobús, pero el doctor Delicado no es tan estúpido como para caer en su trampa. No lo olvido jamás: desde hace siglos lo primero que se compraba cualquiera que consiguiera un poco de dinero era un reloj...

El doctor Delicado quizá habría seguido hablando en susurros pero un reloj inglés de marca

Prior, dorado, con el cuadrante de esmalte con rosas de rubí y una voz de ruiseñor lo interrumpió entonando la melodía de *Mi secretario*.

Mientras sus compañeros de cartas prestaban atención a la dulce música del secretario que iba a Üsküdar, el doctor Delicado me susurró al oído:

—¿Ha tomado una decisión, hijo mío?

Justo en ese momento vi por la puerta abierta el tembloroso y brillante reflejo de Canan en los espejos del aparador de la otra habitación a la luz de las lámparas de gas y me sentí confuso.

—Todavía tengo que trabajar más en el archivo —le respondí.

Dije aquello no tanto para tomar una decisión como para huir de tener que tomarla. Mientras cruzaba la otra habitación sentí sobre mí las miradas de Rosamunda, que había regresado de acostar a sus hijas, de la meticulosa Rosaflor y de la nerviosa Rosalinda. ¡Y qué curiosidad y qué decisión había en los ojos color miel de Canan! Me sentí como alguien que ha logrado realizar grandes hechos, como me imaginaba que harían los hombres que tienen junto a ellos a una mujer hermosa y llena de vitalidad.

Pero ¡qué lejos estaba de ser un hombre así! Sentado en el archivo del doctor Delicado, teniendo ante mí las carpetas de las denuncias, se me clavaba en el corazón la imagen de Canan provocándome celos, aún más bella al reflejarse en los espejos del aparador de la habitación contigua, y pasaba a toda velocidad las páginas para ver si se acentuaban mis celos y podía llegar por fin a una decisión.

No me hizo falta buscar demasiado. En una de las investigaciones que había realizado en residencias de estudiantes, cafés, asociaciones y corredores de facultad de Estambul con la esperanza de encontrar a alguien que hubiera leído el libro, Seiko, el más trabajador y voluntarioso de los relojes que nunca tomó a su servicio el doctor Delicado después del funeral del desdichado joven de Kayseri al que había enterrado en lugar de a su hijo para que vigilaran a todos aquellos que lo habían leído, había localizado a Mehmet y a Canan en la facultad de Arquitectura. Aquello había sido dieciséis meses atrás. Era primavera, Mehmet y Canan estaban enamorados y se retiraban a un rincón para leer un libro. No se habían dado la menor cuenta de la presencia de Seiko, que los siguió, aunque no fuera muy de cerca, durante ocho meses.

Seiko le había escrito al doctor Delicado, a intervalos irregulares, veintidós informes en aquellos ocho meses que habían transcurrido entre que les descubriera y que yo leyera el libro y que dispararan a Mehmet delante de la parada de microbuses. Hasta mucho después de la medianoche leí una y otra vez aquellos informes con cuidado, paciencia y celos e intenté asimilar las venenosas conclusiones que extraje de ellos siguiendo una lógica adecuada al orden del archivo en el que estaba trabajando.

1. Lo que Canan me había dicho la noche en que mirábamos la plaza de la ciudad de Güdül desde la ventana de la habitación número 19 sobre que ningún hombre la había tocado no era cierto. Seiko, que no sólo los vigiló en los días de la primavera sino que también a lo largo del verano los encontró varias veces y los siguió, declaraba que los dos jóvenes entraban en el hotel en que trabajaba

Mehmet y que permanecían largas horas allí. Aquello ya me lo suponía, pero si alguien ha sido testigo de lo que suponemos y lo pasa por escrito nos sentimos todavía más estúpidos.

2. Cuando Mehmet finalizó su vida como Nahit nadie sospechó de su nueva identidad ni de la nueva vida que había comenzado, ni su padre, ni los directores del hotel en que trabajaba, ni la secretaría de la facultad de Arquitectura, ni el mismo Seiko.

3. Aparte de amarse, los enamorados no tenían ninguna otra actividad social que llamara la atención. Si no se contaban los últimos diez días, no habían intentado darle a nadie más el libro que leían. Y tampoco es que lo estuvieran leyendo siempre. Por esa razón Seiko no había insistido demasiado en lo que pudieran estar haciendo con él. Tenían todo el aspecto de una pareja vulgar de estudiantes universitarios que se están preparando para un matrimonio vulgar. Sus relaciones con sus compañeros de clase eran equilibradas, sus clases iban bien y sus emociones eran muy medidas. No tenían la menor relación con ninguna facción política ni actividades que valieran la pena mencionarse. Seiko incluso escribía que de entre los lectores del libro Mehmet era el más tranquilo, el menos obsesivo y apasionado. Por eso fue por lo que tanto se sorprendió luego, quizá incluso se alegrara.

4. Seiko los envidiaba. Primero vi que, comparando sus informes con otros, describía a Canan de una manera innecesariamente cuidadosa y con una lengua en exceso poética: «Al leer el libro la joven frunce ligeramente el ceño y aparecen en su rostro una elegancia y una gravedad evidentes». «Luego

hizo ese gesto suyo tan particular y con un ligero movimiento recogió su pelo detrás de las orejas.» «Si mira el libro que lleva en la mano mientras espera en la cola del comedor le sobresale ligeramente el labio superior y sus ojos comienzan a brillar de repente de tal manera que uno cree que en cualquier momento aparecerán en tan hermosos ojos sendos enormes lagrimones.» O bien estas líneas sorprendentes: «Señor, después de la primera media hora, las líneas del rostro de la muchacha, completamente vuelto hacia el libro, se suavizaron de tal forma y se envolvieron con una expresión tan extraña y distinta que por un momento creí que brotaba una luz mágica, no de la ventana, sino de las páginas del libro que leía aquella joven con cara de ángel». Luego, de forma paralela a la angelización de Canan, el muchacho se iba mundificando cada vez más. «Es el típico amor entre una joven de buena familia y un muchacho sin familia, de identidad y pasado oscuros.» «Nuestro muchacho se comporta de una manera cada vez más cuidadosa, más nerviosa, más medida.» «La joven tiende más a abrirse a sus amigos, a acercarse a ellos, quizá incluso a compartir el libro con ellos, pero el recepcionista del hotel la refrena.» «Es evidente que teme ingresar en el entorno de ella porque proviene de una familia pobre.» «En realidad resulta difícil comprender qué es lo que ha encontrado esta joven en un hombre tan frío y tan opaco.» «Demasiado presuntuoso para lo que cabe esperar de un recepcionista de hotel.» «Una de esas personas hábiles que presentan su silencio y su falta de conversación como una virtud...» «Un advenedizo calculador...» «En realidad no tiene nada de particular, señor.» Comenzó a gustarme Seiko. Si además hubiera podido convencerme... Pero en cambio me convenció de otra cosa.

5. ¡Ah, qué felices eran! Salían de clase, iban a un cine en Beyoğlu y cogidos de la mano veían la película *Noches sin fin*. Se sentaban en una mesa de un rincón de la cantina de la facultad a ver a la gente que pasaba por allí y luego hablaban dulcemente. Miraban juntos los escaparates de Beyoğlu, subían juntos a los autobuses, se sentaban juntos en clase. Salían de paseo por la ciudad, se sentaban en los taburetes de un puesto de bocadillos y comían mirándose al espejo y de repente se ponían a leer el libro, que la muchacha había sacado del bolso. ¡Y hubo un día de verano que...! Seiko comenzó a vigilar a Mehmet desde la puerta del hotel y al ver que se encontraba con Canan, que llevaba una bolsa de plástico en la mano, los siguió creyendo que había encontrado alguna pista. Fueron en transbordador a la isla Grande, alquilaron una barca para pasear, se montaron en calesa, tomaron maíz y helados y a la vuelta subieron a la habitación del hotel donde trabajaba el muchacho. Resultaba difícil leer aquello. Tuvieron pequeñas peleas y discusiones y Seiko las interpretó como señal de que su relación iba a peor, pero hasta el otoño no hubo la menor tensión entre ellos.

6. La persona que sacó una pistola y disparó sobre Mehmet en la parada de microbuses aquel día nevoso de diciembre había sido Seiko. No estaba completamente seguro, pero su furia y sus celos parecían corroborarlo. Recordando la sombra que vi desde la ventana y su fuga a saltos por el parque nevado pensé que Seiko debía de andar por la trein-

tena. Un funcionario que había estudiado el bachillerato en el instituto de la policía de unos treinta años, que aceptaba trabajos extras para conseguir un complemento a su escaso sueldo y que considera a los jóvenes que estudian Arquitectura «advenedizos». Bien, ¿qué pensaba entonces de mí?

7. Yo era una triste presa que había caído en una trampa. Seiko había llegado a esa conclusión con tal facilidad que incluso lo lamentaba por mí. En cambio había sido incapaz de deducir que la tensión que había comenzado a surgir entre ellos a partir del otoño se debía al deseo de Canan de hacer algo con el libro. Luego debieron de decidir entregárselo a algún otro a causa de la insistencia de Canan. O bien Mehmet había aceptado a causa de la insistencia de Canan. Durante un tiempo examinaron a los jóvenes que se encontraban por los pasillos de la facultad como el empresario que examina las solicitudes de los que se presentan a una única plaza en una empresa privada. No estaba nada claro por qué me habían elegido a mí. Pero, sin que pasara mucho, Seiko había comprendido que me seguían, que me observaban, que hablaban sobre mí. Luego se abría el telón sobre la escena de la caza, que resultaba mucho más fácil que la decisión de elegirme a mí. Así de fácil: Canan se había acercado a mí varias veces paseando con el libro en la mano por el pasillo de la facultad. En una ocasión me había sonreído dulcemente. Y después había jugado la partida con verdadero placer: se dio cuenta de que la observaba mientras esperaba en la cola de la cantina, hizo como si tuviera que dejar lo que llevaba en la mano para sacar el monedero del bolso, dejó el libro sobre la mesa en la que yo estaba

sentado, justo delante de mí, y nueve o diez segundos después volvió a cogerlo con su graciosa mano. Después Canan y Mehmet, una vez seguros de que el pez había mordido el anzuelo, le regalaron el libro al propietario de un puesto de libros que había en mi camino de vuelta a casa y que ya habían decidido de antemano de tal forma que yo lo viera cuando regresara absorto a casa por la tarde y me dijera «¡Ah, ese libro!». Y eso fue lo que sucedió. Seiko, cuando informaba de la situación, decía de mí con tristeza pero con toda la razón «un joven soñador sin nada de particular».

No me lo tomé a mal porque había usado la misma expresión al referirse a Mehmet, incluso lo encontré un consuelo y así conseguí el coraje necesario para hacerme la siguiente pregunta: ¿Por qué hasta ese momento nunca había sido capaz de aceptar que había comprado y leído el libro únicamente porque podría serme de ayuda para acercarme a aquella preciosa muchacha?

Lo que me resultaba más insoportable era que mientras yo contemplaba admirado a Canan, mientras la observaba sin darme cuenta de que lo hacía, mientras el libro se posaba sobre mi mesa y echaba a volar como si fuera un pájaro mágico y asustadizo, o sea, mientras vivía el momento más encantador de mi vida, Mehmet nos vigilaba de lejos a nosotros dos y Seiko a los tres.

—La coincidencia que recibí con tanta alegría pensando que era la vida misma y que con tanto amor quise no era más que un guión preparado por otro —dijo el engañado protagonista y decidió salir de la habitación para ver la colección de armas del doctor Delicado.

Pero antes era necesario realizar algunas cuentas, investigar un poco, o sea, convertirse un tanto en reloj. Trabajé a toda velocidad e hice un inventario de los jóvenes Mehmet que los trabajadores relojes y los decepcionados concesionarios del doctor Delicado habían visto por los cuatro costados de Anatolia leyendo el libro y habían considerado sospechosos. Como Serkisof no había escrito el apellido de Mehmet me encontré con una lista larguísima sin saber en ese momento por dónde comenzar mi investigación.

Se había hecho bastante tarde, pero estaba seguro de que el doctor Delicado me estaba esperando. Me dirigí a la habitación donde jugaban a las cartas acompañados por el tic tac del reloj. Tanto Canan como las hijas del doctor Delicado se habían retirado a sus habitaciones y sus compañeros de juego ya se habían ido. El doctor Delicado estaba sentado leyendo en el rincón más oscuro de la habitación, hundido en un enorme sillón como si quisiera protegerse de la luz de las lámparas de gas.

Al notar mi presencia colocó un marcador con incrustaciones de nácar en la página que tenía abierta y dejó el libro a un lado, se puso en pie y me dijo que me esperaba y que estaba preparado. Si mis ojos estaban cansados de tanto leer podía descansar un poco. Pero estaba seguro de que había acabado satisfecho con lo que había leído y aprendido. Qué llena estaba la vida de acontecimientos sorprendentes y de jugarretas, ¿verdad? Pero él había consagrado su vida a dotar de un orden a toda aquella confusión.

—Rosalinda ha organizado todos los informes y los índices con el cuidado de una muchacha que hace un bordado —dijo—. Rosaflor dirige toda mi correspondencia, anota las ideas generales de lo que quiero preguntar y mis instrucciones y escribe a mis queridos y obedientes relojes y lo hace tanto por placer como por fidelidad a su padre. Todas las tardes Rosamunda y yo tomamos el té mientras ella me lee con su hermosa voz cada una de las cartas. A veces trabajamos en esta habitación y otras en el archivo en el que usted ha estado. En verano o en los días templados de primavera nos sentamos durante horas a una mesa colocada bajo la morera. Para un hombre como yo, que adora la tranquilidad, esas horas pasan con verdadero gozo.

Buscaba en mi mente palabras con las que elogiar todo aquel sacrificio y cariño, todo aquel cuidado y meticulosidad, todo aquel orden y tranquilidad. Me di cuenta por la portada de que el libro que el doctor Delicado había dejado a medias era un tomo de Zagor. ¿Sabía acaso que el tío Rıfkı, al que había ordenado matar, había intentado una adaptación nacional de aquel tebeo en sus años de menor éxito? Pero no me sentía con ganas de entretenerme con los pequeños detalles de aquellas casualidades.

—Señor, ¿me sería posible ver sus armas?

Me respondió con cariño, con una voz afectuosa que me inyectaba confianza. Podía llamarle padre o doctor.

El doctor Delicado me mostró una pistola semiautomática Browning importada de Bélgica tras un concurso público organizado por la dirección general de seguridad en 1956 y me explicó que hasta hacía poco sólo las habían usado los funcionarios de policía del más alto nivel. Me explicó también cómo la Parabellum alemana, que podía transformarse en fusil gracias a un cañón largo y a que la funda podía convertirse en culatín, se había disparado un día por error y que la bala de nueve milímetros había atravesado dos enormes caballos percherones, había entrado por una ventana de la casa y salido por otra y por fin se había clavado en la morera, pero era un arma difícil de llevar. Si buscaba algo práctico y de confianza, me aconsejaba una Smith&Wesson con seguro en la empuñadura. Otro revólver que me aconsejaba si quería evitar que se me encasquillara el arma era un brillante Colt, una maravilla para cualquier aficionado, pero llevándolo uno se podía sentir demasiado americano, demasiado vaquero. Así que nuestro interés se volvió hacia una serie de Walther alemanas, la pistola que mejor se adaptaba a nuestro espíritu, y a la imitación nacional patentada, la Kırıkkale. El hecho de que había sido un arma de uso muy extendido y de que a lo largo de cuarenta años había sido comprobada cientos de miles de veces por muchos amantes de las armas, desde militares a serenos y desde policías a panaderos, sobre los cuerpos de numerosos rebeldes, ladrones, pervertidos, políticos y ciudadanos hambrientos, la dotaba a mis ojos de un indudable interés.

Me decidí por una Walther de nueve milímetros ya que el doctor Delicado me había repetido varias veces que entre la Walther y la Kırıkkale no había la menor diferencia, que se llevaba muy fácilmente en el bolsillo y que para hacer blanco no hacía falta disparar desde demasiado cerca. Por supuesto, no tuve que insistir demasiado. El doctor Delicado, con un gesto medido que era una ligera referencia a la pasión de nuestros antepasados por las armas, me regaló el arma y dos cargadores llenos y me besó en la frente. Él iba a seguir trabajando, pero yo debía dormir, debía descansar.

Dormir era lo último que tenía en mente. Mientras daba los diecisiete pasos que separaban nuestra habitación del armario de las pistolas pasaron por mi cabeza diecisiete guiones posibles. Todos los había forjado en un rincón de mi cerebro durante las largas horas de lectura y en el último momento había decidido realizar una síntesis adecuada para la escena final. Recuerdo que después de llamar tres veces a la puerta que Canan había cerrado con cerrojo repasé una última vez aquella maravilla de mi mente, ebria por tantos centenares de páginas leídas a aquellas horas de la noche, pero por alguna extraña razón ahora no se me viene a la cabeza lo que repasé. Porque en cuanto llamé una voz interior dijo «Santo y seña», quizá porque pensaba que eso era lo que iba a decir Canan, y respondí como si lo tuviera preparado: «Larga vida al sultán».

Cuando Canan abrió primero el cerrojo y luego la puerta con una expresión medio alegre, no, medio triste, no, completamente misteriosa, que me dejó sorprendido, me sentí como un actor novato que en cuanto aparece bajo los focos del escenario olvida de repente el diálogo que le ha costado semanas aprenderse de memoria. No es difícil deducir que en una situación semejante una persona con la cabeza sobre los hombros se dejaría llevar por el instinto en lugar de confiar en un puñado de palabras sin valor alguno que además recordara a medias. Eso hice yo; por lo menos intenté olvidar que era una presa que había sido conducida a una trampa.

Besé a Canan en los labios como un marido que regresa al hogar tras un largo viaje. Por fin, después de tantas desventuras, estábamos los dos juntos en casa, en nuestra habitación. Yo la quería mucho. No me importaba nada más. Si la vida nos reservaba un par de problemas, yo, después de haber recorrido todo aquel camino con tanta audacia, sería capaz de resolverlos. Sus labios olían a moras. Los dos, abrazándonos en esa habitación, debíamos darle la espalda a todas aquellas ideas lejanas, de lugares imprecisos, a la gente que había perdido el rumbo dejándose engañar por ellas, a los respetables y apasionados estúpidos que intentaban reflejar en el mundo sus propias obsesiones, a todos aquellos que intentaban afligirnos con sus sacrificios, a la llamada de una vida inalcanzable y testaruda. ¿Qué puede impedir, ángel mío, que dos personas que han compartido grandes sueños, que han sido compañeros de viaje mañana y noche durante meses, que han recorrido tanto camino juntos, se abracen y olviden el mundo que hay más allá de puertas y ventanas, que sean más reales que cualquier otra cosa, que encuentren ese momento incomparable de realidad?

El fantasma de un tercero.

No, querida, déjame que te bese en los labios porque a ese fantasma, que ya sólo es un nombre en las denuncias, le da miedo ser real. En cambio yo estoy aquí, mira, y sé que el tiempo se va agotando lentamente: de la misma forma que todos esos caminos que hemos recorrido en los autobuses en los que nos montamos juntos se extienden pací-

ficamente después de que desaparezcamos sin que
les importemos lo más mínimo, llenos de sí mismos, siendo una mezcla íntima de asfalto, piedra
y calor bajo las estrellas en las noches de verano,
tendámonos nosotros también sin que pase más
tiempo, aquí, juntos... No, querida, sin que pase
más tiempo, mira cómo cuando mis manos tocan
tus bellos hombros, tus delgados y frágiles brazos,
cuando me acerco a ti, nos vamos aproximando
felices, lentamente, a ese momento incomparable
que buscan todos los autobuses y todos los viajeros. Mira cómo ahora, cuando mis labios presio-
nan el espacio semitransparente entre tu oreja y tu
pelo, cuando tus cabellos se electrifican y de repente
se mezclan con mi cara y mi frente con un olor a
otoño, como pájaros que levantaran el vuelo, y
cuando tu pecho se eleva en mi mano como un pájaro obstinado que siguiera aleteando, mira cómo
se alza entre nosotros ese momento inalcanzable
en toda su plenitud, perfectamente saludable, lo
veo en tus ojos: estamos ahora y aquí, ni allí ni en
otro lugar, ni en el país que habías soñado, ni en un
autobús ni en una oscura habitación de hotel, ni
en un futuro que sólo existe en las páginas de un
libro. Estamos ahora aquí, los dos, en esta habitación, como si estuviéramos en un tiempo abierto
por ambos extremos, tú con tus suspiros y yo con
mis besos inquietos, esperando abrazados ver un milagro. ¡El momento de plenitud! Abrázame, que no
pase el tiempo, vamos, querida, abrázame, ¡que
no termine el milagro! No, no te opongas, recuerda: las noches en que nuestros cuerpos se deslizaban lentamente el uno hacia el otro en los asientos
de los autobuses, las noches en que nuestros sueños

y nuestros cabellos se entrelazaban. Recuerda sin fruncir los labios cuando nuestras cabezas se apoyaban juntas en la fría y oscura ventanilla, los interiores de las casas que veíamos en las callejuelas de los pueblos; recuerda los cientos de películas que vimos dándonos la mano; recuerda las lluvias de balas, las rubias que bajaban la escalera, los fríos guaperas que tanto te gustaban. Recuerda los besos que contemplábamos en silencio como si cometiéramos un pecado, como si olvidáramos un delito, como si soñáramos con otro mundo. Recuerda cómo se acercaban los labios y cómo los ojos se alejaban de la cámara; recuerda cómo mientras las ruedas de nuestro autobús giraban siete veces y media por segundo, nosotros podíamos quedarnos inmóviles por un instante. Pero no lo recordó. La besé una última vez desesperado. La cama estaba totalmente revuelta. ¿Se habría dado cuenta de la dureza de mi Walther? Canan permanecía acostada a mi lado mirando pensativa al techo como si contemplara las estrellas. A pesar de todo, le dije:

—Canan, ¿no éramos felices en los autobuses? Volvamos a ellos.

Por supuesto, aquello no tenía ninguna lógica.

—¿Qué has estado leyendo? —me preguntó—. ¿Qué has logrado saber hoy?

—Muchas cosas sobre la vida —le respondí usando el lenguaje del doblaje y con tono de serie televisiva—. Cosas muy útiles, de hecho. Hay mucha gente que ha leído el libro y todos van corriendo hacia algún lado... Todo resulta confuso y la luz que inspira el libro a la gente deslumbra como la muerte. Qué sorprendente es la vida.

Tenía la impresión de que podría continuar hablando con aquel lenguaje, que podría realizar los milagros que tanto les gustan a los niños, si no era posible mediante el amor, mediante las palabras. Perdóname mi ingenuidad y ese jueguecito al que recurrí por pura desesperación, ángel mío, porque había podido acercarme por fin a Canan después de setenta días y estaba acostado a su lado e imitar la infancia, como sabe cualquiera que haya hojeado unos cuantos libros, es la primera solución a la que recurren aquellos a los que les han cerrado en las narices las puertas del paraíso del verdadero amor, como me había ocurrido a mí. ¿No acababa de informarme Seiko de que la película *Paraísos artificiales,* que habíamos visto entre Afyon y Kütahya una noche en que llovía con la fuerza de un tifón y el agua caía como un torrente por las ventanillas desde el techo del autobús, Canan ya la había visto un año antes de la mano de su amante en unas circunstancias mucho más felices y tranquilas?

—¿Quién es el ángel? —me preguntó.

—Por lo que se ve, tiene relación con el libro. Y no somos los únicos que lo saben. Hay otros que lo persiguen.

—¿A quién se le aparece?

—A quienes creen en el libro. A los que lo han leído con cuidado.

—¿Y pues?

—Pues que a fuerza de leer el libro te conviertes en él. Una mañana te levantas y todos los que te ven leyendo el libro dicen ¡caramba, caramba, con la luz que surge del libro esta chica se ha convertido en un ángel! Así que el ángel era una muchacha. Pero luego sientes curiosidad por cómo un ángel así puede tender trampas a los demás. ¿Hacen trampas los ángeles?

—No lo sé.

—Yo tampoco lo sé. Yo también pienso en ello. Yo también busco —le contesté, ángel mío, pensando en que quizá aquella cama en la que estaba tumbado con Canan era el único trozo de paraíso que podría alcanzar en todo aquel viaje y temiendo introducirme en una zona peligrosa e insegura. Que continuara reinando un poco aquel instante incomparable. En la habitación había un ligero olor a madera y una frescura que recordaba al chicle y a los viejos jabones que usábamos en nuestra infancia pero que ya no comprábamos en el colmado porque el embalaje no era lo bastante bueno.

Yo, que no podía descender a las profundidades del libro ni alcanzar la seriedad de Canan, sentí en cierto momento a altas horas de aquella noche que podría mencionar una serie de puntos. Y así le dije a Canan que lo más terrible que existía era el tiempo; habíamos iniciado nuestro viaje para librarnos de él pero no teníamos la menor idea de haberlo hecho. Por eso estábamos siempre en movimiento, por eso buscábamos un instante en que él no se moviera. Esa plenitud era el momento incomparable. Al acercarnos a él habíamos sentido que había un momento de salida y habíamos sido testigos innumerables veces, junto con los muertos y los agonizantes, de los milagros de aquella increíble región. En las revistas para niños que habíamos hojeado esa mañana estaba en forma de semilla y de manera infantil la sabiduría del libro y ya era hora de que lo comprendiéramos usando nuestra inteligencia. Más allá, en un lugar lejano, no había nada. Tanto el principio como el final de nuestro viaje estaban donde estuviéramos nosotros. Tenía razón: los caminos y las habitaciones oscuras estaban llenos de asesinos armados. La muerte se filtraba en la vida a través del libro, de los libros. La abracé, querida, quedémonos aquí, querida, reconozcamos lo que vale esta habitación: mira, una mesa, un reloj, una lámpara, una ventana; nos levantaremos cada mañana y contemplaremos admirados la morera. Si ella está ahí, entonces nosotros estamos aquí. El marco de la ventana, la pata de la mesa, la mecha de la lámpara: luz y olor; qué simple es el mundo. Olvida ya el libro. Él también quiere que lo olvidemos. Existir es abrazarte. Pero Canan no me hacía caso.

—¿Dónde está Mehmet?

Miraba al techo con toda su atención como si allí pudiera leer la respuesta a su pregunta. Fruncía el ceño. Su frente parecía más amplia. Sus labios temblaron por un segundo como si fuera a confesar un secreto. A la luz color amarillo pergamino de la habitación su piel había adquirido un rosa que nunca antes había visto. Después de tantos viajes y tantas noches pasadas en los autobuses, en cuanto Canan había pasado un día en un entorno tranquilo, había comido comida casera y había dormido bien, le había subido el color a la cara. Se lo dije por si echaba de menos una vida hogareña feliz y ordenada y de repente decidía casarse conmigo como hacen algunas muchachas.

—Me estoy poniendo enferma, por eso —me respondió—. Me enfrié con la lluvia. Tengo fiebre.

Qué bonita estaba tumbada mirando al techo mientras yo, echado a su lado, admiraba el color de su rostro, qué hermoso era posar mi mano sobre su altiva frente con la objetividad de un médico y mantenerla allí. Allí se quedó mi mano como si quisiera estar segura de que no se escaparía de mí. Repasaba mentalmente mis recuerdos infantiles, descubría cómo el tacto puede cambiarlo todo de pies a cabeza, los lugares, las camas, las habitaciones, los olores, las cosas más vulgares. También tenía en la cabeza otros pensamientos y otros cálculos. Al ver que volvía la cabeza y me miraba interrogándome, aparté mi mano de su frente y le dije la verdad:

—Tienes fiebre.

De repente aparecieron ante mí un montón de posibilidades que no había calculado. Bajé a la cocina a las dos de la noche. Mientras hervía la tila que había encontrado en un tarro con un cazo enorme que se me había aparecido en la penumbra entre sartenes de aspecto terrible y fantasmas, me hacía la ilusión de decirle a Canan que lo mejor contra los enfriamientos era meterse debajo de una manta y abrazarse a alguien. Luego, mientras buscaba aspirinas entre las cajas de medicinas que había sobre el aparador que Canan me había indicado, pensaba que si yo también caía enfermo podíamos pasarnos días en la habitación. Se movió una cortina y se oyó el susurro de unas zapatillas. Apareció primero la sombra de la mujer del doctor Delicado y luego su nerviosa presencia. No, señora, le dije, no hay nada de lo que preocuparse, sólo se ha resfriado un poco.

Me hizo acompañarla hasta el piso superior. Bajé una gruesa manta de lo alto de un armario, le puse una funda y me dijo: «Ah, hijo mío, esa muchacha es un ángel, ten cuidado, no vayas a hacerle daño», y luego añadió algo que jamás podré olvidar: que mi esposa tenía un cuello precioso.

Cuando regresé a la habitación le miré largamente el cuello. ¿No le había prestado atención antes? Sí, y lo había amado, pero me resultaba tan sorprendente lo largo que era, que durante un buen rato fui incapaz de pensar en otra cosa. Contemplé cómo se bebía lentamente la tila y cómo se envolvía en la manta en cuanto se tomó la aspirina y comenzaba a esperar optimista como las niñas buenas, que creen que todo irá «bien» de inmediato.

Se produjo un largo silencio. Apoyé las manos a ambos lados de los ojos y miré por la ventana. La morera se movía apenas. Querida, cómo se mueve nuestra morera incluso con la menor brisa. Silencio. Canan tirita, qué rápido pasa el tiempo.

Y así la habitación, nuestra habitación, se convirtió en un instante en ese lugar de clima especial y con vistas al exterior que llaman «cuarto del enfermo». Mientras paseaba arriba y abajo sentía que la mesa, el vaso, la mesilla de noche se iban transformando lentamente en objetos demasiado conocidos, demasiado insinuantes. Dieron las cuatro. ¿Te sientas aquí, a mi lado, a este lado de la cama?, me dijo. Le acaricié los pies por encima de la manta. Me sonrió, yo era un encanto. Cerró los ojos e hizo como si durmiera, no, dormitó, se durmió. ¿Se durmió? Se durmió.

De repente me encontré andando. Mirando la hora, echando agua de la jarra en el vaso, mirando a Canan, sin poder tomar una decisión. Tomándome yo también una aspirina por hacer algo. Poniéndole la mano en la frente en cuanto abría los ojos para comprobar una vez más su temperatura.

El tiempo, que parecía esforzarse en que pasaran las horas, se detuvo por un momento, la membrana semitransparente en la que me encontraba se rasgó y Canan se incorporó en la cama: de repente nos pusimos a charlar febrilmente sobre los asistentes de los autobuses. Uno nos había dicho que un día se apoderaría del volante y que descubriría un país desconocido. Otro, que no podía mantener la boca cerrada, nos había dicho «Estos chicles son un obsequio de la compañía para sus honorables pasajeros, son gratis, aquí tienen sus chicles, hermano, no los masquéis demasiado porque llevan opio para que los pasajeros duerman como troncos y crean que se debe a las ballestas del autobús, a la habilidad del conductor en no pegar volantazos y a la excelencia de nuestra compañía y nuestros autobuses». Y luego, Canan, había otro —qué a gusto nos reíamos—, ¿te acuerdas?, lo vimos en dos autobuses distintos y me dijo: hermano, la primera vez comprendí que te habías escapado con esta muchacha y ahora veo que os habéis casado, enhorabuena, hermana.

¿Quieres casarte conmigo? Habíamos visto muchas escenas que se animaban con el destello de esas palabras. Mientras los dos amantes estaban caminando abrazados de noche entre los árboles y bajo un poste de electricidad y dentro del coche y, por supuesto, viéndose tras ellos el puente del Bósforo y lloviendo por influencia de las películas extranjeras y mientras los simpáticos tíos o los bienintencionados amigos dejaban solos a la pareja y cuando el rico muchacho se lo preguntaba a la seductora muchacha antes de zambullirse, plas, en la piscina. ¿Quieres casarte conmigo? Como no había visto ninguna escena en la que se le preguntara tal cosa a una muchacha de hermoso cuello en su habitación de enferma, no creía que mis palabras despertaran en Canan algo mágico del tipo de lo que ocurre en las películas. Y además mi mente estaba ocupada con un mosquito que volaba descaradamente por la habitación.

Miré la hora y me inquieté. Volví a comprobar su temperatura y me preocupé. Le dije que me enseñara la lengua, la sacó, puntiaguda y rosada. Me incliné y tomé su lengua con mi boca. Así nos quedamos un momento, ángel mío.

—No hagas eso, querido —me dijo luego—. Eres muy dulce, pero no hagamos eso.

Se durmió. Me tumbé a un lado de la cama, junto a ella, y me dediqué a contar su respiración. Mucho después, cuando ya comenzaba a clarear, pensaba y repensaba cosas como las siguientes: le diré, Canan, piénsatelo una vez más, haría cualquier cosa por ti, Canan, ¿no entiendes cuánto te quiero?... Cosas así que se repetían siguiendo la misma lógica... En cierto momento pensé en mentir y arrastrarla de nuevo a los autobuses pero por entonces ya sabía más o menos adónde tenía que ir, además, después de haber conocido a los despiadados relojes del doctor Delicado y haber pasado aquella noche en aquella habitación con Canan, me di cuenta de que comenzaba a tener miedo a morir.

Ángel mío, lo sabes, el pobre muchacho se pasó la noche tumbado junto a su amada escuchando su respiración hasta que amaneció. Contempló la barbilla regular y llena de personalidad de Canan, sus brazos sobresaliendo del camisón que le había dado Rosaflor, su cabello extendido por la almohada y el lento alumbrarse de la morera.

Luego todo se aceleró: se oyeron ruidos por la casa, pasos prudentes que pasaban ante la puerta, una ventana que golpeaba con el viento que se había levantado de nuevo, una vaca que mugía muuu, el gruñido de un coche, una tos y llamaron a la puerta. Un tipo de mediana edad, bien afeitado, ante todo médico, entró llevando un enorme maletín de médico acompañado por el olor de tostadas del exterior. Sus labios eran rojísimos, como si acabara de beber sangre, y en una de las comisuras tenía una fea verruga. Pensé que desnudaría desvergonzadamente a la febril Canan y que besaría con aquellos labios sus temblorosos cuello y espalda. Mientras extraía el fonendoscopio de su odioso maletín yo saqué en un abrir y cerrar de ojos mi Walther de donde la había escondido y salí del cuarto y luego de la casa sin prestar la menor atención a la preocupada madre, que estaba en la puerta.

Sin que nadie me viera me sumergí a toda prisa en los terrenos que me había mostrado el doctor Delicado. Saqué la pistola en un lugar solitario rodeado de álamos donde estaba seguro de que nadie me vería y donde el viento no podría transmitir el rumor de mi presencia y disparé varias veces seguidas. Y así fue como realicé un ejercicio de tiro con las municiones que me había dado el doctor Delicado, tan mezquinamente breve y deprimente como torpe. No conseguí un solo acierto en el álamo que había escogido como blanco en los tres tiros que hice a cuatro pasos. Me quedé un tanto indeciso y recuerdo que intenté reorganizar mis ideas desesperadamente mientras miraba a las presurosas nubes que venían del norte. Las tribulaciones del joven Walther...

Algo más allá había un roquedal bastante alto parte del cual se encontraba dentro de las tierras del doctor Delicado. Subí hasta allí, me senté y, en lugar de sumergirme en nobles pensamientos observando la amplitud y la riqueza del paisaje, pensé en lo miserable que había llegado a ser mi vida. Pasó mucho tiempo, pero no se me apareció ninguno de los ángeles, libros, musas y sabios campesinos que corren a ayudar en tales momentos difíciles a los profetas, a las estrellas cinematográficas, a los santos y a los líderes políticos.

Desesperado, regresé a la mansión. El médico loco de labios rojos había chupado con buen provecho la sangre de mi Canan y ahora se tomaba un té sentado con la madre y las tres rosas. Al verme le brillaron los ojos con el placer anticipado de poder darme consejos.

—¡Muchacho! —me dijo. Mi mujer se había enfriado y sufría una fuerte gripe; y, lo más importante, estaba en el umbral de la consunción física debido al cansancio, a la debilidad y a la falta de cuidados. ¿Qué hacía para cansarla de tal manera? ¿Cómo conseguía maltratarla así? Las hijas y la madre miraron con recelo al joven marido recién casado.

—Le he dado una fuerte medicación —dijo el médico—. Debe estar una semana en cama sin moverse.

¡Una semana! Pensé que siete días me bastarían y me sobrarían mientras aquella parodia de médico engullía un par de amarguillos para tragar el té y se largaba. Canan dormía en su cama y yo recogí de la habitación un par de trastos que me parecían necesarios, mis notas y mi dinero. Besé a Canan en el cuello. Salí a toda prisa del cuarto, como un soldado voluntario que corre a defender la patria. Luego les dije a Rosaflor y a su madre que tenía un asunto urgente, una responsabilidad ineludible. Les confiaba a mi mujer. Me respondieron que la cuidarían como si fuera su propia nuera. Especifiqué claramente que volvería cinco días después y me alejé en dirección a la ciudad y a la estación de autobuses sin ni siquiera volverme para echar una mirada al país de brujas, fantasmas y bandidos que dejaba atrás ni al cementerio en el que yacía un joven de Kayseri en lugar del hijo del doctor Delicado.

12.

¡Volvía a estar en marcha! ¡Hola de nuevo, viejas estaciones, destartalados autobuses, tristes viajeros! Ya saben lo que ocurre, cuando nos apartamos de los rituales de un vicio cualquiera al que nos hemos acostumbrado sin darnos cuenta, ignorando incluso que nos hemos convertido en adictos a él, nos envuelve la tristeza de sentir que la vida no volverá a ser como antes. Creía que el viejo autobús Magirus que me llevaba al resto de la civilización desde la ciudad de Çatık, gobernada de forma invisible por el doctor Delicado, me libraría de dicha tristeza. Porque por fin estaba en un autobús, aunque tosiera y estornudara, aunque gimiera sin resuello como un anciano por las carreteras de montaña. Pero en el corazón del país de cuento que dejaba atrás, Canan yacía febril en un cuarto y un mosquito al que no había podido ajustarle las cuentas aguardaba arteramente la noche en la misma habitación. Repasé mis planes y mis papeles para acabar lo antes posible con mi trabajo, regresar victorioso y comenzar una vida nueva.

A medianoche, cuando abrí los ojos medio dormido y alargué la cabeza hacia la ventanilla de otro tembloroso autobús, pensé de manera optimista que aquí, por primera vez, podríamos llegar a vernos cara a cara tú y yo, ángel mío. Pero ¡qué lejos estaba de mí la inspiración que uniría la pureza del alma y la magia del instante incomparable!

Sabía que no podría verte tan fácilmente por la ventanilla de un autobús. Mientras pasaban ante la ventanilla sombrías llanuras, terribles barrancos, ríos color mercurio y olvidadas gasolineras así como anuncios de tabaco y colonia con los letreros podridos por la humedad y medio caídos, en mi mente sólo había cálculos malignos, pensamientos egoístas, la muerte y el libro y no veía ni la luz granadina del vídeo, que habría podido animar mis fantasías, ni oía el ronquido estremecedor de un matarife intranquilo que volvía a casa después de su masacre cotidiana en el matadero.

La ciudad montañesa de Alacaelli, en la que el autobús me dejó poco antes de amanecer, había superado ya no sólo el final del verano, sino también el otoño, y se había instalado a toda prisa en el invierno. Un chico que preparaba té y lavaba los vasos en el pequeño café en el que entré para esperar a que se abrieran los centros oficiales, y que parecía no tener frente ya que su pelo comenzaba prácticamente en las cejas, me preguntó si yo también era de los que habían ido a escuchar al jeque. Le dije que sí por pasar el rato. Me dio un té bien fuerte por ser uno de los enchufados y vivió el placer de compartir conmigo los milagros del jeque, que, aparte de curar enfermos y conseguir que las mujeres estériles tuvieran hijos, poseía otras habilidades como eran las de doblar tenedores con la mirada o abrir botellas de Pepsi-Cola simplemente tocándolas con un dedo.

Al salir del café el invierno se había ido, habíamos vuelto a saltarnos la primavera y hacía rato que había comenzado un caluroso día de verano lleno de moscas. Tal y como hacen esas personas decididas y maduras que resuelven sus problemas enfrentándose directamente a ellos, fui directamente a la oficina de Correos y, sintiendo una vaga excitación, paseé la mirada cuidadosamente sobre los adormilados funcionarios y funcionarias que leían el periódico en sus mesas o que fumaban y tomaban té tras sus ventanillas. Pero no estaba entre ellos. La funcionaria que me había llamado la atención con su aspecto de cariñosa hermana mayor resultó ser una auténtica bruja: me hizo sufrir de tal manera hasta decirme que el señor Mehmet Buldum acababa de salir para el reparto —que si qué era de él, que si espere aquí, que si mejor que hubiera ido después de las horas de trabajo—, que tuve que explicarle que era un antiguo compañero del servicio militar que había llegado de Estambul y que tenía amigos bastante influyentes en la Dirección General de Correos. Y así Mehmet Buldum, que acababa de salir hacía justo un instante, tuvo tiempo de perderse por calles y barrios que recorrí desesperadamente y cuyos nombres confundía.

Preguntando aquí y allá —tía, ¿ha pasado por aquí Mehmet el cartero?— no hice sino perderme por los barrios principales y por calles estrechas. Un gato moteado se lamía perezosamente al sol. Los técnicos del ayuntamiento se cruzaban miradas con una mujer joven y bastante guapa que sacaba al balcón sábanas y almohadas mientras apoyaban una escalera en un poste de la electricidad. Vi un niño de ojos negros que comprendió de inmediato que era forastero. «¿Qué pasa?», me preguntó con aspecto gallito. Si Canan hubiera estado conmigo habría hecho amistad con aquel diablillo y habría iniciado enseguida una conversación habilísima y yo pensaría que estaba absolutamente enamorado de ella no porque era preciosa, ni porque era irresistible, ni porque era misteriosa, sino porque podía hablar de inmediato con aquel niño.

Me senté en una de las mesas en la acera del café Zümrüt, que estaba enfrente de la oficina de Correos, bajo un castaño y ante la estatua de Atatürk. Un rato después me encontré leyendo *El correo de Alacaelli:* la farmacia Pınar de Estambul había traído un remedio contra el estreñimiento de los laboratorios Stlops y ayer había llegado a nuestra ciudad el nuevo entrenador del Alacaelli Tejas Juventud, que se estaba preparando con mucha ilusión para la próxima temporada, traspasado por el Deportivo Bolu. Me estaba diciendo «así que hay una fábrica de tejas», cuando vi con una enorme decepción que el señor Mehmet Buldum entraba resoplando en el ayuntamiento con una enorme cartera al hombro. ¡Qué lejos estaba aquel lento y agotado Mehmet del que no se le iba de la cabeza a Canan! Había terminado con mi investigación allí y, teniendo en cuenta que aún había muchos otros jóvenes Mehmet en mi lista que me esperaban, debía dejar de inmediato a su aire aquella pacífica ciudad y largarme de allí. Pero le hice caso al diablo que me susurraba que esperara a que Mehmet Buldum saliera del ayuntamiento.

Mientras cruzaba la calzada con sus pasos breves y rápidos de cartero para alcanzar la acera de la sombra, le corté el paso llamándole por su nombre, lo abracé y lo besé mientras me miraba sorprendido y lo reprendí por no haber reconocido todavía a su querido compañero del servicio militar. Se sentó conmigo en la mesa del café lleno de sen-

timientos de culpabilidad y comenzó a hacer desesperadas suposiciones arrastrado por mi juego cruel
de «por lo menos te acordarás de cómo me llamo».
Un rato después lo callé violentamente, me inven-
té un nombre y le expliqué que tenía conocidos
en Correos. Era un muchacho íntegro y no le in-
teresaban demasiado ni el cuerpo de Correos ni las
posibilidades de promoción. Como estaba cubierto de sudor por el calor y por el peso de la cartera,
miraba agradecido la botella de gaseosa Budak helada que el camarero había traído y abierto al momento y quería librarse lo antes posible de aquel
pesado compañero de servicio militar y de la tur-
bación que le provocaba. Quizá fuera la falta de sueño, pero notaba muy claramente que sentía un rencor que me mareaba de una manera muy agradable.

—¡Así que has estado leyendo un libro! —le
dije tomando muy serio un sorbo de mi té—. ¿Has
estado leyendo un libro? Y al parecer a veces lo ha-
cías delante de todo el mundo.

Por un momento su cara adquirió un color
ceniciento. Había entendido perfectamente a qué
me refería.

—¿Dónde encontraste el libro?

Pero se recuperó con igual rapidez. Tenía
un pariente enfermo que había ido a un hospital
de Estambul y que lo había comprado en un puesto callejero creyendo que se trataba de un libro sobre la salud, engañado por el título, pero que como
no se resignaba a tirarlo, lo había traído y se lo había regalado.

Nos callamos por un momento. Un gorrión
se posó en una de las dos sillas vacías de la mesa
y saltó a la otra.

Examiné con la mirada a aquel funcionario de correos con el nombre escrito con pequeñas y cuidadosas letras en la solapa del uniforme. Era de mi edad, quizá algo mayor. El libro que había desviado toda mi vida y que había vuelto mi mundo patas arriba también le había salido al paso a aquel hombre y lo había influido, lo había sacudido de una manera que yo no podía saber exactamente, aunque era incapaz de decidir si quería saberla o no. Ambos teníamos un aspecto común que nos convertía en víctimas o en hombres afortunados y aquello me ponía nervioso.

Sentía que el libro también ocupaba para él un lugar especial ya que no había intentado menospreciar la importancia del asunto tirándolo descuidadamente a un rincón como había hecho con la chapa de la gaseosa marca Budak. ¿Qué tipo de hombre era? Tenía unas manos de dedos largos, suaves, extraordinariamente bonitas. Una piel que casi habría podido decirse delicada, un rostro sensible y ojos almendrados que dejaban bien clara su curiosidad así como que ya estaba empezando a enfadarse. ¿Podía acaso decirse que había sido cazado por el libro como yo? ¿También había cambiado toda su vida? ¿También él pasaba noches ahogándose en la tristeza de la soledad que le provocaba el libro?

—En fin —dije—. Me he alegrado mucho de verte, amigo mío, pero mi autobús está a punto de salir.

Perdona mi rudeza, ángel mío, pero en ese momento sentí de repente que podría hacer cualquier cosa que no estuviera en mis cálculos, que podría mostrarle a aquel hombre la miseria de mi espíritu como quien enseña una herida con tal de que él me abriera el suyo. Y no porque odie ese tipo de rituales de sinceridad que acaban en una mesa llena de copas entre penas, lágrimas y un sentimiento no demasiado verosímil de fraternidad —de hecho me encanta hacerlo con mis amigos del barrio en tabernas oscuras y polvorientas—, sino porque en ese momento no quería pensar en nada que no fuera Canan. Quería quedarme solo lo antes posible y entretenerme con las fantasías de la feliz vida matrimonial que un día viviríamos Canan y yo.

—En esta capital no hay ningún autobús que salga hacia ningún sitio a esta hora —dijo mi compañero de servicio militar cuando ya estaba a punto de levantarme.

¡Vaya! Sí que era listo. Acariciaba la botella de gaseosa con sus bonitas manos, feliz por haber puesto el dedo en la llaga.

Sufrí una breve indecisión entre si sacar la pistola y convertir su delicada piel en un colador o si convertirme en su mejor amigo, en su confidente, en su compañero de destino. Quizá pudiera encontrar un camino intermedio; por ejemplo, primero sólo le dispararía al hombro, luego me arrepentiría, lo acompañaría corriendo al hospital y por la noche, cuando ya tuviera el hombro vendado, nos divertiríamos como locos abriendo una por una las cartas que llevaba en la cartera y leyéndolas.

—Da igual —dije por fin. Dejé sobre la mesa el dinero del té y la gaseosa con un gesto elegante. Me di media vuelta y eché a andar. No me acordaba de qué película me había sacado toda aquella escena, pero la verdad es que no quedó nada mal.

Caminé como un triunfador que anda continuamente detrás de algo importante; seguro que
me estaba mirando mientras me alejaba. Crucé a
la estrecha acera de la sombra pasando ante la estatua de Atatürk y fui hacia la estación. Estación de
autobuses, una manera de hablar, porque no creía
que hubiera siquiera una choza con techo que pudiera proteger de la nieve y el barro a ningún autobús, suponiendo que existiera alguno lo bastante
desdichado como para pasar la noche en la miserable ciudad —capital la había llamado mi amigo
el cartero— de Alacaelli. Un hombre orgulloso condenado de por vida a vender billetes en una habitación de dos pasos me dijo muy satisfecho que el
primer autobús no llegaría antes de mediodía. Por
supuesto, yo no le respondí que su cabeza pelona
tenía el mismo color naranja que las piernas de la
preciosidad del calendario Goodyear que había detrás de él.

¿Por qué estoy tan enfadado?, me preguntaba, ¿por qué me he vuelto tan gruñón? Dime,
¿quién eres? No he logrado averiguar qué eres, ángel mío, dímelo. Por lo menos cuida de mí, avísa-
me antes de que la furia de mi ira me desvíe de mi
camino para que pueda poner en orden por mí mismo las maldades y las desdichas de este mundo
como un padre de familia infeliz que quiere proteger su hogar y que así pueda volver cuanto antes
a mi Canan, que arde de fiebre.

Pero la ira de mi corazón no sabía calmarse.
¿Les pasará lo mismo a todos los jóvenes de veintidós años que empiezan a llevar una Walther?

Le eché un vistazo a mis notas y encontré
con facilidad la calle y la tienda que aparecían en

ellas: mercería El Bienestar. Los manteles bordados a mano, los guantes, los zapatos de niño, los encajes y los rosarios expuestos cuidadosamente en el escaparate eran una alusión a la paciencia y a la poesía de un tiempo pasado que habría hecho las delicias del doctor Delicado. Estaba entrando cuando vi al hombre que leía *El correo de Alacaelli* sentado en el mostrador, me quedé sorprendido y me di media vuelta. ¿Estaba en esa ciudad todo el mundo tan seguro de sí mismo o sólo me lo parecía?

Me senté en un café con una ligera sensación de derrota, me tomé una gaseosa Budak y organicé los ejércitos de mi mente. Me compré unas gafas de sol que me llamaron la atención en el polvoriento escaparate de la farmacia Pınar mientras caminaba por la estrecha acera de la sombra. El diligente dueño hacía rato que ya había recortado del periódico el anuncio del remedio contra el estreñimiento y lo había pegado en el escaparate.

Poniéndome las gafas de sol yo también pude entrar en la mercería El Bienestar como uno de esos hombres seguros de sí mismos. Anuncié con una voz opaca que quería ver guantes. Eso era lo que hacía mi madre: nunca decía «Quiero unos guantes de piel para mí», ni «Quiero unos guantes de lana del número siete para mi hijo, que está en el servicio militar», no, simplemente decía «Quiero ver guantes» y provocaba en la tienda un revuelo que podía serle útil.

Pero mi orden debió de sonarle a música celestial a aquel hombre que, por lo que se veía, era su propio jefe y empleado. Con una elegancia que recordaba a la de una meticulosa ama de casa y con un orden cercano a la pasión por la clasificación de un militar resuelto a formar parte del Estado Mayor, me enseñó toda su mercancía sacándola de los cajones, de sacos hechos a mano y del escaparate. Debía de tener unos sesenta años, estaba sin afeitar y su voz era tan decidida como para no denunciar que se trataba de un obseso de los guantes: me mostró unos pequeños guantes de mujer tejidos con lana torcida a mano, cada dedo alegrado por tres colores distintos; le dio la vuelta a unos guantes de lana basta, los preferidos por los pastores, para enseñarme el fieltro al estilo de Maraş de la palma; aceptaba encargos de guantes sin ningún tinte artificial que le tejían las campesinas con lanas escogidas por él mismo. Hacía que pusieran un forro en la punta de los dedos, la parte de los guantes que antes se estropea. Si quería un motivo floral en la muñeca debía escoger aquel par teñido con el más puro tinte de nuez y con bordados en los puños o en caso de que pensara en algo realmente especial debía quitarme las gafas de sol y observar aquel maravilloso par hecho con piel de perro kangal de Sivas.

Lo observé. Volví a ponerme las gafas.

—Huérfano Cincuenta —le dije, porque ése era el sobrenombre que usaba en las cartas de denuncia que había enviado al doctor Delicado—. Me envía el doctor Delicado, no está nada satisfecho contigo.

—¿Por qué? —me preguntó con mucha sangre fría, como si yo hubiera puesto alguna objeción al color de un par de guantes.

—El cartero Mehmet es un ciudadano inofensivo... ¿Por qué quisiste hacerle daño denunciándolo?

—No es inofensivo —respondió. Y me lo explicó con la misma voz que había utilizado mientras me mostraba los guantes uno a uno: leía el libro y lo hacía de una manera que llamaba la atención de otros. Estaba claro que tenía en la cabeza feos y sombríos pensamientos relacionados con el libro y con las maldades que el libro esparciría. En cierta ocasión lo habían atrapado entrando en la casa de una viuda con la excusa de que iba a dejar una carta sin ni siquiera llamar a la puerta. En otra lo vieron en un café con un niño de la escuela primaria sentados rodilla con rodilla y mejilla con mejilla aparentemente leyendo un tebeo. Un tebeo, claro, de esos que meten en el mismo saco a bandidos, sinvergüenzas, ladrones, santos y justos—. ¿Basta con eso? —me preguntó.

Me quedé callado un tanto indeciso.

—Si hoy, en este pueblo —sí, dijo «pueblo»—, llevar una vida modesta se considera algo vergonzoso y se desprecia a las señoras que se tiñen las manos con alheña es a causa de todo lo que nos traen de Estados Unidos ese cartero y los autobuses y las televisiones de los cafés. ¿En qué autobús has venido?

Se lo dije.

—El doctor Delicado —continuó— es un gran hombre, sin duda. Recibir cualquier orden suya, cualquier mensaje, me produce una enorme paz espiritual, gracias a Dios. Pero vete, chico, y dile que no me vuelva a enviar a ninguno de sus muchachos —comenzó a recoger los guantes—. Y dile esto también: yo mismo vi a ese cartero haciéndose una paja en los retretes de la mezquita de Mustafa Bajá.

—¡Y con esas manos tan bonitas! —dije yo mientras salía.

Creí que me sentiría mejor fuera pero en cuanto di el primer paso en los adoquines de la calle, que se extendía plana como un plato al sol, recordé horrorizado que aún me quedaban dos horas y media que pasar en aquella ciudad.

Esperé medio inconsciente, medio agotado y sobre todo somnoliento, con el estómago lleno de todos los vasos de tila, té y gaseosa Budak que me había tomado, rememorando las pequeñas «Noticias de la ciudad» de *El correo de Alacaelli,* que casi me había aprendido de memoria, sin poder apartar la mirada de las tejas del edificio del ayuntamiento y del rojo y el morado del panel de plexiglás del Banco Agrícola, que aparecían y desaparecían como si fuera un espejismo, con los oídos atiborrados del piar de los pájaros, de gruñidos y toses de generadores. Cuando por fin pude abrir la puerta del autobús que había aparcado ostentosamente, se produjo un forcejeo de dentro hacia fuera. Los de fuera me empujaron —gracias a Dios sin notar mi Walther— para que dejara paso al señor jeque, que estaba bajando del autobús. Pasó ante mí y se alejó lentamente con una expresión iluminada en su cara sonrosada, solemne como si sufriera por todos nosotros, hundidos en el lodazal, pero balanceándose muy satisfecho de la vida y del interés que despertaba. ¿Para qué iba a echar mano de la pistola?, me pregunté notándola en mi cadera. Me subí al autobús sin prestarle la menor atención a nadie.

Mientras esperaba como si el autobús no fuera a salir nunca y como si Canan también fuera a olvidarme como ya lo había hecho el mundo entero, me vi obligado a contemplar desde el asiento número 38 a la multitud que había venido a recibir al jeque y, cuando llegó el momento del besamanos, vi por allí al chico sin frente del café. Besó la mano del jeque y se la iba a llevar respetuosamente a la cabeza cuando nuestro autobús arrancó. Entonces, entre la ondeante multitud de cabezas, vi también al mercero decepcionado. Avanzaba como un asesino decidido a liquidar a un líder político en medio del gentío y mientras nuestro autobús se alejaba sentí que en realidad no se dirigía hacia el jeque, sino hacia mí.

Olvídalo, me dije cuando la ciudad quedó atrás, olvídalo, mientras un sol despiadado me tostaba como pan la nuca y los brazos en mi asiento esperándome detrás de cada árbol y cada curva como un hábil detective. Pero mientras nuestro perezoso autobús avanzaba resoplando por un terreno árido y amarillento sin casas, ni chimeneas, ni árboles, ni rocas y la luz deslumbraba mis ojos privados de sueño, no es ya que no olvidara, sino que sentí algo que me penetraba más profundamente en el corazón: las cinco horas que había pasado en aquella ciudad a la que había ido simplemente porque en la carta de denuncia del mercero decepcionado se mencionaba que mi amigo el cartero se llamaba Mehmet, definían desde ahora —cómo lo llamaría— el color, la melodía de mis relaciones futuras con la gente que conocería y las escenas que viviría en las ciudades a las que fuera movido por un espíritu de detective aficionado.

Por ejemplo, justo treinta y seis horas después de que dejara Alacaelli, mientras esperaba a medianoche que llegara mi autobús en la estación de autobuses de una ciudad polvorienta y humeante, más fantasmagórica que real y que más bien parecía un pueblo, y mientras mascaba una torta con queso para aliviar el dolor de mi estómago ardiente y para matar el tiempo, que parecía no pasar, sentí que se me estaba acercando una sombra malintencionada. ¿Se trataba del mercero amante de los guantes? No. ¡Era su espíritu! No, ¡un concesionario decepcionado y de corazón roto! No, debe de ser Seiko, pensaba, cuando de repente la puerta de los retretes sonó con un golpe seco y la aparición cambió completamente y el fantasma de Seiko con una gabardina se convirtió en un abuelete inofensivo, asimismo con una gabardina. Luego, cuando se le unieron una señora y una muchacha cansadas, con las cabezas cubiertas por pañuelos y con bolsas en las manos, pensé en por qué me habría imaginado a Seiko con una gabardina gris. ¿Acaso porque había visto a mi amigo el mercero de corazón roto con una gabardina de ese color entre el gentío de la estación de autobuses?

En otra ocasión la amenaza no apareció en forma de un fantasmagórico Seiko con gabardina, sino de toda una fábrica. Después de haber dormido como un tronco en un autobús silencioso había podido disfrutar de un sueño sin interrupciones en otro con mejores amortiguadores y más estable, y esa misma mañana volví a lanzar la mentira del compañero del servicio militar que había aparecido de repente en la fábrica de harinas a la que había ido con la intención de ver al joven contable que había sido denunciado por un vendedor de dulces y hojaldres con el corazón roto y así obtener resultados a la mayor celeridad posible. Esa mentira del servicio militar, que siempre valía porque los diversos Mehmet que perseguía tenían veintitrés o veinticuatro años, como el auténtico Mehmet, debió de resultarle tan verosímil al obrero blanquísimo de harina al que se la conté que fue rápidamente a las oficinas de la administración con los ojos tan brillantes de amistad, fraternidad y admiración como si hubiera estado con nosotros en la misma compañía. Me aparté a un lado y por alguna extraña razón noté una amenaza desconocida en el aire. Una enorme tubería de hierro giraba chacachás-chacachás sobre mi cabeza movida por el motor del molino eléctrico de aquel cobertizo al que llamaban fábrica, los blancos y terribles fantasmas de los trabajadores se movían lentamente con brillantes cigarrillos en los labios entre una luz opaca. Me di cuenta de que los fantasmas me observaban hostiles y de que hablaban entre ellos señalándome pero, desde el rincón al que me había retirado, intentaba aparentar no darme por aludido. Luego, en el momento en que sentía que se me venía encima una rueda oscura que había entrevisto por un hueco del muro de sacos de harina, uno de los industriosos fantasmas se me acercó cojeando y me preguntó a qué jugaba. Con el ruido no me oía y tuve que explicarle a gritos que no jugaba a nada. No, me dijo, qué viento me había llevado por allí. Se lo aclaré también a voces. Apreciaba mucho a mi antiguo compañero del servicio militar; Mehmet era un compañero bromista pero en el que se podía confiar, un verdadero amigo. Me había acordado de él mientras viajaba por Anatolia vendiendo seguros de vida y de accidentes. El fantasma de harina me preguntó sobre la profesión de vendedor de seguros: ¿Había también en aquel oficio ladrones, asquerosos timadores, masones, maricones que tiraban de pistola y otros enemigos malintencionados de la nación y la religión, cosa que creía haber oído mal por el ruido? Desesperado, le estuve hablando largo rato y él me escuchó con una mirada amistosa; y así conseguimos meternos en el ambiente de «en todas las profesiones pasa lo mismo»: en el mundo había tanto ciudadanos honestos como hijos de puta falsarios que ni siquiera sabían detrás de qué corrían. En eso, le pregunté de nuevo por mi compañero de servicio Mehmet, ¿dónde se había quedado? «Mira, muchacho —me dijo el fantasma. Se subió la pernera del pantalón y me enseñó una extraña pierna—. Mehmet Okur no es tan imbécil como para ir al servicio militar con su pierna coja, ¿de acuerdo?». ¿Quién era yo?

Me resultó fácil aparentar que se me había olvidado la respuesta a aquella pregunta, no tanto por pura desesperación como por la sorpresa. Le dije, sabiendo que no resultaría nada verosímil, que de la misma manera que ahora me encontraba confuso, debía de haber confundido los nombres y las direcciones.

Me largué antes de que me dieran una paliza y mientras me comía un sabrosísimo hojaldre, que se deshacía en la boca, en el establecimiento que el hojaldrero del corazón roto tenía en el centro de la ciudad, pensaba que el cojo Mehmet no parecía en absoluto alguien que hubiera leído el libro, pero la experiencia me había enseñado lo erróneo que era juzgar a la gente por su apariencia.

Por ejemplo, en la ciudad de İncirpaşa, donde todas las calles olían a tabaco, no sólo había leído el libro el joven bombero que había sido denunciado, sino que también lo habían leído, y con una seriedad sorprendente, todos los miembros del equipo de bomberos del ayuntamiento. Acompañado por unos niños y un dócil mastín tuve la oportunidad de contemplar cómo los amistosos bomberos, con cascos de hierro en los que habían colocado pequeñas espitas de gas, desfilaban arrojando llamas por la frente y cantando al unísono «La patria, la patria está en llamas, en llamas» con ocasión de los preparativos para el aniversario de la liberación de la ciudad de los invasores griegos. Después todos nos sentamos a comer y tomamos asado de carne de cabra. Los amigos bomberos, que parecían felices con sus camisas amarillas y rojas de manga corta, hacían continuas alusiones en voz baja al libro, ya fuera como broma entre ellos o como saludo dirigido a mí. El libro en sí, luego me lo enseñaron, se guardaba como si fuera un Corán en la zona del conductor del único vehículo de bomberos de la ciudad. ¿Habían interpretado mal el libro aquellos bomberos que creían que los ángeles —no un solo ángel— se deslizaban entre las estrellas las noches claras de verano, olían el aroma a tabaco de la ciudad y se aparecían de vez en cuando a los tristes y a los que estaban abrumados por los problemas para mostrarles el camino de la felicidad, o era yo el que lo había malinterpretado?

En una ciudad me hice unas fotografías en el fotógrafo. En otra hice que el médico me examinara los pulmones. En una tercera no compré el anillo que me había probado en la joyería. Y cada vez que salía de alguno de aquellos polvorientos y decrépitos lugares, soñaba que Canan y yo habíamos ido juntos a ellos para hacernos fotografías que mostraran nuestra felicidad, para demostrar el cariño que le tenía a sus preciosos alvéolos pulmonares o para comprar un anillo que nos uniera hasta la muerte en lugar de para intentar comprender quiénes eran en realidad el fotógrafo Mehmet, el doctor Ahmet o el joyero Rahmet y con cuánta pasión habían leído el libro.

Luego me daba una vuelta por la plaza de la ciudad, reñía a las palomas que se cagaban en la estatua de Atatürk, miraba la hora, comprobaba la Walther y me dirigía a la estación de autobuses y justo en ese momento era cuando a veces me invadía la sensación de que me seguían los malos, hombres con gabardina, fantasmas de relojes y el decidido Seiko. ¿Era Movado, el de los servicios de inteligencia, la alta figura sombría que cuando se montaba en autobús de Adana me vio, dio media vuelta y volvió a bajarse? Sí, debía de ser él, era él y yo tenía que cambiar mi destino lo antes posible. Lo cambiaba, me escondía en un retrete apestoso, y cuando buscaba desesperadamente al ángel mirando por la ventanilla del AUTO RAUDO al que había subido disimuladamente en el último momento, sentía el hormigueo que me producían en la nuca un par de ojos que me observaban, me volvía y decidía que ahora era Serkisof quien me vigilaba de manera traidora desde la última fila de asientos. Así pues, dejaba a medias el té que me estaba tomando a medianoche en el restaurante color formica de las zonas de «descanso» y contemplaba las estrellas en el sedoso cielo color azul marino desde los campos de maíz mientras esperaba que saliera el autobús; entraba en una tienda del mercado de alguna ciudad con un traje blanquísimo y con cara sonriente y salía con una camisa roja, una chaqueta y pantalones de pana morados y la cara larga, y, algunas veces, me encontraba corriendo al galope hacia la estación de autobuses por entre las multitudes de la ciudad huyendo de las sombras que me perseguían.

Después de todas aquellas carreras, cuando ya creía que había despistado al espectro armado que me perseguía o cuando me convencía de que no había razones para que los locos relojes del doctor Delicado me apuñalaran, los ojos hostiles que me seguían desaparecían y ocupaban su lugar las miradas comprensivas y amistosas de los habitantes de la ciudad, felices de tenerme entre ellos.

Una vez acompañé a una señora muy parlanchina a su regreso del mercado para asegurarme de que el Mehmet que vivía en el piso de enfrente pero que se había mudado a la casa de su tío el de Estambul no era el famoso Mehmet. Mientras las gordas berenjenas, los alegres tomates y los agudos pimientos que llevábamos juntos en las redecillas y en bolsas de plástico se desperezaban al sol brillante, ella me contaba lo hermoso que era el que uno se dedicara a buscar a sus compañeros del servicio militar, sin que le importara que mi esposa me esperara enferma en casa, y lo bonita que era la vida.

Quizá fuera así. En Karaçalı tomé un delicioso asado que olía a tomillo con puré de berenjenas en el jardín del restaurante La Delicia bajo un enorme plátano. Una ligera brisa que volvía del derecho y del revés las hojas del árbol me traía desde la cocina un aroma a masa de pan fresca tan agradable como un buen recuerdo. En una agitada ciudad cerca de Afyon, de cuyo nombre no me acuerdo, mis pies, que a menudo seguían instintivamente alguna dirección propia, me llevaron hasta una confitería, llena de tarros repletos de caramelos del color de rosas secas o cáscara de mandarina, donde sentí un momento de duda al ver a una señora tan lisa y redonda como los brillantes tarros. Me volví hacia la caja y me quedé boquiabierto, una versión en miniatura de la señora de unos dieciséis años, aunque más pálida y pequeña que ella, una bellísima miniatura incomparable, con manos pequeñas, boca pequeña, con pómulos salientes y ojos ligeramente almendrados, había levantado la mirada de la fotonovela que estaba leyendo y, ya sé que resulta increíble, me estaba mirando sonriéndome abiertamente como esas liberadas y diabólicas mujeres de las películas americanas.

Una noche estuve jugando a un juego de cartas, que ellos mismos habían descubierto y desarrollado y que se llamaba «el Shah se tambalea», con tres oficiales de complemento a los que había conocido mientras esperábamos el autobús en una estación iluminada con unas luces tan suaves como las de una tranquila y silenciosa sala de estar de alguna casa rica y elegante de Estambul. Habían dibujado sobre cada uno de los naipes, recortados de cartones de cigarrillos Yenice, shahs, dragones, sultanes, genios, enamorados y ángeles, y, si tenemos en cuenta las amistosas bromas que se lanzaban los tres camaradas, cada uno de los ángeles, que servían de comodines femeninos mostrando el camino y demostrando afecto, bien representaba a la novia del barrio, o bien al único y gran amor de cada uno de los tres jóvenes, o bien, como era el caso del más bromista de ellos, a alguna estrella de la canción y del cine nacional a la que sólo podían haber conocido en sus fantasías masturbatorias. Me dejaron el cuarto ángel y tuvieron la delicadeza, tan rara de encontrar incluso entre amigos inteligentes y comprensivos, de no preguntarme a quién representaba en mi imaginación.

Me afectó profundamente una de las escenas de felicidad de las que fui testigo en la época en la que atendía a las patrañas de los denunciantes de corazón roto, mientras buscaba al Mehmet que necesitaba entre toda una variedad de ellos, cada uno de los cuales se ocultaba en algún remoto lugar, tras puertas cerradas entre muros de jardín coronados con alambre de espino y cubiertos de hiedra a los que se llegaba por caminos tortuosos, y mientras no dejaba de correr para escapar de los malvados relojes imaginarios con gabardinas reales que me perseguían por las estaciones de autobuses, por las plazas de las ciudades o en los restaurantes de las estaciones.

Era el quinto día que llevaba de viaje. Me había bebido el *rakı* que el propietario de *La voz libre de Çorum* me había servido en un vaso de té para que entendiera mejor los poemas que me leía, y había comprendido que el periodista no publicaría más extractos del libro en la sección de «familia y hogar» puesto que se había dado cuenta de que no serían de ninguna utilidad ni en el caso de la vía férrea ni para que se construyera un tren de Amasya a Çorum. En la siguiente ciudad, después de dar vueltas durante seis horas en busca de una pista y una dirección, descubrí furioso que el decepcionado delator había denunciado a un lector del libro inexistente y le había hecho residir en una calle inexistente sólo para sacarle dinero al doctor Delicado y me refugié en Amasya, donde anochece temprano debido a que la ciudad se encuentra rodeada por montañas altas y escarpadas. Como los Mehmet de mi lista ya iban por la mitad sin que hubiera obtenido ningún resultado y como la visión de Canan, a la que imaginaba en la cama todavía ardiendo de fiebre, me producía un hormigueo en las piernas, proyectaba ir directamente a la dirección indicada en aquella ciudad, preguntar por mi compañero de servicio militar y, en cuanto me enterara de que no era el famoso Mehmet, tomar de inmediato un autobús que me dejara en las costas del Mar Negro.

Pasé el puente que cruzaba un río turbio y nada verde —a pesar de que debía de ser el Río Verde— y me introduje en un barrio situado justo debajo de las tumbas excavadas en la roca de las montañas. Las viejas y ostentosas mansiones que había allí indicaban que en aquel barrio polvoriento en otra época había vivido gente —quién sabe qué bajás y qué grandes propietarios— que había visto tiempos mejores. Llamé a la puerta de una de aquellas mansiones, pregunté por mi compañero de servicio militar, me invitaron a pasar diciéndome que estaba de camino en su coche y me presentaron una serie de brillantes escenas de su reluciente y feliz vida familiar:

1. El padre, un abogado que atendía de manera gratuita los casos de los menesterosos, mientras suspiraba profundamente afectado por los problemas del triste cliente que acababa de despedir, consultaba un volumen de jurisprudencia que había sacado de una magnífica biblioteca.

2. Cuando la madre, que conocía el caso en cuestión, me presentó al padre absorto, a la hermana de mirada astuta, a la abuela hipermétrope y al hijo menor, que estaba examinando su colección de sellos —serie de países—, todos ellos se alegraron de verme con ese entusiasmo y ese sentimiento real de hospitalidad del que hablan los viajeros occidentales en sus libros.

3. La madre y la hija astuta, mientras esperábamos que se hicieran los hojaldres de exquisito aroma que la tía Süveyde estaba friendo, primero me interrogaron delicadamente y luego se pusieron a discutir sobre una novela de André Maurois titulada *Climas*.

4. El laborioso hijo Mehmet, que se pasaba el día en las huertas de manzanos, me dijo honestamente que no me recordaba de su época del servicio militar y se dedicó a buscar con toda su buena intención temas comunes de conversación. Por fin los encontró y así tuvimos la oportunidad de discutir los enormes daños que habían provocado al país el abandono de la política ferroviaria y el que no se estimulara a los campesinos a formar cooperativas.

Esta gente no debe joder jamás, pensaba después de salir de la alegre mansión mientras me sumergía en la oscuridad de las calles. En cuanto llamé a la puerta y los vi me di cuenta de que el famoso Mehmet no vivía en aquella casa. Entonces, ¿por qué me había quedado y había dejado que me fascinaran aquellas imágenes de felicidad de anuncio de crédito inmobiliario? Por la Walther, me dije sintiendo mi pistola en la cadera. Pensé en darme media vuelta y vaciar el cargador de mi nueve milí-

metros en las ventanas color paz de la mansión de la
que acababa de salir, pero sabía que aquello no era
pensar, sino una especie de susurro para que se durmiera el lobo negro que habitaba en el corazón del
bosque oscuro de mi mente. ¡Duerme, lobo negro,
duerme! Ah, sí, durmamos. Una tienda, un escaparate, un anuncio: mis pies, mis pies dóciles como el
cordero que tiene miedo del lobo, me conducían a
algún lugar. ¿Adónde? Cine Delicias, farmacia Primavera, frutos secos Muerte. ¿Por qué el mozo de
la tienda de frutos secos me mira así, con un cigarrillo en la mano? Después de los frutos secos, un
colmado y una pastelería, y cuando de repente me
vi contemplando en un escaparate bastante amplio frigoríficos ARÇELIK, cocinas AYGAZ, pane-
ras, sillones, sofás, cacerolas y lámparas vidriadas y
estufas MODERNA y un perro feliz de pelo largo, o sea, una figurilla de porcelana colocada sobre
una radio ARÇELIK, supe que no podía contenerme más.

Y así, una noche, en la ciudad de Amasya,
aprisionada entre dos montañas, comencé a llorar a
moco tendido delante de un escaparate, ángel mío.
Como cuando alguien le pregunta a un niño por
qué lloras, hijo mío, y llora porque en algún lugar
de su corazón sangra una profunda herida pero le
contesta al señor que le ha hecho la pregunta que
llora porque ha perdido su sacapuntas azul, igual
de triste estaba yo viendo todas aquellas cosas del
escaparate. Me convertiría en un asesino sin razón
alguna y viviría hasta el final de mis días con ese
dolor en mi alma. Cada vez que comprara pipas a
un vendedor de frutos secos, o cuando me mirara
en el espejo del escaparate de un colmado, o cuan-

do viera mi cuerpo llevando una vida feliz entre frigoríficos y estufas, la maldita y retorcida voz de mi interior, el malvado lobo negro enseñando los dientes, me diría: eres culpable. En cambio, ángel mío, cómo creí en tiempos en la vida y en la necesidad de ser bueno. Y sin embargo ahora me encontraba atrapado entre una Canan a la que no podía creer y un Mehmet al que debía matar si la creía y no tenía otro asidero al que agarrarme que no fueran mi Walther y el sueño de una felicidad brumosa que me prometían unos cálculos extremadamente retorcidos e insidiosos. Ante mis ojos pasaron, balanceándose al ritmo de un canto funerario inaudible, neveras, exprimidores de naranjas y sillones a plazos.

En ese momento acudió en mi ayuda el típico señor que en las películas nacionales resuelve todos los problemas de los niños que se sorben los mocos o de las bellezas con los ojos llenos de lágrimas y me preguntó:

—Hijo, ¿por qué lloras? ¿Tienes algún problema?... No llores.

Aquel abuelo barbudo e inteligente o iba a la mezquita o a degollar a alguien.

—Tío, ayer se murió mi padre —le contesté.

Debió de sospechar algo.

—¿Tú de quién eres, hijo? Está claro que no eres de aquí.

—Mi padrastro nunca quiso que viniéramos —y en cuanto dije aquello pensé si no sería adecuado añadir lo siguiente: «Tío, iba de peregrinación a la Meca pero he perdido el autobús, ¡préstame algo de dinero!».

Caminé hacia la oscuridad como si me muriera de pena muriéndome de pena.

No obstante, me había venido bien soltar un par de mentiras sin motivo alguno. Luego me alivió aún más el ver en la pantalla del vídeo del AUTO CONFIANZA, compañía en la que siempre había confiado, cómo una mujer muy mona lanzaba su coche con una determinación despiadada contra una multitud de malvados. Por la mañana telefoneé a mi madre a Estambul desde el colmado El Mar Negro en las costas del Mar Negro y le dije que estaba a punto de resolver todos mis asuntos y de regresar con una novia angelical. Si lloraba, que llorara de alegría. Me senté en una pastelería del mercado viejo, abrí mi cuaderno de notas e hice unos cálculos para terminar el trabajo cuanto antes.

El lector del libro en Samsun era un joven médico que hacía sus prácticas en el hospital de la Seguridad Social. En cuanto lo vi supe que no se trataba del famoso Mehmet, pero, no sabría decir si por su perfecto afeitado o si por su aspecto cuidado de enorme confianza en sí mismo, hubo algo que comprendí al instante: aquel tipo, a diferencia de aquellos a los que el libro había desviado del buen camino como yo, lo había digerido de alguna manera perfectamente saludable y era capaz de vivir con él con tranquilidad pero también con pasión. Lo odié al momento. ¿Cómo era posible que el mismo libro que había cambiado mi mundo y alterado mi destino tuviera para él el mismo efecto que una píldora de vitaminas? Como sabía que me consumiría de curiosidad si no encontraba respuesta, inicié la conversación con aquel médico buen mozo de anchos hombros señalando el libro, que estaba sobre su mesa entre catálogos de laboratorios con una inocencia tan falsa como la de los catálogos de laboratorios, mientras él paseaba su mirada por una enfermera morena de enormes ojos y fuertes rasgos que parecía una copia de tercera categoría de Kim Novak.

—¡Ah! Al doctor le encanta leer —cacareó fuerte y decidida Kim Novak.

El médico cerró la puerta con llave en cuanto salió la enfermera. Se sentó muy ceremonioso en su sillón como un hombre verdaderamente maduro. Me lo explicó todo mientras nos fumábamos un cigarrillo de hombre a hombre.

En tiempos había creído en la religión por influencia de su familia, en su primera juventud iba a la mezquita los viernes y ayunaba en Ramadán. Luego se enamoró de una muchacha, de repente perdió la fe y después se hizo marxista. Una vez que amainaron todas aquellas tormentas, que, no obstante, habían dejado su huella, sintió un vacío en su alma. Al leer ese libro, que había visto en la biblioteca de un amigo y que tomó prestado, todo «encajó» en su sitio correspondiente. Ahora ya sabía el lugar que ocupa la muerte en nuestras vidas: había aceptado su existencia como la de un árbol indispensable en un jardín o como la de un amigo que uno se encuentra por la calle y había renunciado a rebelarse. Comprendió la importancia de la niñez. Aprendió también a recordar y querer los pequeños objetos, los chicles y los tebeos que habían quedado atrás, así como el lugar que ocupaban en su vida sus primeros libros y sus primeros amores. De hecho, desde que era niño le habían gustado los autobuses locos y tristes y los paisajes salvajes de su país. En cuanto al ángel, lo más importante era comprender con la razón la existencia de aquel ángel milagroso y creer en él con el corazón. Gracias a aquella síntesis ahora sabía que algún día el ángel lo encontraría y juntos alcanzarían una vida nueva, por ejemplo, hallando trabajo en Alemania.

Me contó todo aquello como si me prescribiera una receta para la felicidad y me explicara cómo encontraría antídoto para mi mal. Cuando el médico se pone en pie una vez que está seguro de que se ha comprendido la receta, al enfermo incurable no le queda otro remedio que dirigirse a la puerta. Mientras salía, me dijo como si me recordara que debía tomar las pastillas después de las comidas:

—Yo siempre leo los libros subrayándolos. Haga usted lo mismo.

Me fui con el primer autobús que se dirigía hacia el sur, ángel mío, hacia el sur, como si huyera. No volveré a las costas del Mar Negro, me decía y añadía, como si en mis proyectos de felicidad hubiera alguno tan colorido y seguro, que en realidad Canan y yo nunca seríamos felices en el Mar Negro. Por el espejo oscuro de mi ventanilla pasaban pueblos sombríos, apriscos oscuros, árboles inmortales, tristes gasolineras, restaurantes vacíos, montañas silenciosas, conejos inquietos. Ya había visto antes algo parecido, me dije mientras en la película de la pantalla del autobús el muchacho de buen corazón y mejores intenciones comenzaba a vaciar sobre los malos su cargador después de pedirles cuentas y mucho después de comprender que lo habían engañado como a un chino. Antes de matarlos los interrogaba, les hacía que rogaran por sus vidas, que se arrepintieran, dudaba pareciendo que iba a perdonarlos dándoles la oportunidad de realizar alguna nueva perfidia y cuando nosotros los espectadores decidíamos que el malo era un tipo que bien merecía estar muerto, nos llegaban resueltos ruidos de disparos desde la pantalla situada un poco por encima del conductor. Entonces miré por la ventanilla como si me disgustara el mal gusto de los crímenes y la sangre, ángel mío, y mientras pensaba por qué no le había preguntado al apuesto médico cuando me dio la receta del libro quién eras tú, me pareció escuchar una extraña canción entre los disparos, el roncar del motor y el estruendo de las ruedas. La letra comenzaba así:

¿Quién es el ángel?, preguntaba el joven enfermo y el médico le respondía, ¿El ángel? Y sacaba un mapa con la confianza de los hombres totalmente satisfechos de sí mismos y lo extendía sobre la mesa, señalando como si mostrara los desesperados órganos internos del pobre paciente en una radiografía: aquí está el Monte del Sentido, aquí la Ciudad del Momento Incomparable, aquí el Valle de la Inocencia, y si aquí está el Punto del Accidente, mire, esto es la Muerte, decía entonces.

¿Debe uno enfrentarse a la muerte con amor, como cuando nos encontramos con el ángel, doctor?

Según las notas que tenía en la mano, en İkizler debía ver al distribuidor de prensa, que era el lector del libro de dicha ciudad. Diez minutos después de haberme bajado del autobús, lo vi en el establecimiento que tenía en medio del mercado, rascándose por encima de la camisa su cuerpo enorme, gordo y bajito, en nada parecido al del amante de Canan, y el decidido y rápido detective que era yo abandonó la ciudad en el primer autobús que salía de ella diez minutos después. El sospechoso que encontré en la capital de la provincia, dos autobuses y cuatro horas después, me hizo perder menos tiempo incluso que el anterior: porque mientras el laborioso propietario de la barbería que había justo enfrente de la estación de autobuses afeitaba a alguien, él nos miraba a nosotros, felices viajeros que bajábamos de un autobús, con una profunda tristeza y un recogedor en una mano y un delantal brillante de puro limpio en la otra. Por mucho que me apeteciera gritarle: «¡Ven al autobús, hermano, vamos juntos al país desconocido!», estaba en vena y quería ir hasta el final antes de que me abandonara la musa. Pero en la ciudad a la que llegué una hora más tarde me vi obligado a examinar las jaulas viejas, las linternas, las tijeras, las boquillas de palo de rosa, y, aunque parezca sorprendente, los guantes, los paraguas, los abanicos y la pistola Browning que tenía colgando en un pozo ciego que había en el jardín de atrás de su casa el denunciante de corazón roto al que yo buscaba porque el sospechoso desempleado de la lista me parecía un sospechoso bastante sospechoso. Aquel concesionario de corazón y dientes rotos me regaló un reloj marca Serkisof como modesta prueba del respeto y la admiración que sentía por el doctor Delicado. Mientras me contaba cómo cada viernes después de ir a la mezquita se reunía con tres compañeros en la trastienda de la pastelería preparando el día de la liberación, pensé de repente que no sólo la noche había llegado en un abrir y cerrar de ojos, sino también el otoño. Mientras se me caían encima negras nubes bajas, una lámpara se encendió en una habitación de la casa vecina y de repente aparecieron por la ventana, entre las hojas del otoño, unos hombros femeninos medio desnudos y del color de la miel que desaparecieron al instante, como un escalofrío. Después, ángel mío, vi caballos negros que corrían por el cielo, monstruos impacientes, bombas de gasolineras, sueños de felicidad, cines cerrados, otros autobuses, otras personas, otras ciudades.

El mismo día charlaba saltando de un tema a otro con un vendedor de casetes, por alguna extraña razón me provocó más esperanza que decepción el comprender mucho más tarde que no se trataba del famoso Mehmet, de la alegría que producían las cosas que vendía, de cómo se había pasado la época de lluvias, de la tristeza de la ciudad de la que acababa de llegar, cuando oí el silbato de un tren y me sentí alarmado: tenía que abandonar lo antes posible aquella ciudad olvidada cuyo nombre ni siquiera recuerdo y regresar a la querida noche sedosa a la que me llevaría un autobús.

Mientras caminaba en la dirección de donde había venido el silbido del tren hacia la estación de autobuses me vi andando por la acera en el brillante espejo retrovisor de una bicicleta aparcada allí: mis piernas avanzaban, iba con mi pistola escondida, la chaqueta morada que acababa de comprar, el Serkisof regalo para el doctor Delicado en el bolsillo, las piernas enfundadas en mis vaqueros, mis manos torpes, y de repente las tiendas y los escaparates retrocedieron hasta desaparecer y vi en una plaza en medio de la noche la carpa de un circo y sobre la puerta una imagen de un ángel. El ángel era un cruce entre una miniatura persa y una estrella de cine local pero, con todo, el corazón me dio un salto. Mire usted, señor mío, cómo el estudiante que hace novillos, además de fumar, va al circo en secreto.

Compré una entrada, entré en la carpa y comencé a esperar, decidido a olvidarlo todo, entre el olor a humedad, tierra y sudor. Soldados enloquecidos que todavía no habían regresado al cuartel, hombres que querían matar el tiempo, viejos y tristes, un par de familias que habían acudido con sus hijos al lugar equivocado. Porque allí no había nada de lo que había visto en la televisión: ni trapecistas maravillosos, ni osos que montaran en bicicleta, ni siquiera prestidigitadores locales. Un hombre sacó una radio, ale hop, de una sábana tan sucia que tenía un color plomizo, después la radio levitó y se convirtió en música. Escuchamos una canción a la turca y de repente apareció una mujer joven que cantaba la misma melodía con voz triste, luego cantó una segunda y se fue. Nuestras entradas estaban numeradas y con los números se iba a hacer un sorteo, debíamos ser pacientes, eso nos dijeron.

Apareció de nuevo la mujer que poco antes había cantado y ahora se había convertido en un ángel con rayas pintadas en las comisuras de los ojos para que parecieran más almendrados. Llevaba uno de esos bikinis bastante decorosos que mi madre se ponía en la playa de Süreyya. Me di cuenta de que lo que había tomado por una extraña pieza de su indumentaria, una bufanda o un curioso chal, era en realidad una serpiente que rodeaba su cuello y que le colgaba por sus delicados hombros. No sé si veía una extraña luz que nunca antes había visto o ya me la esperaba, o quizá sólo la imaginaba. Sentí una felicidad tal de estar allí, en esa carpa, con el ángel y la serpiente y las otras veinte o veinticinco personas, que creí que se me iban a saltar las lágrimas.

Luego, mientras la mujer hablaba con la serpiente, se me ocurrió algo. A veces uno se acuerda de repente de un recuerdo lejano que había olvidado, se pregunta por qué lo ha recordado en ese momento y se siente tremendamente confuso, pues algo así noté yo, pero más que confusión sentí paz. Una de las veces que fuimos a visitarlo mi padre y yo, el tío Rıfkı había dicho: «Podría vivir en cualquier lugar por donde pasara un tren aunque fuera en el otro extremo del mundo porque no puedo ni imaginar una vida en la que uno no pueda escuchar el silbato de un tren antes de dormirse». En ese momento podía imaginarme perfectamente que podría vivir en aquella ciudad hasta el fin de mis días, entre aquella gente. Nada podía ser tan precioso como la paz que me producía el olvidarme de todo. Pensaba en eso mirando al ángel hablar dulcemente con la serpiente.

En cierto momento las luces se amortiguaron y el ángel salió de la escena. Cuando todo volvió a iluminarse anunciaron un descanso de diez minutos. Me propuse salir para mezclarme con aquellos paisanos míos con los que iba a pasar mi vida entera.

Salía por entre aquellas sillas de café de madera cuando, unas tres o cuatro filas más allá de la elevación de tierra a la que llamaban escena, vi a un tipo sentado que estaba leyendo *El correo de Viranbağ* y mi corazón comenzó a latir a toda velocidad. Era el Mehmet en cuestión, el amante de Canan, el difunto hijo del doctor Delicado, que leía el periódico con una pierna sobre otra y, olvidado del mundo, con la paz que yo estaba buscando.

13.

En cuanto salí una brisa ligera que me entró por la nuca y recorrió todo mi cuerpo me puso la piel de gallina. Mis futuros paisanos se convirtieron en enemigos maliciosos. Mientras mi corazón seguía latiendo a toda prisa, yo sentía el peso de la pistola en mi cadera y aspiraba el mundo entero con el humo de mi cigarrillo.

Sonó una campanilla, miré hacia el interior, seguía leyendo el periódico. Regresé a la carpa con el resto de la gente. Me senté tres filas por detrás de él, comenzó el «programa», la cabeza me daba vueltas. No recuerdo lo que vi ni lo que dejé de ver, ni lo que oí, ni lo que escuché. Lo único que tenía en la mente era una nuca. La modesta nuca bien rasurada de un buen hombre.

Mucho después contemplé cómo sacaban el número del sorteo de una bolsa morada; anunciaron el número ganador. Un viejo desdentado se lanzó feliz a la escena. El ángel, llevando el mismo bikini de antes y un velo de novia, lo felicitó. En eso apareció como por ensalmo el tipo que cortaba las entradas llevando una enorme lámpara de techo.

—¡Dios Santo! ¡Si es la Pléyade de las siete estrellas! —chilló el viejo desdentado.

Por los gritos de ciertos espectadores que se sentaban detrás de mí comprendí que el sorteo siempre le tocaba a aquel hombre y que la lámpara envuelta en plástico era siempre la misma, que iba y venía cada noche.

El ángel, sosteniendo un micrófono sin cable, o una imitación de micrófono que no le amplificaba la voz, preguntó:

—¿Cómo se siente? ¿Qué impresión le produce ser el ganador? ¿Está emocionado?

—Muy emocionado y muy contento. ¡Que Dios los bendiga! —respondió el viejo en dirección al micrófono—. La vida es algo maravilloso. A pesar de todos los problemas y todas las amarguras, no me da ni miedo ni vergüenza ser tan feliz.

Algunos espectadores le aplaudieron.

—¿Dónde piensa colgar su lámpara? —le preguntó el ángel.

—Pues esto ha sido una bonita coincidencia —el viejo se inclinó cuidadosamente hacia el micrófono como si funcionara—. Estoy enamorado y mi novia también me quiere mucho. Vamos a casarnos dentro de poco y nos compraremos una casa nueva. Allí colgaremos esta cosa de siete brazos.

Nuevos aplausos. Luego oí voces de «que se besen, que se besen».

Todos se callaron después de que el ángel besara suavemente al anciano en ambas mejillas. Él aprovechó el silencio para largarse llevándose la lámpara.

—¡Pero a nosotros nunca nos toca! —gritó una voz airada desde los asientos de atrás.

—¡Silencio! —ordenó el ángel—. Ahora escúchenme —se produjo el mismo silencio de cuando los besos—. Un día también a ustedes les sonreirá la fortuna, no lo olviden, también a ustedes les llegará su hora de felicidad. No se impacienten, no se enfaden con la vida, esperen sin tener envidia de nadie. Si aprenden a vivir la vida amándola comprenderán lo que tienen que hacer para ser felices. Entonces, pierdan o no el rumbo, me verán —levantó una ceja con aire seductor—. Porque cada noche tienen aquí al Ángel del Deseo, en la preciosa ciudad de Viranbağ.

Se apagó la luz mágica que la iluminaba y se encendió una bombilla desnuda. Salí con el resto del público dejando cierta distancia entre mi objetivo y yo. El viento era ahora más fuerte. Miré a izquierda y derecha y como en cierto momento se produjo una aglomeración delante de mí, me encontré a sólo dos pasos de él.

—¿Qué tal, Osman Bey? ¿Le ha gustado? —le preguntó un hombre con un sombrero flexible.

—Psch, regular —respondió él. Comenzó a caminar más rápido con el periódico bajo el brazo. ¿Cómo no se me había ocurrido que, de la misma manera que había dejado de ser Nahit, se desharía del nombre de Mehmet para adoptar otro como el que ahora usaba? ¿Cómo era posible que no se me hubiera ocurrido? Lo cierto es que ni siquiera lo había pensado. Me quedé atrás y esperé a que se alejara un poco. Observaba con atención su cuerpo delgado, ligeramente inclinado hacia delante. Ése era el tipo del que mi Canan estaba perdidamente enamorada. Lo seguí.

Las calles de la ciudad de Viranbağ eran las más arboladas de cuantas había visto. Mi objetivo caminaba a toda velocidad y al llegar bajo una farola parecía iluminarle un pálido foco, luego, cuando se acercaba a alguno de los castaños o tilos, desaparecía en una oscuridad inquieta y temblorosa, compuesta de hojas y viento. Cruzamos la plaza, pasamos ante el cine Nuevo Mundo y ante las pálidas luces de neón de la hilera que formaban la pastelería, la oficina de correos, la farmacia y un salón de té, que pintaron primero de un amarillo suave y luego de anaranjado, de azul y de un color rojizo la camisa blanca de mi objetivo, y nos introdujimos por una calle lateral. Cuando me di cuenta de la perfecta perspectiva que presentaban las casas de tres pisos, todas iguales, las farolas y los árboles susurrantes, el placer de la persecución, que supuse que habían sentido todos aquellos Serkisof, Zenith y Seikos, me provocó un escalofrío y comencé a acercarme a toda prisa hacia la impersonal camisa blanca de mi presa con la intención de acabar con aquello lo antes posible.

Algo ocurrió, se desató un gran estruendo; por un momento pensé que alguno de los relojes me seguía a su vez y me refugié preocupado en un rincón. Una ventana se había golpeado con el viento y el cristal se había roto estrepitosamente, mi objetivo se dio media vuelta en la oscuridad y se detuvo por un instante, y mientras yo creía que iba a continuar su camino sin verme, de repente, sin darme tiempo a que le quitara el seguro a mi Walther, sacó una llave, abrió una puerta y desapareció en uno de esos edificios de cemento todos iguales. Esperé hasta que se encendió una luz en el segundo piso.

Luego miré por un momento y me encontré tan solo en el mundo como todos los asesinos o candidatos a serlo. Una calle más allá, las modestas luces de neón del hotel Seguridad, respetuosas con el equilibrio de la perspectiva establecida y balanceándose hacia delante y hacia atrás por el viento, me prometían un poco de paciencia, un poco de razón, un poco de paz, una cama y una larga noche para meditar sobre mi vida entera, sobre mi decisión de convertirme en asesino y para pensar en mi Canan. Fui allí sin que me quedara otra alternativa y pedí una habitación con televisor simplemente porque el recepcionista me lo preguntó.

En cuanto entré en la habitación presioné el botón y al ver las imágenes en blanco y negro me dije que había tomado la decisión adecuada. No pasaría la noche acompañado por la soledad de un asesino rabioso sino por el cotorreo alegre de unos amigos en blanco y negro que resolvían aquel tipo de asuntos a menudo y sin darle la menor importancia. Subí un poco el volumen. Me relajé cuando, poco después, hombres armados comenzaron a gritarse y coches americanos empezaron a correr a toda velocidad y a tomar curvas como si patinaran. Me asomé a la ventana y miré tranquilamente el mundo exterior y los enfurecidos castaños.

No estaba en ninguna parte y estaba en todas y, quizá por eso, me parecía que me encontraba en el centro inexistente del mundo. A través de la ventana de la habitación de hotel que formaba dicho centro, tan mona y tan muerta, se veían las luces del cuarto del hombre a quien quería matar. No lo veía a él, pero estaba contento de saber que esa noche él estaba allí y yo aquí, sobre todo ahora que mis amigos de la televisión comenzaban a acribillarse. Poco después de que mi objetivo apagara la luz me quedé dormido sin pensar sobre el significado de la vida, ni del amor, ni del libro, escuchando el ruido de los disparos.

Me levanté ya de mañana, me lavé, me afeité y salí del hotel sin apagar la televisión, en la que estaban diciendo que llovería en todo el país. Ni comprobé mi Walther, ni me puse nervioso al mirarme en el espejo de mi habitación ni al contemplar el mundo, como hubiera hecho cualquier joven que se preparara a cometer un asesinato por amor o por un libro. Con mi chaqueta morada debía de parecer un estudiante universitario optimista que en sus vacaciones de verano va de ciudad en ciudad intentando vender la *Enciclopedia de la República y Personas Ilustres*. ¿No esperaría un joven universitario optimista charlar largo rato sobre la vida y la literatura cuando llamara a la puerta de un aficionado a los libros cuyo nombre había oído en cierta provincia? Sabía desde hacía mucho que no lo mataría de inmediato. Subí un tramo de escaleras, llamé al timbre, riiing, eso iba a decir, pero lo cierto es que el timbre no sonó así sino que aquella cosa eléctrica hizo pío pío imitando a un canario. Las últimas novedades llegan incluso a la ciudad de Viranbağ y el asesino encuentra a su víctima aunque sea en el otro extremo del infierno. En las películas, en situaciones parecidas, las víctimas adoptan una actitud que da la impresión de que lo saben todo y dicen: «Sabía que vendrías». No ocurrió así.

Se sorprendió de verme. Pero su sorpresa no lo sorprendió, sino que la vivió como algo normal. Sus rasgos eran regulares, aunque yo lo recordaba y lo imaginaba más guapo, y un tanto alejados del ideal de la belleza en un sentido estricto y, sí, bueno, era guapo.

—Osman Bey, soy yo —le dije, y se produjo un silencio.

Rápidamente ambos nos recuperamos de la sorpresa. Me miró con timidez y luego miró a la puerta como si no tuviera la menor intención de invitarme a pasar.

—Vamos, salgamos juntos —dijo.

Se puso una chaqueta gris que no era antibalas, salimos juntos y caminamos por aquellas calles que imitaban calles. Un perro suspicaz nos observó desde la acera y las tórtolas se callaron en lo alto de un castaño. Mira, Canan, mira qué amigos somos él y yo. Estaba decidiendo que su cuello era ligeramente más corto que el mío y que tenía algo parecido a mí en su manera de andar, el rasgo más peculiar de tipos como yo —cómo lo explicaría, esa armonía entre la forma de subir y bajar los hombros y la determinación en el paso—, cuando me preguntó si había desayunado o si pensaba hacerlo, había un café en la estación, ¿quería tomarme un té con él?

Compró dos bollos todavía calientes en un horno, se detuvo en un colmado e hizo que le cortaran cien gramos de queso en lonchas y que se lo envolvieran en papel de estraza. El ángel nos saludaba con la mano desde un cartel del circo. Entramos en un café por la puerta delantera, pidió dos tés, salimos por la puerta trasera a un jardín que daba a la estación y allí nos sentamos. Las tórtolas, posadas en el castaño y en el tejado, zureaban sin prestarnos atención. Era una mañana fresca y agradable, reinaba el silencio y a lo lejos sonaba, apenas audible, la música que emitía una radio.

—Cada día, antes de ir a trabajar, salgo de casa y vengo a este café para tomarme un té —me confesó mientras abría el paquete de queso—.

Se está muy bien en primavera. Y cuando nieva. Por las mañanas me gusta contemplar cómo caminan las cornejas sobre la nieve en la estación y los árboles nevados. Tampoco está mal ese enorme café La Nación de la plaza, tiene una buena estufa que tira estupendamente. Allí leo el periódico, a veces escucho la radio y a veces me quedo sentado sin hacer nada.

»Mi nueva vida es ordenada, disciplinada, puntual... Cada mañana, poco antes de las nueve, salgo del café y vuelvo a casa, a mi mesa. En cuanto dan las nueve ya estoy sentado a la mesa, he preparado el café y comienzo a escribir. Mi trabajo puede parecerle simple a la gente, pero requiere cuidado: reescribo el libro una y otra vez sin saltarme una coma, sin cambiar de posición ni una letra ni un punto. Quiero que todo sea igual, hasta los puntos y las comas. Y eso sólo puede hacerse con la misma inspiración y voluntad que el autor. Otros podrían decir que lo que hago es simplemente copiar el libro, pero mi trabajo va más allá que el de un simple copista. Escribo con sentimiento, entendiéndolo, como si cada frase, cada palabra, cada letra, fueran descubrimientos míos. Y así trabajo a gusto desde las nueve de la mañana hasta la una del mediodía, no hago ninguna otra cosa y nada puede apartarme de mi trabajo. Generalmente trabajo mejor por las mañanas.

»Luego salgo para almorzar. En esta ciudad hay dos restaurantes. El local de Asım está siempre lleno. El restaurante del Ferrocarril es más serio y sirven bebidas alcohólicas. A veces voy a uno y a veces al otro. También puede que coma algo de pan y queso en un café y en ocasiones no salgo de casa.

Nunca bebo a mediodía. Algunos días me duermo un rato la siesta pero eso es todo. Lo que importa es que a las dos y media estoy sentado de nuevo a la mesa. Trabajo regularmente hasta las seis y media o las siete de la tarde. Si a uno le gusta lo que está escribiendo y está contento con su vida, no debe perder la oportunidad y tiene que escribir cuanto pueda. La vida es breve, así son las cosas, ya lo sabes. No dejes que se te enfríe el té.

»Después de trabajar todo el día, repaso tranquilamente lo que he escrito y vuelvo a salir a la calle. Porque me gusta tener un par de personas con las que charlar mientras hojeo los periódicos de la tarde o veo la televisión. Me veo obligado a hacerlo así porque estoy decidido a vivir solo, a seguir solo. Me gusta ver a la gente, charlotear con ellos, beber un poco, escuchar un par de historias y quizá contar alguna. Luego, a veces voy al cine o veo algún programa de la televisión, hay noches en las que juego a las cartas en el café y otras en las que vuelvo a casa temprano con algún periódico.»

—Y ayer fuiste al teatro de la carpa —le dije yo.

—Ésos llegaron a la ciudad hace un mes y se quedaron. Todavía hay gente que va a verlos por las noches.

—La mujer... —comenté—. Es como si se pareciera un poco al ángel.

—No es un ángel ni nada que se le parezca —me contestó—. Se acuesta con cualquier viejo presumido y cualquier soldado que le pague. ¿Me entiendes?

Guardamos silencio. Aquellas palabras, «¿Me entiendes?», me habían arrancado del confortable sillón de la furia burlona que llevaba días arrastrándome de acá para allá y que yo saboreaba con el placer de un borracho y me habían dejado instalado en el desasosiego del chirrido de una silla de madera, dura e incómoda, en un jardín que daba a la estación.

—Para mí han quedado muy atrás las cosas que dice el libro —me dijo.

—Pero te pasas el día escribiéndolo —alcancé a contestarle.

—Escribo por dinero —me respondió.

Me lo explicó sin el menor sentimiento de victoria ni de vergüenza, sino más bien como si pidiera disculpas por verse obligado a aclararlo. Escribía el libro a mano en esos limpios cuadernos escolares que todos conocemos. Como cada día trabajaba de media de ocho a diez horas y como podía copiar tres páginas por hora, en diez días podía acabar tranquilamente una copia manuscrita de aquel libro de trescientas páginas. Allí había gente que pagaba una cantidad «razonable» de dinero por aquel tipo de cosas. Los notables de la ciudad, los apegados a las tradiciones, los que lo estimaban, que apreciaban su esfuerzo, su fe, su compromiso y su paciencia, los que sentían celos del vecino, los que sentían una cierta felicidad de saber que entre ellos podía vivir en paz una persona capaz de hacer aquel trabajo de chinos... Incluso el hecho de consagrar su vida a un esfuerzo tan modesto —lo confesó suspirando— había creado a su alrededor una especie de «suave leyenda» a su pesar; lo respetaban, encontraban un aspecto —él, como yo, también dijo «¿cómo lo llamaría?»— sagrado en el trabajo que realizaba...

Me contaba todo aquello gracias a que lo presionaba, gracias a que lo forzaba con mis preguntas; no parecía que le gustara en absoluto hablar de sí mismo. Después de hablar agradecido de sus clientes, de la buena voluntad de los curiosos que compraban las copias manuscritas del libro y del respeto que le demostraban, dijo:

—En fin. Yo les ofrezco un servicio. Les presento algo real. Un libro en el que cada palabra está escrita con convicción, con sangre y sudor, y, por lo tanto, a mano. Ellos, como contrapartida de mi honesto esfuerzo, me dan más o menos lo que corresponde. Al fin y al cabo, la vida de cualquiera es aproximadamente así.

Nos callamos. Mientras nos comíamos los bollos recién hechos con las lonchas de queso, podía ver que hacía tiempo que había encontrado su lugar en la vida, que «se había encarrilado», por hablar como el libro. Como yo, él se había puesto en marcha a causa del libro, pero después de búsquedas, viajes y aventuras en las que se había enfrentado a la muerte, al amor y a todo tipo de desastres, había conseguido algo que yo no había podido hacer, había encontrado una paz espiritual, un equilibrio en el que todo permanecería igual durante años. Mientras mordía cuidadosamente las lonchas de queso y saboreaba el último trago de té que le quedaba en el fondo del vaso, yo sentí que cada día repetía aquellos pequeños movimientos de la mano, los dedos, la boca y la barbilla. La paz del equilibrio que había encontrado le había otorgado un tiempo infinito que nunca terminaría. En cuanto a mí, balanceaba las piernas por debajo de la mesa inquieto y desdichado.

Por un instante se elevó en mi corazón una terrible envidia; un deseo de hacer algo malo. Pero me di cuenta de algo aún peor. Si ahora sacaba la pistola y le disparaba entre los ojos, al fin y al cabo no le haría nada a aquel tipo que había alcanzado la paz del tiempo infinito a fuerza de escribir. Continuaría su camino por el mismo tiempo inmóvil aunque fuera un tanto de otra manera. En cuanto a mi alma inquieta, que no conocía el descanso, luchaba desesperadamente por llegar a algún lado, como esos conductores de autobús que han olvidado su destino.

Le pregunté muchas cosas. Me daba contestaciones breves del tipo «sí», «no», «por supuesto», así que comprendí que yo mismo conocía de antemano las respuestas a mis preguntas: estaba feliz con su vida. No esperaba otra cosa de ella. Todavía quería al libro y creía en él. No se irritaba con nadie. Había comprendido lo que significaba la vida. Pero era incapaz de explicarlo. Por supuesto, se había sorprendido al verme. No creía ser capaz de enseñarle nada a nadie. Cada cual tenía la vida que le correspondía y, en su opinión, todas las vidas eran iguales en el fondo. Le gustaba la soledad, pero tampoco tenía tanta importancia porque también le gustaba la gente. Sí. También había estado enamorado de ella. Pero luego había conseguido huir. No le había sorprendido que lo encontrara. Me daba muchos recuerdos para Canan. Escribir era el único trabajo de su vida, pero no el único motivo de felicidad. Era consciente de que debería tener un trabajo como todo el mundo. También podían gustarle otros trabajos. Sí, podría dedicarse a esos otros trabajos si le dieran para comer. Por ejemplo, contemplar el mundo, contemplarlo viéndolo en sentido estricto, era una ocupación muy agradable.

Una locomotora hacía maniobras en la estación y la estuvimos mirando. Nuestras cabezas la siguieron mientras pasaba ante nosotros vieja y cansada pero aún enérgica, lanzando enormes nubes de humo, puf puf, y produciendo gemidos y ruidos de hierro y cacerolas como una banda municipal, chin chin.

Cuando la locomotora desapareció entre unos almendros, los ojos del hombre cuyo corazón me disponía a agujerear con mi pistola con la remota esperanza de encontrar con Canan la paz que él había encontrado escribiendo una y otra vez el libro se llenaron de tristeza. De repente, mientras miraba la melancolía y la inocencia de aquellos ojos con una súbita sensación de fraternidad, entendí por qué Canan había querido tanto a aquel hombre. Lo que comprendí me pareció tan verdadero y correcto que sentí respeto por Canan a causa de aquel amor. Pero un momento después, dicho respeto, que me resultaba demasiado pesado como para soportarlo, desapareció dejando su lugar a los celos, en los que caí como si me hundiera por un pozo.

El asesino le preguntó a su víctima por qué, cuando había decidido venir a aquella remota ciudad para ser olvidado, había adoptado el nombre de Osman, por qué había escogido el nombre de su verdugo.

—No lo sé —respondió el falso Osman sin ver los nubarrones de los celos en los ojos del auténtico Osman. Luego añadió sonriendo dulcemente—. Me gustaste en cuanto te vi, quizá sea por eso.

Siguió con atención la locomotora, que regresaba desde detrás de los almendros por otra vía acercándose con respeto. El asesino habría podido jurar que en ese momento la víctima, por completo absorta en el brillo reluciente de la locomotora al sol, se había olvidado del mundo entero. Pero no era así. Mientras la pesadez de un día soleado ocupaba el lugar de la frescura de la mañana, mi adversario dijo:

—Son las nueve pasadas. A estas horas ya debería estar en mi mesa... ¿En qué dirección vas?

Absolutamente consciente de lo que hacía, por primera vez en mi vida le rogué a alguien con toda sinceridad, intranquilo y desesperado, pero no sin haberlo sopesado previamente:

—Por favor, vamos a quedarnos un rato más sentados. Hablemos un poco más, conozcámonos mejor.

Se quedó estupefacto y quizá un poco preocupado, pero lo comprendió: no la pistola que llevaba en el bolsillo, sino mi silencio. Me sonrió de una manera tan tolerante que la sensación de igualdad entre nosotros que había logrado asegurarme notando la presencia de la Walther en mi cadera se deshizo como el hielo al sol. Y así el desdichado viajero, que a pesar de su avance continuo no había llegado al corazón de la vida sino sólo a la frontera de su propia miseria, se dejó arrebatar por la angustia ante la posibilidad de poder preguntarle al sabio juez que había encontrado en dicha frontera por el significado de la vida, del libro, del tiempo, de la escritura, del ángel, de todo.

Yo le preguntaba qué significaba aquello y él me preguntaba a su vez a qué me refería con «aquello». Entonces le preguntaba cuál era el problema fundamental que había en el inicio de todo a fin de poder formular la pregunta y me contestaba que lo que debía encontrar tenía que estar en un lugar sin principio ni fin. Así pues ni siquiera había una pregunta que pudiera formularle. No. ¿Qué había, entonces? Dependía de cómo uno lo viera. A veces había un silencio y cada cual intentaba sacar algo de él. A veces, como estábamos nosotros haciendo ahora, uno se sentaba por la mañana en un café, se tomaba un té y charlaba amigablemente, contemplaba las locomotoras y escuchaba el zureo constante de las tórtolas. Quizá aquello no lo fuera todo, pero, desde luego, era más que nada. Bien, pero más allá, ¿no había un mundo nuevo que él hubiera visto después de tantos viajes? Si existía un lugar más allá, debía de estar en el texto, pero había decidido que era inútil buscar fuera del texto, en la vida, lo que se encontraba en el texto. Porque el mundo era, por lo menos, tan infinito, tan imperfecto y tan incompleto como el texto.

Entonces le pregunté por qué a ambos nos habría influido de tal manera el libro. Y él me respondió que aquélla era una pregunta que sólo habría podido formular alguien a quien el libro no le hubiera influido en absoluto. Había muchas personas así en el mundo, pero ¿era yo uno de ellos? Se me había olvidado cómo era. Había malgastado el mismísimo centro de mi alma, lo había perdido en los caminos porque sólo me guiaba el deseo de ser amado por Canan, de encontrar el país del libro y de hallar a mi adversario y luego matarlo. Eso no se lo pregunté, ángel mío, le pregunté quién eras tú.

—Nunca me he encontrado con el ángel que menciona el libro —me contestó—. Quizá sólo podamos verlo en el momento de morir, a través de la ventanilla de un autobús.

¡Qué bonita sonrisa! Tan despiadada. Lo mataría. Pero no inmediatamente. Todavía teníamos que hablar. Debía sonsacarle para poder encontrar el punto exacto donde había desaparecido mi alma. Pero la miseria en la que había caído no me permitía hacer las preguntas necesarias y adecuadas. Aquella mañana vulgar del este de Anatolia, parcialmente nubosa y que la radio anunciaba con chubascos, la brillante luminosidad de la tranquila estación, las dos gallinas que picoteaban absortas en el otro extremo del andén, los dos muchachos alegres que llevaban charlando entre ellos una carretilla llena de cajas de gaseosa Budak al bar de la estación, el jefe de estación fumando un cigarrillo, habían grabado de tal manera en mi corazón la presencia del día que avanzaba que no habían dejado en mi confusísima mente la fuerza necesaria que me permitiera hacer una buena pregunta sobre la vida o el libro.

Nos callamos largo rato. Yo no dejaba de esforzarme en pensar cómo le formularía qué pregunta. Y él quizá no dejara de pensar cómo podía librarse de mis preguntas y de mí. Seguimos así un rato. De repente estalló el desastre. Pagó los tés. Me abrazó y me besó en las mejillas. ¡Qué contento estaba de haberme visto! ¡Cómo lo odiaba yo! No, bueno, le quería. No, ¿por qué iba a quererlo? Lo mataría.

Pero no ahora. Cuando volviera a su nido de ratas en aquella calle sometida a la perspectiva, al orden y a la tranquilidad, para emprender su enloquecido y estúpido trabajo, pasaría ante el teatro de la carpa. Caminaría a lo largo de la vía del tren, lo alcanzaría por un atajo y lo mataría ante la mirada del mismo Ángel del Deseo que había despreciado.

Dejé que se fuera aquel hombre tan pagado de sí mismo. Me sentía furioso con Canan por haberlo querido. Pero me bastó con lanzar una mirada desde lejos a su silueta frágil y triste para comprender que Canan tenía razón: Qué indeciso era aquel Osman, el protagonista del libro que están ustedes leyendo... Qué infeliz... En el fondo de su corazón sabía que el hombre que intentaba odiar «tenía razón». No lo mataría de inmediato. A lo largo de dos horas permanecí sentado ensimismado en la maltrecha silla del café balanceando las piernas y pensando qué otras trampas me habría preparado el tío Rıfkı en mi nueva vida.

Poco antes de mediodía regresé cabizbajo al hotel Seguridad como un cabizbajo aprendiz de asesino. El recepcionista se alegró de que su cliente de Estambul se quedara una noche más y le ofreció té. Y así, como me daba miedo la soledad de mi habitación, escuché largo rato sus recuerdos del servicio militar y cuando me tocó hablar a mí me contenté con explicarle que «tenía unos asuntos que resolver pero todavía no había podido acabar con ellos».

En cuanto subí a la habitación encendí el televisor: en la pantalla una sombra armada avanzaba a lo largo de un muro en blanco y negro y al llegar a la esquina vaciaba el cargador sobre su objetivo. Me pregunté si no habíamos visto aquella escena en color en algún autobús Canan y yo. Me senté a un lado de la cama y comencé a esperar pacientemente la siguiente escena de asesinato. De repente me encontré mirando por mi ventana hacia la suya. Allí estaba escribiendo aquella silueta, ¿era él a quien veía? No podía saberlo con exactitud. Pero pensé que estaría allí, escribiendo tranquilamente sólo para fastidiarme. Me senté y durante un rato me sumergí en la televisión pero cuando me puse en pie había olvidado lo que había visto. Volví a encontrarme mirando su ventana a través de la mía. Él había encontrado la paz al final de su viaje y yo estaba aún entre sombras en blanco y negro que se disparaban unas a otras. Él sabía, había pasado al otro lado, poseía la sabiduría que la vida nueva a mí me negaba, y yo no tenía nada más que la etérea esperanza de conseguir a Canan.

¿Por qué en esas películas nunca se ve la tristeza de los patéticos asesinos hundidos en su propia miseria en sus habitaciones de hotel? Si yo fuera director mostraría en mi película la cama deshecha, el marco de la ventana con la pintura desconchada, las cortinas asquerosas, la camisa sucia y arrugada del aprendiz de asesino, el interior de los bolsillos de su chaqueta morada donde hurga sin cesar, su forma de sentarse a un costado de la cama sacando joroba, cómo piensa en si hacerse una paja o no para matar el tiempo.

Durante un buen rato organicé mesas redondas con las voces de mi mente sobre los siguientes temas: ¿Por qué las mujeres bellas y sensibles se enamoran de hombres destrozados que han perdido el rumbo en su vida? Si fuera asesino y si la marca de serlo se me leyera en los ojos durante toda mi vida, ¿eso me daría el aspecto de un tipo miserable o de un hombre melancólico? ¿Podía Canan amarme realmente aunque sólo fuera la mitad de lo que amaba a aquel hombre que me disponía a matar poco después? ¿Podría hacer yo como Nahit Mehmet Osman y dedicar toda mi vida a escribir en cuadernos una y otra vez el libro del tío Rıfkı el ferroviario?

Después de que el sol desapareciera por detrás de la calle con la perspectiva y de que una ligera frescura empezara a recorrer la ciudad como un gato insidioso al mismo tiempo que las sombras se alargaban, comencé a mirar a su ventana a través de la mía como si no pudiera parar. No podía verlo, creía verlo, contemplaba su ventana y la habitación que había tras ella sin prestar la menor atención a los escasos caminantes que pasaban por la calle, quería creer que veía a alguien allí.

No sé cuánto duró aquello. No había oscurecido más ni se había encendido ninguna luz en la habitación cuando me encontré en la calle, bajo su ventana, llamándolo. Alguien apareció tras el cristal en sombras y se desvaneció en cuanto me vio. Entré en la casa, subí las escaleras a toda prisa, la puerta se abrió sin que fuera necesario el pío pío, pero de momento no podía verlo.

Entré en el piso. Había una mesa cubierta por un paño verde y en ella vi un cuaderno abierto y el libro. Lápices, gomas, un paquete de cigarrillos, hebras de tabaco, un reloj de pulsera junto al cenicero, cerillas, una taza de café frío. Ésos eran los medios para alcanzar la felicidad que usaba aquel pobrecillo condenado de por vida a escribir.

Llegó desde el interior de la casa. Comencé a leer lo que había escrito en el cuaderno probablemente porque me daba miedo mirarlo a la cara.

—A veces me salto una coma —me dijo—. Escribo mal una palabra o una letra... Entonces me doy cuenta de que estoy escribiendo sin sentirlo, sin creérmelo, y dejo de trabajar. En ocasiones me lleva horas, incluso días, poder regresar a la escritura con la misma intensidad de antes. Espero pacientemente que me llegue la inspiración porque no quiero escribir ni una sola palabra que no sienta, cuya fuerza no note en mi corazón.

—Escúchame —le interrumpí con tal sangre fría que parecía que no fuera a hablar de mí mismo sino de otro—. No puedo ser yo. No puedo ser nada. Ayúdame. Ayúdame para que pueda apartar de mi mente lo que escribes, esta habitación y el libro, y así pueda volver tranquilamente a mi antigua vida.

Me dijo que me comprendía, como esos tipos maduros que han podido echar una mirada al corazón de la vida y el mundo. Probablemente creía comprenderlo todo. ¿Por qué no le pegaría un tiro allí mismo? Porque dijo:

—Vamos al restaurante del Ferrocarril y allí hablaremos.

Cuando nos sentamos en el restaurante me comentó que había un tren a las nueve menos cuarto. Después de acompañarme hasta él iba a ir al cine. Así que ya hacía tiempo que había pensado deshacerse de mí.

—Cuando conocí a Canan ya había dejado de hablarles del libro a otros y de difundir su mensaje. Quería tener una vida como la de todos los demás. Pero además tendría el libro. Y el beneficio añadido de seguir poseyendo todo lo que había vivido para llegar al mundo cuyas puertas me había abierto el libro. Pero Canan avivó el fuego. Me dijo que me abriría a la vida. Creía que mucho más allá, más allá de mí, había un jardín que yo conocía pero del que no quería hablarle, un jardín cuya existencia le ocultaba. Me pidió las llaves del jardín con tanta convicción que me vi obligado a hablarle del libro y luego a prestárselo. Se lo leyó, se lo volvió a leer una y otra vez. Me engañó su apego al libro, la violencia de su deseo por el mundo que allí veía. Así, durante una época, olvidé el silencio del libro, la..., cómo la llamaría, la música interior de lo que allí estaba escrito. Me dejé llevar estúpidamente por la esperanza de poder escuchar aquella música en las calles, en lugares lejanos, fuera donde fuese, como en la época en la que leí el libro por primera vez. Fue idea de ella el darle el libro a otros. Me dio miedo que lo leyeras y creyeras en él de inmediato. Estaba olvidando lo que significaba el libro, menos mal que me dispararon.

Por supuesto, le pregunté lo que significaba el libro.

—Un buen libro es algo que nos hace recordar el mundo entero —me contestó—. Quizá todos los libros sean así, o deberían serlo —guardó silencio por un momento—. El libro es parte de algo que no está en él mismo pero cuya presencia y continuidad siento a través de lo que cuenta —comprendí que no estaba satisfecho con su explicación—. Quizá sea algo extraído del silencio o del estruendo del mundo, pero que no es el silencio o el estruendo en sí mismos —intentó explicarse una última vez para que no pensara yo luego que no decía más que tonterías—. Un buen libro es una parte de la escritura que habla de cosas que no existen, de una especie de ausencia, de una especie de muerte... Pero es inútil buscar fuera del libro y de la escritura ese país que está más allá de las palabras —se había dado cuenta de aquello escribiendo una y otra vez el libro y me dijo que lo había comprendido, que lo había comprendido de una vez por todas. Era inútil buscar una vida y un mundo nuevos más allá de la escritura. Se había merecido el que lo castigaran por hacerlo—. Pero el asesino resultó ser un inútil y sólo pudo herirme en el hombro.

Le dije que lo estaba mirando por una ventana de la facultad en Taşkışla cuando lo dispararon en la parada de microbuses.

—Mis largas investigaciones, mis correrías, mis viajes en autobús, me han revelado que se estaba formando una conspiración contra el libro. Algún loco quiere matar a todos aquellos que se interesan seriamente por él. No sé quién es ni por qué lo hace. Pero es como si lo hiciera para reforzar mi decisión de no revelar el libro a otros. No quiero meter a nadie en problemas, no quiero llevar a nadie por el mal camino. Huí de Canan. De la misma forma que sabía que nunca podríamos llegar al país de sus sueños, había comprendido perfectamente que la luz mortal que brotaba del libro la capturaría también a ella.

Entonces le hablé del tío Rıfkı el ferroviario con la intención de sorprenderlo y para arrebatarle de un golpe la información que me ocultaba, que no quería entregarme. Le dije que el autor del libro podía ser ese hombre. Le conté que lo había conocido de niño y que leía como un loco todos sus tebeos. Le expliqué que después de leer el libro había repasado cuidadosamente aquellos tebeos, por ejemplo *Pertev y Peter,* y que había visto que ya había tratado allí muchos de sus temas.

—¿Y eso fue una decepción para ti?

—No —le contesté—. Háblame de vuestro encuentro.

Su explicación completaba de una manera bastante lógica el contenido de los informes de Serkisof. Después de haberse leído el libro miles de veces le pareció recordar los tebeos que había leído en su infancia. Fue a la biblioteca, sacó las revistas, descubrió ciertos parecidos sorprendentes y averiguó la identidad del autor. La primera vez que fue a su casa apenas pudo ver a Rıfkı Bey porque su mujer se lo impidió. En aquella entrevista realizada en el umbral de la puerta Rıfkı Bey quiso terminar con el asunto en cuanto vio que aquel joven desconocido se interesaba por el libro y, a causa de la insistencia de Mehmet, le explicó que ya no tenía la menor relación con todo aquello. Justo cuando quizá estaba a punto de desarrollarse una escena emotiva entre el joven admirador y el anciano autor, allí mismo, ante la puerta, la esposa de Rıfkı Bey —la tía Ratibe, intervine— les interrumpió como acababa de hacerlo yo, tiró de su marido hacia dentro y le cerró la puerta en la cara al admirador-huésped no deseado.

—Me llevé una decepción tal que no podía creérmelo —dijo mi adversario, no sé muy bien si Nahit, Mehmet u Osman—. Durante un tiempo estuve yendo al barrio y observándolo de lejos. Por fin reuní todo mi valor y volví a llamar a su puerta.

En aquella ocasión Rıfkı Bey fue más comprensivo. Le dijo a aquel joven tan insistente que ya no tenía ninguna relación con el libro pero que podían tomar un café juntos. Le preguntó dónde había encontrado y leído aquel libro escrito hacía tantos años y quiso saber por qué había escogido precisamente ése habiendo tantos bonitos libros que uno podía leer; en qué universidad estudiaba nuestro joven, qué era lo que pensaba hacer en la vida, etcétera.

—Por mucho que le pidiera que me revelase los secretos del libro ni siquiera me tomó en serio —dijo el en tiempos Mehmet—. Y tenía razón. Ahora sé que no había ningún secreto que revelar.

Como por entonces no lo sabía, insistió. El anciano le contó que había tenido graves problemas a causa del libro y que la policía y la fiscalía le habían apretado las tuercas. «Todo por un libro que escribí porque si era capaz de divertir y entretener a los niños quizá pudiera hacer lo mismo con algunos adultos», le dijo. Y como si eso no bastara, el tío Rıfkı el ferroviario había añadido: «Por supuesto, no consentí que un libro que había escrito sólo para divertirme me destrozara la vida». En aquel momento el airado Nahit no se daba cuenta de lo apenado que estaba el anciano mientras le contaba cómo había prometido al fiscal que no volvería a imprimir el libro, que renunciaba a él y que nunca volvería a escribir nada parecido, pero ahora, no siendo Nahit ni Mehmet sino Osman, comprendía tan bien aquella tristeza que sentía vergüenza cada vez que se acordaba de la falta de consideración que había tenido después.

Como cualquier joven vulgar apasionadamente vinculado a un libro, había acusado al anciano autor de irresponsable, de renegado, de traidor, de cobarde. «Le gritaba furioso, temblando de ira y él me comprendía y ni siquiera se enfadaba conmigo.» En cierto momento el tío Rıfkı se puso en pie y le dijo: «Un día lo comprenderás, pero ese día serás tan viejo que ya no te servirá de nada».

—Ahora ya lo he comprendido —continuó el hombre al que Canan amaba enloquecidamente—. Pero no sé si me servirá o no de algo. Además creo que los hombres del loco que quiere matar a todos los que hayan leído el libro asesinaron al anciano después de seguirme.

El futuro asesino le preguntó a la futura víctima si el haber provocado la muerte de alguien no le resultaba una carga demasiado pesada como para soportarla durante toda su vida. La futura víctima guardó silencio, pero el asesino en ciernes vio la amargura en sus ojos y sintió miedo de su propio futuro. Bebían su *rakı* lentamente, señorialmente, mientras entre las pinturas de trenes, los paisajes del país y las fotografías de artistas de la pared, Atatürk sonreía desde su retrato enmarcado con la tranquilidad de haber confiado la República a la multitud que se entregaba a la bebida en la taberna.

Miré la hora. Todavía quedaba hora y cuarto para que saliera el tren en el que pensaba instalarme para deshacerse de mí y teníamos la sensación de que ya habíamos hablado de sobra de todo, de que, tal y como dicen los libros, «se había dicho todo lo que se tenía que decir». Como viejos y auténticos amigos a los que no inquietan los silencios que se producen entre ellos porque los encuentran llenos de sentido, nos callamos durante un buen rato y, en mi opinión, pensamos que aquel silencio era la forma más clara de diálogo.

A pesar de todo, yo continuaba indeciso entre admirarlo e imitar su actitud o cargármelo, con la brumosa posibilidad de conseguir a Canan, y en cierto momento se me ocurrió que podía decirle que el loco que mataba a todos los que habían leído el libro era su padre, el doctor Delicado. Sólo para hacerle daño, por puro aburrimiento. Pero no pude decírselo. Bueno, bueno, la verdad es que pensaba que era mejor no tensar demasiado la cuerda por si acaso.

Debía de leerme los pensamientos, o al menos un vago eco de ellos, porque entonces me contó el accidente de autobús que le dio la oportunidad de librarse de los hombres que su padre había puesto en su persecución. Sonriendo por primera vez. Comprende que el joven que está a su lado en el autobús negrísimo de tinta ha muerto de inmediato en el accidente. Le saca del bolsillo el carnet de identidad a aquel joven llamado Mehmet. Sale del autobús cuando empieza a arder como la yesca. Después del incendio se le ocurre una idea brillante. Deja su propio carnet en el bolsillo de la chaqueta del cadáver carbonizado. Coloca el cadáver en su asiento y corre hacia su nueva vida. Mientras me cuenta todo eso sus ojos brillan con una alegría infantil. Por supuesto, me guardé para mí el hecho de que había visto aquella cara alegre entre las fotografías de su infancia del museo que su padre había creado en su honor.

Silencio, silencio, silencio; camarero, tráiganos unas berenjenas rellenas.

Por matar el tiempo, o sea, por hablar, en cierto momento decidimos pasar revista a nuestra situación, o sea, a nuestra vida, él con la mirada en el reloj y yo con la mía en la suya. Pues sí, así era la vida. En realidad todo era muy simple. A un viejo ferroviario fanático que escribía en la revista de la compañía del ferrocarril y que odiaba los autobuses y los accidentes de autobús le daba por escribir un libro inspirándose en los que escribía para los niños. Luego, o sea, años después, nosotros, jóvenes bienintencionados que habíamos leído sus tebeos en nuestra infancia, leíamos ese libro, creíamos que iba a cambiar nuestras vidas de arriba abajo y nos apartábamos del buen camino. ¡Qué magia debía de tener ese libro, qué milagros la vida, las manos son más rápidas que la vista! ¿Cómo había ocurrido todo aquello?

Le volví a contar que había conocido al tío Rıfkı el ferroviario cuando yo era niño.

—No sé por qué, pero me resulta extraño oír eso —dijo.

Pero sabíamos que nada de aquello era extraño. Todo era así, simplemente así.

—Y en la ciudad de Viranbağ todavía más —continuó mi querido amigo.

Ese comentario debió de recordarme algo porque le dije deteniéndome cuidadosamente en ello, mirándole a la cara e insistiendo en cada sílaba:

—¿Sabes? Muchas veces he pensado que el libro hablaba de mí, que la historia que contaba era la mía.

Silencio. Los últimos suspiros de un alma, de una taberna, de una ciudad y de un mundo que agonizan. Ruidos de cubiertos. Noticias en la televisión. Aún quedaban veinticinco minutos.

—¿Sabes? —repetí—. Durante mis viajes por Anatolia me he encontrado en muchos lugares con los caramelos Vida Nueva. Hace años que no se venden en Estambul, pero en algunos sitios remotos todavía los tienen en el fondo de frascos y cajas.

—Quieres llegar al fundamento de todo, a la Causa Primera, a la raíz, ¿no? —me preguntó aquel adversario que tantos paisajes de la otra vida había podido contemplar—. Quieres llegar a lo puro, a lo que no está corrupto, a lo verdadero. Pero no existe tal principio. Es inútil buscar una clave, una palabra, una raíz, un original del que todos seamos una simple copia.

Y así, ángel mío, decidí cargármelo en el camino a la estación, no porque yo quisiera conseguir a Canan, sino porque él no creía en ti.

Seguía diciendo cosas parecidas para acabar con los silencios fragmentarios que se interponían entre nosotros, pero por algún extraño motivo no prestaba atención a aquel hombre triste y apuesto.

—Cuando era niño, leer me parecía una profesión a la que uno podría dedicarse más adelante, cuando hubiera que empezar a trabajar. Rousseau, que había trabajado de copista de partituras, sabía perfectamente lo que significaba escribir una y otra vez lo que había creado otro.

De repente todo pareció fragmentario, y no sólo los silencios. Un tipo apagó la televisión y encendió la radio, donde sonaba una canción de amores ardientes y separación. ¿Cuántas veces en la vida puede uno disfrutar tanto de un silencio mutuo? Le pidió la cuenta al camarero y, justo en ese instante, un invitado inesperado de mediana edad se dejó caer en nuestra mesa y me examinó con la mirada. Cuando se enteró de que yo era Osman Bey, compañero de servicio militar de Osman Bey, dijo, simplemente por conversar: «Aquí queremos mucho a Osman Bey. ¡Así que los dos tocayos estuvieron juntos en el servicio militar!». Luego, con tanto cuidado como si le confesara un secreto, le habló de un cliente para una nueva copia manuscrita del libro. Al darme cuenta de que les daba una comisión a aquellos intermediarios, por última vez me concedí el derecho a querer sinceramente a mi inteligente amigo.

Creía que la escena de la separación, aparte del estallido de mi Walther, sería más o menos como la escena final de la serie de *Pertev y Peter,* pero me equivoqué. En aquella última aventura, los dos amigos del alma, que habían combatido tanto y vivido tantas aventuras para conseguir el mismo objetivo, se daban cuenta de que amaban a la misma muchacha, consagrada al mismo ideal que ellos, se sentaban a discutir el problema y lo resolvían amistosamente. Pertev, más sensible y más reservado, le cede silenciosamente la chica a Peter, más abierto y optimista, porque sabe que será más feliz con él y ambos protagonistas se despiden en la estación del mismo tren que en tiempos habían defendido tan heroicamente acompañados por los suspiros de lectores de lágrima fácil como yo. Pero entre nosotros había un comisionista al que no le importaban un pimiento las manifestaciones de sensibilidad o ira extremas de cualquier tipo.

Los tres caminamos en silencio hasta la estación. Me compré el billete y dos bollos como los de aquella mañana. Pertev hizo que me pesaran un kilo de las famosas uvas moscatel de Viranbağ. Mientras yo compraba algunas revistas cómicas, él fue a los servicios para lavarlas. El intermediario y yo nos miramos. El tren tardaba dos días en llegar a Estambul. Cuando Pertev regresó, el jefe de estación dio la señal de salida con un gesto decidido y elegante que me recordó a mi padre. Nos besamos y nos separamos.

Lo que ocurrió a partir de ese momento se pareció más a las películas de suspense que Canan veía en el vídeo de los autobuses, y que tanto le gustaban, que a los tebeos del tío Rıfkı. El joven furioso, decidido a convertirse en asesino por amor, arroja las revistas y la bolsa de plástico llena de uvas húmedas a un rincón del compartimento y antes de que el tren acelere demasiado salta del vagón en el extremo del andén. Después de asegurarse de que nadie le ha visto sigue cuidadosamente desde lejos a su víctima y al intermediario. Ambos charlan y deambulan por las calles desiertas y tristes y por fin se despiden delante de la oficina de Correos. El asesino ve que la víctima entra en el cine Nuevo Mundo y enciende un cigarrillo. En ese tipo de películas nunca sabemos lo que piensa el asesino mientras fuma, sólo vemos que tira la colilla al suelo y luego la pisa, como hice yo, que compra una entrada para la película *Noches sin fin,* que entra en el cine y que antes de irrumpir en el salón va a los servicios para asegurarse de que existe una salida para huir.

Luego todo fueron imágenes fragmentarias, como los silencios que habían acompañado a la noche. Saqué la Walther, le quité el seguro y entré en el salón en el que se proyectaba la película. El interior era húmedo y caluroso y de techo bajo. Mi sombra negra y armada se proyectó sobre la pantalla y en mi chaqueta morada y mi camisa comenzó una película en color. La luz del proyector me daba en los ojos pero como el patio de butacas estaba bastante vacío, enseguida encontré a mi víctima.

Probablemente se sorprendió, probablemente no entendió nada, probablemente no me reconoció, probablemente me esperaba, porque no se movió de su asiento.

—Te encuentras a gente como yo, les das un libro para que lo lean y luego les fastidias la vida —dije, pero para mí.

Para estar seguro de alcanzarlo, le disparé de cerca tres veces en el pecho y en la cara, que no veía. Tras los estampidos de mi Walther les anuncié a los espectadores en la oscuridad:

—He matado a un hombre.

Mientras salía de la sala mirando mi sombra y las *Noches sin fin* que la rodeaban en la pantalla alguien gritó:

—¡Maquinista! ¡Maquinista, maquinista!

Me monté en el primer autobús que salía de la estación y me pregunté, junto con otros muchos interrogantes que se hacen los criminales, por qué en nuestro país se utilizaba la misma palabra francesa para denominar a la persona que pone en marcha los trenes y a la que pone en marcha las películas.

14.

Cambié dos veces de autobús, pasé la noche insomne de un asesino, me miré en el espejo roto de los servicios de una zona de descanso. Si dijera que la persona que veía en el espejo se parecía más al fantasma de la víctima que al asesino nadie me creería. Pero ¡qué lejos estaba de mí en aquel retrete y luego sobre las incómodas ruedas de un autobús la paz interior que la víctima había logrado encontrar a fuerza de escribir!

Aquella mañana, bien temprano, fui a una barbería para que me cortaran el pelo y me afeitaran antes de regresar a la mansión del doctor Delicado, quería presentarme ante mi Canan como un joven optimista e intrépido que ha afrontado con éxito numerosas aventuras y que incluso se ha enfrentado cara a cara con la muerte para poder formar un hogar feliz. Cuando entré en los terrenos del doctor Delicado y miré las ventanas de la mansión el corazón me latió en dos tiempos, bum bum, pensando en que Canan me estaría esperando en su cálida cama; desde un plátano un gorrión me respondió con un pío pío.

Me abrió Rosaflor. No pude mirarla a la cara ni ver su expresión de sorpresa, quizá porque medio día antes me había cargado a su hermano a mitad de una película. Puede que por ese mismo motivo, no presté atención a cómo levantaba suspicazmente las cejas, escuché a medias lo que me decía, entré en la mansión como si fuera la casa de mi padre y me encaminé directamente hacia nuestro cuarto, el mismo cuarto donde había abandonado a Canan en su lecho de enferma. Abrí la puerta sin llamar para darle una sorpresa a mi amada. Cuando se abrió la puerta y vi que tanto la habitación como la cama del rincón estaban vacías, completamente vacías, comprendí lo que Rosaflor me estaba diciendo desde que entré por la puerta principal.

Canan había estado tres días en la cama con fiebre pero luego se había recuperado. En cuanto pudo ponerse en pie había bajado a la ciudad, había llamado a Estambul, había hablado con su madre y, como por aquellos días yo no daba la menor señal de vida, había decidido regresar repentinamente.

Mis ojos, fijos en la morera alumbrada por el sol matinal que se veía a través de la ventana de la habitación vacía en el jardín de atrás, se volvían a menudo hacia la cama cuidadosamente cubierta por una colcha. El ejemplar de *El correo de Güdül* que había comprado mientras veníamos hacia aquí con la intención de usarlo como abanico yacía sobre la cama vacía. Una voz interior me decía que hacía tiempo que Canan sabía que yo era un asqueroso asesino y que nunca volvería a verla y que lo único que podía hacer en esa situación era cerrar la puerta, tumbarme sobre la cama, que todavía mantenía el perfume a Canan, y llorar hasta que me durmiera. Otra voz interior se opuso a la primera y respondió que un asesino debía comportarse como tal, que debía mantener su sangre fría y permanecer tranquilo: seguro que Canan me esperaba en casa de sus padres, en Nişantaşı. Antes de salir de la habitación lo vi en una esquina del cristal por fin, sí, a ese mosquito traidor, y lo aplasté de un golpe con la palma de la mano. Estaba seguro de que la sangre que había brotado de las tripas del mosquito, y que se mezclaba con la línea del amor de mi mano, era la dulce sangre de Canan.

Pensé que sería bueno para mi futuro, para nuestro futuro, que viera al doctor Delicado antes de largarme de aquella mansión que constituía el alma de la Gran Contraconspiración y encontrarme con Canan en Estambul. El doctor Delicado estaba sentado en una mesa que habían colocado poco más allá de la morera, por un lado comiendo uvas con gran apetito y por otro aliviando sus cansados ojos de la lectura del libro que tenía en la mano paseando la mirada por las colinas por las que habíamos caminado juntos.

Con la tranquilidad de la gente que tiene tiempo, hablamos de lo despiadada que era la vida, de cómo la naturaleza gobierna de forma oculta el destino del hombre, de cómo filtra calma y tranquilidad en el alma del hombre esa cosa apresurada que llamamos tiempo, de cómo el hombre es incapaz siquiera de saborear una de aquellas uvas maduras si no posee una enorme voluntad y decisión, de los altos niveles de conciencia y deseo necesarios para alcanzar la vida esencial, aquella que no tiene el menor rastro de imitación, y nos preguntamos de qué orden sublime y de qué coincidencia asimétrica sería una burlona manifestación el modesto erizo que pasaba a nuestro lado provocando un rumor de hierba. Matar a alguien debe de madurarte, porque a la admiración que continuaba sintiendo por él, para mi sorpresa, se le unieron una comprensión y una tolerancia que brotaron de lo más profundo de mi corazón como una enfermedad latente que se manifiesta súbitamente. Por esa misma razón, cuando el doctor Delicado me sugirió que le acompañara en la visita que iba a hacer aquella tarde a la tumba de su hijo, pude negarme sin herirlo pero de manera tajante: aquella última semana, tan llena de acontecimientos y tan agotadora, me había destrozado; debía regresar cuanto antes a mi casa para descansar junto a mi mujer y tenía que meditar cuidadosamente sobre la enorme responsabilidad que me había propuesto para poder tomar una decisión.

Cuando el doctor Delicado me preguntó si había tenido la oportunidad de probar su regalo, le respondí afirmativamente y que había quedado muy satisfecho del resultado de la Walther y entonces recordé el Serkisof que llevaba encima desde hacía dos días y lo saqué del bolsillo. Dejé el reloj junto al paquete dorado de uvas diciéndole que era una muestra de la admiración y el respeto que sentía por él un comerciante de corazón y dientes rotos.

—Todos esos infelices de corazón roto, pobrecillos, débiles... —dijo el doctor Delicado echando una ojeada al reloj—. Con qué pasión se agarran a cualquiera como yo que les ofrezca la esperanza de un mundo más justo, sólo para poder seguir viviendo la vida a la que están acostumbrados, con los queridos objetos a los que están acostumbrados. ¡Y qué despiadadas son las fuerzas exteriores que pretenden destruir nuestras vidas y nuestros recuerdos! Cuando regreses a Estambul, antes de tomar una decisión, medita en lo que puedes hacer por las vidas destrozadas de esa pobre gente.

Por un momento pensé en que podría encontrar lo antes posible a Canan en Estambul, en que podría convencerla y traerla aquí y que podríamos vivir en la mansión que era el alma de la Gran Contraconspiración durante largos años con la tranquilidad de que seríamos felices y comeríamos perdices.

—Antes de regresar junto a su amada esposa —me dijo el doctor Delicado con un estilo que, más que a la vida real, imitaba a las traducciones de las novelas francesas—, deshazte de esa chaqueta morada que te hace parecerte más a un asesino que a un héroe, ¿de acuerdo?

Volví de inmediato a Estambul en autobús. Cuando mi madre me abrió la puerta de casa al mismo tiempo que recitaban la oración de la mañana, no le conté que había estado corriendo tras El Dorado ni le mencioné a mi novia angelical.

—¡No vuelvas a dejar de esta manera a tu madre! —dijo encendiendo el termo de gas ciudad y llenando la bañera con agua caliente.

Como en los viejos días de madre e hijo, desayunamos en silencio. Comprendí que mi madre guardaba silencio porque, como tantas otras madres cuyos hijos se mezclaban en política o con sectas, pensaba que me había dejado atraer por uno de los focos de intrigas que pueblan las zonas más oscuras de nuestro país y temía el horror de lo que podía escuchar si me preguntaba y yo respondía a sus preguntas. Cuando la mano rápida, ligera e inquieta de mi madre se detuvo por un instante junto a la mermelada de cornejas, vi los lunares que tenía y creí que había vuelto a mi antigua vida. ¿Era posible seguir adelante como si nada hubiera pasado?

Después de desayunar me senté a mi mesa y miré largo rato el libro, que continuaba abierto por donde lo había dejado. Pero no se le podía llamar leer a lo que hacía, sino que más bien era una especie de recuerdo, una especie de sufrimiento...

Me disponía a salir de casa para buscar a Canan cuando mi madre me cortó el paso.

—Júrame que esta noche vas a volver a casa.

Se lo juré. Se lo juré a lo largo de dos meses cada vez que cruzaba la puerta, pero Canan no estaba en ningún lado. Fui a Nişantaşı, anduve sin rumbo por las calles, esperé ante multitud de puertas, llamé a cientos de timbres, crucé puentes, me subí a transbordadores, fui a cines, hice llamadas telefónicas, pero no conseguí la menor información. Me engañé a mí mismo pensando que ya aparecería por los pasillos de la facultad en Taşkışla cuando las clases comenzaran en octubre, pero no fue. Me pasaba el día recorriendo los pasillos de la facultad, salía de clase corriendo porque una sombra parecida a ella había pasado ante las ventanas que daban al pasillo y a veces entraba en una de las aulas vacías que daban al parque y a la parada de microbuses y contemplaba absorto a los que pasaban por la acera y la calzada.

Uno de los días en los que ya empezaban a encenderse estufas y calefacciones, llamé a la puerta de los padres de mi supuesta compañera de clase siguiendo un guión que había preparado y que creía muy astuto, solté todas las bobadas que tan cuidadosamente había planeado e hice el ridículo. De la misma forma que no podían darme ninguna información sobre dónde podía encontrarse Canan, tampoco me dieron la menor pista sobre dónde podría conseguirla. No obstante, en aquella segunda visita que hacía a su casa una tarde dominical, mientras en la televisión relucía a todo color un tranquilo partido de fútbol, comprendí que sabían mucho más de lo que decían por su manera de intentar arrancarme datos hurgando en los motivos de mi curiosidad. Tampoco dieron resultado mis esfuerzos por conseguir algo de los parientes que había podido identificar en la guía telefónica. El único resultado que conseguí de las diversas conversaciones telefónicas que mantuve con todos aquellos tíos ariscos, tías curiosas, criadas prudentes y primos sarcásticos, fue que Canan estudiaba Arquitectura en Taşkışla.

En cuanto a sus compañeros de clase en Arquitectura, creían a pies juntillas las leyendas que ellos mismos se habían inventado, tanto sobre Canan como sobre Mehmet, de quien sabían que había sido herido meses atrás en la parada de microbuses. Había quien decía que habían disparado a Mehmet como resultado de un ajuste de cuentas entre los traficantes de heroína que frecuentaban el hotel donde trabajaba y quien susurraba que había sido víctima de unos fanáticos islamistas. También había quienes decían que la familia de Canan la había enviado a estudiar a Europa, como hacen todas las buenas familias cuando sus hijas se enamoran de tipos enigmáticos, pero la pequeña actividad detectivesca que desarrollé en secretaría me demostró que aquello no era cierto.

Mejor no mencionar los detalles geniales de otras actividades detectivescas que realicé durante meses y años, ni los cálculos propios de la sangre fría de un asesino, ni los colores que me recordaban un sueño desesperado. Canan había desaparecido, eso era todo, no recibía noticias suyas, no podía descubrir la menor pista que me condujera a ella. Fui a las clases del semestre que había perdido y terminé también el siguiente. Ni el doctor Delicado ni sus hombres me buscaron, ni tampoco yo a ellos. No sabía si continuaban con sus asesinatos. Con la ausencia de Canan habían desaparecido de mi imaginación y de mis pesadillas. Llegó el verano y con el otoño comenzó un nuevo curso que también terminé. Y el siguiente. Luego fui al servicio militar.

Cuando sólo me quedaban dos meses para terminar el servicio militar me llegó la noticia de la muerte de mi madre. Conseguí un permiso, llegué a Estambul a tiempo para el funeral y enterrarla. Pasé la noche con unos amigos y sentí miedo cuando regresé a casa y me di cuenta del vacío y del silencio de las habitaciones. Mientras miraba las sartenes y cazuelas colgadas de la pared de la cocina oí que el frigorífico gemía tristemente con aquella voz que tan bien conocía y que suspiraba con amargura. Me había quedado completamente solo en la vida. Me tumbé en la cama de mi madre y lloré un poco, encendí la televisión, me senté frente a ella como hacía mi madre y la estuve viendo largo rato con resignación y una especie de alegría de vivir. Antes de dormirme saqué el libro de donde lo tenía escondido, lo coloqué sobre la mesa y comencé a leerlo con la esperanza de que me afectara como el primer día que lo leí. Lo cierto es que no creía que fuera a brotar una luz que me golpeara en la cara ni que pudiera desprenderme de mi cuerpo y alejarme de la mesa y la silla, pero sí sentí una cierta paz espiritual.

Así fue como empecé a leer el libro una y otra vez. Pero ya no pensaba que con cada lectura mi vida fuera a ser transportada a un país desconocido por un viento poderoso procedente de algún lugar impreciso. Intentaba sentir la geometría secreta de una cuenta ajustada hacía mucho, de una historia hacía tiempo terminada, sus puntos clave, las voces interiores que no había podido oír mientras lo vivía. Me comprenden, ¿no? Antes de terminar el servicio militar ya me había convertido en un anciano.

Y así fue como me entregué a otros libros también: no leía para avivar el deseo de poseer un alma distinta a la que se enrollaba como una serpiente en mi interior ni por el ansia de unirme feliz a la secreta alegría de la cara invisible del mundo, ni siquiera, qué sé yo, para correr tras una vida nueva en la que pudiera encontrar a Canan en algún sitio, sino para enfrentarme a lo que había vivido y a la ausencia de Canan, que tan profundamente sentía, con conocimiento, con seriedad, como todo un caballero. Ni siquiera me quedaba la esperanza de que el Ángel del Deseo me diera como premio de consolación una lámpara de siete brazos que Canan y yo pudiéramos colgar del techo de nuestra casa. Cuando a medianoche levantaba la cabeza de alguno de los libros que leía con una sensación de satisfacción y equilibrio espiritual, sentía el profundo silencio del barrio y de repente aparecía ante mis ojos Canan durmiendo a mi lado en uno de esos viajes de autobús que creía interminables.

En uno de aquellos viajes de autobús, cada vez que lo recordaba se me aparecía multicolor como un sueño paradisíaco, vi que la frente y las mejillas de Canan estaban cubiertas de sudor y que tenía el pelo pegado porque la calefacción del autobús se había encendido de manera inesperada, y mientras le secaba cuidadosamente las gotas de sudor de su frente con un pañuelo con motivos de cerámica que había comprado en Kütahya, noté en la cara de mi amada —con la ayuda de la luz violeta de una gasolinera que por un momento cayó sobre nosotros— una expresión de felicidad y sorpresa intensas a pesar de que se encontraba en el reino de los sueños. Luego, cuando nos detuvimos en un restaurante, Canan estaba muy contenta mientras tomaba vaso tras vaso de té con su vestido estampado del Sümerbank empapado por el sudor y me contó sonriendo que había soñado que su padre la besaba en la frente pero que después había comprendido que aquel hombre no era su padre sino el mensajero de un país hecho de luz. Tras sonreír, como hacía la mayor parte de las veces que sonreía, Canan se recogió el pelo detrás de las orejas con un suave movimiento de la mano y, como siempre, un pedazo de mi mente, de mi corazón, de mi alma, se fundió y desapareció en la noche oscura.

Me parece estar viendo a algunos de mis lectores fruncir el ceño apenados al comprender que intentaba sobrevivir con lo que me quedaba de alma, de mente y de corazón después de aquellas noches. Lector paciente, lector comprensivo, lector sensible, llora por mi situación si es que eres capaz de llorar, pero no olvides que la persona por la que estás vertiendo tus lágrimas también era un asesino. Pero si se pueden encontrar ciertos motivos para sentir compasión, comprensión y cariño, de la misma manera que el código penal encuentra circunstancias atenuantes para los asesinos ordinarios, me gustaría añadirlos a este libro al que me encuentro tan íntimamente ligado:

Aunque después me casé, sabía que todo lo que hiciera hasta el final de mi vida, que creía que no tardaría mucho en llegar, estaría relacionado con Canan de cerca o de lejos. Antes de casarme e incluso años después de que mi mujer se instalara sin la menor dificultad en el piso herencia de mi padre que se había quedado vacío con la muerte de mi madre, salí a hacer largos viajes en autobús con la esperanza de encontrar a Canan. En aquellos viajes pude observar que con el paso de los años los autobuses se iban haciendo lentamente más grandes y que su interior lo iba envolviendo un olor antiséptico, que las puertas se abrían y cerraban silenciosamente apretando un botón gracias al sistema automático e hidroeléctrico del que las habían dotado, que los conductores se despojaban de sus descoloridas chaquetas y sus camisas sudadas y se enfundaban uniformes de piloto con galones en los hombros, que los toscos asistentes se afeitaban cada día y se refinaban, que las zonas de descanso eran más alegres y estaban mejor iluminadas pero se convertían en lugares idénticos los unos a los otros y que las carreteras se asfaltaban y se ensanchaban, pero no es ya que no encontrara a Canan, es que ni siquiera di con su rastro. Incluso abandoné la idea de encontrar la menor pista sobre su paradero, pero ¡qué no habría dado por poder encontrarme con algún objeto surgido de aquellas noches maravillosas que pasamos juntos en los autobuses, con alguna de las abuelas con las que charlamos tomando té en alguna estación, e incluso con un rayo de la luz de los que le daban en la cara, de aquellos de los que yo estaba seguro de que se reflejaban desde su rostro en el mío! ¡Qué no habría dado por sentirla a mi lado gracias a la fuerza de ese rayo de luz! Pero me daba la impresión de que todo estaba muy ocupado en librarse de sus recuerdos, de nuestros recuerdos, a toda velocidad y lleno de inquietud, como esas carreteras nuevas rodeadas por señales de tráfico y envueltas por luces intermitentes y despiadados paneles publicitarios que oscurecen nuestros recuerdos infantiles cubriéndolos de asfalto.

Recibí la noticia de que Canan se había casado y de que había abandonado el país poco después de uno de aquellos viajes que me oscurecían el alma. Nuestro protagonista, hombre casado, con una hija, buen padre de familia y asesino, regresaba a casa un atardecer desde su trabajo en el departamento de urbanismo del ayuntamiento con un maletín en la mano, un Chocomiel en la cartera para la niña, negros nubarrones en el corazón y un cansancio mate en el rostro cuando se encontró de repente con una antigua compañera de universidad bastante pesada entre la multitud que llenaba el transbordador de Kadıköy. «Y Canan —dijo la pesada después de pasar revista uno por uno a los matrimonios de sus antiguas compañeras de clase— se casó con un médico de Samsun y se instaló en Alemania». Aparté la mirada de la mujer para que no me diera noticias aún peores y al volverla hacia más allá de la ventana vi una bruma que muy raras veces se sitúa por las tardes sobre Estambul y sobre el Bósforo. «¿Y esta bruma? —se preguntó el asesino—. ¿O es el silencio de mi alma infeliz?».

No tuve necesidad de hacer demasiadas investigaciones para saber que el marido de Canan era el apuesto médico de hombros anchos que trabajaba en el hospital de la Seguridad Social de Samsun y que después de leer el libro, al contrario de lo que les ocurría a todos los demás, lo había asimilado de manera perfectamente sana en su sistema digestivo siendo así capaz de vivir tranquilo y feliz. Para que mi memoria cruel no insistiera en recordar los tristes detalles de la conversación que años atrás el médico y yo habíamos mantenido hombre a hombre en su consulta sobre el sentido de la vida y del libro, durante un tiempo me di a la bebida con resultados no demasiado brillantes.

Cuando todo estaba tranquilo ya y lo único que quedaba del alboroto cotidiano eran el coche de bomberos de mi hija, al que le faltaban dos ruedas, y su oso azul, que miraba del revés la televisión apagada haciendo el pino, yo me sentaba educadamente al lado del oso, encendía el televisor, bajaba el volumen, me decidía por una serie no demasiado violenta ni demasiado vulgar y con la cabeza nublada veía la televisión intentando distinguir los colores de las brumas que me confundían la mente.

No te autocompadezcas. No te creas que tu personalidad y tu existencia son tan únicas. No te quejes tanto de que nadie entienda la fuerza del amor que sientes. ¿Saben?, yo en tiempos leí un libro, me enamoré de una muchacha, viví algo profundo. No me entendieron, desaparecieron, ¿qué harán ahora? Canan está en Alemania, Bahnofstrasse, ¿cómo le irá? Su marido es médico, no pienses. El estúpido y guapo doctor leía siempre subrayando los libros, no pienses. El estúpido del marido volverá a casa por las tardes, se encontrará a Canan, su hermosa casa, su coche nuevo y sus dos niños, no pienses. La comisión de estudios municipales me envía a Alemania, nos encontramos una noche en el consulado, hola, ¿eres feliz?, te he querido mucho. ¿Ahora? Ahora te sigo queriendo, te quiero, lo dejaría todo, podría quedarme en Alemania, te quiero mucho, por tu culpa me he convertido en un asesino, no, no digas nada, qué guapa eres, no pienses. Nadie puede quererte como yo. ¿Te acuerdas de cuando una vez el autobús tuvo un reventón y nos encontramos en plena noche con una comitiva nupcial, todos borrachos? No pienses...

A veces me quedaba dormido a fuerza de beber y cuando me despertaba horas después me quedaba estupefacto porque el osito azul que estaba cabeza abajo cuando me había sentado en el sofá ahora estaba sentado derecho ante el televisor. ¿En qué momento de debilidad había sentado correctamente al oso en su sillón? A veces, cuando veía en la pantalla completamente absorto algún clip musical extranjero y luego otro, me acordaba de que Canan y yo habíamos escuchado juntos alguna de esas canciones sentados en nuestros asientos del autobús, notando cómo nuestros cuerpos se apoyaban ligeramente el uno en el otro y la calidez de su frágil hombro en el mío. Mira, mira cómo lloro ahora, mientras esa canción que escuchábamos juntos en tiempos se vuelve multicolor en la pantalla. Y en una ocasión, por pura casualidad, oí antes que su madre que la niña tosía en su cuarto, la cogí en brazos y me la llevé a la sala de estar ya que se había despertado y mientras ella observaba los colores de la pantalla yo examinaba admirado sus manos, copias en pequeño pero perfectas de las manos de un adulto, sus dedos, sus uñas y las líneas de sus palmas, sorprendentemente pequeñas pero en extremo detalladas, y estaba empezando a sumergirme en mis meditaciones sobre ese libro al que llamamos vida cuando...

—Ese señor ha hecho pum —dijo mi hija.

Observamos con curiosidad la cara de desesperación del desdichado señor cuya vida había hecho pum al caer al suelo cubierto de sangre después de haberse llevado una buena paliza.

Que los sensibles lectores que han seguido hasta ahora mis aventuras no piensen que me dejaba llevar fijándose en que también mi vida había hecho pum hacía mucho y en que me daba a la bebida por las noches. Como la mayoría de los hombres en este extremo del mundo yo también era un hombre roto antes de haber cumplido los treinta y cinco años, pero conseguí recobrarme y poner en orden mis ideas leyendo.

Leí mucho, no sólo el libro que había cambiado mi vida entera, sino también otros. Pero nunca intenté con la lectura buscar un sentido profundo a mi destrozada vida, ni buscar un consuelo, ni siquiera buscar la parte hermosa y respetable de la amargura. Qué otra cosa que cariño y admiración puede sentir uno por Chejov, por ese ruso con tanto talento, tísico y modesto. Pero me dan pena los lectores que a fuerza de presumir de la miseria de su vida, a la que conceden una sensibilidad estética que llaman chejoviana, la dotan de un sentimiento de belleza y grandeza, y odio a los autores listillos que convierten en profesión el dar a dichos lectores el consuelo que buscan. Por esa razón fui incapaz de terminar muchos cuentos y novelas modernos y los dejé a medias. ¡Ah, el triste hombre que intenta escapar de la soledad hablando con su caballo! ¡Ah, el noble envejecido que entrega su amor a las flores de las macetas que riega sin cesar! ¡Ah, el hombre sensible que espera entre sus trastos viejos algo que nunca ha de llegar, qué sé yo, una carta, un antiguo amor o una hija desnaturalizada! Los escritores que le roban a Chejov esos personajes que exponen continuamente sus heridas y su dolor, utilizando trazos más groseros y presentándonoslos en otras geografías y otros climas, en esencia quieren decirnos lo mismo: ¡Miren, mírennos, miren nuestro dolor y nuestras heridas! ¡Miren qué sensibles somos, qué delicados, qué especiales! El dolor nos ha hecho más sensibles y delicados de lo que son ustedes. Y ustedes quieren ser como nosotros, convertir su miseria en victoria, incluso en un sentimiento de superioridad, ¿no? Entonces, créannos, basta con que se convenzan de que nuestro dolor es más placentero que cualquier otro de los encantos de la vida.

Por eso mismo, lector, no me creas a mí, que no soy más sensible que tú, no creas en la violencia de la historia que cuento ni en mis sufrimientos, ¡cree en la crueldad del mundo! Y, además, ese juguete moderno al que llaman novela, el mayor descubrimiento de la civilización occidental, no es cosa nuestra. Si el lector oye mi voz cascada surgiendo de estas páginas, no es porque hable desde un plano mancillado por los libros y banalizado por sublimes pensamientos, sino porque todavía no he descubierto cómo desplazarme por este juguete extranjero.

Esto es lo que quiero decir: para olvidar a Canan, para comprender todo lo que me había ocurrido, para soñar con los colores de esa vida nueva que no había podido alcanzar y para pasar el rato de forma más agradable y un poco más inteligente —aunque no siempre lo sea—, me convertí en una especie de ratón de biblioteca a fuerza de leer, pero tampoco es que me dejara arrastrar por pretensiones de intelectual. Y algo mucho más importante, tampoco despreciaba a los que tenían tales pretensiones. Me gustaba leer libros de la misma manera que me gustaba ir al cine u hojear revistas y periódicos. No lo hacía porque esperara que me sirviera para algo ni porque persiguiera un objetivo como, qué sé yo, sentirme superior a los demás, más sabio o más profundo. Incluso me atrevo a afirmar que el hecho de convertirme en un ratón de biblioteca me enseñó a ser modesto. Me agradaba leer libros pero no me gustaba hablar con nadie de los libros que leía, como luego supe que también hacía el tío Rıfkı. Si los libros despertaban en mí una cierta disposición a hablar, la conversación se desarrollaba más bien entre ellos en el interior de mi mente. A veces sentía que los libros que por aquella época leía uno detrás de otro se cuchicheaban entre ellos y que así mi cabeza se convertía en el foso de una orquesta donde los instrumentos susurraban por los cuatro costados y me daba cuenta de que podía aguantar la vida gracias a esa música que sonaba en mi mente.

Miren, por ejemplo, una noche en que pensaba en Canan, en el libro que hizo que me encontrara con ella, o sea, en la vida, en el ángel, en los accidentes, en el tiempo, mirando absorto y asombrado los colores calidoscópicos de la televisión en medio del silencio atractivo y doloroso que comenzaba cuando mi mujer y mi hija se dormían, se me ocurrió que podría hacer una antología con lo que aquella música me susurraba sobre el amor. Como mi vida se había desviado del buen camino cuando aún era joven a causa del amor —ya ves, lector, ahora soy lo bastante sensato como para no decir que fue a causa del libro—, se me había grabado de forma indeleble en la memoria todo lo que decían al respecto los periódicos, los libros, las revistas, la radio, la televisión, los anuncios, los columnistas, las secciones del corazón y las novelas.

¿Qué es el amor?

El amor es entrega. El amor es la razón del amor. El amor es comprender. El amor es una música. Amor y corazón noble son la misma cosa. El amor es la poesía de la tristeza. El amor es cuando el alma frágil se mira al espejo. El amor es pasajero. El amor es no decir nunca lo siento. El amor es una cristalización. El amor es dar. El amor es compartir un chicle. El amor nunca es seguro. El amor es una palabra vacía. El amor es alcanzar a Dios. El amor es un dolor. El amor es encontrarse cara a cara con el ángel. El amor son lágrimas. El amor es esperar que suene el teléfono. El amor es todo un mundo. El amor es cogerse de la mano en el cine. El amor es una borrachera. El amor es un monstruo. El amor es ceguera. El amor es oír la voz del corazón. El amor es un silencio sagrado. El amor es el tema de las canciones. El amor es bueno para la piel.

Me había hecho con aquellas perlas sin dejarme llevar por ellas hasta el punto de creérmelas pero sin dejarme llevar tampoco por una ironía que

dejara desvalida mi alma, o sea, como cuando miro
las imágenes de la televisión sabiendo que me están engañando cuando me engañan y queriendo
que me engañen cuando no lo hacen. Basándome
en mi limitada pero intensa experiencia, quiero añadir las siguientes ideas sobre el tema:

El amor es el anhelo de abrazar a una persona con fuerza y estar en el mismo lugar que ella.
El deseo de abrazarla dejando fuera al mundo entero. La nostalgia del alma de encontrar un refugio
seguro.

Ya lo ven, no he dicho nada nuevo. ¡Pero
por lo menos he dicho algo! Ya no me importa si
es nuevo o no. Al contrario de lo que creen algunos estúpidos pretenciosos, incluso un par de palabras son mejores que el silencio. Por el amor de
Dios, ¿para qué sirve no abrir la boca, para qué sirve
permanecer callado mientras la vida pasa enco-
giéndonos el cuerpo y el alma como un tren que
se pone en marcha con toda lentitud pero despiadadamente? Conocí a un hombre, un tipo de mi
edad, que sugería que el silencio era mejor que luchar contra toda esa violencia, contra toda esa mal-
dad que se nos viene encima y nos deja destrozados.
Sugería, digo, porque ni siquiera eso decía, se sentaba a una mesa de la mañana a la noche y se dedicaba
a escribir en un cuaderno, callado y muy buenecito,
las palabras de otro. A veces pienso que no ha muerto, que todavía sigue escribiendo, y me da miedo
que su silencio crezca en mi interior hasta convertirse en un horror escalofriante.

Le disparé a la cara y al pecho, pero ¿realmente había podido matarlo? Sólo le había disparado tres veces, y además en la oscuridad de un cine

y sin ver bien a mi alrededor porque la luz del proyector me daba en los ojos.

Cuando creía que no había muerto me lo imaginaba copiando el libro en su habitación. ¡Qué insoportable me resultaba esa idea! Mientras yo me esforzaba por crear un mundo que me sirviera de consuelo y donde pudiera entenderme a mí mismo, con mi bondadosa mujer, mi querida hija, mi televisión, mis periódicos, mis libros, mi trabajo en el ayuntamiento y mis compañeros de despacho, mis cotilleos, mis cafés y mi tabaco, mientras me protegía rodeándome de cosas tangibles, él era capaz de someterse por completo y absolutamente decidido al silencio. A mitad de la noche, cuando pensaba en el silencio en el que él tanto creía y al que se entregaba tan humildemente, cuando lo imaginaba escribiendo de nuevo el libro, se producía el mayor de los milagros en mi mente y sentía que el silencio comenzaba a hablar con él en ese preciso lugar, mientras estaba sentado a la mesa haciendo pacientemente siempre lo mismo. Los secretos de lo que no había podido alcanzar pero que mis esperanzas y mi amor habían entrevisto estaban en el interior de aquel silencio y aquella oscuridad y pensaba que mientras el hombre que amaba Canan escribía, comenzaba a oírse el verdadero y profundo rumor de la noche, algo que nunca alcanzaría a escuchar alguien como yo.

15.

Una noche me invadió de tal manera el deseo de escuchar ese rumor que apagué la televisión, cogí en silencio el libro de la mesilla de noche sin despertar a mi mujer, que se había acostado temprano, me senté a la mesa en la que cenábamos cada noche viendo la televisión y comencé a leer con un afán nuevo. Así era como recordaba mi primera lectura años atrás en el cuarto en el que ahora dormía mi hija. Deseé con tanta fuerza que la misma luz brotara del libro y me golpeara en la cara que el mundo nuevo se agitó por un momento en mi interior. Noté un movimiento, una inquietud, un estremecimiento que me revelaría el secreto del rumor que me llevaría al corazón del libro...

Tal y como me había ocurrido la noche del día en que por primera vez leí el libro, me encontré caminando por las calles del barrio. En aquella noche otoñal las oscuras calles estaban mojadas y por las aceras había algunas personas, escasas, que regresaban a sus hogares. Cuando llegué a la plaza de la estación de Erenköy vi que cada cosa estaba en el lugar que le correspondía, los conocidos escaparates de los colmados, los destartalados camiones, el viejo hule que el frutero usaba para cubrir las cajas de naranjas y manzanas en la acera, la luz azul que se filtraba por el escaparate de la carnicería, la vieja y enorme estufa de la farmacia. Había un par de jóvenes que miraban los colores de la televisión en el café al que iba en mis años de universitario para reunirme con los amigos del barrio. Mientras caminaba por las calles podía ver, a través de las cortinas entreabiertas, las salas de estar de las familias que todavía no se habían acostado, las luces, a veces azules, a veces verdes, luego rojizas, del mismo programa de televisión; luces que se reflejaban en los plátanos, en los húmedos postes de la electricidad y en los barrotes de hierro de los balcones.

Avanzando mientras observaba las luces de los televisores que se filtraban por las cortinas entreabiertas, me detuve ante la casa del tío Rıfkı y miré largo rato las ventanas del segundo piso. Por un momento noté una sensación de libertad y de casualidad, como si Canan y yo nos hubiéramos bajado por puro azar de uno de los autobuses a los que nos montábamos por puro azar. A través de las cortinas podía ver la habitación iluminada por la televisión, pero no a la viuda del tío Rıfkı, cuya forma de sentarse en el sillón aún podía imaginar. Dependiendo de las imágenes de la televisión a veces iluminaba el cuarto una luz de un rosa chillón y a veces de un amarillo de muerte. Me dejé llevar por la idea de que el secreto del libro y de mi vida estaba allí, yacía en aquella habitación.

Habiendo tomado una decisión, trepé al muro que separaba el jardín del edificio de la acera. Vi la cabeza de la tía Ratibe y la televisión que estaba viendo. Mientras la veía, sentada en el sillón de su difunto marido girado cuarenta y cinco grados, tenía la cabeza entre los hombros, exactamente como hacía mi madre, pero en lugar de hacer punto, como mi madre, fumaba como una chimenea.

Mientras la contemplaba, recordé a las otras dos personas que, antes que yo, se habían subido a aquel muro para vigilar la casa.

Pulsé uno de los botones de la puerta de entrada del edificio: Rıfkı Hat. La mujer que poco después abrió la ventana del segundo piso gritó hacia abajo:

—¿Quién es?

—Soy yo, tía Ratibe —respondí mientras retrocedía unos pasos hacia la luz de la farola para que me viera bien—. Yo, Osman, el hijo de Akif Bey, el ferroviario.

—¡Ah, Osman! —dijo, y volvió a entrar. Apretó el botón y la puerta de la calle se abrió.

Me recibió sonriendo en el umbral de su casa. Me besó en las mejillas. «Déjame la cabeza, a ver», dijo, y cuando me incliné me besó también en la cabeza oliéndome el pelo de una forma muy exagerada, tal y como hacía cuando yo era niño.

Aquel gesto me recordó la tristeza de no haber tenido hijos que había compartido con el tío Rıfkı durante toda su vida; luego, que nadie se había comportado conmigo como si fuera un niño desde hacía siete años, desde la muerte de mi madre. De repente me sentí tan cómodo que me decidí a decirle algo mientras entraba antes de que ella me preguntara.

—Tía Ratibe, pasaba por la calle, vi la luz y quise saludarte aunque ya es muy tarde.

—¡Pues muy bien que has hecho! Siéntate ahí, enfrente de la televisión. Por las noches no pego ojo y me dedico a verla. Mira, la mujer que está sentada delante de la máquina es un auténtico bicho. A nuestro muchacho, a ese policía, le pasa de todo. Éstos quieren volar por los aires toda la ciudad... ¿Quieres un té?

Pero no fue de inmediato a preparar el té. Vimos juntos la televisión un rato. «Mírala, esa sinvergüenza...», dijo en cierto momento señalando a la belleza americana vestida de rojo de la pantalla. La bella se desnudó un poco, besó largo rato a un hombre e hicieron el amor entre el humo de los cigarrillos de la tía Ratibe y los míos. De repente, ella también desapareció, como tantos coches, puentes, pistolas, noches, policías y bellas que se ven en la pantalla. No recordaba en absoluto si había visto aquella película con Canan, pero sentía que los recuerdos de todas las películas que habíamos visto juntos se agitaban a toda velocidad en mi interior provocándome dolor.

Cuando la tía Ratibe fue a la cocina por el té, recordé que tenía que encontrar algo allí, en aquella casa, precisamente para librarme de aquel dolor o al menos atenuarlo, para desvelar el secreto del libro y de la vida que me había convertido en un hombre destrozado. El canario que dormitaba en la jaula del rincón, ¿era el mismo que saltaba impaciente arriba y abajo mientras el tío Rıfkı jugaba conmigo en aquella habitación cuando yo era niño, u otro nuevo comprado y enjaulado después de que aquél y los que le siguieron murieran? Las fotografías de las paredes de vagones y locomotoras, tan cuidadosamente enmarcadas, estaban en sus lugares de siempre, pero como en mi niñez siempre las había visto a la luz feliz del día mientras escuchaba los chistes del tío Rıfkı e intentaba responder a sus adivinanzas, me apenó ver ahora a la luz de la televisión cómo aquellos cansados vehículos, que en su mayoría habían sido retirados del servicio, habían sido olvidados y se llenaban de polvo. En una mitad del aparador con puertas de cristal estaba el servicio de licor y había media botella de licor de frambuesa. A su lado, entre la medalla al mérito ferroviario y un mechero en forma de locomotora, estaba la perforadora de revisor que el tío Rıfkı sacaba cuando mi padre y yo íbamos a visitarlo en mi niñez para que jugara con ella. En el otro lado del aparador, donde un espejo reflejaba la otra cara de vagones en miniatura, de un cenicero de imitación cristal y de unas tarifas de tren de hacía veinticinco años, vi una treintena de libros y el corazón me dio un vuelco.

Aquéllos debían de ser los libros que el tío Rıfkı leía en la época en la que estaba escribiendo *La vida nueva*. Me envolvió una enorme ola de excitación, como si después de tantos viajes y tantos años me hubiera encontrado una huella tangible de Canan.

Mientras nos tomábamos el té viendo la televisión la tía Ratibe me preguntó primero cómo estaba mi hija y después cómo era mi mujer. Estaba balbuceando algo lleno de sentimientos de culpabilidad por no haberla invitado a nuestra boda y contándole que en realidad mi mujer era de una familia que vivía en nuestra calle cuando recordé que la primera vez que había visto a la que luego sería mi mujer había sido en las mismas horas en que comencé a leer el libro. ¿Cuál de esas casualidades era más importante y más sorprendente? ¿El haber visto por primera vez a la hija de aquella familia que se había instalado en el piso vacío que había frente a nuestra casa y que cenaba reunida a la luz de una potente bombilla desnuda ante la televisión encendida, a aquella muchacha triste con la que me casaría años más tarde, el mismo día en que leí el libro por primera vez? ¿O el hecho de que recordara aquella primera casualidad años después de casarme mientras, sentado en el sillón del tío Rıfkı, intentaba encontrar la secreta geometría de mi vida? Recordé haber pensado que el pelo de la muchacha era castaño claro y que la pantalla de la televisión era verde.

Así, mientras yo sufría una dulce confusión mental sobre la memoria, las coincidencias y la vida, la tía Ratibe y yo hablamos de los cotilleos del barrio, de la carnicería recientemente abierta, de mi barbero, de los viejos cines y de un amigo que había ampliado la zapatería de su padre, había abierto una fábrica, se había hecho rico y había abandonado el barrio. Mientras en nuestra inconexa conversación, interrumpida por frecuentes silencios, afirmábamos «La vida no tiene ni pies ni cabeza», la televisión, que hervía de tiros de pistola, de amores fogosos, de gritos y chillidos, de aviones que se caían y de camiones cisterna llenos de gasolina que estallaban, nos decía «No obstante, hay que seguir alborotándola», pero no le hacíamos el menor caso.

Cuando, ya bastante tarde, los gritos, los suspiros y los gemidos de agonía de la televisión dejaron su lugar a un documental educativo sobre la vida de los cangrejos rojos terrestres de las islas Christmas en el océano Índico, yo, el astuto detective, me acerqué al tema que realmente me interesaba avanzando de lado, como los sensibles cangrejos de la pantalla, y tuve el valor de decir:

—Qué hermoso era todo antes.

—La vida es bella cuando eres joven —contestó la tía Ratibe. Pero no fue capaz de contarme nada bonito sobre los años de juventud pasados con su marido, quizá porque yo preguntaba sobre los cuentos infantiles, la mentalidad ferroviaria, y los artículos y los tebeos del tío Rıfkı.

—La afición de tu tío Rıfkı a escribir y dibujar nos envenenó la juventud a los dos.

En realidad, en los primeros años le había parecido bien que su marido escribiera en *El ferrocarril* y le entregara su tiempo a la revista. Porque con aquella excusa se libraba, aunque sólo fuera un poco, de los largos viajes a que se ven forzados los inspectores de ferrocarriles y la tía Ratibe no se veía obligada a quedarse sola esperando a su marido durante días con la mirada en el camino. De repente decidió escribir tebeos en las últimas páginas de la revista para que los hijos de los ferroviarios también la leyeran y se convencieran de que el tren podría salvar el país. «A algunos niños les gustaron mucho, ¿no?», me preguntó la tía Ratibe sonriendo por primera vez y yo le expliqué cómo leía encantado sus aventuras y que me sabía de memoria la serie de *Pertev y Peter*.

—Pero debería haberlo dejado ahí y no tomárselo tan en serio —me interrumpió. Según ella, el error de su marido había sido dejarse engañar por la oferta de un editor de Babıali ávido como un lobo llevado por el éxito que tenían los tebeos y haber decidido publicarlos en una revista aparte—. Ya no descansaba ni de día ni de noche, llegaba destrozado de sus viajes de inspección o de la dirección general y se sentaba directamente a la mesa para trabajar hasta el amanecer.

Aquellas revistas se leyeron durante un tiempo, pero tras un primer bombazo perdieron el interés del público cuando poco tiempo después se pusieron de moda los tebeos históricos, todos aquellos heroicos guerreros turcos que combatían a los bizantinos, los Kaan, los Karaoğlan, los Hakan. «En aquella época *Pertev y Peter* había enganchado al público y ganamos algo de dinero, pero el dinero de verdad, por supuesto, se lo llevaba el bandido del editor», dijo la tía Ratibe. El mismo bandido del editor le pidió al tío Rıfkı que dejara las historias de niños turcos que jugaban a los vaqueros y a los trenes en América y que se dedicara a dibujar algo parecido a los Karaoğlan, a los Kaan y a los Espada Justiciera que tan bien se vendían por aquellos días. «Yo no dibujo tebeos en los que, por lo menos una vez, no se vea un tren», le había respondido el tío Rıfkı. Y así terminó su relación con el desleal editor. Durante un tiempo siguió dibujando tebeos para él mismo en casa y buscó otros editores pero por fin lo dejó ante el desinterés general.

—¿Y dónde están ahora esas aventuras inéditas? —le pregunté paseando la mirada por la habitación.

No me respondió. Durante un rato estuvo observando el difícil viaje de la sufrida cangrejo de tierra hembra, que se recorría toda una isla de arriba abajo con los huevos fertilizados en el regazo para poder ponerlos en el momento en que la marea fuera más adecuada.

—Las tiré todas —dijo—. Armarios llenos de dibujos, de revistas, de aventuras de vaqueros, libros sobre los norteamericanos y los vaqueros, libros sobre películas de los que copiaba la ropa, esto... Todos esos *Pertev y Peter* y yo qué sé más... Era a ellos a quienes quería y no a mí.

—Al tío Rıfkı le gustaban mucho los niños.

—Claro que sí, claro que sí. Era una buena persona y quería a todo el mundo. ¿Acaso hay gente así ahora?

Derramó algunas lágrimas quizá por los remordimientos de haber dicho un par de palabras amargas a espaldas de su difunto marido. Mientras miraba algunas afortunadas crías de cangrejo que lograban llegar a tierra sin ser víctimas del fuerte oleaje ni de las gaviotas, se secó los ojos y se sonó con un pañuelo que había sacado de no sé dónde en un santiamén.

—Y además —dijo el cuidadoso detective justo en ese preciso instante—, el tío Rıfkı había escrito un libro para adultos que se llamaba *La vida nueva* y que probablemente publicó con seudónimo.

—¿Dónde lo has oído? —me interrumpió—. Nada de eso.

Me miró de tal manera, encendió con tal indignación el cigarrillo, sopló con tanta fuerza el humo y se envolvió en un silencio tan furioso, que al astuto detective no le quedó más remedio que callarse.

Estuvimos un rato sin hablar. Pero, no obstante, no me levanté para irme y aguardé deseando que ocurriera algo, con la esperanza de que por fin se manifestara la simetría invisible de la vida.

Cuando terminó el educativo documental de la televisión estaba buscando consuelo pensando que ser cangrejo era todavía peor que ser humano cuando la tía Ratibe se levantó con un movimiento violento y decidido, me cogió del brazo y me arrastró hasta el aparador. «Mira», me dijo. Al encender una lámpara de pie se iluminó una fotografía enmarcada que había en la pared.

Treinta o cuarenta hombres, todos con la misma chaqueta, la misma corbata, los mismos pantalones y casi todos con el mismo bigote, sonreían a la cámara desde las escaleras que hay delante de la estación de Haydarpaşa.

—Inspectores de ferrocarriles —dijo la tía Ratibe—. Ellos creían que el desarrollo del país dependía de los trenes —señaló uno con el dedo—. Rıfkı.

Estaba tal y como lo había conocido en mi infancia y como llevaba años imaginándolo. Algo más alto que la media. Delgado. Un tanto apuesto y un tanto triste. Feliz de estar con los demás y de parecerse a ellos. Sonreía ligeramente.

—Mira, yo no tengo a nadie en el mundo —continuó la tía Ratibe—. No pude ir a tu boda. ¡Llévate esto por lo menos! —me puso en las manos la bombonera de plata que había sacado del aparador—. Hace poco vi a tu mujer y a tu hija en la estación. ¡Qué mujer más guapa! No sabes lo que vale.

Yo miraba la bombonera que tenía en las manos y no voy a decir que me retorciera con un sentimiento de culpa e impotencia, quizá el lector no lo creyera. Digamos que recordaba algo sin saber qué recordaba. En el espejo de la bombonera de plata toda la habitación y la tía Ratibe y yo nos reflejábamos empequeñeciéndonos, redondeándonos y aplastándonos. Qué mágico resultaba, ¿no?, ver el mundo por un momento no a través de esos ojos de cerradura que también llamamos ojos, sino a través de la lente de una lógica distinta. Los niños inteligentes son capaces de comprenderlo, los mayores inteligentes se sonríen. Pero una mitad de mi mente estaba en un sitio, lector, y la otra mitad estaba ocupada con algo diferente. ¿No les ocurre a ustedes lo mismo? Están a punto de recordar algo y, sin saber por qué, de repente lo dejan para otro momento.

—Tía Ratibe —le dije olvidando incluso darle las gracias. Señalé los libros que había en el otro lado del aparador—. ¿Puedo llevarme esos libros?

—¿Y qué vas a hacer con ellos?

—Leerlos —le dije—. No puedo dormir por las noches porque soy un asesino —eso no se lo dije—. Leo por las noches —le dije—. La vista se me cansa con la televisión y no puedo verla mucho rato.

—Bueno, pues llévatelos —me respondió un tanto suspicaz—. Pero devuélvemelos cuando acabes de leerlos. No quiero que se me quede vacía esa mitad del aparador. Mi difunto marido estaba siempre leyéndolos.

Y así, a una hora bastante avanzada de la noche, después de haber visto con la tía Ratibe una película que trataba de los malvados de Los Ángeles, la ciudad de los ángeles, de millonarios cocainómanos, de desdichadas aspirantes a estrellas, que nos parecieron bastante inclinadas a la prostitución, de esforzados policías y de hombres apuestos y mujeres bellas que se amaban apresuradamente con la felicidad de haber encontrado un paraíso infantil puro y sin pecado y que, en cuanto se daban la espalda, decían cosas feas y horribles los unos de los otros, regresé a casa con una enorme bolsa de plástico llena de libros y, en lo alto de la bolsa, la bombonera de plata, que reflejaba el mundo, los libros, las farolas, los álamos que perdían sus hojas, el cielo oscuro, la noche triste, el asfalto mojado, y la mano que llevaba la bolsa, mi brazo y mis piernas subiendo y bajando.

Coloqué cuidadosamente los libros sobre la mesa del salón, la misma que, cuando mi madre vivía, estaba en una habitación de atrás y en la que había hecho durante años mis deberes escolares y mis trabajos universitarios y en la que había leído *La vida nueva* por primera vez. La tapadera de la bombonera de plata se había atascado, no se abría, así que la dejé entre los libros, encendí un cigarrillo y los contemplé complacido. Eran treinta y tres libros. Entre ellos había manuales como *Principios de mística, Psicología infantil, Breve historia del mundo, Grandes filósofos y grandes mártires, La interpretación de los sueños, ilustrada y comentada,* traducciones de Dante, Ibn Arabi y Rilke de la serie de clásicos editada por el Ministerio de Educación Nacional y que se repartían de manera gratuita en algunos ministerios y direcciones generales, florilegios del tipo *Los más bellos poemas de amor* o *Historias de la patria,* traducciones de Julio Verne, Sherlock Holmes y Mark Twain con portadas multicolores, y otros títulos como *La expedición de la Kon-Tiki, También los genios fueron niños, La última estación, Aves domésticas, Cuéntame un secreto* y *Mil y una adivinanzas.*

Esa misma noche comencé a leerlos. Y a partir de esa noche vi que ciertas escenas, ciertas expresiones o ciertas imágenes de *La vida nueva,* o bien habían sido escritas inspirándose en aquellos libros, o bien habían sido tomadas directamente de ellos.

El tío Rıfkı se había aprovechado de aquellos libros mientras escribía *La vida nueva* con la comodidad y la costumbre que le había proporcionado el utilizar los materiales y los dibujos de *Tom Mix, Pecos Bill* y *El llanero solitario* en los libros infantiles que dibujaba.

Voy a dar algunos ejemplos:

«Los ángeles han sido incapaces de alcanzar el secreto de la creación del vicario de Dios al que llamamos hombre.»

IBN ARABI, *Fususü'l Hikem*

«Éramos camaradas, compañeros de camino, nos apoyábamos incondicionalmente.»

NEŞATI AKKALEM,
También los genios fueron niños

«Y así volví a la soledad de mi habitación y comencé a pensar en aquella dama tan cortés. Pensando en ella me quedé dormido y ante mis ojos apareció una maravillosa visión.»

DANTE, *La vida nueva*

«Quizá estemos en el mundo para decir cosas así: casa, puente, fuente, puerta, cántaro, árbol frutal, ventana —o quizá: columna, torre...—. Pero también para decir, ah, no lo olvides, para poder decir que nunca estas cosas pudieron ni siquiera soñar una existencia tan intensa.»

RILKE, *Elegías de Duino*

«Pero no había ninguna casa por los alrededores, no se veían sino ruinas. Ruinas siniestras creadas no por el paso del tiempo sino por una serie de desastres.»

JULIO VERNE, La familia sin nombre

«Conseguí un libro. Si lo leías parecía un libro encuadernado, pero si no lo leías tomaba la apariencia de un rollo de seda verde... En eso me encontré examinando las cifras y las letras y gracias a la caligrafía descubrí que lo había escrito el hijo del jeque Abdurrahman, cadí de Alepo. Cuando volví en mí me encontré escribiendo el capítulo que ahora están leyendo. Y de repente comprendí que el capítulo que había escrito el hijo del jeque y que yo había leído en un trance y el capítulo del libro que ahora mismo estoy escribiendo son el mismo.»

IBN ARABI, Fütuhâtü'l Mekkiye

«Era tal la influencia del Amor sobre mí que mi cuerpo, totalmente sometido a sus mandatos, se movía por lo general como un objeto pesado y sin alma.»

DANTE, La vida nueva

«Puse el pie en esa parte de la vida a la que no debe pasar aquel que pretende volver atrás.»

DANTE, La vida nueva

16.

Supongo que todos han comprendido que hemos llegado a la parte del libro a la que cabría calificar de exégesis. A lo largo de varios meses leí una y otra vez los treinta y tres libros que había sobre mi mesa. Subrayé palabras y frases de sus páginas amarillentas, tomé notas en cuadernos y papeles sueltos, fui a bibliotecas donde los bedeles miraban a los lectores con cara de «¿Y usted qué pinta aquí?».

Como tantos hombres destrozados que en cierto momento se han arrojado a ese torbellino llamado vida y que no han podido encontrar lo que esperaban, a partir de mis lecturas, de ciertas visiones y expresiones que comparaba, descubría que los textos se susurraban entre ellos ocultamente, de ahí extraía una serie de secretos, los clasificaba, forjaba nuevas relaciones entre ellos e intentaba vengarme de todo lo que me había perdido en esta vida presumiendo de la complejidad de aquella red de relaciones que había construido con la paciencia de quien cava un pozo con un alfiler. A todos aquellos que se sorprenden de ver que en las ciudades musulmanas los estantes de las bibliotecas estén llenos a rebosar de volúmenes de exégesis y de manuscritos de comentarios sobre otros libros, debería bastarles con echar un vistazo a la masa de hombres destrozados que llenan las calles.

A lo largo de todo aquel esfuerzo, cada vez que me encontraba en otro lugar una frase, una imagen o una idea nuevas que se hubieran filtrado en el librito del tío Rıfkı, primero me sentía decepcionado, como el joven romántico que se da cuenta de que la muchacha angelical de sus sueños no es tan inocente como creía, y luego, como una auténtica víctima del amor, pretendía creer que aquello que no parecía tan inocente a primera vista era en realidad una señal de un secreto prodigioso y de una sabiduría incomparable que yacían en lo más profundo.

Mientras leía y releía *Las elegías de Duino,* junto con los demás libros, decidí que podría resolverlo todo con ayuda del ángel. Quizá, más que porque el ángel de las elegías recordara al que se mencionaba en el libro del tío Rıfkı, porque echaba de menos las noches que había pasado con Canán y porque recordaba lo que ella decía del ángel. Mucho después de la medianoche, cuando el barrio se envolvía en el silencio después de que se alejaran en dirección este aquellos largos trenes de mercancías con su interminable taca-tac, me apetecía sentir la llamada de una luz, de un movimiento, de una vida que me habría gustado recordar y daba la espalda a la bombonera que nos reflejaba a la televisión encendida y a mí fumando sentado a la mesa llena de papeles y cuadernos desordenados, me dirigía a la ventana y miraba la noche oscura por entre las cortinas: una luz pálida procedente de las farolas de la calle o de alguno de los pisos del edificio de enfrente se reflejaba por un momento en las gotas de lluvia que había en el cristal.

¿Quién era aquel ángel? ¿Quién era aquel que yo quería que me llamara desde el corazón del silencio? Como el tío Rıfkı, yo no sabía otra lengua que no fuera el turco pero no me importaba estar rodeado de malas traducciones hechas a la buena de Dios que a veces permitían por pura casualidad que se pudieran sentir de manera pasajera las emociones de una lengua remota. Fui a varias universidades para preguntar a desagradables catedráticos y traductores que me respondían de mala manera porque pensaban que sólo era un aficionado; encontré ciertas direcciones en Alemania a las que escribí y quise convencerme de que me había puesto en marcha en la dirección correcta que me conduciría al corazón del secreto al obtener respuesta de personas atentas y corteses.

Rilke, en una famosa carta que había escrito a su traductor polaco, había dicho que el ángel de *Las elegías de Duino* se parecía más a los ángeles del Islam que a los del cristianismo, y el tío Rıfkı lo había sabido por el breve prólogo que había escrito el traductor. El hecho de enterarme, por una carta que había enviado a Lou Andreas-Salomé desde España el año que comenzó a escribir las elegías, de que Rilke había leído el Corán «absolutamente sorprendido» me condujo durante una época a los ángeles del Corán, pero allí no encontré ninguna de las historias que les había oído a mi abuela, a las viejas del barrio, ni a mis amigos más enteradillos. En el Corán ni siquiera aparecía el nombre de Azrael, al que habíamos visto tan a menudo en las caricaturas de los periódicos y en los carteles de educación vial que nos enseñaban en las clases de conocimiento del medio, sólo se le llamaba el ángel de la muerte. Sobre Miguel y Rafael, que tocará la trompeta el Día del Juicio, no encontré nada que no supiera ya. En lo que respecta a esos ángeles de «dos, tres o cuatro pares de alas» que se mencionan al principio de la azora número treinta y cinco del Corán, le pregunté a un amigo alemán de aquellos con los que me carteaba si se trataba de algo exclusivo del Islam y él puso punto final a la cuestión enviándome una carpeta llena de reproducciones de ángeles cristianos que había fotocopiado de libros de arte: exceptuando pequeños detalles como el hecho de que en el Corán se hable de una categoría distinta de ángeles, contando también como tales a los zebaníes, los guardianes del infierno, y de que los ángeles tengan una relación más intensa entre Dios y sus criaturas que en la Biblia, no había una diferencia lo bastante importante entre los ángeles del cristianismo y los del Islam como para darle la razón a Rilke.

No obstante, pensé que, dejando aparte a Rilke, el tío Rıfkı podía haber recordado mientras le daba la forma final a su libro ciertas aleyas de la azora *El Tekvir* en las que se cuenta el descenso del libro «en el que todo está escrito» y la aparición del arcángel Gabriel a Mahoma en el horizonte, entre estrellas fugaces que brillaban y desaparecían, entre la noche oscura y el día que clareaba. Pero aquélla era la época en que, a fuerza de haber estado leyendo durante meses y de encontrarle parecidos con cualquier cosa que leyera, me parecía que el libro del tío Rıfkı había surgido no sólo de los otros treinta y tres, sino de todos los libros. Recuerdo haber leído también las aventuras de *Pertev y Peter* además del librito del tío Rıfkı mientras las malas traducciones, las fotocopias y las notas que se iban acumulando en mi mesa me hablaban, no sólo del ángel de Rilke, sino también de por qué los

ángeles son bellos, de la belleza absoluta que ignora
todo lo que es accidental o casual, de Ibn Arabi, de
las cualidades superiores de los ángeles, que aven-
tajan a las del hombre, y de sus limitaciones y sus
pecados, de su ubicuidad, del tiempo, de la muerte
y de la vida después de la muerte.

Poco antes de la primavera, una tarde después de cenar, una carta de Rilke que leía por ené-
sima vez me dijo: «Incluso para nuestros abuelos,
una casa, un pozo, una torre conocida, su ropa, sus
chaquetas, eran extremadamente, extremadamente personales».

Recuerdo que por un momento miré a mi
alrededor y sentí un agradable mareo. Cientos de
sombras de ángeles en blanco y negro me miraban
no sólo desde mi vieja mesa y por entre los libros,
sino desde dondequiera que las hubiera llevado mi
hija, que todo lo desordenaba, desde los laterales
de la ventana, desde el polvoriento radiador, desde
la pequeña mesita de una sola pata, desde la alfom-
bra, y se reflejaban en la bombonera de plata: pálidas fotocopias en blanco y negro de reproducciones
de cuadros de ángeles cuyos óleos originales habían
sido pintados siglos atrás en cualquier lugar de Europa. Pensé que me gustaban más que los originales.

—Recoge los ángeles —le dije a mi hija de
tres años—. Nos vamos a la estación a ver los trenes.

—¿Y vamos a comprar caramelos?

La cogí en brazos y fuimos a ver a su madre,
que estaba en la cocina, donde olía a detergente y
a carne asada, para decirle que íbamos a ver los trenes. Levantó la cabeza del fregadero y nos sonrió.

Me gustó caminar hasta la estación en la suave frescura de la primavera con mi hija fuertemen-

te apretada en brazos. Me alegró pensar que cuando volviera a casa echaría un vistazo a los partidos de fútbol del día en la televisión y que luego mi mujer y yo veríamos la película del cine del Domingo Noche. En la plaza de la estación, la pastelería La Vida había acabado con el invierno bajando los cristales de su escaparate y colocando el mostrador y los cucuruchos de helados. Pedimos cien gramos de caramelos Mabel. Desenvolví uno y lo introduje en la boca de mi hija, que se abría impaciente. Subimos al andén.

Justo a las nueve y dieciséis de la noche el Expreso del Sur hizo notar su presencia, primero con un lento rugido de motores que parecía llegar de algún lugar profundo, casi desde el corazón de la tierra, y luego con sus luces reflejándose en los parapetos y en los pilares de acero del viaducto; al acercarse a la estación pareció callarse y de repente pasó ante nosotros, dos pequeños mortales que se abrazaban, añadiendo polvo y humo a la fuerza trepidante e imparable de sus motores. En el bramido algo más humano que dejó tras él vimos pasajeros que reposaban en sus asientos en el interior de los vagones totalmente iluminados que pasaban traqueteando, pasajeros que se asomaban a las ventanillas, que colgaban sus chaquetas, que hablaban, que encendían sus cigarrillos y que pasaban sin vernos desapareciendo en un abrir y cerrar de ojos. Miramos largo rato la luz roja del último vagón en el silencio y la suave brisa que el tren había dejado atrás.

—¿Sabes adónde va este tren? —le pregunté a mi hija dejándome llevar por un impulso.

—¿Adónde?

—Primero a İzmit y después a Bilecik.

—¿Y luego?

—Luego a Eskişehir y luego a Ankara.

—¿Y luego?

—Luego a Kayseri, a Sivas, a Malatya.

—¿Y luego? —insistió mi hija de pelo castaño, feliz de repetir la misma pregunta con una sensación de juego y misterio, mientras miraba la luz roja del último vagón, que aún se percibía ligeramente.

Y mientras su padre se acordaba de algunas de las estaciones a las que el tren iba luego y luego y de otras no, vio su propia infancia entre las que sí recordaba.

Yo debía de tener por entonces once o doce años. Una tarde mi padre y yo fuimos a visitar al tío Rıfkı. Mientras el tío Rıfkı y mi padre jugaban al chaquete, yo, con una galleta que la tía Ratibe me había dado, estuve contemplando el canario en su jaula, le di unos toquecitos en el cristal al barómetro, la verdad es que todavía no he aprendido a interpretarlo, saqué de un estante un número viejo de *Pertev y Peter* y estaba sumergiéndome en una de sus aventuras cuando el tío Rıfkı me llamó a su lado y comenzó a hacerme las preguntas que me hacía siempre que íbamos.

—¡Cuenta las estaciones que hay entre Yolçatı y Kurtalan!

—Yolçatı, Uluova, Kürk, Sivrice, Gezin, Maden —comencé por ahí y las enumeré todas sin olvidar ni una.

—¿Y entre Amasya y Sivas?

Las conté de un tirón porque me sabía los horarios que, según decía el tío Rıfkı, todo niño turco medianamente inteligente debía aprenderse de memoria.

—¿Por qué un tren que sale de Kütahya debe pasar por Afyon para llegar a Uşak?

Ésa era una pregunta cuya respuesta no había aprendido en los horarios sino del mismo tío Rıfkı.

—Porque, por desgracia, el Estado ha abandonado la política ferroviaria.

—Una última pregunta —dijo el tío Rıfkı con la mirada brillante—. Vamos de Çetinkaya a Malatya.

—Çetinkaya, Demiriz, Akgedik, Ulugüney, Hasan Çelebi, Hekimhan, Kesikköprü... —comencé a contar las estaciones y me callé sin terminar.

—¿Y luego?

Guardé silencio. Mi padre, con los dados en la mano, miraba las fichas del tablero de chaquete buscando una salida a la difícil situación en que se encontraba.

—¿Y después de Kesikköprü?

El canario dio unos golpecitos en la jaula.

—Hekimhan, Kesikköprü —repetí esperanzado, pero la siguiente estación continuaba sin venírseme a la cabeza.

—¿Y luego?

Luego hubo un largo silencio. Creía que iba a echarme a llorar cuando el tío Rıfkı dijo:

—Ratibe, vamos a ver, dale un caramelo. Quizá así se acuerde.

La tía Ratibe me trajo unos caramelos y, tal y como había dicho el tío Rıfkı, en cuanto me eché uno a la boca, recordé la estación que seguía a Kesikköprü.

Veintitrés años después, con su preciosa hija en brazos, observando la luz roja del último vagón del Expreso del Sur, de nuevo nuestro estúpido Osman era incapaz de recordar el nombre de la misma estación. Pero me esforcé un buen rato en recordar y, acariciando y estimulando las asociaciones de ideas dormidas para que se pusieran en marcha, me dije: ¡Qué casualidad! 1. Ese tren que acaba de pasar delante de nosotros pasará mañana por esa estación cuyo nombre no recuerdo. 2. La tía Ratibe me ofreció los caramelos en la misma bombonera de plata que me regaló años después. 3. Mi hija tiene un caramelo en la boca y yo cien gramos en la mano.

Querido lector, en aquella noche de primavera me dieron tal placer el encuentro de mi pasado y mi futuro en un punto de intersección tan alejado, alejadísimo, de los accidentes y el mero hecho de que mi memoria se hubiera atascado y adormecido, que me quedé quieto allí donde estaba para intentar recordar el nombre de la estación.

—Un perro —dijo mucho después mi hija en mis brazos.

Un perro callejero, sucio y miserable como el que más, me olfateaba las perneras de los pantalones y sobre la estación y el barrio una suave brisa refrescaba la modesta noche. Regresamos a casa de inmediato pero no eché a correr todavía hacia la bombonera de plata. Después de hacer cosquillas a mi hija, aspirar su aroma, acostarla, ver con mi mujer los besos y los asesinatos del cine del Domingo Noche, después de que mi mujer también se acostara y yo ordenara un tanto los libros, los ángeles y los papeles de la mesa, comencé a esperar con el corazón latiéndome a toda velocidad a que

los recuerdos cobraran la suficiente intensidad y llegaran a su punto justo.

Luego el hombre de corazón roto víctima
del amor y del libro se dijo: «Venid, recuerdos» y
tomé en mi mano la bombonera de plata. En mi
gesto había algo que evocaba a un pretencioso actor
de teatro municipal sosteniendo ostentosamente la
calavera de un pobre nómada pretendiendo que
sea la de Yorick, pero ustedes no atiendan a lo artificial del gesto, sino a sus resultados. Qué domesti-
cado puede llegar a estar ese enigma al que llamamos memoria, recordé enseguida.

Como pueden suponer tanto aquellos lectores que crean en los accidentes y en la casualidad
como los que están convencidos de que el trabajo
del tío Rıfkı no dejaba lugar a accidentes ni casualidades, el nombre de la estación era Viranbağ.

Aún recordé más. Porque cuando veintitrés
años antes, con un caramelo en la boca y mirando
la bombonera de plata, contesté Viranbağ, el tío
Rıfkı exclamó: «¡Bravo!».

Inmediatamente después lanzó un cinco seis,
se comió dos fichas de mi padre de un golpe y continuó:

—Akif, ¡este hijo tuyo es muy listo! ¿Sabes
lo que voy a hacer algún día? —mi padre, que miraba las fichas que el tío Rıfkı le había comido y
las que tenía cubiertas, no le escuchaba, así que se
dirigió a mí—. Un día voy a escribir un libro y le
daré al protagonista tu nombre.

—¿Un libro como *Pertev y Peter*? —le pregunté con el corazón dándome un vuelco.

—No, un libro sin ilustraciones. Pero con-
taré tu historia.

Yo guardé silencio, sin creerle. Ni siquiera podía imaginar cómo sería aquel libro.

—Rıfkı, no engañes más a los niños —le gritó de lejos la tía Ratibe.

No fui capaz de saber si aquella escena había sido real o si era una fantasía que mi bondadosa memoria se había inventado con las mejores intenciones para consolar al hombre destrozado que era yo. Me apetecía echar a correr y preguntarle a la tía Ratibe. Anduve hasta la ventana con la bombonera de plata en la mano y pensé y repensé mirando la calle cada vez más desierta, pero no sé si a aquello puede llamársele pensar o medio delirar: 1. A un mismo tiempo se encendieron las luces de tres casas distintas. 2. El miserable perro de la estación pasó por delante de nuestra puerta dándose aires de importancia. 3. Y mis dedos, a los que toda aquella confusión mental había puesto en marcha, hicieron algo, qué sé yo, y, ¡ah, mira!, abrieron ellos solos la tapadera de la bombonera de plata sin demasiado esfuerzo.

Por un momento creí que quizá salieran de la bombonera, tal y como pasaría en un cuento de hadas, talismanes, anillos mágicos y uvas envenenadas. Pero en su lugar salieron siete de aquellos caramelos marca Vida Nueva de mi infancia, de los que ya no se encuentran ni en los más remotos colmados ni en las confiterías de las ciudades de provincias. Y sobre cada uno de ellos la marca de la fábrica, un ángel, siete ángeles en total que me miraban agradecidos con una dulce sonrisa por haberlos liberado de la oscuridad de la bombonera, que habían soportado durante veinte años, sentados muy educadamente en el vértice de la letra V y alargando muy elegantes las piernas en el vacío que había entre la V y la N.

Con mucha dificultad y extremo cuidado desenvolví aquellos caramelos, que con el tiempo se habían puesto duros como piedras, intentando no dañar los ángeles. En el interior de cada envoltura había una coplilla, pero no se puede decir que me sirvieran de mucha ayuda en cuanto al significado del mundo y del libro. Un ejemplo:

> *Detrás de las casas está*
> *la fábrica de cemento,*
> *una máquina de coser*
> *es lo que de ti pretendo.*

Además, en el silencio de la noche, comencé a repetirme aquellas cosas disparatadas. Con una última esperanza de no perder la cabeza fui al cuarto donde dormía mi hija, en la penumbra de la habitación abrí sin hacer ruido el cajón que había al fondo del viejo armario y, a tientas, saqué aquella cosa de plástico que por un lado era regla, por el otro abrecartas y que tenía una lupa en la empuñadura, saqué aquel instrumento multiusos de mi infancia y a la luz de la lámpara de la mesa, como un inspector de la policía financiera que estudiara billetes falsos, sometí a un profundo examen a los ángeles de las envolturas de los caramelos: ni me recordaban al Ángel del Deseo, ni a los ángeles de cuatro alas que las miniaturas persas han privado de movimiento, ni a los que años atrás creía que podría ver de repente a través de la ventanilla del autobús, ni a las criaturas en blanco y negro de las fotocopias. Mi memoria, por hacer algo, me recordó en vano que, cuando yo era pequeño, aquellos caramelos los vendían los niños por los trenes. Estaba empezando a decidir que habían robado aquellas figuras de ángeles recortándolas de alguna revista extranjera cuando pensé en el fabricante, que me hacía señales con la mano desde una esquina del papel:

Composición: glucosa, azúcar, grasas vegetales, mantequilla, leche y vainilla. Los caramelos Vida Nueva son un producto de la compañía Caramelos y Chicles Ángel S. A. C/ Çiçeklidere, 18, Eskişehir.

A la noche siguiente estaba en un autobús camino de Eskişehir. A mis jefes en el ayuntamiento les había dicho que había enfermado un pariente lejano que no tenía a nadie más y a mi mujer que los enfermos mentales de mis jefes del ayuntamiento me enviaban a una lejana ciudad a la que nadie iba nunca. Lo entienden, ¿no?: si la vida no es una historia disparatada contada por un loco, si la vida no es un garabato hecho sobre un papel por un niño que ha conseguido echar mano a un lápiz, como hace mi hija de tres años, si la vida no es una cadena de absurdos despiadados sin coherencia alguna, entonces el tío Rıfkı debía de haber introducido una lógica tras todas aquellas bromas estúpidas de apariencia casual mientras escribía *La vida nueva*. En ese caso, el gran planificador debía de haber tenido en la cabeza alguna intención al hacer que se me apareciera de repente el ángel después de tantos años escabulléndoseme y así un héroe vulgar y destrozado como yo, si podía saber de labios del pro-

pio caramelero que lo había decidido por qué habían colocado la imagen de un ángel en el envol-
torio de aquellos caramelos que tanto le gustaban
de niño, cuando ya comenzaran a abrumarle las
tardes otoñales que le quedaran de vida, podría hallar un consuelo hablando pretenciosamente del
sentido de la vida en lugar de quejarse de lo crueles que son las coincidencias.

Por cierto, y hablando de coincidencias, fue
mi corazón, latiendo a toda velocidad, y no mi mirada, quien se dio cuenta de que el conductor del
Mercedes último modelo que me llevaba a Eskişehir
era el mismo que catorce años antes nos había re-
cogido a Canan y a mí en una minúscula ciudad
de la estepa de elegantes alminares y nos había dejado en una ciudad fangosa convertida en un pan-
tanal por las riadas. Tanto mis ojos como mi cuerpo trataban de acostumbrarse a las más modernas
comodidades instaladas en los últimos años en los
autobuses, a los rugientes aparatos de aire acondi-
cionado, a las luces individuales de los asientos, a
los asistentes vestidos como botones de hotel, a la
comida con sabor a plástico en envases multicolores que servían en bandejas con el símbolo alado
de la compañía de turismo y con servilletas de papel. Ahora los asientos podían convertirse, sólo to-
cando con un dedo, en camas que se inclinaban
todo lo largo que fuera uno sobre el regazo del pobre desgraciado del asiento de atrás. Como también
había líneas «express» que iban directamente de una
estación a otra sin detenerse en ningún restaurante lleno de moscas, en algunos autobuses se habían
construido pequeñas celdas para el retrete, que recordaba a una silla eléctrica y donde a nadie le gustaría

encontrarse en el momento de un accidente especialmente violento. En las pantallas de la televisión aparecían cada dos por tres anuncios de los vehículos de la compañía de turismo que nos llevaba al corazón de asfalto de la estepa; así, cualquiera que viajara dormitando mientras veía la televisión podía contemplar una vez tras otra lo agradable que resultaba viajar dormitando en un autobús mientras se veía la televisión. La misma estepa salvaje y solitaria que en tiempos Canan y yo habíamos contemplado por las ventanillas ahora había sido humanizada acribillándola con paneles publicitarios de tabaco y neumáticos y los cristales de las ventanillas habían sido teñidos de diversos colores para que no se filtrara el sol; según los gustos podían ser de un café fangoso, del verde de la Kaaba y en ocasiones de un color petróleo que recordaba a un cementerio. A pesar de todo, según me iba acercando a los misterios perdidos de mi vida y a ciudades remotas olvidadas por el resto de la civilización, sentía que todavía estaba vivo, que todavía respiraba con avidez, que todavía perseguía —por usar una palabra antigua— ciertos anhelos.

Supongo que habrán adivinado que mi viaje no terminó en Eskişehir. En la calle Çiçeklidere, 18, donde en tiempos habían estado la fábrica y las oficinas de la compañía Caramelos y Chicles Ángel Sociedad Anónima, se levantaba ahora un edificio de seis pisos que servía de residencia a los estudiantes del instituto de Imanes y Predicadores. En el archivo de la cámara de comercio e industria de Eskişehir un anciano funcionario que me ofreció un refresco de tila Santi me dijo, después de hurgar durante horas en los libros de registro, que la compañía Caramelos y Chicles Ángel había abandonado Eskişehir veintidós años atrás para continuar sus actividades adscrita a la cámara de comercio de Kütahya.

En Kütahya resultó que la compañía había puesto fin a sus actividades después de siete años de funcionamiento. Si no se me hubiera ocurrido ir al registro civil de la Delegación del Gobierno, muy decorada con azulejos, y luego al barrio de Menzilhane, no habría podido enterarme de que la hija de Süreyya Bey, fundador de la compañía Caramelos y Chicles Ángel, había emigrado quince años atrás a Malatya, ciudad de origen de su marido. En Malatya supe que la compañía Caramelos y Chicles Ángel había logrado sobrevivir algunos años y recordé que Canan y yo nos habíamos encontrado en la estación de autobuses con sus últimos caramelos.

Al ganar de nuevo cierta difusión por última vez los caramelos Vida Nueva en Malatya y sus alrededores, como las últimas monedas que acuña un imperio que se desploma, la cámara de comercio publicó en su *Boletín de Noticias* un artículo sobre la historia de aquellos caramelos que en tiempos se habían consumido por toda Turquía y la de la compañía que los producía. Se recordaba que los caramelos Vida Nueva se habían usado en lugar de dinero suelto para dar la vuelta en todos los colmados y estancos y que en la revista *Malatya Express* se habían publicado algunos anuncios en los que aparecían los ángeles de la empresa, pero que de repente, cuando los caramelos estaban convirtiéndose en la región en algo que todo el mundo llevaba en los bolsillos y utilizaba en lugar de dinero suelto como antiguamente, todo había terminado cuando surgieron los productos de las grandes compañías multinacionales con gran profusión de publicidad y esencia de frutas y una estrella americana de preciosos labios comenzó a tomarlos de una manera extraordinariamente atractiva en la televisión. Supe por la prensa local que habían vendido los calderos, las máquinas de embalaje y el nombre de la marca. Intenté averiguar por la familia de su yerno dónde había ido después de Malatya Süreyya Bey, el productor de los caramelos Vida Nueva. Mis investigaciones me llevaron más al este, a capitales remotas, a ciudades perdidas cuyo nombre no aparece en los atlas de las escuelas secundarias. Süreyya Bey había huido con su familia en dirección a lejanas ciudades en sombras, como aquellos que en tiempos huían de la peste y se refugiaban en pueblos perdidos, y había desaparecido como si quisiera escapar de los productos multicolores de nombre extranjero que venían de Occidente con el apoyo de la publicidad y de la televisión y que envolvían el país como una enfermedad contagiosa y mortal.

Me monté en autobuses, me bajé de ellos, fui a estaciones, pasé por mercados, erré por registros civiles, oficinas del padrón, callejones y plazas de barrio con fuentes, árboles, gatos y cafés. Durante un tiempo creí encontrar en cada ciudad en la que ponía el pie, en cada calle por cuya acera caminaba o en cada café donde me detenía a tomar un té, huellas de una conspiración permanente que relacionaba aquellos lugares con las Cruzadas, con Bizancio o con los otomanos: sonreía a los niños listillos que intentaban venderme monedas bizantinas recién acuñadas tomándome por turista, ignoraba

al barbero que me derramaba nuca abajo colonia
Nuevo Urartu del color de la orina y no me sorprendía al ver que en el magnífico arco de entrada
de cualquiera de las múltiples ferias que brotan
como hongos habían colocado de adorno un resto
hitita. Tampoco hacía falta que mi imaginación se
hubiera ablandado tanto como el asfalto por el que
caminaba al calor del mediodía para estar seguro
de que en los polvorientos cristales de las gafas del
tamaño de un hombre que servían de anuncio a la
Óptica Científica Zeki debía de quedar algo del polvo que habían levantado los caballeros cruzados.

　　　Pero a veces sentía que, mientras que todas
aquellas conspiraciones históricas y conservadoras se
habían hundido dejando impasibles aquellas tierras, los mercados, los colmados de barrio y los callejones con la colada tendida, que catorce años atrás
nos habían parecido a Canan y a mí tan firmes e
imperturbables como fortalezas silyuquíes, habían
desaparecido arrastrados por la fuerza de un viento que soplaba desde Occidente. De repente, como
obedeciendo a una orden secreta, se habían desva-
necido todos aquellos acuarios que envolvían con
la serenidad de su silencio los restaurantes cuyo lugar de honor ocupaban, así como los peces de su
interior. ¿Quién había decidido en aquellos catorce
años que las letras chillonas de innumerables paneles de plexiglás invadieran como la mala hierba
no sólo las calles principales sino también los polvorientos callejones laterales? ¿Quién había ordenado cortar los árboles de las plazas, que las rejas de
los balcones de los edificios de cemento que rodeaban las estatuas de Atatürk como los muros de
una prisión fueran todas iguales, que los niños la

emprendieran a pedradas con los autobuses que pasaban? ¿A quién se le había ocurrido que las habitaciones de hotel debían oler a insecticida antiséptico? ¿Quién había repartido por todo el país calendarios en los que modelos anglosajonas sostenían ruedas de camión entre sus largas piernas? ¿Quién había decidido que los ciudadanos debían mirarse unos a otros de manera hostil en espacios nuevos como los ascensores, las oficinas de cambio y las salas de espera para poder sentirse seguros?

Había envejecido antes de tiempo; me cansaba deprisa, caminaba poco, parecía que me diera igual que mi cuerpo fuera arrastrado por increíbles multitudes y se disolviera poco a poco entre ellas, olvidaba tan pronto como dejaba de verlos los rostros de quienes me empujaban y a quienes yo empujaba en calles estrechas, al igual que los nombres de los innumerables abogados, dentistas y asesores financieros cuyos anuncios parecían fluir por encima de mi cabeza. No era capaz de entender cómo todas aquellas ciudades pequeñas e infantiles, con sus callejas que parecían salidas de una miniatura, por las que Canan y yo habíamos paseado con una sensación de juego y magia como si hubieran sido un jardín que nos hubiera abierto una abuelita de buen corazón, se habían convertido ahora en terroríficos decorados teatrales que se imitaban unos a otros y que hervían de señales de peligro y de signos de exclamación.

Vi cervecerías y bares oscuros abiertos en los lugares más impensables, en esquinas que daban al patio de alguna mezquita o a un asilo de ancianos. Vi a una modelo rusa de ojos de gacela que iba de ciudad en ciudad con una maleta llena de ropa, que organizaba ella sola pases en los autobuses, en los cines de los pueblos, en los mercados y que luego vendía la ropa que había presentado a mujeres con *charsaf* o con la cabeza cubierta. Vi que el lugar de los refugiados afganos que se subían a los autobuses para vender Coranes del tamaño de mi meñique lo ocupaban familias georgianas y rusas que vendían ajedreces de plástico, prismáticos de mica, condecoraciones de guerra y caviar del Caspio. Vi al padre de la muchacha de vaqueros que se murió sujetando la mano del cadáver de su amado la noche lluviosa en que Canan y yo tuvimos el accidente, que todavía seguía buscándola. Vi fantasmales aldeas kurdas abandonadas a causa de una guerra no declarada y baterías de artillería que disparaban a la oscuridad de pedregosas montañas lejanas. Vi, en un juego de un salón de videojuegos en el que se reunían niños que habían hecho novillos, jóvenes desempleados y genios locales para desafiar sus aptitudes, su suerte y su ira, un ángel rosa de vídeo diseñado por un japonés y dibujado por un italiano que aparecía cuando se llegaba a los veinte mil puntos y que sonreía dulcemente como si nos prometiera la fortuna, a nosotros, a los desafortunados que apretábamos botones y asíamos palancas en la oscuridad de aquel salón mohoso y polvoriento. Vi a un hombre completamente sumergido en el volátil y envolvente perfume del jabón de afeitar OPA deletreando con dificultad las columnas póstumas del difunto periodista Celâl Salik, que acababan de caer en sus manos. Vi futbolistas bosnios y albaneses que acababan de ser transferidos bebiendo Coca-Cola con sus hijos y sus hermosas y rubias mujeres en los cafés de las plazas de ciudades pequeñas recientemente enriquecidas en las que se habían derribado las mansiones de madera para construir edificios de hormigón. Vi sombras que creí que eran Seiko o Serkisof en tabernas asquerosas, en mercados en los que no cabía un alfiler, en escaparates de ortopedias que exponían bragueros para la hernia y donde se reflejaban las tiendas de enfrente y entre los felices sueños multicolores y las pesadillas en que me sumergía por las noches en habitaciones de hotel o en asientos de autobús, y sentí miedo.

Y ya que hablamos del tema, debo confesar que antes de llegar a Sonpazar, mi destino final, decidí pasarme por la remota ciudad de Çatık, donde el doctor Delicado había querido situar el corazón de su imperio. Pero la encontré también tan cambiada, quizá por una extraña pérdida de memoria causada por las guerras y las emigraciones, o por las masas de gente, los miedos y los olores, o, como habrán podido deducir por mi estilo, por razones que no alcanzaba a comprender, que me dio miedo a que se dañaran los recuerdos que me quedaban de Canan de la misma forma que mi mente perdía el rumbo entre aquellas multitudes que caminaban sin sentido por las calles. Los relojes digitales japoneses expuestos en el escaparate de una farmacia me anunciaron de manera tanto real como simbólica que la Contraconspiración del doctor Delicado y la organización de relojes a su servicio debían de haberse disuelto hacía mucho; la guinda del pastel la ponían los concesionarios de refrescos, automóviles, helados y televisores de nombres escritos con palabras y ortografía extranjeras alineados unos junto a otros en los centros comerciales.

A pesar de todo eché a caminar hacia la mansión donde en tiempos había vivido el doctor Delicado con sus adorables hijas y hacia la morera feliz de mis recuerdos con la esperanza de encontrar una sombra fresca que le sirviera de refugio dichoso para la imaginación al desdichado y estúpido héroe que intentaba encontrar un sentido a la vida en aquel ruinoso país de amnésicos avivando lo que me quedaba en la memoria del rostro de Canan, de su sonrisa o de cualquier cosa que hubiera dicho. Habían plantado postes en el valle, se habían tendido cables, había llegado la electricidad, pero no había ninguna casa por los alrededores, no se veían sino ruinas. Daba la impresión de que aquellos restos no fueran obra del tiempo sino de una serie de desastres naturales.

Fue entonces, mirando un anuncio del AKBANK plantado en una de las colinas a las que había subido con el doctor Delicado, cuando comencé a pensar sorprendido que había hecho bien matando al antiguo amante de Canan, que creía que a fuerza de escribir las mismas líneas durante años podría alcanzar la paz del infinito, el secreto de la vida o llámenlo como quieran. Lo cierto era que había librado al hijo del doctor Delicado de contemplar todo aquel sucio panorama, de ahogarse de sed entre todos aquellos vídeos y letras, de quedarse ciego en aquel mundo sin luz ni claridad. Pero ¿quién me salvaría a mí de ese mundo de anormalidades limitadas y crueldades modestas envolviéndome en su luz? No recibía la menor señal ni oía la voz del ángel cuyos dulces e increíbles colores había distinguido en tiempos en el cine de mi imaginación y cuya voz había escuchado en mi corazón.

Los viajes en tren a la ciudad de Viranbağ habían sido anulados a causa de los rebeldes kurdos. El asesino, aunque fuera años después, no tenía la menor intención de regresar a la escena de su crimen, pero para llegar a Sonpazar, donde me enteré que vivía con su nieto Süreyya Bey, el hombre que había dado a sus caramelos el nombre de Vida Nueva y a quien se le había ocurrido colocarles un ángel encima, debía cruzar en un autobús diurno aquella región donde el PKK era tan potente. Por lo que vi de la estación de autobuses, allí no había demasiado que recordar, pero, por si alguien veía al asesino y se acordaba de él, enterré la cara en el periódico *Milliyet* mientras esperaba que saliera el autobús.

Mientras subíamos hacia el norte, las montañas se agudizaron y se robustecieron con las primeras luces del alba y no sé si es que un silencio provocado por el miedo envolvió el interior del autobús o si era más bien que estábamos todos mareados por las curvas de aquellas severas montañas. A veces nos deteníamos a causa de un control militar o para dejar a algún ciudadano que se alejaba caminando con la única compañía de las nubes hacia su aldea, situada en un lugar por el que no pasaba un alma. No dejaba de mirar admirado aquellas montañas ensimismadas y sordas a las crueldades de las que habían sido testigo a lo largo de siglos. Me permito recordar que también los asesinos que han logrado ocultar sus crímenes tienen derecho a usar estas frases simplonas, no vaya a ser que el lector que levanta las cejas al leerla arroje a un lado abochornado el libro a cuyo final está llegando tan pacientemente.

Creo que la ciudad de Sonpazar estaba fuera del área de influencia del PKK. Podría decirse también que estaba fuera del área de influencia de la civilización contemporánea porque en cuanto bajé del autobús me recibió un silencio mágico salido de esos cuentos olvidados que hablan de ciudades pacíficas y sultanes felices en lugar de que me envolvieran los habituales símbolos y carteles chillones de todos aquellos bancos y concesionarios de helados, frigoríficos, tabaco y televisores que me saludaban cada vez que llegaba a la plaza de una ciudad dándome la sensación de que «después de tanto andar y dar tantas vueltas he llegado al mismo sitio». Vi un gato: se lamía lentamente, más que contento de la vida bajo la tranquila pérgola del café que daba al cruce que debía de ser la plaza de la ciudad. Sentados al dulce sol de la mañana estaban un carnicero dichoso a la puerta de su carnicería, un despreocupado propietario a la puerta de su colmado, un verdulero adormilado y unas moscas también adormiladas a la puerta de su verdulería, fundiéndose pacíficamente con la luz dorada de la calle, siendo lo bastante inteligentes como para ser conscientes de la gran bendición que suponía simplemente existir, esa actividad tan simple de la que todos somos capaces. En cuanto al forastero que había llegado a la ciudad y al que seguían de reojo, de repente se dejó arrastrar de tal manera por aquella insólita escena de cuento que llegó a creer que Canan, a la que había amado enloquecidamente, surgiría de la primera esquina cargada con antiguos relojes de la época de nuestros abuelos, una pila de revistas viejas y una sonrisa burlona en el rostro.

En la primera esquina me di cuenta del silencio de mi mente, en la segunda me acariciaron las ramas de un sauce que se inclinaban hasta el suelo, al ver en la tercera a una niña preciosa de largas pestañas pensé en sacar el papel que llevaba en el bolsillo y preguntarle por la dirección. No sé si es que las letras de mi sucio mundo le resultaban extrañas o si no sabía leer, pero vi que no podía entender la dirección que había conseguido arrebatarle a un funcionario de barrio del padrón doscientos kilómetros al sur de allí, así que deletreé lentamente «calle Ziya Tepe», y, sin dejarme acabar, una vieja bruja asomó la cabeza por un balcón y me contestó: «Es ahí, en esa cuesta».

17.

Mientras yo pensaba que aquella cuesta era el final de un viaje que me había llevado años, un carro tirado por un caballo y cargado de bidones rebosantes de agua se metió por ella antes que yo. Debía de transportar agua a alguna obra allá arriba. Según el carro subía la cuesta sacudiéndose me pregunté por qué aquellos bidones que derramaban el agua eran de zinc, ¿todavía no había llegado el plástico a ese mundo? Mi mirada se cruzó, no con la del carretero, que iba a lo suyo, sino con la del caballo, y sentí vergüenza de mí mismo. Tenía las crines empapadas de sudor, estaba furioso y desesperado, le costaba tanto tirar de la carga que se podría decir que no hacía más que sufrir. Por un momento me vi reflejado en sus tristes, amargados y enormes ojos y comprendí que el caballo se encontraba en una situación mucho peor que la mía. Subimos hacia la Colina del Sentido entre el estruendo de los bidones de zinc entrechocando, las ruedas traqueteando en los adoquines y los estertores de mi vida, que trepaba resoplando. El carro entró en el pequeño jardín donde se hacía la mezcla de los materiales y yo, mientras el sol desaparecía tras una nube negra, penetré más allá de los muros que rodeaban el jardín umbrío y misterioso y la casa del creador de los caramelos Vida Nueva. Permanecí seis horas en la casa de piedra del jardín.

Süreyya Bey, el creador de los caramelos Vida Nueva, aquel que había de darme la clave de los secretos de mi vida, era un anciano de unos ochenta y tantos años capaz de fumarse alegremente dos paquetes de cigarrillos Samsun al día como si se beneficiara de un elixir que le prolongara la vida. Me recibió como si fuera un viejo compañero de su nieto o un amigo de la familia y comenzó a relatarme largamente, como si contara una historia que hubiera dejado a medias el día anterior, el caso de un húngaro espía nazi que un día de invierno había ido a la tienda que tenía en Kütahya. Luego me habló de una confitería en Budapest, de los sombreros, todos iguales, que llevaban las mujeres en un baile en Estambul en los años treinta, de los errores que cometían las mujeres turcas para estar guapas, y de por qué su nieto, un hombre de mi edad que entraba y salía continuamente de la habitación, había sido incapaz de casarse, incluyendo los detalles de dos noviazgos que habían terminado en ruptura. Le alegró saber que yo estaba casado y calificó de auténtico patriotismo el hecho de que un joven vendedor de seguros como yo se atreviera a salir de viaje permaneciendo lejos de su esposa y su hija con el objetivo de organizar el país, de prevenir y coordinar a sus compatriotas ante los desastres naturales que se acercaban.

Aquello fue al terminar la segunda hora. Le expliqué que no vendía seguros de vida sino que sentía interés por los caramelos Vida Nueva. Se agitó en su sillón; con la cara vuelta hacia la luz plomiza que llegaba del sombrío jardín me preguntó de manera misteriosa si sabía alemán. Sin esperar a que le respondiera, dijo «Schachmatt». Me explicó que se trataba de una palabra europea híbrida construida a partir del persa «shah» y del árabe «mate» que significaba muerto. Nosotros le habíamos enseñado el ajedrez a Occidente; algo mundano, con el aspecto de un campo de batalla, que representaba la guerra entre el ejército blanco y el negro, la guerra espiritual entre el bien y el mal que se disputa en nuestros corazones. ¿Y qué habían hecho ellos? Habían convertido nuestro visir en una reina y nuestros elefantes en obispos; en fin, eso no tenía importancia. Pero nos habían devuelto el ajedrez como si fuera una victoria de sus mentes, del racionalismo universal. Ahora nosotros intentábamos comprender nuestra propia sensibilidad usando sus razonamientos y creíamos que en eso consistía ser civilizado.

No sabía si yo me habría dado cuenta, su nieto sí que lo había hecho, pero ahora las cigüeñas volaban mucho más alto que en los viejos tiempos felices cuando subían hacia el norte o cuando en agosto regresaban al sur, a África. Era porque todas aquellas ciudades, montañas, todos aquellos ríos y países por encima de los cuales batían las alas se habían convertido en una geografía amarga cuya miseria ya no querían ver. Después de hablar con cariño de las cigüeñas, pasó a una trapecista francesa de piernas de cigüeña que había ido cincuenta años antes a Estambul y de ahí a recordar con todo detalle y colorido, más que con añoranza, los viejos circos y ferias y los dulces que se vendían a sus puertas.

Me invitaron a almorzar y, mientras comíamos y nos tomábamos nuestras cervezas Tuborg bien frías, Süreyya Bey me contó el descenso a las profundidades subterráneas de un grupo de caballeros que durante la octava Cruzada se habían quedado atrapados en Anatolia Central y habían entrado en una de las cuevas de Capadocia. A lo largo de los siglos su población fue en aumento y los hijos y los nietos de aquellos caballeros ampliaron la cueva, abrieron corredores bajo tierra, encontraron otras cuevas y fundaron ciudades subterráneas. A veces, de aquel país de los laberintos en el que nunca brillaba el sol donde vivían los Cientos de Miles de la Estirpe de los Cruzados (los CMEC), surgía un espía que se disfrazaba, se infiltraba en nuestras ciudades y nuestras calles y comenzaba a predicarnos sobre lo magnífica que era la civilización occidental de forma que, de la misma manera que habían agujereado nuestro subsuelo, agujerearan nuestras mentes y pudieran salir con toda tranquilidad a la superficie. ¿Sabía yo acaso que a aquellos espías se les llamaba los OPA y que existía una crema de afeitar con el mismo nombre?

¿Fue él quien me contó el gran desastre que había supuesto para nuestro país el gusto de Atatürk por los garbanzos tostados o era yo quien me lo estaba imaginando en aquel momento? No sé si fue él quien mencionó al doctor Delicado o si yo me referí a él por una asociación de ideas. El error del doctor Delicado había sido, como el de los materialistas, el de creer en las cosas y suponer que guardándolas protegería el espíritu perdido. Si eso hubiera sido cierto, tal y como reza el dicho, habría llovido luz en los mercadillos. LUZ. Había muchas marcas que usaban esa palabra. Por supuesto, todas eran imitaciones. Lámparas LUZ, tinta LUZ, etcétera. Cuando el doctor Delicado comprendió que no podría proteger nuestras almas perdidas utilizando objetos, recurrió al terrorismo. Y eso le había venido muy bien a Estados Unidos, claro, nadie manejaba esos asuntos mejor que la CIA. Y, ahora, donde había estado su casa, su mansión, sólo soplaba el viento. Las Rosas habían huido una a una y habían desaparecido y a su hijo lo habían matado hacía mucho. La organización se había disuelto y quizá cada uno de los asesinos, tal y como ocurre cuando se desploman los grandes imperios, había proclamado su propio principado independiente. Por eso las magníficas tierras a las que el genio colonialista, siguiendo una táctica genial, denominaba «Oriente Medio», hervían hoy de príncipes novatos y asesinos que habían proclamado su independencia. Subrayó la paradoja con la punta del cigarrillo señalando el sillón vacío que tenía a mi lado y no a mí: pero los días de autonomía de estas tierras habían llegado ya a su fin.

Cuando la tarde caía sobre el sombrío jardín acentuando el silencio, como si descendiera sobre un cementerio, abordó repentinamente la cuestión que yo llevaba horas esperando que iniciara. Mientras me explicaba las actividades de un misionero católico japonés al que había encontrado cerca de Kayseri y que había intentado lavarle el cerebro en el patio de una mezquita, cambió bruscamente de tema: no recordaba de dónde se había sacado el nombre de Vida Nueva. Pero consideraba muy adecuada la magia del nombre porque durante bastante tiempo los caramelos habían permitido a los habitantes de estas tierras gozar de una nueva sensibilidad, de un nuevo gusto, y así les habían recordado un pasado perdido. Al contrario de lo que se creía, ni los caramelos en sí ni la palabra eran importaciones de Francia, imitaciones. De hecho la palabra «Kara» era una de las más básicas del léxico de los pueblos que llevaban decenas de miles de años habitando en estas tierras y en las más de diez mil coplas que había puesto en los Kara-Melos a lo largo de treinta y dos años de producción, dicha palabra aparecía en más de mil.

Bien, ¿y el ángel?, preguntó una vez más el desdichado viajero, el paciente vendedor de seguros, el desesperado héroe.

Como respuesta, Süreyya Bey recitó de memoria ocho de las más de diez mil coplas. Y desde aquellos versos me saludaron con la mano unos ángeles puros a los que se comparaba con mujeres bellísimas, que recordaban muchachas adormiladas, que se enturbiaban con un halo mágico surgido de un cuento de hadas y que se iban infantilizando alejándose de mí, sin resultarme en absoluto atractivos, siendo totalmente incapaces de animar mis recuerdos.

Süreyya Bey me explicó que todas las coplas que había recitado eran obra suya. Había escrito cerca de seis mil de las más de diez mil coplas de los caramelos Vida Nueva. Había habido días, en aquella época dorada en que la demanda alcanzó dimensiones increíbles, en que había escrito más de veinte. ¿Acaso Anastasio, el emperador que había ordenado acuñar las primeras monedas bizantinas, no había ordenado colocar su propio retrato en el anverso de las monedas? Al mismo tiempo que Süreyya Bey me recordaba que en tiempos sus obras se habían encontrado en todos los colmados en tarros colocados entre la báscula y la caja registradora, que aquellos objetos que llevaban su propio sello habían estado en decenas de millones de bolsillos y que se habían utilizado en lugar de dinero suelto, me decía que había gozado, como un emperador que hubiera acuñado su propia moneda, de poder, de riqueza, de prosperidad, de mujeres hermosas, de fama, de éxito, de felicidad, en suma, de todos los placeres de la vida. Por eso no le serviría de nada hacerse ahora un seguro de vida. Pero, si le servía de consuelo, podía explicarle a su joven amigo el vendedor de seguros por qué había usado la imagen de un ángel en sus caramelos. Le gustaba mucho ver a Marlene Dietrich en los cines de Beyoğlu a los que tan a menudo había ido en sus años juveniles. Y, sobre todo, le encantaba la película *Der blaue Engel*. La película, que se había proyectado en nuestras pantallas con el nombre de *El ángel azul,* se basaba en una obra maestra del novelista alemán Heinrich Mann. Süreyya Bey también había leído la novela original, *Professor Unrat*. El profesor Unrat, interpretado por Emil Jannings, era un profesor de instituto bastante inofensivo. Un día se enamora de una fulana. Y aunque ella le parezca un ángel, en realidad...

¿Soplaba fuera un viento tan fuerte como para que los árboles susurraran de aquella manera? ¿O era mi propia mente llevada por el viento la que oía cómo éste la arrastraba? Como dicen los profesores bonachones de sus alumnos, tan soñadores y excusables como distraídos e inocentes, durante un rato «no estuve allí». Ante mis ojos pasó el fantasma envuelto en luz del día de mi juventud en que por primera vez leí *La vida nueva* como si fuera un barco maravilloso pero inaccesible que se pierde con sus luces resplandecientes en la noche oscura. En aquel silencio en el que me había sumergido era consciente de que Süreyya Bey me estaba contando la triste historia de la película que había visto y de la novela que había leído en su juventud, pero era como si no viera ni oyera nada.

En eso su nieto entró en la habitación, encendió la lámpara y de repente me di cuenta de tres cosas. 1. La lámpara del techo, ahora encendida, era igual a la que cada noche regalaba el Ángel del Deseo en el teatro de la carpa en la ciudad de Viranbağ a algún afortunado acompañándola de consejos incomparables sobre la vida. 2. Había oscurecido tanto que hacía bastante rato que no veía en absoluto al anciano caramelero. 3. Él tampoco me veía, porque era ciego.

¿Debo preguntarle de la misma forma agresiva al lector agresivo e irónico que levanta las cejas ante este tercer punto dudando de mi inteligencia y mi atención porque durante seis horas no me había dado cuenta de que el hombre era ciego, si ha leído cada rincón del libro que sostiene en las manos demostrando la suficiente atención e inteligencia? Por ejemplo, ¿puede recordar ahora los colores de la escena en la que por primera vez se mencionó al ángel? ¿O puede decir ahora mismo qué tipo de inspiración le proporcionaron al tío Rıfkı para *La vida nueva* los nombres de las compañías que enumeraba en su obra *Héroes del ferrocarril*? ¿Se han dado cuenta de qué pista me serví posteriormente para saber que cuando disparé a Mehmet en el cine él estaba pensando en Canan? La tristeza, para todos aquellos que, como yo, han perdido el rumbo en la vida, se manifiesta como una rabia que pretende pasar por inteligencia. Y es ese deseo de ser inteligente lo que acaba por fastidiarlo todo.

Sumergido en mi propia pena, contemplaba por primera vez al anciano, del que había entendido que era ciego por su manera de mirar la lámpara encendida sobre nuestras cabezas, con cierto respeto, cierta admiración y, si quieren que les diga la verdad, cierta envidia. Era alto, delgado, elegante, y tenía un aspecto bastante vigoroso para su edad. Sabía usar con destreza sus manos y sus dedos, su cabeza seguía funcionando como un reloj y podía hablar durante seis horas sin dejar de resultar interesante ante un asesino soñador al que testarudamente creía un vendedor de seguros. Había conseguido una serie de cosas en una juventud que había vivido con felicidad y entusiasmo y, por mucho que el fruto de su éxito se hubiera disuelto en las bocas y en los estómagos de miles de personas y sus aproximadamente seis mil coplas hubieran sido tiradas a la basura junto con los envoltorios de los caramelos, aquello le había dado una visión optimista y firme de su lugar en el mundo y, además, había sido capaz de fumarse tranquilamente dos paquetes de tabaco diarios hasta los ochenta años.

En mi silencio notó la tristeza con ese instinto tan particular de los ciegos e intentó consolarme. Así era la vida: había accidentes y fortuna; había amor y soledad y alegría; el destino, la luz, la muerte, pero también una felicidad indefinida; no debía olvidar nada de aquello. En la radio iban a dar el parte de las ocho; ahora su nieto la encendería y yo me quedaría a cenar con ellos, por favor.

Me disculpé, le dije que al día siguiente me esperaban muchas personas que querían hacerse un seguro de vida en la ciudad de Viranbağ. De repente, en un abrir y cerrar de ojos, me encontré con que había salido de la casa y del jardín y con que estaba en la calle. Fuera, en medio de una fresca noche de primavera que permitía comprender que allí el invierno era duro, me encontré más solo que los oscuros cipreses del jardín.

¿Qué iba a hacer ahora? Me había enterado de todo lo que me hacía falta y de lo que no me la hacía, había llegado al final de todos los viajes, de todas las aventuras y de todos los secretos que pudiera inventarme. Lo que me quedaba de vida, eso a lo que podía llamar futuro, se encontraba, como la olvidada ciudad de Sonpazar allá abajo, muy lejos de las noches animadas, de las multitudes alegres, de los caminos bien iluminados, en medio de la oscuridad, exceptuando unas cuantas farolas de luz pálida. Cuando un perro ladró dos veces todo arrogante, comencé a bajar la cuesta.

Mientras esperaba el autobús que me sacaría de aquella pequeña ciudad en el fin del mundo y me devolvería a la algarabía de los letreros de los bancos, los anuncios de cigarrillos, las botellas de gaseosa y las pantallas de televisión, paseé sin rumbo por las calles. Como ya no me quedaban demasiadas esperanzas ni deseos de alcanzar el sentido y la unidad del mundo, del libro y de mi vida, mientras paseaba por las calles me encontré entre imágenes sin pies ni cabeza que ni indicaban ni implicaban nada. Por una ventana abierta observé a una familia que cenaba reunida alrededor de la mesa. Se pueden imaginar cómo eran. Por un cartón colgado en la pared de la mezquita me pude enterar de los horarios de los cursos de Corán. En el café de la pérgola pude ver, sin que me importara demasiado, que la gaseosa Budak seguía resistiendo allí a pesar de todos los ataques de Coca-Cola, Schweppes y Pepsi. En la puerta de un taller de bicicletas que caía justo enfrente de la pérgola contemplé al mecánico que ajustaba una rueda a la luz que surgía del interior y a un amigo que charlaba con él con un cigarrillo en la mano. ¿Por qué he dicho amigo? Quizá existieran entre ellos una profunda enemistad y una enorme tensión. En cualquiera de los dos casos no eran ni más ni menos interesantes. A aquellos lectores que piensen que estaba demasiado pesimista, he de advertirles que sentía que era preferible contemplarlos sentado en la frescura de un café con una pérgola que no hacerlo.

Llegó el autobús y abandoné Sonpazar con aquella sensación. Subimos dando curvas a las altas montañas pedregosas y las bajamos inquietos, escuchando el chirrido de los frenos. Nos detuvieron varias veces y sacamos nuestros carnets de identidad intentando ganarnos la confianza de los soldados. Una vez que se hubieron terminado las montañas, los soldados y los controles de identidad y nuestro autobús comenzó a acelerar, a entusiasmarse y a desbocarse como sólo él sabía por las amplias y oscuras planicies, mis oídos empezaron a distinguir las tristes notas de una vieja melodía bien conocida entre el rugir del motor y el alegre rumor de las ruedas.

Quizá porque el autobús era el último de aquellos resistentes, enormes y ruidosos viejos Magirus en los que tantas veces nos habíamos montado Canan y yo; quizá porque avanzábamos por un asfalto lleno de baches que se adecuaba perfectamente a ese gemido tan especial que producían las ruedas cuando giraban ocho veces por segundo; quizá porque en la pantalla del vídeo aparecían el morado y el gris plomizo de mi pasado y mi futuro mientras los amantes de una película nacional lloraban por haberse malinterpretado; no lo sé, no lo sabía; quizá porque me había sentado instintivamente en el asiento número 37 con la esperanza de encontrar en el orden secreto de las casualidades el significado que no había podido encontrarle a mi vida, o porque al inclinarme sobre su asiento vacío y mirar por la oscura ventanilla vi de repente el negro terciopelo de la noche, que en tiempos nos había parecido tan infinitamente misterioso y atractivo como el tiempo, como los sueños, como la vida y el libro. El caso es que cuando una lluvia triste comenzó a golpetear en los cristales, yo me retrepé en mi asiento y me abandoné a la música de mis recuerdos.

De manera paralela a mi tristeza la lluvia arreciaba sin parar y poco antes de medianoche se había convertido en un auténtico diluvio acompañado por un fuerte viento que sacudía nuestro autobús y que esparcía relámpagos del mismo color que las flores moradas de la amargura que se abrían en mi mente. Mientras el agua chorreaba por los huecos de las ventanillas hasta los asientos, el autobús se retorció lentamente hacia una zona de descanso después de pasar ante una gasolinera apenas visible en la tormenta y varias aldeas fangosas convertidas por el agua en cenagales fantasmas. Cuando se reflejó sobre nosotros la luz azul de las letras de neón del RESTAURANTE Y RECUERDOS SUBAŞI, el agotado conductor nos anunció: «Media hora, parada obligatoria».

Tenía idea de no moverme de mi asiento y contemplar sentado en solitario esa triste película a la que he llamado mis recuerdos, pero la lluvia que golpeaba el techo del Magirus acentuaba de tal manera mi pena que tuve miedo de no poder soportarlo. Me lancé al exterior junto con el resto de los pasajeros, que avanzaban a saltos entre el barro protegiéndose la cabeza con periódicos o bolsas de plástico.

Me dije que me vendría bien mezclarme con la multitud, tomarme una sopa y un dulce de leche, entretenerme con los placeres palpables de la vida y así, en lugar de amargarme examinando la parte de mi vida que había dejado atrás, podría reponerme girando los lejanos y racionales focos de mi mente sobre la parte de vida que se extendía ante mí. Subí dos escalones, me sequé el pelo con el pañuelo, entré en un salón muy iluminado que olía a aceite y a tabaco, oí una música y me quedé boquiabierto.

Como un enfermo experimentado que siente que se aproxima un ataque de corazón, recuerdo que me esforcé desesperadamente en tomar precauciones y evitar la crisis. Pero no podía decir que apagaran aquella música de la radio porque era la que Canan y yo habíamos escuchado cogidos de la mano después del accidente que sufrimos; ni tampoco podía gritar que quitaran de las paredes aquellas fotografías de artistas locales porque Canan y yo nos habíamos reído mucho mirándolas mientras comíamos en aquel restaurante. Como no llevaba en el bolsillo una pastilla de trinitrín contra las crisis de tristeza, por hacer algo me serví en una bandeja un cuenco de sopa, un trozo de pan y un

rakı doble y me retiré a una mesa en un rincón.
Mientras la removía con la cuchara, comenzaron
a gotear en la sopa mis saladas lágrimas.

No voy a disfrutar del orgullo de ser alguien
cuyo sufrimiento comparten todos sus lectores,
como pretenden hacer todos los imitadores de Chejov, sino que me van a permitir mostrárselo como
pretexto para extraer una moraleja, como haría un
escritor oriental apegado a las tradiciones. En suma:
había querido apartarme de los demás y verme como
alguien especial que persigue un objetivo completamente distinto a los del resto de la gente. Ése no
es un crimen que por aquí se perdone. Me dije que
aquel sueño imposible era algo que me habían ins-
pirado las novelas ilustradas del tío Rıfkı que había
leído en mi infancia. Y así pensé de nuevo lo mismo que el lector aficionado a las moralejas habrá
pensado hace mucho, o sea, que si *La vida nueva*
me había influido de tal manera era porque ya me
habían predispuesto las lecturas de mi niñez. Pero,
como yo mismo era incapaz de creerme la conclusión a la que había llegado, como les pasaba a los antiguos grandes maestros de las parábolas, mi bio-
grafía resultaba ser la historia de mi solitaria vida
y aquello no aliviaba mi pena. Aquella conclusión
despiadada a la que mi mente iba llegando poco a
poco, mi corazón hacía mucho que la había descubierto. Comencé a llorar a moco tendido acompañado por la música de la radio.

Como vi que mi actitud no producía una
buena impresión entre mis compañeros de autobús
y viaje, que estaban hundiendo las cucharas en la
sopa y engullendo su arroz, me largué al retrete. Me
eché a la cara el agua templada y turbia que salía de

un grifo que corría atragantándose y que me dejó empapado de arriba abajo, me soné y me entretuve un rato. Luego regresé a mi mesa.

Poco después, cuando los miré de reojo, vi que mis compañeros de viaje, que a su vez me miraban de reojo desde sus mesas, se habían tranquilizado un tanto. En eso, un viejo vendedor que también me estaba observando se acercó a mí con la mirada fija en mis ojos y una cesta de paja en la mano.

—Olvídalo —me dijo—. Ya se te pasará. Toma un paquete de estos caramelos de menta, te sentarán bien.

Dejó sobre mi mesa una bolsita de caramelos de menta marca FRESCOR.

—¿Qué valen?

—No, no. Es un regalo que te hago.

Como el niño que llora en la calle al que de repente un abuelete de buen corazón le da un caramelo... Con la mirada culpable de ese niño miré a la cara del anciano caramelero. Anciano es una manera de hablar, porque no era más viejo que yo.

—En la actualidad ya hemos perdido por completo —prosiguió—. Occidente nos ha engullido, ha pasado por encima de nosotros aplastándonos. Han metido las narices en todo lo nuestro, en nuestras sopas, en nuestros caramelos, hasta en nuestros calzoncillos, y han acabado con nosotros. Pero un día, un día dentro de mil años, pondremos fin a esta conspiración, les sacaremos a la fuerza de nuestras sopas, nuestros chicles y nuestras almas y nos vengaremos. Ahora, tómate los caramelos y no llores por nada.

¿Era ése el consuelo que buscaba? No lo sé. Pero durante un rato reflexioné sobre aquello como el niño de la calle que se toma en serio el cuento del abuelete de buen corazón. Luego se me vino a la mente un pensamiento de İbrahim Hakkı de Erzurum o de algún escritor del primer Renacimiento proporcionándome una nueva posibilidad de consuelo. Como ellos, pensé que el origen de la tristeza es un humor nocivo y oscuro que se extiende desde el estómago hasta la cabeza y decidí prestar atención a lo que comía y bebía.

Me tomé la sopa echándole trocitos de pan, sorbí cuidadosamente mi *rakı* y pedí otra copa con un trozo de melón de acompañamiento. Me entretuve con la comida y la bebida hasta que el autobús se puso en marcha como un viejo precavido que tiene cuidado con lo que ocurre en su estómago. Me monté en el autobús y me senté en uno de los asientos delanteros. Supongo que ya se habrá comprendido: quería dejar atrás el asiento número 37, que era el que siempre escogía, junto con todo lo que se relacionara con mi pasado. Me quedé dormido.

Después de un sueño largo y sin interrupciones, me desperté poco antes de amanecer cuando el autobús se paró y entré en una de esas nuevas áreas de servicio recientemente abiertas que son los puestos de avanzada de la civilización. Me animó un poco ver las buenas chicas de los anuncios de neumáticos de camión, de bancos y de Coca-Cola de las paredes, los paisajes de los calendarios, los colores chillones de las letras de los anuncios que me llamaban a gritos y las fotografías de gordas hamburguesas que rebosaban del pan y de helados color rojo lápiz de labios, amarillo margarita y azul sueño que había en un rincón sobre un mostrador en el que ponía pretenciosamente «self-service».

Pedí un café y me senté en un rincón. Bajo unas potentes luces contemplé en las tres pantallas de televisión que había frente a mí a una niña pequeña y elegante que era incapaz de echarse ketchup de la botella de plástico de una novísima marca en las patatas fritas y a su madre, que la ayudaba. En mi mesa había una botella de plástico del mismo ketchup marca SABORÉALO y unas letras amarillo dorado que había en ella me prometían un viaje de una semana a Disneylandia en Florida si reunía en el plazo de un mes treinta de aquellas tapas que no había quien abriera y que cuando se conseguía dejaban hecho un asco el vestidito de las niñas pequeñas, las enviaba a la dirección indicada abajo y ganaba el sorteo correspondiente. De repente, metieron un gol en la televisión.

Mientras seguía de nuevo el gol en cámara lenta con mis hermanos masculinos, que esperaban en la cola de las hamburguesas o que estaban ya sentados, me invadieron un optimismo nada superficial y un racionalismo perfectamente adecuado a la vida que tenía ante mí. Me gustaba ver el fútbol en la televisión, quedarme en casa los domingos y hacer el vago, beber algunas noches, ir a la estación con mi hija para ver los trenes, probar nuevas marcas de ketchup, leer, cotillear con mi mujer y hacer el amor con ella, fumar y, como estaba haciendo en ese momento, sentarme en cualquier sitio sin que me molestaran y tomarme un café y mil cosas parecidas. Si me cuidaba un poco y vivía tanto como, digamos, Süreyya Bey el caramelero, me quedaba prácticamente medio siglo para disfrutar de esos placeres... Se me saltaron las lágrimas al recordar a mi mujer, a mi hija, mi casa. Soñé a cámara lenta cómo jugaría con mi hija cuando llegara a casa el sábado a mediodía, los caramelos que le compraría en la estación de autobuses, cómo mientras ella jugaba en el jardín aquella tarde mi mujer y yo no haríamos el amor sin desgana sino de manera honesta y apasionada y luego cómo todos juntos veríamos la televisión y yo le haría cosquillas a mi hija y nos reiríamos.

Aquel café después de haber dormido me despejó bastante. En el autobús, en ese silencio profundo que hay poco antes del amanecer, los únicos que no dormíamos éramos el conductor y yo, sentado ligeramente detrás de él y a su derecha. Esperaba con impaciencia que llegara la mañana con un caramelo de menta en la boca, con los ojos abiertos como platos fijos en el liso asfalto en medio de aquella estepa que, como lo que me quedaba de vida, parecía que no iba a acabarse nunca, contando cada una de las líneas discontinuas en el centro de la calzada y observando cuidadosamente las luces de los camiones y los autobuses que de vez en cuando se cruzaban con nosotros.

Comencé a ver los primeros indicios de la mañana antes de que pasara media hora a través de la ventanilla de mi derecha; así que íbamos hacia el norte. Primero pareció divisarse un límite fantasmal entre el cielo y la tierra en medio de la oscuridad. De repente, esa línea que formaba el límite adquirió un rojo aterciopelado que rasgaba el oscuro cielo por una esquina pero que no iluminaba la estepa, pero aquella línea roja rosada era tan delgada, tan delicada y tan extraordinaria que tanto el esforzado Magirus, que avanzaba hacia la oscuridad corriendo escandalosamente como un caballo loco que se ha desbocado, como nosotros, los pasajeros que transportaba, nos encontramos de repente poseídos por un absurdo ímpetu mecánico. Nadie se daba cuenta de aquello, ni siquiera el conductor, con la mirada clavada en el asfalto.

Unos minutos más tarde las negras nubes que había al este parecieron iluminarse por los costados y por abajo gracias a una luz apenas perceptible que se extendía alrededor de aquella línea del horizonte, ahora algo más roja. Mirando las maravillosas formas que adoptaban con esa luz suave las nubes rabiosas que no se habían privado de llover sobre el autobús durante todo el largo viaje nocturno, me di cuenta de algo: como la estepa todavía estaba completamente oscura, podía ver al mismo tiempo mi cara y mi cuerpo ligeramente iluminados por las luces interiores en el amplio parabrisas delantero y ese rojo mágico, las maravillosas nubes y las líneas discontinuas de la carretera, que se repetían pacientemente.

Observando las líneas que iluminaban las luces largas del autobús se me vino a la cabeza aquel estribillo. Ya saben, ese estribillo que viene de las profundidades del alma del viajero agotado, que se repite con los postes eléctricos cuando las ruedas del cansado autobús llevan horas girando a la misma velocidad, el motor gime con la misma cadencia y la vida se repite a sí misma siguiendo el ritmo: ¿Qué es la vida? ¡Un periodo de tiempo! ¿Qué es el tiempo? Un accidente. ¿Qué es un accidente? Una vida, una vida nueva... Eso era lo que me repetía. Me estaba preguntando cuándo llegaría ese momento mágico en que se igualaran la oscuridad interior y la exterior y mi imagen desapa-

reciera del parabrisas delantero y cuándo aparece-
rían la primera sombra de un aprisco o el fantasma
de un árbol en la negrísima estepa, y de repente una
luz me deslumbró.

En medio de esa luz nueva, a la derecha del
parabrisas delantero, vi al ángel.

Estaba algo más allá de mí pero ¡qué lejos!
No obstante, lo comprendí: esa luz profunda, pura
y poderosa, estaba ahí para mí. A pesar de que el
Magirus avanzaba a toda velocidad por la estepa,
el ángel ni se acercaba ni se alejaba. No podía ver
exactamente a qué se parecía a causa de la potente
luz, pero comprendí que lo reconocía gracias a una
ligereza, a una sensación de broma y libertad que
se despertaron en mí.

No se parecía a los ángeles de las miniaturas
persas ni a los de los caramelos, ni a los de las fotocopias ni a aquel cuya voz llevaba años deseando
escuchar cada vez que soñaba.

Por un momento quise decirle algo, hablar
con él. Quizá a causa de esa sensación de broma y
sorpresa que seguía notando. Pero no me salió la
voz y me preocupé. Aún estaba viva en mí la sensación de amistad, cercanía y ternura que había notado en un primer momento; quería encontrar la
paz en ellas y, pensando en que aquél era el instante que llevaba años esperando, quise que ese instante me entregara los secretos del tiempo, de los
accidentes, de la paz, de la escritura, de la vida, de
la vida nueva, para así calmar el miedo que crecía
en mi corazón a mayor velocidad que la del autobús. Pero fue en vano.

El ángel era tan maravilloso y lejano como
despiadado. No porque quisiera serlo, sino simple-

mente porque sólo era un testigo y en ese momento no podía hacer otra cosa. Me veía inquieto y sorprendido a la luz de una mañana increíble sentado en uno de los asientos delanteros de aquel ruidoso Magirus parecido a una lata de conservas en medio de la estepa en penumbra; eso era todo. Sentí de una manera absoluta la fuerza insoportable de su crueldad y su desesperación.

Cuando me volví instintivamente hacia el conductor vi que el parabrisas delantero estaba completamente cubierto por una luz de una fuerza extraordinaria. Las luces largas de dos camiones que se estaban adelantando a unos sesenta o setenta metros estaban clavadas en nuestro autobús y se acercaban a toda velocidad a punto de chocar con nosotros. Comprendí que el accidente era inevitable.

Recordé la esperanza de paz que había sentido después de los accidentes que había vivido años atrás. La sensación de transición que vivía a cámara lenta después de los accidentes: me pasó por la mente el movimiento feliz que los viajeros que no estaban ni aquí ni allá parecían compartir fraternalmente como si fuera un instante regalo del cielo. Poco después se despertarían todos los viajeros dormidos, el silencio de la mañana sería roto por gritos de alegría y aullidos inconscientes y, en el umbral entre ambos mundos, descubriríamos todos juntos, sorprendidos y excitados, la existencia de órganos internos sanguinolentos, de frutas rodando por el suelo, de cuerpos destrozados y de peines, zapatos y libros infantiles que brotaban de maletas rotas como si descubriéramos las permanentes bromas que puede gastar un lugar donde no exista la fuerza de la gravedad.

No, no todos juntos. Los afortunados que vivieran ese momento incomparable, después de que el accidente estallara con un estruendo increíble, saldrían de entre los supervivientes de los asientos de atrás. En cuanto a mí, sentado en la primera fila observando deslumbrado la luz de los camiones que se aproximaban, entre asombrado y temeroso, tal y como había observado la increíble luz que brotaba del libro, pasaría de inmediato a un mundo nuevo.

Comprendí que aquél era el final de toda mi vida. Pero yo quería volver a casa, no quería en absoluto pasar a una vida nueva, morir.

1992-1994

La vida nueva
se terminó de imprimir
en octubre de 2006,
en Litográfica Ingramex, S.A. de C.V.
Centeno 162, Col. Granjas Esmeralda,
C.P. 09810, México, D.F.